闪亮的铁轨

杨 遥

济南出版社

W|文学新势力
WENXUEXINSHILI

学术筹划：中国作家协会鲁迅文学院

北京师范大学国际写作中心

顾　　问：莫言　铁凝

编委会

主　任：吉狄马加

主　编：张清华　邱华栋

编　委：（以姓氏笔画为序）

过常宝　西川　苏童　邱华栋　余华

张柠　张清华　欧阳江河　徐可　康震

"文学新势力"文丛·序

张清华　邱华栋

2012 年 10 月，莫言荣膺诺贝尔文学奖，再度激发了国人的文学激情，也唤醒了各界在文学教育方面的旧梦。这其中就包括北师大。因为一段至关重要的学缘，莫言曾于 1991 年获得了北师大授予的文学硕士学位，而此刻，作为母校的师大自然倍感荣耀，遂立刻决定成立北京师范大学国际写作中心，并邀请莫言前来担任主任。中心成立之初，其核心职能便被提到了议事日程，这就是文学教育和创作人才的培养。

需要稍加追溯前缘，才能说明这套文丛的来历。1988 年，由当时在研究生院任职的童庆炳教授牵头，由北京师范大学提供学制条件，牵手中国作家协会所属的鲁迅文学院，共同招收了首届作家研究生班。那时的学位制度还相对处于比较早期的阶段，各种规章还没有现在这样严苛和完善，所以运作相对容易，招生考试环节也相对宽松。因此，一批在当时的文坛已崭露头角的青年作家，便被不拘一格，悉数收罗。之前，他们中的很多人并未受过太正规的教育，刘震云几乎是唯一一个，他是北京大学中文系 77 级的本科毕业生，系出正宗名门。余华便只是在浙江海盐上过中学；莫言之前虽有在解放军艺术学院文学系学习两年的经历，但更早先却是连中学教育也不完整；严歌苓、迟子建等差不多都只是受过中等专业教

1

育；其他人我们未做过严格的统计，但可以肯定，其中多数未曾上过大学。然而不容置疑的是，这些人是那时中国最具希望的一批，是青年作家中的翘楚，未来文坛的半壁江山。从这里出发，二十年过后，他们的确未负众望，为中国文学争得了至高荣誉，也几乎成为一代作家的代言人。

很显然，这一传统成为北师大和鲁迅文学院共同的一个记忆，一笔不可多得的财富，无论从哪个角度看，这都是两所学校引以为豪的历史。在这样一个背景下，再续昔日文学教育的前缘，找回这一无双的荣耀，也就是很自然的事情了。

因了以上的缘由，2016年，北师大校方经过认真研究，参考过去的合作模式，从全校不多的单招单考的硕士名额中拿出了20个，交由文学院和国际写作中心，来寻求与鲁迅文学院合作，并于2017年秋季正式招收了"非全日制"学术型文学创作硕士研究生。为了省却过于烦琐的制度性限制，我们特地在中国现当代文学专业二级学科下，设立了"文学创作方向"，并采用了学术导师加创作导师相结合的培养模式，以给学员创造更为合适和充分的学习条件。鲁迅文学院则为他们提供居住和学习的物质条件，提供尽可能好的一切形式的支持，并拟在培养方案中结合鲁院的讲座制培养模式，两相结合，尽显特色互补的优势。

同时还必须指出，有几位至关重要的人物支持了这项事业。时任北师大党委书记的刘川生教授、校长董奇教授，他们在推助写作中心的文学教育工作方面给予了大力支持，在制定相关体制机制方面也给予了诸多方便；晚年在病中的童庆炳教授，多次勉励我们传承好过去的经验，大胆探索，争取把工作尽早落到实处。中国作协这一方面，作协党组、特别是铁凝主席也同样给予了积极支持和热诚关怀；分管鲁迅文学院工作的吉狄马加书记，则在工作中给予了非常具体的关心和指导。

参与该项工作，制定合作规划、培养方案、课程体系，以及日常服务管理等诸项事务的，便是本文的两位作者，时任鲁迅文学院常务副院长的邱华栋，和北师大文学院负责研究生教育的副院长兼国际写作中心执行主任张清华。整个过程中，要想实现两个职能完全不同的单位之间的密切合作，在所有培养工作的环节上都无缝对接，是一个至为琐细的工作，难以尽述。好在这不是一个"工作汇报"，我们在此也就从略了。主要想说明的是，两校之间目前的合作进行得非常顺利，一切都在愿景之中。

迄今为止，该方向的研究生已经招收了三届，共56人。从总体情况看，达到了预期的要求。在学员中，有鲁迅文学奖获得者乔叶、鲁敏，有多位全国少数民族文学奖获得者，有"70后""80后"广有影响的青年作家，像东紫、杨遥、朱山坡、林森、马笑泉、高满航、闫文盛、曹谁、曾剑、王小王，等等，他们在文学创作上都已经有了相当出众的成绩，或是十分丰富的经验，然而他们共同的诉求，又是都有"充电"的渴望，有成大家的梦想，所以因了冥冥中某种命运的感召，汇聚到了一起。

关于文学教育，历来也是分歧明显众说不一的，有人坚称"大学不培养作家"。这话一定程度上是对的，大学的使命很多，成败胜负的确不在乎是否出产了一两个作家。但这话的"潜台词"值得商榷——其意思是有轻蔑的，是说"你培养不了作家"，"作家不是谁培养出来的"。这当然也对，没有哪个大学敢说自己"培养"了几个作家，而只能说，那儿"走出了"哪些个作家和诗人。但这么说是否意味着文学教育是无必要的呢？似乎也不能。因为照某些人的逻辑，我们就可以反问，大学不能培养作家，难道就可以"培养"经济学家、政治家、科学家和法学家吗？谁又敢于说，他们"培养"了那些伟大和杰出的人物呢？很显然，各行各业的杰出人才都是很难通过"定制"来培养的。但从另一方面说，大学又必须要提供人才成长和受教育的条件，从这个角度看，宣称大学不培养作家又是不负责任的。回顾当代文学的历史，文学的变革和作家的成长与大学教育的恢复和发展密切相关。"文革"及"文革"前大学教育的草创和荒芜时期，也出现过许多作家，但他们要么是从战争年代的洗礼中锻炼出来的，要么是在长期的自学中成长起来的，因为没有条件受到良好的教育，他们的文学道路多有延宕，艺术成长和成就也都受到了限制，这是人所共知的常识。正是"文革"后教育的全面恢复与发展，才让文学事业出现了人才辈出蓬勃兴旺的局面。

　　所以，正确的理解应该是，作家是无法培养的，但文学教育是必需的。当然，文学教育对于高校而言，其目标确乎主要不是"培养作家"，而是为所有学生提供一个素质养成的环境条件，这才是成立"国际写作中心"、引进著名作家执教的核心意义所在。换句话说，能不能出产一两个作家或许不是最重要的，其培养的人才是否具备写作的能力，成为文学的内行才是重要的。传统的文学教育虽然有各种各样的问题，但是所培养的读书人大都是既能够研究，又可以写作的双料人才。新文学的早期，大学的教授也有许许多多是学者和作家集于一身者，之后才逐渐文脉不彰，大师不存，大学教育渐趋沦为工具化和技术化的知识教育，名实不符的学术教育。

但无论如何，北师大与鲁院联办的这一培养模式，其目标还是直接而干脆的，就是"培养作家"。当然，这培养不是从根上栽植开始的，而是"选苗"和"移栽"的过程，甚至有的就属于"摘果子"。即便是后者也不是无意义的，当年莫言、余华、刘震云、迟子建、严歌苓等这批人，在进来之前早就是声名鹊起的青年作家了，录取他们无疑也是"摘果子"，但系统的阅读与学习，大学综合环境下的熏陶成长，谁敢说对于他们后来的写作没有助益？所以，我们坚信这一工作是有意义的。

最后再来说说这批作为"文学新势力"的新人。显然，他们都属于"70后"或"80后"的一代，较之他们的前辈，这批新人的主要差异在于代际经验。前代作家的成长期大都经历过历史的大波大澜，童年也大都有原初和完整的乡村生活经验，所以某种程度上还是受到"总体性经验"支配和支持的一代作家。莫言笔下的"高密东北乡"，可以说寄寓了他对于农业社会生存的全部感受和想象，也寄寓了他对近现代中国历史巨变的全部记忆与理解，读之如读一部血火相生、正邪相伴、生死轮替、魔道互换的史诗。这种具有总体性和原生性的经验与美学，在下一代作家这里早已变得不可能，他们都命定地处在某种"晚生"和"后辈"的自我想象之中，不得不在碎片化、个体化的历史经验与记忆中探索前行。

这些都并非新鲜的话题，我们也只是重复了前人既成的说法。但这也是所谓"新势力"的根基与合法条件，"新"在哪里，又何以成为"势力"，这是需要我们想清楚的。在我们看来，所谓"新势力"其实就是指：一是有新的文化特质的，他们在文化上所拥有的"新人"特色或许很难用一两句话说清，但一定是更具有个性、自主性和独立思考的一代，是拥有新知和新的经验方式的一代，是用新的思维与视角看取人生与世界的一代，是在网络信息时代生存和写作的一代；二是有新的美学属性的，这些属性自然更难以总体性的概括来描述，但毫无疑问他们是具有陌生感的一族，是难以用传统范型所涵盖和统摄的一族，是游走和不确定的一族，是空间化和个体性得以充分彰显的一族，当然，也是相对琐屑和相对真实，相对平和和相对日常性的一族。有时我们觉得是这样的不满足，但有时我们又会觉得，他们离着理想的文学，离所谓普世性的"世界文学"的距离越来越近了。

旁观者说一千句，不及读者自己去观照、去体味其中的丰富和微妙，"总体性"之不存，我们的概括也自然显得苍白无力，不如读者们自己去一一打量和细细辨识。

看，这就是"文学新势力"，他们来了。

2019 年 7 月，北京西山暑热中

目　录

白色毡靴

一

镇子是古镇，叫阳明堡。

镇子西头那座做了学校的古祠，已有上千年历史，是为纪念晋国大夫羊舍叔向所建。镇子东头那座奶奶庙，没有人能说得清啥朝代的，漆皮剥落的柱子两个人抱不住。一条青石板路，把长约一里的镇子东头和西头连接起来，街上都是些老店铺，姚三的钉鞋铺就挤在这些铺子中间。

听老人们讲，从前拉骆驼的、赶大车的，从这里拉上茶叶、绸缎、酱料等东西，翻过雁门关，一路走到大圐圙、恰克图、俄罗斯，大圐圙也就是今天的蒙古国。镇子叫堡，因为它地处雁门关南口。雁门关三十九堡十二连城，阳明堡是其中一座。历史上这里多战争，又处商旅要道，遗传下争勇好斗的传统，也比别处开化些。

现在不打仗了，最近的两次还是 1937 年的事情，八路军在雁门关伏击了日本人，又夜袭了他们在阳明堡修的飞机场。姚三家的钉鞋铺却像驿站一样热闹，镇上一茬一茬的男孩儿们都喜欢去姚三家；不光男孩们爱去，那些结了婚的男人们，没有结婚的光棍们，还有镇上的混混们，都喜欢去姚三家。在这里，他们比在哪儿待着都自由。孩子们一去姚三家，就好像提前一步跨入社会，能知道许多从课堂上学不到，也从别处听不到的东西。这些东西家长们似乎认为这个年龄不该知道，但人就是这样，越不让接触的东西越想接触，接触了这些的孩子们，哪一个在学校里不神气？就拿钟晓这个家伙来说吧，看上去胖墩墩的，一笑露出两个很深的酒窝，总是很快乐的样子。其实他一点儿也不开心，他很小的时候，他妈就丢下他和他爸走了，他爸染上酒瘾，经常喝得烂醉躺在街上，回了家就摔东西，打他；钟晓还笨得要死，什么都不会，被人瞧不起。但自从他认了姚三做干爹，就不一样了。

家长们都不愿意让自家孩子去姚三家，我爸也是，我却老早就渴望去，只是一个人不敢。

有一天钟晓对我说："咱们去姚三家吧！"瞬间，我竟紧张，再加上兴奋，有种上不来气的感觉。我有些结巴地问："就这去？"钟晓回答："那你给他买块豆腐。"我不知道钟晓开玩笑，镇上的人请客，经常给客人烧一块豆腐。当时口袋里正好有攒下的两角零花钱，便买了块豆腐。

姚三正坐在炕头的椅子上割皮子，看到我们，眼皮抬了一下，继续割皮子。刀子划过皮子发出嗖嗖的声音。他一声不吭，我以为他不欢迎我，便脸发着烧，放下豆腐，屁股靠着炕沿杆在那儿一动也不敢动。

以前在街上碰见过姚三，罗锅腰，瘸子，毫不起眼，这次见到他还是失望。姚三穿着一件分不清颜色的衣服，前襟黑黝黝地发着光，背部却灰蒙蒙的，像被雨水浸泡久了的苫布。他两眼浑浊，脸皱巴巴的，下嘴唇往上翻，叼着根烟，眼睛被烟熏得眯成一条缝，烟灰长了时，用嘴吹一下，扑簌簌掉下来像头皮屑。

那天正好画墙围的张继东和卖肉的二灰皮在。张继东和我爸熟，平常见他总是一本正经，这时却坐在锅台上，听二灰皮讲怎样和开理发铺的大拖鞋玩。二灰皮说："别看大拖鞋长得瘦，脱光衣服，那奶，啧啧。"他舔了舔嘴唇。我不由自主跟着也舔了舔，喉咙一阵发干。这时，张继东咯咯笑起来，和平时完全两个模样。我看到他这样子，有些发窘，把脸扎下去，绞着两只手，看见从手腕到手背，到手指，一步步红了起来。

有人催二灰皮继续往下讲，他却说："羊快回来了，我接羊去。"就走了。

他一走，我松了口气。

接下来有两个人争论虎鞭酒和鹿茸酒哪个劲儿大，话赤裸裸的，我有些害羞，没有听完就拉着钟晓走了，其实还是想听。

回家路上，我央求钟晓不要告诉家里我去姚三家了。

从姚三家回来后好几天，每次在街上遇到大拖鞋，我就想起二灰皮说的话，不由想多看她几眼。还想再去姚三家，听人们说那些故事，但不好意思跟钟晓说，也不好意思自己去。

有一天，我发现鞋头上破了个洞，高兴坏了，问妈妈要五角钱，要去姚三那儿补。妈妈不理解，以往这都是她来补，而且这次我竟还要去姚三那儿。我说她补得不好看，不耐，班里同学鞋破了都是去姚三那儿补。磨蹭半天，妈妈没办法，给了我五角钱。我兴奋地跑向姚三家，到他家院子门口，却不敢继续往里走了，害怕碰见熟人，比如学校的老师，房前屋后的邻居，尤其是钟晓，要是他看见我独自来这里，会不会……于是，从窗口往里瞧了瞧，没有熟人在。我兴奋地推开门，姚三还是坐在炕头那把椅子上忙活着，里面还有谁，我紧张得顾不上看。我结巴着告诉姚三要补鞋。姚三没吭声，扔过双绿色的拖鞋。我换上拖鞋，把破了的那只鞋脱下来递给他。姚三放下手中的活儿，眯着眼睛拿起我的鞋认真看了看，给机子换上线，开始缝起来。看着他摇着机子，线在鞋上出来进去，我莫名地感到兴奋。可惜补补丁的活儿太小了，几分钟后，姚三停下机子，用剪刀把线头绞断。我没问多少钱，赶忙从口袋里掏出那五角钱递给他，姚三接过去随手放在旁边的铁盒子里。我隐隐有些失望。姚三却没有把鞋马上还给我，又仔细检查了一遍，用锤子把鞋底敲了敲，然后示意我把另一只鞋给他。我忙说："这只没问题。"姚三像没有听见我的回答，重复说："拿来。"我不敢再说什么，乖乖把鞋脱下来递给他。姚三同样仔细地检查了一遍，用锥子在两三个地方扎了扎，又把鞋捣了捣递给我。我明白这次是真的弄好了，遗憾没有检查出鞋子有大问题。

我慢腾腾换上自己的鞋，朝门口走去。真是越怕谁越能遇上谁，这时正好钟晓进了院。我没有等他问，心虚地自己解释说：

"鞋破了个洞，找姚三钉。"钟晓没有丝毫怀疑和惊讶，只是问了句："钉好了？"就径直进了屋。我转了转身子，不好意思再跟着他进去。出了姚三的院子，想起来这里的目的，感觉白来了一趟，什么也没有听到，很是沮丧。无聊地用脚趾顶了顶补好的那个洞，补丁圆不说，线又细又密，像个鱼网，感觉还挺舒服。另一只鞋经他那么一鼓捣，也变得比以前好穿多了。

没过几天，我的另一只鞋破了。我再问妈妈要钱时，她说："这么费！"她不知道我为了去姚三家，故意用鞋踢石头。那段时间，我的鞋费极了，隔段时间不是鞋头破了，就是鞋帮开了，有只鞋底居然磨了好几个洞。我的鞋上面补满补丁，鞋底还粘了块儿橡胶底子。我一点儿也不嫌鞋不好看，只要能去姚三家就高兴。在那儿，我确实又听到了许多新鲜又神秘的东西。

终于要钱要到妈妈心疼了，她说："费缰绳的驴，这些天钉鞋的钱也比买只新鞋贵了。"我便央求妈妈让姚三给我做双鞋。妈妈耐不住我软磨硬泡，答应了。

有了借口，我一有空就往姚三那儿跑。做鞋样，纳鞋底，做衬子、缝鞋帮，包括后来的绱鞋，他每一样认真得像我们在仿纸上写毛笔字。在姚三家里，我见识到了人们的随便，光棍们还好，只是说说荤段子，蹭口饭吃。那些混混们却完全把这里当成个没人管的地方，他们张口闭口谈论打架，议论女人，随意打开柜子找东西，有的晚上不知道干啥去了不睡觉，大白天在他家里补觉；有的在他家里喝酒、划拳，喝高后到处乱吐，有时还能吵起来，把家里弄得乌烟瘴气。

我奇怪姚三为啥收留这些人，一般人躲他们都来不及。问家人，爸爸说姚三心善，又一个人待着太闷，喜欢热闹。妈妈反问我："那你还要去？"他们不知道，这段时间，我从去姚三家的人嘴里听到许多关于女人和性的知识，对于没有学生理卫生又处于成长发育期的我们，太稀罕了，眼前真的打开一扇窗户。我还从这儿，获得了一种额外的安全感，认识了几个大混混，他们谁走到街上，都是大爷。但我发现，姚三很少说话，只是不停地干活儿，像蚂蚁、蜜蜂。

其实，在姚三家里待过，混得最好的，不是现在这些人，是他的另一个干儿子——"大刀胜利"。"大刀胜利"不光是我们镇上最有名气的混混，也是我们县方圆几百公里内最有名气的混混。传说他九岁时父亲死了，母亲改嫁，他便在姚三家一直住到十六岁，然后去了包头，一把菜刀从火车站东边砍到西边，后来成了赌王，手下有上百号兄弟。每当说起这个人物时，镇上的人们跟谈论漂亮女人一样津津乐道，许多混混都用羡慕的口气议论他。每年快过春节时，"大刀胜利"都会给姚三寄一大笔款子，村里送信的捏着汇款单见人就说，"大刀胜利"给姚三寄钱来了，满脸放着兴奋的光，一路从邮局说到姚三家。

鞋做好了，试穿的时候我既兴奋又遗憾，兴奋的是终于穿上姚三亲手做的鞋了，遗憾的是没了做鞋这个借口，以后又不能随便到他这里来了。新鞋一上脚，马上感觉出不一样，它不像以前穿的新鞋，不是紧得夹脚，就是松得须衬东西。这双鞋脚掌、脚面、脚后跟都正好贴着脚，姚三还特意在脚趾那儿留了半指长的地方，预备脚长了还能穿，但一点儿也不松。我满意极了。姚三却不放心，他这边捏捏，那边捏捏，然后让我脱下来，放在铁架子上，这儿敲敲，那儿敲敲，再让我穿上。我再次穿上后，感觉不是穿了双鞋，好像是脚上自然长了层东西，试着走了几步，又轻又舒服。

二

其实姚三最拿手做的是毡靴，以前赶马车、拉骆驼的人穿的那种鞋。鞋全部用白羊毛毡子做成，厚墩墩的，到小腿肚子那儿那么高，据说穿上它，再冷的天气也不怕。可惜人们不拉骆驼了，也不养马车了，也就没有人穿这种靴子了。我也只是在钟晓家里见过一双，那是他已经去世的爷爷留来的，试着穿了一下，脚发烫。

每年夏天数伏的时候，姚三总会做这么一双靴子。人们只要看见姚三带着毛巾、香皂、洗衣粉出门往西走，就知道他要做毡靴了。因为姚三每次做这种靴子之前，都要先洗澡。

镇子往西五里远，有个大水库。一到夏天，镇里男人们不分大小，纷纷到这里玩，洗澡的，游泳的，钓鱼的，特别热闹。有的女人还来这里洗衣服。而姚三除了做毡靴前，别的时候根本不去。

姚三到了水库，总是先脱得精光，把所有衣服洗干净，晾在坝上的石头上，才开始泡在水里搓澡。他一泡进去，很快就有一群群银白色的小鱼游过来，围着他打转。透过水面，姚三搓下的泥垢像一条条黑色的蚯蚓，小鱼在姚三旁边钻来钻去，吞吃着蚯蚓，姚三快乐地唱着歌，翻来覆去都是"没有缝好的小毡靴，怎能穿它见情郎"这两句。等鱼少了时，姚三身子也干净了，他穿上已经晾干的衣服往回走，整个人满面红光精神抖擞，像蜕去层硬壳，人们老远就能闻到从他身上传来洗衣粉的甜味儿。

洗完澡的第二天，一早姚三就开始干活儿。这时他家里收拾得整整齐齐，完全像变了个样。地扫得干干净净，桌子擦得明晃晃的，锥子啦，剪刀啦，铲子啦，这些家伙都闪着亮光。这时，他不像以往那样总是不声不响干活儿，而是哼着见情郎的那首小曲子，开始擀毡子。他脸上的皱纹明显舒展开了，还泛着少见的光泽。

制作毡靴很是复杂，先要将粗羊毛做成毡子，然后再经过敲打、熏蒸和干燥等程序，最后才能用来缝制靴子。毡子有现成卖的，但姚三从来都是自己擀。

姚三首先把收来的当年的羔羊毛拿出来，仔细挑拣出杂质，将纯羊毛铺在席子上弹。羊毛一开始有点儿硬，扎手，等绒全部散开后，就变得松松软软，棉花一样。姚三把它们一层层均匀铺满，然后将事先用油、水和豆面拌好的东西喷在羊毛上，再把它紧紧捆在一起，开始擀。他擀毡子用的是擀面杖，擀好后，敲打半天，让它蓬松起来，然后把毡子放在做饭的锅里蒸。姚三擀的毡子不大，恰好能放进去。不一会儿，屋子里飘散出羊毛的膻味儿。膻味儿越来越浓，后来变得好像湿漉漉的，就蒸好了，再放到院子里晾干。

晾毡子的时候，姚三开始捻羊毛线。羊毛是擀毡子剩下的，捻子是骆驼骨头制成的，磨得光滑透亮，像玉一样漂亮。

线捻好，毡子也干透了，姚三开始缝制靴子。大概是怕人打搅，姚三把自己反锁在屋子里。这时来找他钉鞋或者串门，无论敲门还是喊叫，不管声音多大，姚三都不开门。有人扒在门缝上朝里看过，姚三明明坐在椅子上，与他只隔着一道门，七八步距离，给人感觉却好像有十万八千里那么远。有人觉得姚三是故意装作听不见，恶作剧往里扔过鞭炮，姚三依旧毫不理睬。他整个魂好像都附在了手中的靴子上，要不是过段时间，喉结动动，吃力地咽口唾沫，看见他的人们会以为他去了另外一个世界。

直到一只靴子做好后，姚三才揉揉眼睛，伸展手脚。因为一直坐着，腿和脚麻得根本动不了，姚三揉上半天，缓缓站起来，倒上缸凉开水，咕咚喝完，上厕所，撒一泡黄黄的尿后，开始做饭。简单的挂面荷包蛋，姚三做的时候，依旧心不在焉，心思还在靴子上。吃完饭，锅也不洗，姚三继续锁上门，倒在炕上，几分钟后呼呼睡着了，隔着院子都能听到他响亮的打鼾声。天黑后，屋里也不开灯，呼噜声继续响着，一直持续到第二天早上。

接着，姚三做另一只靴子，还和昨天一样紧闭着门。通常，这只比第一只做得更慢。做好后，姚三活动手脚，上厕所，吃饭，还是挂面，就用昨天没洗的锅，两只荷包蛋。吃过饭，睡觉。

这次睡觉姚三不再锁门，人们看到姚三闭了两天的门开了，便知道他的靴子已经做好。进去之后会发现，大热天，姚三睡得安详而踏实，婴儿一样，谁来根本不知道。有人好奇心重，在大伙儿的注视下，从姚三裤袋上解下钥匙，悄悄打开炕头上与姚三铺盖摆在一起的柜子。这个柜子平时上面盖着包袱皮，人们问里面是什么，姚三从来不说。

一打开，浓重的樟脑味儿马上冲出来，里面全是白色的毡靴，一模一样，一双挨一双，足有几十双，整整齐齐摆在一起。大概因为每双靴子做的时间不一样，有些轻微的色差，有的白一些，有的发黄，像风尘仆仆的人走了几十年染上的风霜。

"这是给谁做的呀？"开箱子的人惊讶地问。

没有人回答。谁也不知道姚三还藏着这样的秘密，以前光看见他做靴子，还纳闷做好的靴子送给谁了。这时大家的目光都转向姚三，姚三呼呼大睡着，不知道人们发现了他的秘密。他刚做好的靴子摆在炕头，和里面的完全一样。

掌灯时分，姚三通常就醒过来了，他像完成了一件天大的任务，人完全放松下来，不再找活儿干，而且心情特别好，话也变得多了。人们便趁着这个机会逗姚三，说些乱七八糟的事情。姚三只是张大嘴哈哈笑，偶尔反驳几句。有时有人突然问："姚三，你有过女人没有？"这种情况下，姚三的脸就唰地变得通红，吭吭咳嗽几声，下地出门去了。人们知道姚三是买酒去了。

果然，不一会儿，姚三一瘸一拐回来，一只手拎着几瓶酒，一只手拎着肉和菜。人们开始喝酒，划拳，姚三也难得地举起酒杯，和大家一同喝起来。姚三的酒量不大，不一会儿就会喝高，喝高就又唱"没有缝好的小毡靴，怎能穿它见情郎"，这次他唱的是完整的版本，而且不再是低声哼哼，是放开嗓子大声唱。人们很少见到姚三这样放肆地唱歌。姚三唱着眼睛就湿润了，唱到后来，一般会哽咽得唱不下去，于是便大喝几口酒，把泪憋回去，再继续唱。唱完之后，半天不说话，呆呆地盯着那双刚做好的靴子，然后眼泪就哗地流下来，最后身子一软，倒在炕上。几乎每次都是这样。

第二天，一开姚三家的门，混浊的酒气熏得人能吐出来。姚三家到处是空酒瓶，泛着油光的盘子堆在锅里面，炕上横七竖八躺满人，地上东一双、西一双，都是鞋，但姚三做好的新靴子已经不见了。

我的鞋做好之后，本来觉得没有借口去姚三那儿了，但那儿对我太有诱惑力了。我便常常骗自己，去过这次以后就再也不去了，可是去过之后，隔段时间又想去，便鼓足勇气再去一次。这么几轮下来，虽然还是有点儿不好意思，但胆子越来越大，除了见到我们班主任方老师和爸爸在时不敢进去，别人我都慢慢地不当回事了。

去得多了，发现姚三总是招待那些来他家里的人吃喝，有时还给钟晓这样的干儿子零花钱、交学费，他自己却非常节省，大概图省事，一个人时总是吃拌汤，煮好后碗也不用，直接蹲在锅边吃，吃完找块报纸把锅随便擦擦，下顿再接着用，还是拌汤。那些混混们带来的东西他几乎不动，有时他们从水库里打上一人高的大鱼，带到姚三家做，姚三也不吃，只是给旁边待着的孩子们夹几口。有人问姚三是不是怕这些东西不干净，姚三只是笑着摇摇头，也不说他的理由。

镇上派出所的人来姚三这里收拾鞋，姚三总是随到随做，无论手头有啥事儿都放下，先给他们做，还从来不收钱。而这些人到了姚三家，也不像在别处那样正襟危坐，做鞋就做鞋，钉鞋就钉鞋，不扯带别的，弄完就走。有时活儿一下做不完，放下东西说好日子再来取，从不多逗留。

三

　　四年级刚开学，学校里重点培养尖子生，准备参加两年后县重点中学的考试。方老师挑了四五个学生叫到一起，借给每人一本参考书，让做上面的题。被老师信任很开心，再说这种书只有老师有，不知道哪儿能买到，我很珍惜这个机会。

　　两个月后，期中考试完，学校组织尖子生选拔赛，考试快结束时，有人喊监考老师，他家的猪跑了。老师出去几分钟，教室里马上炸了锅，学生们对答案，翻书，交头接耳询问。大概是为了拉开学生之间的梯次，有两道题我们没有学过，很难。我希望能把这两道题解出来，要是能的话，肯定是第一名。可惜，交卷子时，这两道题我都是只解了一半，因为太专注做这两道题了，还错了另外一道不该错的题。成绩出来之后，我考了第六名。

　　方老师让我去办公室。我既伤心，又害怕。伤心是因为没考好，害怕是因为方老师很凶，爱打人。进了办公室，看到方老师剃得头皮发青的光头，扣得严严实实的藏蓝色中山服，我就一阵恐惧，赶紧走到他跟前，把头垂得低低的，等待处理。方老师严厉而失望地看了我一眼，没有说话。我虽然没有抬头，但能感觉到他眼神的那种凉意，心里打着鼓，希望方老师不要在办公室打我，因为这里还有那么多老师。

　　方老师又叫别的同学。不知道方老师为什么不把我们一起叫过来，我心里存了丝侥幸，毕竟第六名也不错。

很快其他几个同学进来，都是这次考试的前五名，有三个我知道对过答案。

方老师说："李明亮，你出去弄簸箕炭。"我心里一阵轻松，以为方老师原谅我了，这就是惩罚。拎起墙角的簸箕飞奔出去，专拣好炭拾，弄满簸箕之后，还又在上面加了几块。回的时候，走得快，掉了几块不敢耽搁，把它拾起来直接装口袋里。回到办公室，发现墙角原来就堆着一堆炭，刚才取簸箕的时候竟没有注意到，便越发认为这是方老师专门对我的惩罚。

炉盖上烤着两块馒头片，不知道是哪位老师的，我自作主张把那两块馒头片小心挪开，给炉子里加满炭，又把炉盖盖好。馒头片已经有了淡淡的香味儿，害怕烤煳，我把它往边上挪了挪，然后把簸箕里剩下的炭小心倒炭堆上，尽量不弄出声音。

我又站到方老师前面时，惊慌地发现装在口袋里的炭没有掏出来放下，但我不敢再专门过去放一下，又怕方老师发现，便拼命吸着肚子把手放在口袋两侧挡住。方老师咳嗽一声，把一口痰吐在地上，用鞋底擦了擦，说："李明亮，把我借给你的那本书交给她。"他指了指旁边一位女生。

我心里一颤，惩罚终于来了，却比我能想到的任何惩罚都可怕，全办公室人的目光都在盯着我。我晕头打脑跑回教室，取上书交给那位女生后，又晕晕乎乎跑回教室。我像被闷棍击中的鱼，不知道自己在干什么。

放学后，我羞得不敢见人，等同学们都走了，才最后离开学校。那几块炭还在口袋里，我没有把它们放下。为了赌气和惩罚自己，我故意从背阴处抓起一把发黑的积雪，把它团在手里，不停地往紧攥。雪水被嗞嗞挤出去后，那团雪在手里越来越小，越来越黑，成了一团发黑的冰渣，我觉得好像此刻缩成一团的自己。

屋顶上炊烟冒出来，有点呛鼻子，想到爸爸妈妈正在做饭，不知道回去该怎样和他们说，便越走越慢。路过村委会的时候，村里几个大人正要进去看电视，有人问我，我只看见他张嘴，不知道他说什么。这些熟悉的人们都变得异常陌生，我顺脚拐向隔壁巷子里的姚三家。

姚三家里罕见地没有别人，他正在炉子上做饭，又是拌汤。火不旺，屋子里冷飕飕的，看到姚三鼻子上挂着的清鼻涕，我更难受了。姚三看到我眼睛红红的，问怎么了，我的眼泪忍不住掉下来。

姚三看我这样，把锅里的水倒掉，剪了块胶皮塞到炉子里。很快火焰蹿起来，胶皮刺鼻的气味儿也冒出来，姚三猛地咳嗽几声，我赶忙掏出口袋里的炭塞炉子里。姚三盯着我红肿的手问："哪儿来的炭？"我忍不住内心的委屈，把学校里发生的事情一五一十说出来。姚三摇摇头。我紧张起来，不知道他是暗指我不对，还是啥意思。没想到姚三却破口说："这个瘸子！你好好学吧，你要是觉得重点初中重要，就一定要考上它！"姚三是个瘸子，居然称呼方老师瘸子，我有些意外，马上觉得他是站在我这边了，有些解气地点了点头。

姚三看到我情绪好了点儿，继续说："人家对答案，也有自己考得好的吧？"我点点头，又难受起来。姚三说："我觉得你行，别人怀疑你，你就证明给他看。"胸口顿时有股热乎乎的东西流过，我一下觉得自己很重要，瞬间好像长大了。想到姚三钉了一辈子鞋，便不好意思地问："你想过做大事情吗？"姚三抬起头来，眼睛里有道亮光闪过，但很快又变得浑浊。他缓缓地说："我只想做好鞋。"

屋子里渐渐暖和起来，炉子里的光映在姚三脸上，泛出奇异的光泽。我发现平日矮小邋遢的姚三身上有种特别的东西，这种东西在哪儿见过？张海迪！课文里的张海迪！我脱口而出："你和我们学过的张海迪挺一样！"

"张海迪？"姚三问。

我给姚三讲起张海迪的故事。记得在学校里学习张海迪的时候，我就产生过一个奇怪的想法：要是我长大后，张海迪还没有结婚，就去追求她。这次给姚三讲，我再次被感动了。姚三听着也很受感动，等我讲完之后，他大张着嘴说："我哪里能和人家比呢，但人就要做这样的人。"我说："你们不一样，但是有一样的东西。"姚三乐得呵呵笑起来。见他开心，我好好学习的决心一下坚定了，我说："我要好好学习，学习你们。"姚三说："学我干吗？要学人家张海迪，啥时候也不泄气，一直朝目标努力。"

姚三的眼神柔和清澈起来，嘴角浮着笑容说："在我这儿吃点儿东西吧。"说完，没等我回答，他开始剥葱，剥完葱打鸡蛋，一连打了五个，然后在锅里倒上油，开始炒鸡蛋。不一会儿香喷喷的味道散发出来，姚三把炒好的鸡蛋放在我前面，眨眨眼睛说："赶紧吃，在我回来之前要吃完啊，不要让别人看见。"说完他出去了。

面对着这碗鸡蛋，我不敢相信是专门给我炒的，家里面吃鸡蛋，最多一次炒两个，也不放这么多油。外面有脚步声走过，怕被别人看见，我大口吃起来，果然香。一口气把五个鸡蛋吃完，我打个嗝，满嘴都是鸡蛋和葱花的香味。

姚三回来了，带着两副崭新的手套。他瞥了眼空碗，说："好样的。"然后拿出块婴儿巴掌大的小毡子，大概是他做毡靴剩下的，剪了几下，开始缝起来。我不明白姚三要做什么，但很快就看出来了，他要做只小靴子。我不清楚这么小的靴子有什么用处，只是聚精会神地看着，渐渐地一只精致的小靴子神奇地出现在姚三手中。做好之后，姚三用锥子在靴子口上扎了个小洞，又穿了条皮绳子，把它提起来晃了晃，小靴子钟摆似的晃了几下。我咽口唾沫，心跳得厉害，喉咙发干，觉得他要把这个靴子给我了。果然姚三把靴子递给我说："没个啥东西给你玩，这个东西你戴上，有个啥事儿说不定管点用。"我捧着这只小毡靴翻来覆去地看，它毛茸茸、沉甸甸的，太可爱了，让人觉得温暖踏实。

姚三看到我开心了，说："这次的事儿也不要太怪你们方老师，他过得不容易，其实他是个好人，只是性子有些暴，你好好学，只要学好，方老师肯定对你好。"

我点点头，对方老师的憎恶少了许多。方老师的事情我知道一些。他年轻时参加农田水利基本建设把腿弄瘸了，当了民办教师一心想转正，几十年过去了，不仅转不了正，连个老婆也没有娶上。

姚三拿起刚才买的这两副手套说："小的给你，大的帮我带给方老师。前几天他来，看见他的手套已经磨得露出手指头了。"安顿好这些，姚三说："你赶紧回家去吧，要不家里人着急，要找你了。"我觉得来了这儿一切挺完美。

正当我要走出姚三家屋子时，没想到姚三出乎意料地说："以后不要来我这儿了，我这儿的人乱七八糟的，你和他们不一样，要好好学习，等你考上你想去的重点中学了，再来我才欢迎。"我身子顿了顿，出了门。

四

从那之后，我不到姚三家了，却总搁记着那儿，那种异样的温暖，让我留恋。

我记住对姚三的承诺，一门心思放在学习上。伙伴们叫我去玩，我经常拒绝他们，每天晚上看书做题到深夜，早上鸡一叫就起床。有段时间太累，每天流鼻血。除了把语文、政治等背得滚瓜烂熟，我还把做过的数学题都背了下来，以至培养出了题感，许多题一看就能猜准答案。

我给方老师送手套的时候，明明告诉是姚三给他的，他却装糊涂，几次在班里不点名表扬有学生关心老师，送了副手套给他，边说还边把放在讲桌上的手套举起来让大家看。在飘荡着煤灰和粉笔尘的教室里，那副灰色的手套毫不起眼，却每次总是能引来同学们的赞叹。方老师几乎每节课都提问我，我一次也没有回答错。他把认为最好的参考书借给我，还让我当了少先队大队委，在许多场合夸我是天才。

星期天，方老师有时让我领上几个同学，帮他干些剥玉米、拾柴火等杂活儿。我拾玉米秆的时候，几次想起以前在方老师麦田里放火的那个家伙，要不是姚三，我不确定自己会不会干出这样的事情。有次去方老师家干活儿时，我吆喝钟晓，钟晓用手指刮着脸说："哈巴狗，溜沟子！"我一下愣住了，我们的关系开始渐渐疏远，慢慢背地里听到有说钟晓拿别人家的东西。

五年级开学不久，发生了一件轰动事件。第24届韩国汉城奥运会上，约翰逊9秒79跑完百米全程，破了世界纪录。一听到这个消息，老师下一节课就用约翰逊教育我们。他说约翰逊小时候瘦弱多病，说话结巴，常常被人嘲笑，但他不服输，选准喜欢的短跑每天坚持，二十多年从不间断，跑啊跑，跑成了世界飞人。三天之后，约翰逊被查出赛前服用了大量的兴奋剂，世界纪录和金牌被取消，约翰逊成了耻辱的代名词。

这个事件离我们非常远，我却觉得好像就在身边，我固执地认为它是我们那次尖子生选拔赛的放大版。那天放学后，我又不想回家了，不能去姚三家，便跑到水库。这里没有了夏天时的热闹，几平方公里的水域只有两三个人在钓鱼。水面涨了不少，石头坝上面长着的杂草小树被泡了一截，看起来有些荒凉。

我安静地待了会儿，还是难受，便想游泳。脱了衣服，风吹到身上凉飕飕的，清澈的水底几只透明的小虾好像受不了寒冷，弓起了腰。水很凉，我一个猛子扎下去，感到一阵刺骨的寒意。从水面钻出后，意外地看到对岸有一只白色的天鹅，它纤长的腿站在水里面，不时伸长脖子捞什么东西，显得异常孤单。我想：它为什么不和其他天鹅一起飞到南方去过冬？便拼命向它游去。水越来越凉，前面还是一大片黑乎乎的水面，我忽然想到今年夏天水库里淹死个人，赶紧往岸边游。上了岸，天鹅已经不见了，我怀疑自己看花了眼。

第二天，我一放学就跑到水库，却没有看到天鹅，那两三个钓鱼的人还在。

我喜欢上跑步，每天早上去学校之前，先从家里跑到水库，再从水库跑回学校。我跑啊跑啊，觉得自己飞了起来。

小学毕业之后，我考上了县重点中学。在此之前，我就相信自己一定能考上，但接到通知书的那一天，还是迫不及待地想把好消息告诉姚三，可是我们家里搬来个温州钉鞋的。

那几天爸爸妈妈总是窃窃私语，还收拾临街的屋子，而我要准备考试，没有留意。考完试等成绩的时候，光顾着疯玩了，没想到他们原来是打算出租屋子，而且还是租给了温州来的钉鞋的。

我和爸妈吵起来："不是姚三，我可能就考不上重点中学。为啥把屋子租给钉鞋的？租给任何一个干别的，我都没意见。"妈妈叹口气说："你看看录取通知书，学费、住宿费、校服费、伙食费，哪个不得钱，咱家的日子……再说街上这么多房子，咱们不往出租，人家温州人可以租别人家的呀！"我听不进妈妈的解释，觉得她这是忘恩负义、恩将仇报，接到通知书的喜悦马上消失，也不想在家里待了。

我取出姚三给我做的那双鞋。这双鞋我平时舍不得穿，现在竟小得不能穿了。我愤怒地将鞋拎在手上，跑到大街上，却无处可去。我想姚三家里现在一定很是热闹，要是姚三听到我被录取的消息，不知道会怎样开心，可惜我却没脸去告诉他。

　　整个假期，我捡杏核、拾骨头、刨蝎子、挖细芯草……啥能挣钱干啥，我想挣够学费，不花家里出租屋子挣的钱。不管我去干什么，每次路过姚三家门口，赶紧绕着走，害怕他看见我。别人一谈论起租房或钉鞋，我就心慌，不是假装没听见，就是赶忙找借口走开。温州人那个钉鞋的店尽管和我家住的地方只隔着一道门，我一次也没有去过，我恨他们。

　　开学后，每个周末回家，望见温州两口子总在忙，他们胳膊上戴着蓝色套袖，像纠察队的老太太。他们刚学会走路的孩子，拿着奶瓶，独自咿咿呀呀在摆满皮子、锥子、剪刀等物件的屋子中间走来走去。后来，看见那个小孩儿被拴在床头的柱子上，小狗一样围着柱子转圈，有时靠着柱子就睡着了。听说是因为有一次小孩儿居然自己走到街上，差点儿被车撞了。我觉得这样很没人性，怎么能为了挣钱不管孩子呢？

　　镇上本来只有姚三一个鞋匠，所有的活儿都是他的。现在温州人来了，他们机器好，人年轻，手脚麻利。一些人在姚三那边等得不耐烦，便到这边来做。也有的人觉得温州本来就是产皮鞋的地方，温州来的钉鞋匠也一定活儿干得好，便跑到这边来了。他们跑过来，不仅钉鞋，还爱向人家打听沿海地区的情况，谈论什么改革开放，赞叹温州人胆子大，有勇气，会动脑子有办法，那副样子，好像恨自己不能离开我们小镇到温州那里去。可惜温州人没有姚三那样的好脾气，他们对这些来闲聊的家伙爱理不理，偶尔说句话还是温州话，人们根本听不懂。可是这些人一点儿自尊心都没有，听不懂还是往那跑，他们拿着自己从商店里买来的鞋，让温州人鉴定是不是真皮的，只要温州人点头，他们脸上就绽放开笑容，好像卖猪肉的被防疫站的盖了个合格章；如果温州人摇头，他们就愤愤不平，说被人骗了。

进入 1990 年后，紧挨着镇子的 108 国道两边一下开了好多饭店，里面出现许多穿着短裙子和高跟鞋的姑娘，大拖鞋不理发，到那儿当老板了。镇里穿高跟鞋的姑娘也多起来。那些饭店里的姑娘们特别能钉鞋，人们说她们的鞋跟是在和客人推操中崴坏的，有时刚买的新鞋，她们也要钉个铁掌子，为了走起路来咯噔咯噔神气。姑娘们喜欢来温州人店里，因为去姚三店里，一来活儿干得慢，二来她们害怕那些混混们。姑娘们来得多了，小伙子们自然也来得多了。

当然有些人还是坚持去姚三那儿，这些人大多是老头和老太太，还有些手艺人，像张继东，还有木匠王明、剃头掏耳朵的刘胡子等，他们都认可慢工出细活儿。还有的人不急，他们不怕等，就为了姚三做的鞋耐。但姚三的生意还是冷清下来，有几次我竟然看到姚三坐在铺子对面粮站的台阶上，边吸烟，边发呆，以前他哪有时间出来闲坐呀！

初中的课程增加了，班里每个同学成绩都不错，大家憋着一股劲儿，想学得更好，基本上把所有的时间都花在学习上，但还是有些消息大家都关心。比如在北京举行的第 11 届亚运会，这是中国第一次承办综合性国际体育大赛，获了 183 枚金牌，居运动会榜首。亚运会之后，许多家庭条件好的同学利用假期让家长带着他们到北京旅游，专门参观亚运村。我知道家里没钱，不可能带我去，便想考上北京的大学，亲眼看看亚运村的模样。

这时再回到镇上，虽然感到亲切，但觉得它变得有些小和破了。我们几个在县城上重点中学的同学不大和以前那些伙伴玩了，而是单独聚到一起，有时还骑上自行车去邻村找同学。

有次周末我骑着自行车独自从县城回家时，在公路上远远看到一群人，他们遇到单独的行人，便站成一排挡住路，等人家下了自行车后一起围上去，然后是一阵哄笑声。我心里紧张，不知道他们干什么。这群人看见我过来又散开站成一排，忽然我发现其中一个是钟晓，便大声喊："钟晓！"钟晓看见是我，和周围的人说："这是我同学。"那些站成一排的人扇子一样合拢了。我骑过去时，钟晓酸溜溜地说了一句："你现在不一样了。"

回家之后，我说起路上遇到钟晓的事情。家里人说他参加了个什么"飞虎队"，在公路的陡坡上扒汽车。

五

一个星期六，我在家里温习功课，一抬头，瞭见有个像钟晓模样的人拿着双鞋进入温州人店里，我有些诧异。是不是钟晓？假如是，钟晓为什么来这里，他还用温州人钉鞋？我抑制不住好奇心，便从门缝里悄悄看，果真是钟晓。正忙着的温州鞋匠看见钟晓这双鞋眉头皱了起来，用手中的锥子拨拉了一下，奇怪地望着钟晓。

大概谁也没有见过这样破的鞋，鞋底穿了几个洞，鞋帮好像刀子划过似的到处透气，上面还有些可疑的脏东西，大概还有浓烈的气味儿，因为温州人捂了捂鼻子。

钟晓迎着温州人的目光，露出他那带着酒窝的笑容，说："钉鞋。"温州人捏起这双鞋，温和地说："太破了，没法儿钉。"钟晓一屁股坐在他对面，大声说："没法儿钉让我赤脚走路？我他妈的就这么一双鞋。"温州人看了看钟晓的脚，他居然真的光着脚。温州人嘟哝了一句："弄下来挺贵，补一个洞一块钱，粘一个底子三块钱，换鞋帮的话……"他仰着脑袋想了想："两只五十吧。"大概因为从来没有人换过皮鞋的鞋帮。钟晓一听，拍着屁股站起来喊："你讹人啊，钉个鞋几百块钱，比买双新的都贵。"温州人摇摇头认真地说："这鞋本来就不能修，修下来肯定比买新的贵。"钟晓大喊："鞋还有不能修的？你手艺不行别蒙人！"

他一喊，马上进来一群人，都是经常去姚三家里的混混。他们纷纷指责温州人，说他开门做生意必须接活儿，接活儿不能乱要钱，补双破鞋要几百块，不如抢银行去。他们越说越不堪，显然是故意来捣乱的。这时许多过路的人围过来看热闹，温州人不能做生意了，气得猛地站起来，扒开鞋给周围的人看："这样破的鞋，你们说怎样修？我就是修不了，谁有本事你们找谁去！"

钟晓他们哄地笑了，钟晓大声说："我就找你，你没有这个本事走起！"这时不知道谁踩了温州人的小孩儿一脚，孩子大声哭起来，温州女人赶紧哄小孩儿，大家的注意力转移了一些。旁边看热闹的人说："这么破的鞋还钉啥啊，扔了算了。"我妈听见闹腾声，拿着我的一双鞋过去，把鞋递给钟晓说："别钉了，穿上这双吧。"

钟晓头一仰说:“我不要别人送的东西。”说完光着脚走了。钟晓一走，人们慢慢散了，我妈叮嘱温州人小心点儿。

第二天早上，温州女人一开门，门头上挂着只浑身沾满血污的死猫，她立刻惊叫起来。温州男人把死猫取下来，脸阴沉得可怕。

接下来的几天，隔三岔五有人来找事。有的人挑剔绱鞋用的线和他原来鞋的颜色不完全一样，说温州人把他的鞋弄得不好看了。有的人说温州人给他粘上的鞋底走起路来不平，把他的脚硌得长鸡眼了。还有个人拿来双鞋，说温州人给他的鞋上扎了一个窟窿，他不要鞋了，让温州人赔钱。恰巧那几天，温州人的孩子不知道是感冒，还是受了惊吓，发起高烧，迷迷糊糊中时不时抽搐几下。温州人一边跑诊所，一边应付这些来找事儿的人，腿都快跑断了，把顾客冷落不少，孩子却不见好。温州人狠狠心，关门带上孩子去县里的医院检查，竟然是肺炎。

温州人不开门了，钉鞋的又都跑到姚三那边去，姚三的生意顿时热闹起来。姚三却还是急死人的老样子，该怎样做还是怎样做，该让顾客等还让顾客等。有些人等得心焦，催姚三快些。姚三慢腾腾回答，要做就做好，不能光图快和好看。他们觉得姚三死脑筋，不就是个鞋，穿上能走路就行了，没那么多事儿，坏了再钉，不能穿了就买新的。他们耽搁不起时间。

生意莫名其妙地热闹，姚三很快知道了原因。那天他拒绝了所有的顾客，怒气冲冲地让人把钟晓和那些去找麻烦的人都叫来。

钟晓他们听到姚三叫，以为帮了忙他要感谢大家，每个人脸上都带着笑容晃晃悠悠往店里赶，却见到姚三黑着脸，拖着瘸腿在屋子里转来转去。人们从来没有见过姚三这样，为了缓解气氛，便开他玩笑。姚三不像以前那样好脾气，吃了枪药似的，谁开玩笑呛谁，呛完了继续在地上转圈。他一瘸一拐的声音，弄得气氛很紧张，这些人猜测："到底出了什么事情？"

等人到的差不多齐了，姚三停下来，指着他们恨恨地说："我的脸被你们丢光了，你们怎么可以用下三滥的手段对付人家？"大家一下愣住了，没想到姚三因为这个怪他们，他们觉得委屈，这都是为了帮他呀！钟晓赶忙解释："干爹，是温州那个家伙欺负你，他哪儿不能去，却不长眼来咱们镇上，我们替你出口气，赶跑他。"姚三听了他的话更生气了："人家去哪儿是人家的自由，镇子也不是咱们家的，你们出什么气？"钟晓忙说："我们不是欺负他，是看他抢了你的生意不顺眼，收拾收拾他。"姚三气得嘴皮子直哆嗦，冷笑着说："大家各凭手艺吃饭，我姚三一辈子没欺负过人，却出来你们帮我欺负人。"

钟晓看见势色不对，换了口气说："我们不对，但干爹你能不能把活儿做快点儿？现在生活节奏快，人们也有钱了，不在乎一双鞋能穿多久，但在乎快不快。"姚三生气地一连为了几句："快？快了能怎样？别人不在乎咱们自己能不在乎吗？难道所有的人都不讲究了？为啥现在做不出古时候那么好的东西？关键是干活儿的人不把自己干的事情当回事了。"钟晓说："这是两回事儿吧，人们真不把一双鞋当回事儿了。"另一个人插嘴道："为啥找人家温州人钉鞋的多？关键人家做得快。"姚三说："人家做得快是人家的本事，我姚三首先想的是一定要做得好，对得起老祖宗传下来的手艺，我不需要你们帮这样的忙！"人们插不上话了，但许多人摇头，认为姚三过时了。

这时恰好张继东进来，听见刚才的话，他说："姚三你说得对，现在的人不把事儿当回事儿了，你看那些搞装潢的，拿个滚子一天就把几间屋子的墙壁滚完了。我画个墙围得多少天？要等一道漆干透了，擦光后才能上另一道，最少上三道，画个三英战吕布，得十天半月。但上一道行吗？一变天就开裂子；不干透行吗？亮度上不去。"

姚三听见张继东的意思和他一样，气消了些，放低声音说："人只能管自己，咱们错了，给人家道歉去。"

过了半晌，没有人响应。

姚三叹口气说："给人道歉不丢人，知道错了不道歉才丢人。"混混们都低下头，你瞄我一眼，我给你做个鬼脸，都不吭声。他们才不想去呢，姚三说不丢人是姚三说的，他们觉得给人道歉才丢人哩，再说他们觉得自己根本就没错。

张继东见人们都不吭声，来气了，说："姚三，我陪你去！"姚三地冲屋里的人摆摆手说："算了，我也管不了你们，你们不愿意去，我替你们去。"说完他就往外边走。张继东跟在后面出去。屋里的人迟疑了一下，互相瞧瞧，苦笑着摇摇头，钟晓和几个跟出来，他们脸上满是不情愿，像被强拉着上刑场。

恰好温州夫妇刚带着孩子从县城的医院回来，还没安顿好，就远远看见姚三和一群人过来，他们认出前几天找事的几个人，脸色马上变得苍白。温州男人下意识地站起来，手里拿着把剪子。温州女人赶忙跑进去叫我爸妈，希望能招呼一下。

姚三进来后，温州男人拿着剪子虎视眈眈站在那儿。没想到姚三满脸羞愧地对他说："同行，我这些朋友不懂事，给你添麻烦了，现在来道歉。"说完，他把路上买的水果和一条烟放到桌子上，看见旁边的孩子，抱起来亲了亲，孩子不认他，哇地哭了。

姚三尴尬地放下孩子，弯着腰继续说："真的对不起。"

温州人先是被搞糊涂了，怀疑这是不是真的。后来看见姚三确实满怀诚意，又像这些人里领头的，他才放下心，赶忙放下剪子，端出笑脸，掏出烟敬大家。

姚三推了推，掏出自己的烟反敬，他先给温州人，然后给跟着他的每个人散了一根。钟晓掏出打火机给大家一一点上。姚三深深吸了一口，大声对跟着他的人说："知道错了就记住，以后不要再来骚扰人家。"人们"哦"地答应了一声。

姚三抽完烟，摸着温州人的机器仔细打量起来，脸上露出羡慕的笑容。他说："伙计，你这个家伙真不赖，不便宜吧？"温州人说："也不贵。"姚三笑了笑，拿起温州人做好的一双鞋，看了几眼，脸上露出另一种笑容。温州人从他手里接过鞋解释道，前几天孩子发烧，活儿有点赶。

姚三点点头，抓起一把钉子，用手掂了掂说："好钉子，我说有九十七八个，不超过一百个，你们信不信？"他严肃起来。温州人带着笑脸说："我没那本事，蒙不出来，百八十个吧？"

钟晓赶忙接过来，一五一十数起来。98 个，真神了。温州女人不相信，接过去数了起来，果然 98 个。她瞧了眼自己丈夫，脸上露出惊诧的表情。

　　远处有个高个子姑娘一扭一扭走过来，姚三瞄了她一眼，望着温州人说："这个姑娘穿37码的鞋，左后跟磨得有点儿偏了，要钉掌子。"温州人嘟哝一句："这姑娘个子高，怕穿38码的吧？"

　　姑娘走过来，脱下左边的鞋说："给我钉个掌子，这个鞋不平。"温州人接过去，首先看了一下鞋码，脸红了。姚三说："姑娘，你这双鞋还不赖，虽然是革的，但仿牛皮仿得挺好，鞋后跟那儿还是块真猪皮。"姑娘笑嘻嘻说："您好眼力，我这双鞋比我们饭店里其他人的贵30块钱，就因为好看，我们也不图个耐穿，赶个时兴。"温州人一声不吭，加紧做手中的活儿。

　　姑娘走了之后，温州人握住姚三的手说："您好眼力！"姚三笑呵呵朝他鞠了个躬，领上自己的人走了。

　　一出铺子，钟晓他们都憋不住笑起来，连呼解气。钟晓好奇地问："温州人做的鞋怎样？"姚三只说了句："花哨。"钟晓继续问："别的呢？"姚三不再吭声，快到家门口时才叹口气说："快！都图快！"

六

　　姚三干活儿还是老样子，一丝不苟地认真，有耐心的人似乎越来越少，姚三的生意越来越萧条。

　　我的学习更加紧张了，假期也得补课。

　　那年暑假补完课已经立秋，回到镇上听说姚三现在经常摆弄那些毡靴。我想一定是活儿更少了，想找他聊聊，可是不知道该说些什么，又想起以前的事情，便作罢了。

几次好天气，看到姚三在粮站的台阶上晾他的毡靴，一字摆开竟然那么多，比以前多出许多，一看就不光是数伏时做一双，其他时间也做。想起姚三做靴子前去水库泡澡的事情，仿佛就在眼前，不知道他现在冬天做不做。那怎样泡澡呢？这些靴子大小、样子一模一样，摆成一排像肃穆的士兵，真是好看，但谁也不知道这些靴子能派啥用处。

我在县城上完初中，又去市里读重点高中。

高二那年，方老师去世了，得的是肺癌，刚由民办教师转正才一年，还没有找老婆。我回家时去他墓前祭奠，几个月时间，坟头上已经长满了草，墓前面连块碑也没有，不是他侄子领着，根本找不到。

考上大学的那年，听说二灰皮因为偷变压器，被判了十年刑。钟晓跑到内蒙投奔"大刀胜利"了，因为盗墓，公安局抓他。后来又听说他在一天晚上莫名其妙被大车撞死了，身上没有伤痕，光是脸上、衣服上沾满了土，可能是内出血。那是我生活中第一个年轻的伙伴意外离世，听到这个消息，有种凉飕飕的感觉从脊柱那儿升起，钟晓的两个酒窝晃来晃去，我觉得这不是真的。那天我没有吃饭，一点儿也不饿，晚上不想回宿舍，看了场通宵电影，有一部周润发主演的《和平饭店》，让我想起姚三的钉鞋铺，想起姚三当年叮嘱我不要去他那儿。

说实话，这么些年，我时不时想起姚三，尤其是他对我说过的那些话。可是一错再错，这么多年过去，更不好意思去了。我每次回家，向爸爸打听姚三的消息，他的生意越来越不好，身体也不像以前了。后来爸爸也不知道他的消息了，因为他不去姚三家了，也不怎么见他，而且也几乎不怎么听别的人们谈论他。

镇子在一点点发生着变化，学校搬到别处去了，羊舍祠重新修缮后，作为文物保护了起来。奶奶庙新来了一位主持，化缘来好多布施，整修得堂皇气派。

我家留的钉鞋的夫妇回到温州干别的去了，他们说钉鞋的生意不能做了。是啊，钉鞋的人确实越来越少，鞋坏了，人们就换新的，甚至还没坏、不时髦了就换新的，谁还穿钉过的鞋？就连张继东的儿子跟着他干起画墙围这行，也不单纯画墙围了，他也拿起滚子，有墙围画时画墙围，没有墙围画时滚家，刮家，全看东家的意思。木匠王明也用上了电锯、电推刨。剃头匠刘胡了不光学会了烫发，还学会了给女人们往直拉头发。

我有了喜欢的女朋友，却还是一直默默地关注着张海迪，社会上早就不怎么宣传她了，想起自己年少时那个想法，仍然觉得非常美好。其实在我们学习张海迪之前，她已经结婚了。

大学毕业后领上第一个月工资，我回家看爸妈。在菜市场突然看见姚三，他更加矮小，也瘸得更厉害了，正拎着块豆腐要回家。我觉得再不看他恐怕没有机会了，便买了些香蕉、橘子、蜂蜜和十斤鸡蛋悄悄跟在他后面。不长的一段路，姚三走走歇歇，用了好长时间。开门的时候，钥匙对不住锁子眼，抖抖索索半天才打开门。一进门他就打开灯，我跟进去，像走进了黄昏。电灯瓦数太小了，又多年没有擦，黑乎乎的。在昏暗的灯光下，炕上、柜子上、地上，能放东西的地方都摆满了白色的毡靴。

姚三看到我，睁大了混浊的眼睛，没有认出是谁。他呆呆地看着我找地方放手里的东西，满脸惊讶。屋子里太满了，竟然找不下空地方。我只好问："把东西放哪里？"姚三迟疑地反问："你是谁？"他的声音十分苍老，"你是谁"这三个字像赶了好远的路从他嘴里蹦出来。我说："我是亮亮，小时候经常来你这儿，有次考试没考好，你和我说了好多话，给我炒了五个鸡蛋，还送了我一副手套和一只小毡靴。"说到小毡靴，我一激灵，这个东西哪里去了？什么时候我开始不戴它了？想了半天，竟然想不起来。

姚三的眼睛亮起来，他说："你是亮亮，李××家的儿子，有出息了。"我十分惭愧，忙说："这些东西放在哪儿呢？"姚三揭开一个瓮盖，让我把东西放进去。

我问："怎么没有人呢？"

姚三慢腾腾说："没人了。上大学的上大学，打工的打工，上班的上班，年轻人们都离开镇上了，即使在的也不来了。老人们也不来了，人家玩的地方多了，看电视、玩游戏……"姚三说这些话的时候停下来喘了几口气，有些唏嘘。

我问："你还钉鞋吗？"姚三脸上出现更落寞的神情："早不钉了，没生意，眼花得也看不见。"说着他抱起只毡靴搂在胸口，轻轻抚摸着，像抱着只猫。

我不知道再该说些什么，默默地站了几分钟，掏出些钱悄悄放在炕上，告辞了。

后来，为了生计，越来越忙，渐渐淡忘了姚三。

几年之后，我在的城市里忽然流行起雪地靴，形状像极了姚三做的毡靴，只是雪地靴腰子低些，五颜六色，没有雪白的毡靴看起来高贵，也没有它毛墩墩可爱。据说高档的雪地靴，材料也是羊毛。我想起姚三，向父亲打听，他已经不在了。

父亲说，处理姚三后事的时候，来了个人说是他的侄子。

别的都好说，房子卖了，东西送了人，唯有那些毡靴太多了，侄子没办法带走，便大减价处理。没有人买。他卖给收破烂的，收破烂的出价极低，按斤称。侄子一怒之下，都拉到姚三坟前烧了。那些靴子堆起来比坟包都大，像白色的小山，纸扎烧完了，靴子还在烧。

匠　人

　　我们镇上有许多匠人，泥匠、裱匠、木匠、画匠、油漆匠、铁匠、纸火匠等等。王明是个木匠，他总是戴顶蓝帽子，一年四季不离头，帽子上面泛着闪亮的头油。他脾气很好，不爱主动说话，谁与他搭话，他都喜欢用"是是是"或者"对对对"来回答。他这种好脾气，人们很喜欢，他的手艺也比镇上其他木匠确实好些。

　　春天王明给我家割家具时，那几根榆木已经在屋檐下堆了好几年。父亲说："这些木头干透了。"王明说："是是是。"父亲问："割一张床、一排靠墙的书柜、一个大门，够吗？"王明说："对对对。"父亲问："老明，为何和你说啥也是'是是是'，'对对对'？"王明笑了，他把帽檐往下拉了拉，两撇八字胡一颤一颤，像狡猾的兔子。

　　王明开始在我家做工了，他带来电锯、电刨子、墨斗、尺子等一堆东西，却只有一个人。父亲问："老明，你手艺这么好，为啥不带个徒弟呢？"王明点点头，张开嘴，把一根木头搬起来，斜着眼瞅了瞅，开始放线。电锯轰鸣，他说什么根本听不清楚，刨花的清香在屋子里弥漫开来。

"床要割成这样子……书柜……"我把想象中的样子向王明描绘。王明不说话，在纸上认真画着。我的设想还没有说完，王明已经画出一架床和一排书柜的样子，上面清楚地标着各种部件的位置、尺寸和样子，比我想的周全漂亮多了。我说他设计得真好。王明往下拉了拉帽檐，笑了。

王明非常想要个男孩，可他老婆一连生了三个，都是女孩。第三个生下后，王明为了交超生罚款，花光积蓄还到处借钱。那几年，人们仿佛总是看见王明老婆在奶孩子。尤其是夏天，她坐在巷子口的石磨盘上，孩子一哭，她就掀起衣襟，胸前明晃晃的。村里许多女人都这样做，但王明老婆的动作格外惹人注目，因为长得漂亮。

但她性子慢，干什么都慢腾腾的，还不爱收拾家。人们说她家炕上、地上都堆着满满的东西，连个下脚处也没有。

王明来我们家干活儿来不及吃早饭，总是带着两个馒头和几块咸菜疙瘩。进了门，把那个大罐头瓶子灌满开水，开始吃馒头。母亲见他每天这样，叹息一声说："光漂亮顶啥用？"

家里吃早饭时，便在锅里留点菜和稀饭。王明一来，给他把那两个馒头热上。王明喝着稀饭，脸上冒出红晕来，说我们家的生活好。

王明在干活儿时基本不说话，中间休息、喝水，老拿根铅笔在纸上画来画去。有天我好奇，凑过去看了眼他画的东西，居然是鼓楼和木塔的样子。代州的鼓楼应县的塔，正定府的大菩萨，人们都这样说。可王明画它们干什么呢？我不由自主地问他。

王明说："有空我想去鼓楼和木塔上看看，它们到底是什么样子。要是能搞到它们的图纸，把它缩小了，做成工艺品定能卖个好价钱。"

王明的话让我大为惊讶，他脑子里居然有这样宏伟的梦想。我说，确实是个好主意。但心里嘀咕，怎样能搞到它们的图纸呢？它们可都是国家级文物保护单位，不知道王明想没想过这个问题。他的铅笔在纸上用劲儿描着，鼓楼的柱子特别亮特别黑，铁做的一样。我给他杯子里续上水。王明说："不喝了。"拉了下帽子，帽檐右侧经常手拉的那块地方磨破了，露出条条白色的纤维。他的眼睛亮晶晶的，闪着狂热的光，盯到家具上时，光淡了下去，眼珠有点发黄。

中午了，王明还在干活儿。父亲说："老明，收工吧，该吃饭喽。"王明答应着，却并不停歇。床架已经做好，他在做里面的床厢。

我们家开饭了。父亲过去喊王明："老明，在我们家一起吃吧。"王明说："不了，一会儿回家吃。"他又拿起一块木板。

我们吃完饭，王明还在忙着。母亲洗完锅，父亲开始睡午觉，王明离开我们家。他耷拉着肩膀，帽檐低垂着，街上只有他一个人，走一步影子往后缩一下，像被迎头打了一棒的蛇。

有一天四点钟了，王明还没有来。母亲要去河里洗衣服，王明不来不能走。等啊等，以为王明不来了，快五点时，他出现了。他见了母亲脸上带着难为情的笑容，匆匆拉开了电锯。

七点钟时，家里的人都回来了，王明也在收拾他的东西。父亲递给他根烟问："老明，还得几天？""快了，"王明点点头，"明天我早点来，今天下午他妈的老婆睡过去了，孩子没人带。"王明的回答让人吃惊。但以后有几次，他都是这么晚才来。

王明干的活儿真是没说的。床、书架渐渐成了形状，和城里卖的那些南方人做的款式几乎一样。床坐上去稳稳的，纹丝不动。书架不光结实，还实用，我量了一下，可以放几千本书。

大门也做好之后，王明的活儿全部干完了。这些崭新而结实的家具亮堂堂的，散发着木头的清香，望着很舒服。最后一天，我们犒劳王明。

给他倒上酒，他坚持不喝，说喝上头晕，误事情。他不喝酒，吃起饭来非常快，而且似乎不爱吃肉，总是夹着菜吃。父亲问："老明，不吃肉？"王明说："也吃。""那怎么不见你夹？今天买的肉是三黄毛家自己养的猪的，放心吃吧，不是饲料肉。"王明夹起一块，放到嘴里，闭上眼睛慢慢咀嚼着，那样子认真极了。我们都放下筷子，望着他。王明吃饭居然也没有摘帽子，乌黑的头油使这顶帽子像钢盔样闪着光。王明嚼完这块肉，睁开眼睛。"好吃，比平时的肉好吃多了。"说着，他又夹起一块。父亲笑了，说："你要是再喝点酒就更好了，酒肉是亲兄弟，不分家。"王明摇摇头。王明吃完第二块，再没有接着吃。父亲见他不主动，拿起筷子来给他碗里连菜带肉拨了半碗。奇怪的是，王明只拣碗里的菜吃，一会儿就只剩下肉了。父亲问："老明，怎么又不吃了？"王明的脸骤然红了。他抖抖索索从口袋里掏出个装了饼干的塑料袋，把肉一块块夹进去。"老大爱吃肉。"他说。"老明你怎么不早说？不嫌的话把这都拿上。"父亲把盘里剩下的菜都倒进王明的塑料袋里。王明不住地说："是是是。"

王明又去别人家干活儿了，他总是忙。偶尔我在路上碰到他，问："去看鼓楼了吗？"木塔我压根儿就没问，那么远。王明的脸上总是泛着笑容回答："不忙了就去看。"看不出有半丝遗憾或烦恼。

他老婆似乎喜欢把所有的活儿拿出来在巷子口干。在那么多人中间一眼就能瞧出她来。秋天的时候，她带着孩子们在巷子口装西红柿酱。大女儿拿着小刷子，仔细清洗着用过的输液瓶、罐头瓶，洗好的码在一边，亮晶晶的。旁边盆子里是切好的西红柿。他老婆用勺子慢腾腾往里装，怀中的小孩不时用手拨一下，女人就拍拍孩子，等她安静了接着装。大的过一会儿跑过来拍拍小的肩膀，拉拉她的手，或者在她脸蛋上亲口。女人呵斥几声，并不真正生气。她脸上、脖子上溅上西红柿，也不擦，干了之后，脸上五抹六道，看起来有些妖娆。

父亲作为我们镇上最好的油漆裱刷匠，和王明一样活儿多得忙不过来。镇上供销社、工商所、税务所等单位的活儿都让他干，还有些外地人慕名来找他。一次，有人请父亲去二百里外的市里，给寺庙的罗汉进行描金。父亲干完之后，带回一架剥玉米的机器。

我们村子里的地因为不好浇水，大部分人家种了玉米。到了中秋节，收割之后，每家院子里堆得都是金黄的玉米。放到冬天干透之后，人们也闲了下来，便开始剥玉米，纯粹用手。这是很烦人的活儿，种得多的人家得剥整整一冬天。记得上小学时，哪家人家的玉米多得剥不完，和学校的老师说一声，老师便带上学生去剥。剥完之后，学校把玉米棒子带走，生火炉用。许多年过去，还是这样，但学校不敢让学生出来剥玉米了，怕出安全问题。

父亲带回的这架机器全部部件是铁做的，有一个手摇的曲柄，用起来很省劲儿，还剥得快。

父亲带回这架机器没几天，王明来到我们家。

他抱着一块花格子的毛巾被，走得满头大汗。请他坐，他不坐。请他喝茶，也不喝。他绕着已经油漆好的床和书柜转悠半天。父亲说："老明，手艺不错，晚上喝酒吧！"王明嘿嘿笑着，赶忙摆手。见他老是不说话，父亲急了，问道："老明，有啥需要帮忙的？"王明说："没啥，没啥。"依旧端详着那些家具。父亲与母亲窃窃私语了半天，父亲抬起头来问道："你是不是手头紧？"王明涨红了脸，拼命摇头，终于嘴里蹦出话来："能借借你家的剥玉米机器吗？"父亲一听，拍着王明的肩膀说："为啥不早说，我还怀疑你手头紧，想借点钱呢。"王明说："怕你家里用。"父亲说："玉米还没下来，用不着。再说，即使下来，也能借给你。"

父亲把机器抱出来。王明眼睛放光了。他用袖子把机器擦了擦，轻轻摸着它，然后摇了摇手柄。机器里没放玉米，齿轮转动发出均匀的嗡嗡声。"好东西！"王明说。他把手中的毛巾被展开，小心地把机器放上去，抱回家去了。

大约过了十几天，王明来还机器，手里还拿着几只香瓜。他把香瓜放下时，露出贴着几块白胶布的手，有几处擦破的地方还没有处理，红肿着。父亲问："带瓜干什么？"王明说："不值钱的东西，地里种的，尝尝鲜。""你手怎么擦成那样？"父亲问。王明把手往背后藏了藏。父亲给他倒了水，王明坐在炕沿上，使劲拉着帽檐，头快勾到裤裆里了。母亲做好饭的时候，他赶忙站起来，缩到门旁，像下了狠心似的，脸唰地红了。他问："王师傅，你那架机器多少钱买的？""一百二。"父亲回答，"你也想买一架？"王明的脸更红了，他说："我也做了一个，你看卖一百一怎样？""啊？"父亲吃惊地问，"好使不？""绝对好使，我试过了。""那你也卖一百二吧，要不再贵点儿，咱们这儿是个稀罕货，谁也需要。""不不，就一百一吧。"王明仿佛怕父亲再劝说他，急匆匆走了。

过了段时间，镇上传开了王明卖剥玉米的机器，试过的人都说不错。许多人去王明家买。王明没那么多货，人们就把钱留下，先定上。

王明不干木匠活儿了，在家里整天做机器。他老婆也不到巷子口坐了，大概在家里帮忙。

王明做的机器，几乎和父亲买来的一模一样，只是他在手柄上包了块软布，握起来更加舒服。想起王明以前在纸上画的鼓楼和木塔，他真是手巧，如果有这两个的图纸，他一定能制作出缩微版的。

冬天到来的时候，镇上许多人家买了王明做的剥玉米的机器。机器又省力气又好用，一个玉米用不了一分钟就剥完了。又有更多的人去买他的机器。王明更加忙碌。

很少见王明了。有一次，我想做个根雕的底座，去找王明帮忙。一进他家院子，感觉出奇的荒凉。冬天了，干枯的茄子、辣椒苗子还没拔，西红柿架子也在，随着风吹发出呜呜的响声。地上、台阶上有几堆粪便，冻得硬邦邦的。还有些菜叶子，被冻在污水结的冰里面。进了门，浑浊的空气扑面而来，明显有尿骚味儿和煤烟味儿。一只小狗跑到我身边汪汪叫着，不断绊我的腿。靠近柜子的地方，摆着喂狗的盘子，里面有半块馒头和几块肥肉。地上停着辆黑乎乎的自行车，旁边还有辆快散架的童车。鞋、毛衣、衬衫、打底裤、丝袜、小孩作业本、衣服架子、几盆干死的花、一只里面泡着豆腐的铁桶、五颜六色的方便面袋和几只白色的塑料袋乱七八糟堆在地上。柜子上落满灰尘，同样有几件衣服，还有一个上面满是灰尘的神龛，里面供着观音菩萨。

王明看见我，从屋角一架小车床旁走过来。要不是知道他是木匠，我真怀疑自己走错了地方。那旁边摆放的都是铁器，铁架子、铁筒子、铁轴承、铁螺丝……

王明用手拉了拉帽子，冲里屋喊，给王老师倒杯水。里面有女人"哎"了下，这是我第一次听到他漂亮老婆的声音，很悦耳。王明脸上到处是乱蓬蓬的胡子，记得他以前只是嘴唇上留两撇胡子。他帮我搬凳子时伸出手来，黑乎乎的上面满是伤口，有的已经结了痂，有的刚弄破，缠着胶布。他的嘴唇上也泛着干裂子。

我说不坐。我不知道该说啥，让王明帮做底座的话怎样也觉得说不出口了。王明又吃喝了："水呢？""快了，快了。"他老婆的声音真好听。我有些窘迫，打量下屋里，忽然觉得不该这样。王明注意到我的动作，脸上出现一丝尴尬。他说："孩子们小，忙得没时间收拾。"我说:"是是是,先把日子过好。""我想买架机器。"我忽然灵机一动说。王明皱皱眉头问:"你家不是有吗?""两架快些。"我回答。"对对对,"王明说,"你家要,不收钱,送你好了。不是你爸爸,我还做不出来。"我连忙摆手:"别,我家不着急,先给别人弄。"我掏出一百元放到柜子上,马上告别。王明不要,我坚持放下。

出了王明家,路边有个卖柿子的。我把口袋里剩下的钱全掏出来,只有五块六,卖柿子的给了我三斤。我忽然想起王明老婆还没有把水倒出来。

那些有了机器的人家,冬闲下来后,早早就把玉米剥完了。正好赶上行情,卖得价钱不错。过春节时,他们院里没有了往年的拥挤,打扫得干干净净,年好像比以前更有了气氛。

我们镇上除了种玉米的多,还有种向日葵的。有些头脑精明的人把玉米、向日葵收下,卖往四川、山东、安徽等地,很是赚钱。还有些人跑到北边的大同、朔州、内蒙收瓜子。可是他们买来的扇车不好用,慢,经常扇着就没劲儿了,有时干脆就自己停下来,而且扇得也不干净。他们发货时,因为这个,价钱总是被打折扣。

有一天一个叫孟三的,货又被压价了,他找到王明问他能不能帮他弄个扇车。王明慢吞吞回答:"能是能,但……"他指着地上的一摊东西。孟三说:"光做这个能挣几个钱?"他数出五百元,放在柜子上说:"这是定金,做好后付剩下的,半个月时间够不够?"王明说:"我试试。"

半个月后,孟三开着汽车从王明家拉走一辆扇车。很多人跟着孟三去他收粮的地方看。插上电源，倒进几锹玉米去。扇车呼呼响着，把站在旁边的人吹得东倒西歪，几锹玉米眨眼间扇完了。王明捧起一把，递给孟三，玉米金黄灿烂，里面丝毫没有树叶、玉米壳子之类的杂物。孟三又打开开关，倒进更多的玉米。人们说笑着，看着扇车旋转。停下来之后，孟三蹲下去扒拉里面，半晌，他站起来，冲王明竖起大拇指，唰唰点了一千元。一千元，人们惊呆了。那时我当老师，一个月还挣不到三百元。

于是，王明除了做剥玉米的机器，又开始做扇车。

后来，他鼓捣出的东西越来越多，密封西红柿酱瓶子用的"紧盖器"，电视接收信号的"锅盖"，能收到"美国之音"的半导体收音机，掏厕所粪便的"抽粪机"……只要有材料和工具，王明几乎没有做不来的东西。

王明生活明显地阔绰起来。他老婆出来买菜时，手里有了肉。后来，居然买了辆红色的小木兰摩托，她骑着它买菜，车筐里放着鱼、肉和各种水果、时鲜蔬菜。他最小的女儿站在前面的踏板上，眼睛亮晶晶的。

有一天，王明突然来到我家，问父亲认识"白种人"不。父亲说："认识，有什么事？"王明说："他去我家，说我偷税漏税。"父亲的脸马上红了。

"白种人"是税务所刘达的绰号，三四年前调到我们镇上。他皮肤特别白，不长胡子，皮肤上连汗毛也没有。刘达老往女人堆里混，收税时，喜欢拍拍这个女人的肩膀，在那个屁股上拧一把，谁附和着赔上微笑，他就免了这个月的，或者少收一些；谁要是翻脸了，他马上脸拉得像驴，扣住眼睛要。对待男人则是另外一副嘴脸，丁是丁、卯是卯，还总爱学别人说话，尤其是那些结巴的，或者从山里搬来口音重把"老天爷"说成"老钱爷"之类的，人家说一句他学一句。

他的家在县城，每周回去一次，平时只身住在税务所的宿舍。

税务所的房子以往都让父亲油漆粉刷。"白种人"来了之后，还是找父亲，但干完所里的，得把他家里的也捎带弄一遍。前几天油漆粉刷完税务所的房子后，晚上他请父亲喝酒。两人喝高了，他吹牛，父亲也吹牛。父亲说："我有个朋友是个木匠，可厉害了，什么东西也会做。""白种人"问："他会做什么？"父亲说："剥玉米的机器、扇车……"父亲数了一长串。父亲说，镇上人们用的都是他做的。

这会儿父亲知道是因为自己说漏了嘴，他喃喃自语道："这个'白种人'！"王明说："我也没开店铺，你能不能和他说说，让他照顾一下。"父亲点点头说："没问题，我明天就去找他。"然后他安抚王明道："大不了请他喝顿酒，别太当回事。"王明点点头说："是是是，你这样说我就放心了，改天请你喝酒。"父亲忙摆摆手说："不用。"王明告辞的时候，父亲把他送到门口。王明帽子奋拉着，走到门口停住，转过身来想说什么。父亲拍了拍他的肩膀。他没有再说话，消失在黑暗中。

父亲回到家里自言自语道："这个'白种人'！都怪我多嘴。"他在地上转了几圈说："我现在就去找他。"

大约过了半小时，门砰地开了，父亲还没进门就气愤地说：

"不是个东西，递不进人话。"

父亲去了税务所，"白种人"正在看电视。父亲和他说起王明的事。"白种人"让父亲别多管闲事，他说偷税漏税是大事，当年刘晓庆因为这还坐了大牢。父亲说："也没人知道，能不能象征性地少缴点儿？""白种人"生气了，问父亲把他看成啥了，按规矩收税是为国聚财，再说王明涉案的金额不算少。他用了这些大词，激怒了父亲，也让他有些惊恐。

父亲在地上焦躁地转来转去，怎样和王明说呢？"都怪我多嘴，我不该和'白种人'提王明的事。"他不停地埋怨着自己。我说："这事说有就有，说无就无，关键看'白种人'，别人不会无事生非。"父亲忽然牙疼起来，疼得捂住腮帮子在地上乱蹦。吃了两颗止疼片，还疼。母亲打了颗鸡蛋，把蛋清搅匀糊在他脸上。他躺在床上，头不能动了，气得身子还在颤抖。

从那天开始，"白种人"开始在我们镇上调查。他在肉铺前、五金店前、小卖部前、粮店前、收粮的地方……凡是他能收税的地方挨门问："你买王明的剥玉米机器了吗，多少钱？你买王明的扇车了吗，多少钱？你买王明的……"人们见了他躲得远远的，可是他像跳蚤往人们身上蹦。

王明又来到我们家，脸变成黑的了，人不知道骤然瘦下多少斤，戴了多少年的帽子终于戴不住，摘下来挂在屁股上，露出发红的头顶。他嘴唇哆嗦着问："王师傅，到底该怎么办？万一出事，我孩子还小。"父亲安慰他："不用怕，没事，大不了出点罚款。真是活见鬼了，以前谁专门找个人讨税？"王明长叹口气，说："是

044

是是。"眼睛湿润了。"要不你主动行行他？拿多少呢？"王明问。父亲沉思半天，摇摇头说："你看着办吧，杀鸡得用宰牛刀，这是个大牲口。"

此后，打听王明卖机器的消息渐渐听不到了。我们以为王明打点之后，事情就这样过去了。

可是不久之后，"白种人"去了王明家。

正在捣铁皮的王明一见"白种人"脸马上变成土色，赶紧给他递烟，指挥老婆倒水。可是家里没水，王明老婆赶紧接水，烧水。王明着急了，冲老婆发火："家里连水也没有？"

没想到老婆还没还嘴，"白种人"说话了。"不要冲女人发脾气嘛。"他说着，帮王明老婆往灶火里传了把柴，仿佛不小心，蹭了王明老婆的脸一下。王明的嘴哆嗦着，没有再吭声，接着捣铁皮。

"白种人"喝了两杯水，还坐着不走。王明心里越来越慌，他没有注意铁皮已经很平很展了，还在继续捣着。一不小心锤子砸在中指上。往日很能忍的他捧着血淋淋的手指，出人意料地大喊起来："我的手！"他还故意在"白种人"眼前晃了一下，然后撞开门说："我到医院去。"临出门时，他悄悄瞥了"白种人"一眼，希望他能说句同情安慰的话，或者跟着他出来。可是"白种人"地方也没挪，嘴也没动。王明最小的女儿吓得大哭起来。王明赶紧加快速度往门诊跑去。

把血糊糊的手指头包扎好之后，王明怕回去见"白种人"，在街上乱逛起来。他转了许多门市，什么也没买。电影院门口有人打台球，王明以前从来对这不感兴趣，现在却停下来，看了一局又一局。又在照相馆前下棋的人们跟前停下，看了半天。人们很久没有看见王明这么闲，都问他。王明夸张地举起自己的手指头说："把手弄伤了！"他在街上就这样一直闲荡着，尽管指头疼得要命，也不想回家。

王明转悠到孟三收粮的地方，天已经黑了，厂子里吊着大灯，孟三正在指挥工人扇粮食。王明走了进去。他问孟三："'白种人'收你的税吗？""怎么不收，老流氓，可狠呢！你的事完了吗？"孟三回答完之后问。王明的脸色马上变了，在黄色的灯光下有些瘆人。他说："今天到我家了。""这个流氓！"孟三说，"以前他在城里的局里，还是个小头头，因为调戏客户，听说还对十几岁的小孩子动手动脚，被许多人告状，受了处分，才贬到咱们这儿的。"王明顿时心慌起来，赶紧调头往家走。

进了院子，王明听见屋子里很安静，以为"白种人"走了，顿时轻松许多，马上忘了手上的疼，加快步伐，还有几件活儿没做呢。迈进屋子，最小的女儿正吃力地举起大锤子，下边蹲着他的二女儿。王明惊得马上扑过去，一把夺下孩子手中的铁锤，拍了她一巴掌。孩子哇地哭出声来，蹲着的二女儿吃惊地仰起头，她不知道刚才锤子可能落在她头上。王明老婆听见哭声从里屋跑出来。王明看见她脸涨得通红，平时松开的领口扣子系紧了，胸前鼓鼓的，像憋着许多气。

老婆抱住孩子哄的时候，"白种人"从里屋出来了，白色的脸像纸糊的一样没血色。他手里拿着几块糖，递给哭着的孩子，孩子手乱摆，不要。他递给旁边的二女儿，顺手刮了下她的鼻子说：

"真漂亮！"王明像被蛇咬了一口，抱起二女儿往后退了几步。"白种人"挠挠手说："我也爱鼓捣些东西，一直找不下好师傅，以后拜你为师吧。"王明赶紧拒绝。

"白种人"走了，孩子还在不停地哭，有些歇斯底里，女人怎样也哄不住。孩子尖锐的哭声像愤怒的人要把哨子吹破。王明闻到空气中有种奇怪的味道，像有东西腐烂了。

王明和妻子商量："咱们把妞妞送到私立学校读书去吧？"老婆感觉莫名其妙，说道："疯了？妞妞才十二岁。""十二岁咋了？古代的人十二岁都结婚了。""你有钱！""挣下钱还不是为了孩子们。""我不，妞妞要是被人欺负怎么办？""'白种人'来了！"

王明来找我，问认识不认识私立学校的老师，说想把妞妞送去读私立。那时只有家庭条件好又特别忙的人才送孩子上私立，王明的想法我觉得有些奇怪，但还是给几个在私立学校工作的同学打了电话。问明情况后告诉王明。王明说："看来私立管理严格，老师们也不错。"我说："就是费钱，孩子还不在身边。"王明说："是是是。"重重地点了点头。

不知道妞妞为什么没有去私立，"白种人"却走到哪里都说王明是他师傅，而且到处给王明揽活儿。他甚至还来到我家里，对父亲说："你家弄个锅吧，能多收几个台。"父亲冷着脸"嗯"了几下。白种人走后，母亲担心地说："他会不会给你使绊子？"父亲"呸"一口说："尿他！顶多以后不揽税务所的活儿，也省得给他家白干。"

"白种人"开始每天去王明家。

然而人们去王明家买东西，发现一向好脾气的王明变得很冷淡。有一次，人们看见王明和"白种人"吵嘴。他不让"白种人"再给他招揽活儿了，"白种人"不答应，涎着脸解释。

有一天，突然听说王明把手轧断了。我和父亲去探望。王明一只手缠着纱布，挎在脖子上，另一只手在拔院子里的草。看见我们，他脸上居然现出微笑，一点儿不像个刚轧断手的人。

父亲问："老明，你的手？"王明有些轻松地说："搞掉个指头。"他这种样子很稀罕，好像在说别人的事情。这时他的老婆出来补充说："把一个手指头切掉了。"王明脸上露出遗憾的表情，但坚定地说："以后不做那些乱七八糟的玩意儿了，还是咱的老本行好。""不做这能行？"他老婆皱起眉头问。"咋不行呢？"王明有些生气。他老婆好像有些理亏，没有回嘴。

"白种人"不在。

王明用一只手给我们沏茶，他家里居然有热水了！

王明养伤，闲了下来，认识王明这么多年，他似乎从来没有这样悠闲过。路过巷子口，经常看见他用那只好手端着大罐头瓶子装的茶水，开心地听着人们说什么。他的老婆坐在旁边，手中拿着一团毛线织来织去，好像心不在焉，总是在织一条袖子。孩子们在她身边乱跑。

入伏前几天的一个晚上，王明喝了酒，抱着架剥玉米机器来到我家，要送给父亲。父亲问："老明，你喝高了？""没没没。"王明回答。我有些诧异，王明以前总说"是是是"和"对对对"，而且他从来不喝酒。

父亲不要他的机器，说："家里已经有两架了。"王明坚持要送，说："这是我留下的最后一架，以后孙子才再做这玩意儿。"父亲继续推辞。王明慢吞吞地说："其实来还要求你件事。"父亲回答："直接说就行了，还拿这个！"王明说："我再也不做这些东西了，人还是干自己的老本行好。"父亲问："你的手好了？"王明举起来晃了晃，左手剩下四个半指头。父亲叹口气说："不做也好。"王明问："你知道谁家需要木匠吗？"父亲说："我想想。"半天没吭声。我们这儿一入伏，许多活儿人们就不做了，因为天气潮，做的东西干不了，容易坏。王明看见父亲沉默，咽了口唾沫说："我也知道这时节人们不愿意做了，碰碰运气，要不过了伏再说吧。"父亲看了看我，说："要不你帮我家做个博古架，那东西看着挺有意思。"

王明走了。那天晚上，气温很高，不知道什么昆虫"紧——紧——紧"的一声接一声鸣叫。

第二天，王明带着他的电锯、墨斗、尺子等工具来了。我把收藏的根雕、奇石拿出来让王明看。王明嘴啧啧响着，尤其是对那些根雕，表现出很大的兴趣，他说："没想到木头疙瘩能弄这么漂亮。"我打开本根雕的书，让他看。王明边翻边点头，一本书，翻了半个多小时。合上书，他眼睛里闪耀着异样的光芒，问："这些树根从哪儿来的？"我说："有山上挖的枯树根，有河床里捡的，也有买下的。"王明说："咱们这边山里有麻梨、黄荆、白桦、柏树等，崖柏就是长在悬崖上的柏树吧？"我想给他解释，崖柏有两种，通常指长在悬崖上的侧柏，另一种特指重庆大巴山上的那种濒危物种，但没有说，而是点了点头。

　　收工后，王明告诉我他去看过鼓楼了，但没有搞到它的图纸，做了个东西，不精致，没法儿给人看。我安慰他。他说想借我的书看看。

　　做完博古架，入伏了，天气又潮又热，坐着不动，也汗出如浆。许多匠人们闲下来喘息，王明却进山了。

　　晚上，人们热得屋子里待不住，围着路灯打扑克。王明回来了，背着个大树疙瘩。有人问："老明，你带的啥？""麻梨疙瘩。"王明回了屋子没有出来，过一会儿，他老婆也回去了。

　　从那天开始，王明在自家大门洞里打磨这个木头疙瘩。

　　人们去他家里买东西，王明一律回答，不做了。

　　"白种人"来过一次，王明堵在门洞里不让他进去。"白种人"说："师傅，我给你揽下些好活儿。"王明用刻刀仔细地剔木头缝里的树皮，头也不抬。"白种人"不走，打量着这块木头疙瘩问："师傅你要做啥？"王明拉过磨石，磨起刻刀来。磨了半晌，把闪着寒光的刻刀举到脸前剔起指缝里的污垢来，剔到断了的那根手指时，他冷冷地问："这也收税？""白种人"打着哈哈说，师傅开玩笑。王明说："我要做根雕，你跟着我学吗？""白种人"打了半个哈哈，拍拍屁股走了。

　　整个伏天，王明都在门洞里打磨这块木头，他的老婆和女儿待在屋里不知道干什么，这么热的天。

　　有一天王明来到我家，说他的根雕做好了，让我过去看看。

　　它隐隐约约像只虎，有头、四肢和尾巴，尤其是那黄褐色的火焰纹，像极了皮毛，还有一团一团的疙瘩，使它增添了几分威武。

我说："真不错！"王明搓搓手说："第一次做。"

伏天过去之后，王明开始干老本行了。他领了个徒弟，是他老婆的侄儿。他的营生很快多起来，两个人做也很忙。

王明收工之后，喜欢到河滩、野地里瞎转，偶尔也去趟山上，收集各种各样的树根。渐渐地他家的根雕多起来，它们摆在落满灰尘的家具和乱七八糟的衣服、杂物中间，给人异常醒目的感觉。有次有个收古董的去了他家里，买走两件。剩下的王明经常擦抹，而且继续做着。他家的这些东西越来越多，他老婆偶尔嘀咕几句，埋怨这东西不能换饭吃，王明抬起头盯她，她便不说了。

王明家的生活渐渐回复到前几年的那种水平，他老婆出来买菜，不骑木兰了，说费油。他也再不提送妞妞去私立学校的事情了。我帮忙打听喜欢根雕的朋友，可实在是少。

有一天，忽然人们说"白种人"喝多酒，晚上掉进了村子东边的河里。我的第一反应是王明又可以做以前那些稀罕的玩意儿了。父亲说："王明可以重新开始了。"他把王明送我们的那架剥玉米机器找出来，给他送回去。王明送给我们后，还没用过。

父亲从王明家回来，还抱着这架机器。他说："这头倔驴，根本不要，说再也不做以前那些东西了。"我想起他家门口的那只麻梨疙瘩做的老虎，问父亲："他家大门洞里的那只老虎还在吗？"父亲皱起眉头，想了想说："那个木头疙瘩啊，磨得真亮。"

铁砧子

　　郝仁是个修自行车的，孟胜利也是个修自行车的，两家紧挨着，谁都不理谁。在此之前，张秀武家和孟胜利家也谁都不理谁。郝仁买下张秀武的房子，好像也继承了张秀武和孟胜利的恩怨。

　　郝仁来我们院之前，镇上只有孟胜利一家修自行车的，生意好得不得了。经常看到孟胜利搓着两只沾满油污的大手，爽朗地大笑。他一说话，像用锤子敲铁砧，铮铮地有回声。他家两个孩子，老大孟夏一聪明伶俐，但非常淘气；老二孟秋一学习好，在县里上重点初中。孟胜利虽然给两个孩子取名都有"一"，但一点儿也没有勉强他们争第一的意思，甚至连这个想法也没有过。他仿佛有使不完的力气，可以把他家的两个孩子安排得妥妥当当。再说，他有一门好手艺，孩子们再不济，老大孟夏一可以跟着他学修自行车。谁家没有自行车呢？哪辆自行车在几十年的使用寿命中，不被修理几次，更不用说平时胎破了、链条坏了之类的小活儿，而且子承父业，是天经地义的事情。秋一本来学习就好，又是女孩子，给她准备好嫁妆就可以了。

张秀武夫妇都是公家人，一个在灌渠工作，一个是镇上的教师，孩子们从小学习好。人们认为就应该这样，老师的孩子学习不好，谁能学好？

孟胜利没有和张秀武比的意思，虽然他们住在一个大院里，房子挨着房子，窗户连着窗户，还共用了中间的一堵夹墙，但两人各是各的活法，院子里的其他人和镇上的人也没有把他们放在一起比较。

两家因为啥不说话，大家不知道。后来张秀武调到县水利局，把她老婆也调走之后，人们更不知道了。

郝仁搬来之前，孟夏一已经辍学，开始跟着孟胜利学修自行车。孟胜利并不怎样管教他，夏一愿意学就学，不愿意学就去玩，反正日子能过得去。用不了不久，夏一就会成为孟胜利的一个好帮手，这从他很小的时候就可以看出来。那时，孟胜利修车，他经常帮着卸轮胎、打气，沾上满手油污后，抹脸上扮戏子唱戏，人们说不愧是孟胜利的儿子。几年之后，他会成为镇上的另一个修车师傅。再过多少年，他将接过孟胜利的摊子，娶老婆，生孩子。这是人们预料到的孟夏一的生活。

张秀武调走之后，镇上许多人想买他的房子，一直谈不妥。忽然有一天听说他的房子卖了，然后郝仁搬来，也修自行车。谁也想不到张秀武把房子卖给了另一家修自行车的，人们说打个灯笼也难找，不知道张秀武是怎样找来的。

郝仁搬来时，人们发现他们夫妇年纪已不小，郝仁下巴上的胡子已经白了，但是他说话也像孟胜利一样，铮铮的。那天跟他来的除了运东西的大车，还有一辆212吉普车。郝仁从212上下来时，穿着一身干净的衣服，根本不像一个修自行车的。他笑眯眯地帮着往下搬东西，但小车上下来一个人说了几句话，他便不亲自动手了，那人指挥随车来的一些人把东西放好。郝仁只好背朝后手，指划着人们把东西放哪儿。

孟胜利正在整圈，他仔细地把一根根辐丝拧好，用板子在装好辐丝的轮胎上划了一圈，辐丝发出清亮、整齐的声音。孟胜利感觉自己好像在弹钢琴，尽管他从来没有见过钢琴。这时两个镇上的人前后脚进来，几乎同时喊，"孟师傅给我们补一下胎。"

孟胜利喊："夏一，夏一！"

夏一不知道跑哪儿玩去了。

孟胜利示意他们等等。他把整好圈的自行车放一边，给两辆自行车都放了气，先打足一条破胎的气，放水里，找出冒气泡的地方，锉子锉好，抹胶。等胶干的时候，给另一条打气……不到十分钟时间，孟胜利补好两条胎。他得意地笑笑，继续把整好圈的轮胎往自行车上按。这时车主来了，他看了一眼还在忙活的孟胜利说："孟师傅，你隔壁又开了一家修车铺！"孟胜利大大咧咧挥了挥手，仿佛面前飞来一只苍蝇，他把放倒的自行车翻过来，转了一圈后轮，车轮稳稳的，发出钟表秒针一样均匀旋转的声音。

自行车铺里安静了，孟胜利把地又扫了一遍，扫得每一个砖缝都看得清清楚楚。太阳从窗棂的缝隙里挤进来，屋里还是显得不够亮堂。孟胜利忽然觉得自己的门面有些小，他想是不是应该请人把门窗改成那种铝合金大玻璃的。这时，隔壁忽然传来咣当一声响。肯定是搬家的人不小心把脸盆摔地上了。孟胜利听见脸盆歪歪扭扭拐了几下，啪一下扣在地上不动了。他想起两周前，院子里几个男孩问他要里胎做弹弓。他剪下长长的几条。

　　郝仁修车铺正式开业的那天，院里的人们没有一个去道贺，因为谁也和郝仁家不熟，而且大家觉得同孟胜利一个院子生活了几十年，这时去给郝仁道贺也不应该。但这没有冷落了郝仁，派出所的所长、信用社的主任、邮政所的所长、镇长助理和几个当官的……这些吃公家饭的和我们村的书记、村长都到了。更让人吃惊的是供销社主任让人拉来二十辆刚进回的自行车，他经过孟胜利的修车铺时，头低低地看地上的蚂蚁。这些组装新自行车的生意以前都是给孟胜利的，孟胜利也没有亏待过他。车子刚一驶过孟胜利家门，还没等车子停稳，他就昂起头喊："郝师傅，给您添麻烦了，刚进了一批自行车。"

　　这些没有组装的自行车郝仁家里放不下，就一堆挨一堆摆在门口，那崭新的钢铁在阳光下闪着耀眼的光芒。

　　人们猜测为什么这些吃公家饭的来给郝仁捧场，很快就知道，郝仁老婆的一个弟弟在我们县里当副县长。这么大的官，院子里的人们都没有见过，马上人们有了许多想法。一些人为自己没有给郝仁道贺后悔，赶紧过去凑热闹。

　　中午的时候，郝仁的老婆端着油炸糕给一家家邻居送，大家一下觉得这两口子挺和善。到了孟胜利家门口时，门关着，郝仁老婆喊了几声，没有人应。从那时开始，两家再没有说过话。

郝仁在门前悬挂了一块白铁皮红字的"郝仁修车铺"广告牌，生意正式开张了。这是一大笔生意，郝仁每天吃了早饭，把铺子门打开，开始组装自行车。郝仁的手艺看起来不错，那一大堆钢铁零件在他手里活了起来，它们一件争相扑到另一件上面，抱得牢牢的，咬得紧紧的。一辆、两辆……一排自行车闪闪发亮摆在他门口。

孟胜利的门前没有招牌，除了郝仁，镇上别的要手艺的都没有招牌。人们来了镇上，基本上都知道干啥的在哪里。偶尔有个人问："修自行车的在哪里？"马上会有人给他指到孟胜利的修车铺。

这天恰巧有个人问："修自行车的在哪里？"指路的人告诉他："往西走三百米左右，马路北面。"他走到我们院子那儿时，看到了"郝仁修车铺"几个大字，马上拐进去。在以前，他一定会走到孟胜利的修车铺。

有几个熟悉的街坊差不多前后脚去了孟胜利的修车铺，有的轮胎扎了个蒺藜，有的链条松了，有的大梁歪了，还有一个掉了个脚蹬。最后进来那个往正掰大梁的性子急，看见里面有几个人在等，去了隔壁的郝仁修车铺。

镇上那些吃公家饭的，孟胜利基本上都熟。他们来修自行车，像补胎、换气门芯这些小活儿，孟胜利从来不收钱。整圈、换大件的东西，他也会客气地打折，图以后办事情方便。像以前供销社组装自行车，都是找孟胜利。那些工商、税务收钱的时候，都会对孟胜利照顾一些。可是郝仁一来，供销社的活儿马上成了郝仁的。而且那些吃公家饭的，自行车坏了，不再找孟胜利，都去找郝仁，仿佛他们这样就能巴结上郝仁的小舅子。他们进了郝仁修车铺，一般都会拔出一根烟，递给郝仁，然后告诉郝仁他的自行车哪里需要修，修完之后，他们价钱也不问，仿佛和郝仁很熟似的，扔下一张整钱就走了。

我们这些邻居，以前找孟胜利修车，他没少给我们照顾。可是现在有了郝仁，大家为难起来，继续找孟胜利吧，怕郝仁不好看；找郝仁吧，怕孟胜利不好看，而且显得大家也不地道。于是修自行车成了一件为难的事情。人们自行车坏了，不再白天去修，而是天黑之后，看见孟胜利家门口没人，就去郝仁家；看见郝仁家门口没人，就去孟胜利家。有时候很晚了，两家的铺子还开着门，孟胜利和郝仁都在修自行车。人们就索性谁也不去找，一些小问题自己动手，大问题第二天再说。可是小问题说是小，那是到了孟胜利或者郝仁手里，人家一摆弄，几分钟就好了，自己修没有工具，而且技术不熟练，补胎时卸一条轮胎有时就得一个多小时，更不用说别的活儿。有的人自己修不了，第二天还用自行车，没办法只好去借，碰巧邻居家的也要用，只好去更远的人家家去借，苦不堪言。这时人们就骂张秀武，房子卖给谁不好，偏偏卖给郝仁这个修车的！

有了郝仁，孟胜利的生意一下减去一半。以前他几乎总是在忙，一时忙不完的，人们没有别的选择，只好等他。现在生意少了不说，许多人一见他忙，马上推着自行车去了郝仁家。夏一以前很贪玩，他知道那些人再着急，也得等他爸爸。现在他整天守在铺子里，可是许多时候他爸爸也闲着。孟胜利也学着郝仁那样，在门口挂了一个白铁皮招牌，"孟胜利修车铺"六个大红字闪着喜气的光，但并没有给他招徕更多的生意。

令人吃惊的是，没过多久，郝仁开始收徒弟了。以前镇上想学修自行车的去找孟胜利，他总是推辞，他要把自己的手艺传给儿子夏一。可是郝仁不管这些，他没有儿子，两个闺女都在包头，找他学艺的人只要老实、勤快，他都答应。于是不到一年时间，郝仁收了五个徒弟。他的这些徒弟有的二十岁出头，有的小学刚毕业。他们不光跟着郝仁学修车，而且把郝仁家几乎所有的活儿都包了。买菜、生炉子、打扫卫生……啥都干。郝仁和他老婆一下显得非常轻松。有生意时，郝仁只干那些技术性强的，一般的活儿都交给他的大徒弟、二徒弟。即使这样，他的活儿也比孟胜利干得快许多。他老婆养了许多花，每天他的几个小徒弟帮她把花搬到院子里，她拿着花洒浇浇花，拿着铲子松松土，到了中午吃饭的时候，想吃啥菜告诉徒弟，很快有人买回来。

暑假的时候，郝仁的一个闺女领着两个外甥女从包头回来了。他的闺女皮肤很白，戴着一副眼镜，说着一口蛮好听的普通话。穿得简单，一件白色半袖衫，一条米黄色裤子，但给人特别干净、清爽的感觉。两个外甥女很洋气很文明，小的那个才上小学，戴着一顶蓝色遮阳帽，上面印着北京大学几个白字。她们举手投足都有城市女孩那种气质，她说长大之后要上北京大学！几年前，镇上有家开照相馆的孩子考上上海交通大学，在镇上轰动了好长时间，我们的老师都让向他学习。"北京大学比上海交通大学好吗？"我们问。

小姑娘撇撇嘴说："北京大学是中国最好的大学。"遥远的北京大学一下使我们对这个小姑娘充满了敬意。那段时间，院子里所有的孩子几乎都围着这两姐妹转，连秋一也不顾两家大人不说话，经常围着她们问这问那。

女人临走的时候，我们院里好多人家让她帮着从包头往回捎东西，头巾、袜子、围脖、皮夹克、牛肉干、马奶酒……据说包头的东西又多又便宜。

大约过了一个月，这些东西陆续寄回来。女人们穿上这些衣服，果然洋气了不少。那些牛肉干也似乎比我们这儿的新鲜的猪肉羊肉好吃。没有买上东西的人家赶紧去郝仁家托他让女儿再去买，买上的告诉自己的亲戚朋友，再去郝仁家托他女儿买。郝仁家一下变得非常热闹，镇上的女人们跑到他家里，和他老婆交流哪种衣服既便宜又好看。她们去的时候，一般都推一辆坏了的自行车请郝仁去修，仿佛不这样有些不好意思麻烦他闺女。当然郝仁一般不动手，他的徒弟把自行车就处理好了，但挣的钱大部分是郝仁的，镇上学艺的规矩是头两年不挣钱，第三年挣点零花钱。这些女人不光这样，还怂恿自己的丈夫自行车坏了去郝仁修车铺，她们觉得这样和郝仁家就套上关系了，找郝仁老婆方便些。

孟胜利的生意比以前少多了，他没事干就擦锤子、钳子、扳手等工具，每一件工具都擦得明晃晃的，但是很多时候放在那儿不动，像汪着一潭死水。夏一明白发生了什么事，几乎整天守在铺子里，但这并不能挽回他们的颓势。他无聊时，一张一张擦拭墙壁上秋一的奖状。秋一从小学起每个学期都能拿回"三好学生""学习标兵"等几张奖状，十二岁考上县里的重点中学之后，每个学期继续往回拿奖状，而且能得上奖学金，整个一面墙壁都贴满了她的奖状。夏一擦着这些金光灿烂的奖状的时候，心里就会不由升起一种自豪感，他觉得他的妹妹是世界上最棒的，他希望秋一考上大学，在北京、上海等大城市工作，也像郝仁的闺女那样，可以帮镇上的人买回好多便宜好看的东西。

一个周末，秋一回家的时候，发现自己的自行车丢了，她哭哭啼啼地告诉老师，然后搭了同学的一辆自行车回来。孟胜利正在捣一个铁片，他没有责怪女儿，可是他心疼，一不留神就把锤子砸在了自己的手指上。鲜血从手指上流下来，粘在黑色的铁砧上，在上面留下一个清晰的指纹。孟胜利大声说没事，但不知道怎么回事，他的眼泪淌了出来。夏一和秋一担心地喊："爸爸！"孟胜利用另一只手背把眼泪一擦，说："爸爸给你买一辆新的。"

孟胜利领着秋一去了供销社，几十辆崭新的飞鸽牌自行车摆成一排，像一群要第一次南飞的大雁。孟胜利的脸色一下变黑，他知道供销社把组装自行车的活儿给了郝仁了，没想到让他装了这么多，这些活儿以前都是他的呀！他对秋一说："咱们走，爸爸给你做一辆。"秋一懂事地跟在孟胜利后面，不知道发生了什么事。

孟胜利回到家里，从一些废弃的自行车上拆下些零件，帮秋一组装自行车，可是能用的车轮只有一个，他只好让夏一去买。他不想去供销社买，可是别处又不卖。这时孟胜利想，自己要是有个孩子在外边，像郝仁闺女一样，就可以让她捎回来了。有了这个念头，他一下有了主意。"夏一，你去城里帮爸爸买个车轮。"夏一

"嗯"了一声，他不知道明明镇上有，为啥爸爸让去城里，但他没有问为什么，他还乐意进城呢。

夏一把车轮买回来时，孟胜利尽管手指疼，但他已经把其余的部件都安装好了。他再把新买的车轮按上，说："秋一，你骑骑看。"秋一骑着这辆新组装的自行车在镇上转了一圈，感觉不错，虽然不如新买的，但也挺舒服。

秋一一条腿叉住在门口停下时，孟胜利看着自己的作品，多少有些得意，毕竟里面的许多部件和零件都是从垃圾一样的东西里收拾出来的，只是前后两个车轮一白一黑，给人一种别扭的感觉，但有啥办法呢？这已经最好了。

孟胜利看着秋一，想着这一白一黑两个车轮载着她考进大学，不由得笑了。

这时几个警察进了郝仁修车铺。孟胜利平时也见警察进郝仁修车铺，一般都是从水库里捕了大鱼，给郝仁家送的。但这次是空手，他有些奇怪。过了一会儿，这几个警察出来了，朝镇上四处散去。其中一个眼睛有些歪的家伙进了他的铺子，拿起他的打气筒。孟胜利以为他要给车子打气。这个家伙却问："你还有打气筒吗？"孟胜利说没有。这个家伙拿着打气筒进了隔壁郝仁家，过了几分钟又回来，说："郝仁丢了一个打气筒，不是怀疑你，可能打气的人用完后送错地方了。"孟胜利一听就火了，他说："你搜！要是在我家里，我就是你做下的。"警察摆摆手说："你以后有啥线索可以告诉我们。"孟胜利气得一句话也说不出来。他想，不就是一个打气筒吗？值得这样大费神通？他忽然希望有个贼，把郝仁的东西都偷了才好。

警察走了之后，孟胜利问秋一："你丢了自行车到派出所报案了吗？"秋一说没有到派出所，但是告诉班主任老师和学校保安了。孟胜利想，难道他家丢了一辆自行车还不如郝仁家丢了一个打气筒吗？

星期日下午，秋一骑着黑白车轮的自行车去学校了。孟胜利砸伤的手指奇怪地肿了起来，像一个胡萝卜。孟胜利不知道为什么会这样，他去镇上的门诊看了看，医生给他抹了点碘酒，然后用纱布包起来，让他不要动这个手指。

一个手指不能动，马上就不能干活了。每天有人来修自行车，看见孟胜利的手指上包的一大块纱布，不等他开口，就推着自行车去郝仁家了。尽管夏一已经能处理一般问题了，但没有人信任他，觉得他还是一个孩子。

孟胜利整天唉声叹气，隔上一会儿就把纱布弄开，看看手指好点没有，可是仍旧那样。

周末的时候，孟胜利坐在门口，看见一个又一个人推着坏了的自行车去郝仁家，他们仿佛觉得他的手指头永远好不了似的。孟胜利把手举起来，对着太阳使劲晃动他那根砸伤的手指，老远看来，他好像在向人们招手。

忽然，孟胜利看见了那个眼睛有些歪的警察。他像孟胜利一样把手高高举起，拿着一把打气筒。郝仁门前的一群人马上围了过去，警察活灵活现地讲他们怎样发现了线索，怎样破了案，他讲得嘴角都是白色的唾沫沫子，引起周围那些人的一阵阵惊叹。孟胜利想起秋一丢了的自行车，狠狠地朝地上吐了一口痰，回了家，关上门。他觉得心里堵，他想起郝仁来之前他那些忙碌的日子，觉得现在的一切都是因为郝仁，由郝仁他又想到刘秀武，他们就是识得几个字，或是有几个识得几个字的亲人，就这么耀武扬威！他一下非常想秋一，甚至盼望她这次回来能拿回一张奖状，好证明她成绩确实不错。

秋一回来了，那一白一黑两个车轮像白天和黑夜在交替滚动。到了门口，她发现门关着，有些奇怪。秋一大声喊："爸爸！"孟胜利正想着秋一拿奖状，一听见闺女的声音，他赶快去开门。

秋一从口袋里掏出一个纸包。

孟胜利问："啥？"

秋一把纸包一层层打开，里面是一沓钱，有十元的、五元的、两元的，更多的是一元的，共八十二元。纸上写着许多学生的名字。

孟胜利惊呆了。

秋一说："这是我丢了自行车，老师发动同学们捐的。"

孟胜利拿着这沓钱问："捐的？"

秋一点点头。

孟胜利喃喃地说："还是读书好啊。"

第二天，孟胜利没有开门。他备了一些礼物，带着夏一去五里外的一个村子找他认识的一位老校长。他说："想让夏一跟着您继续念书，行不行？"老校长说："念书没有不行的时候，只要愿意学。"夏一重重地点了点头。老校长问夏一："以前念到哪里了？"

夏一说:"初三。"老校长说:"你基础差,从初二开始学吧。"从此,夏一成了一位走读初中生,和她妹妹秋一同级。每天早上他骑着自行车去五里外的学校念书,晚上顶着星星回来,从来没有迟到早退过。星期天的早上,经常看见他在家门口那块窄逼的地方背英语,然后一整天把自己关在屋子里学习。每天晚上,他家的灯灭得最晚,从窗户上总能看到一张伏在桌子上的影子,一坐几个小时。

夏一重新上学之后,孟胜利忽然也开始招徒弟了,他一连招了四个徒弟,把他那宽敞的屋子一下塞得满满的。这些徒弟给他带来了人气,而且孟胜利主动把修理费降了下来,他的生意一下好起来。孟胜利还去废品收购站,买下那些当废铁卖掉的自行车,和他的徒弟们一起把这些自行车拆卸开,利用那些好的零件,重新组装自行车。一辆骑起来一点问题也没有的车子,只要五六十元钱,还保修三个月。许多买自行车的人不再买供销社的新自行车,而是去买孟胜利的旧自行车。

有一天,一个外村人骑着一辆自行车来孟胜利这儿修,孟胜利一下认出这辆自行车就是秋一丢的那辆。他把自行车车轮卸开之后,告诉那个人缺一个配件,第二天才能修好,让那个人骑他的一辆车子回去。那人没办法,只好这样。晚上,孟胜利把秋一接回来,然后去派出所报了案。第二天,那个人来取自行车的时候,秋一指证是她的自行车,孟胜利拿出买自行车时的发票。那个人只好承认自己买的是贼赃。自行车被警察没收,还给了秋一,但秋一还是愿意骑着黑白车轮的自行车上学。

据说,从那之后,孟胜利也开始买贼赃自行车,他买下之后,把这些自行车拆卸开再重新组装，所以人们再也认不出来。而且人们传说孟胜利开始放高利贷。

一年之后，秋一考上了市里的重点高中。镇上那个考上上海交通大学的学生就是从市里的重点高中考走的。秋一一下引起了轰动，人们感觉她离大学越来越近。令人吃惊的是，夏一也考上了高中，尽管是县里的高中，在我们镇上也很不容易。

这一年，郝仁的四个徒弟先后出了徒，各自在镇上找了门面房开了修车铺，只有那个最小的徒弟还和他在一起，郝仁修车铺变得冷清起来。但他有公家照顾的活儿，生意还是不错。郝仁也想过再招几个徒弟，但是镇上的修车铺已经这么多，他那几个徒弟新开的修车铺除了有两个能勉强支撑之外，其他两个几乎没什么生意，两个月之后就倒闭了。没人再想学修车，郝仁又得亲自动手干活儿。这几年，他心情舒畅，并没有怎样见老，身体强健，干起活来依然很麻利。

郝仁的闺女回来，给他们带回了许多东西。她看起来还是那么文静优雅，几年过去，时光似乎没有给她造成什么变化，与镇上大嗓门、乳房耷拉的女人一眼就能区分开。她的两个女儿没有跟着她回来，听说利用假期，一个学音乐，一个学画画去了。她住了几天，希望带郝仁夫妇到包头去，但郝仁坚决不同意。她走的时候，拖着一个大行李箱，里面带着郝仁给她的小米、绿豆、红枣、核桃等土特产。奇怪的是，仅仅过了几年，人们想买什么东西仿佛在镇上都能买到，没有人再让她捎东西了，她孤零零的身影有些寂寞。

郝仁闺女走后第二天，他的小舅子来了。作为副县长的小舅子让他们进城去住。郝仁不回答，只是拿锤子用劲捣一根链条。那根乌黑的沾满黄油的链条在铁砧上扭来扭去，像一条什么东西也奈何不了的蛇。

孟胜利对夏一和秋一的学习表示出了异乎寻常的关心。每到周末夏一回来，他走路说话都慢慢的轻轻的，他的徒弟谁一弄出点大声，他就呵斥。夏一在的那天，他们家那么多人，却分外安静。弄得去修自行车的人也知道孟胜利家里有一个高中生，一到星期天找他，说话也轻轻的，像搞地下工作。有的人觉得孟胜利弄得有些过头了，他们依旧大着嗓门说话，但孟胜利一听他们这样说话，马上打出一个噤声的手势，不管对方心里咋想，他想的唯一的是夏一在学习。

每年一到暑假秋一回来之后，孟胜利把夏一和秋一关到自己最里面的屋子，让他们安心学习。他嘱咐老婆给他们熬冰糖绿豆汁，一天三次，每次到时间就催促着问一下。还给他们买回了一台能放在桌子上的电风扇。那个年代，人们只是在一些大的商场或公共场所能见到一些挂在头顶的风扇，台式扇很多人都没见过。毫无疑问，那时有空调的话，为了孩子们的学习，孟胜利肯定也会买一台。他还为夏一请来了我们镇在县城中学教英语的老师，做他的家庭教师。在院子里一片哄杂吵闹声中，孟胜利的屋子里经常传来读英语的声音。

三年之中，院子里死去一位老人，嫁出一个姑娘。孟胜利几乎把全部的活计交给了他的徒弟，他一门心思放在孩子们的学习上。

在七月七、八、九号三天炎热的日子，夏一和秋一都顺利参加了高考。一个月之后，秋一接到了北京大学的录取通知书。又过了几天，夏一接到了武汉大学的录取通知书。县高中的领导和老师敲着锣打着鼓给孟胜利家送来喜报。孟胜利好好摆了两桌子，请学校的老师和自己的邻居、徒弟们吃饭。中午的时候，孟胜利家里热闹极了，到处是笑声。郝仁家没有人出席孟胜利的宴请，还不时传来几声敲打铁器的声音，偶尔一粒滚珠掉在地上，十分清脆。

郝仁的小徒弟出徒之后，没有开修车铺，而是开了一家服装店。孟胜利的四个徒弟也都出徒，一个开了摩托车修理铺，其他三个干的活儿和修自行车没有半毛钱关系。只有郝仁大徒弟的修车铺坚持下来了，但生意一直很冷清，比不上两个老头。

孟秋一大学毕业之后，分配到北京一个好部门，很快就结了婚。孟夏一被省城南边的一个铝厂作为高级人才引进，很快就分了套房子。孟胜利和老婆把自己的铺子盘出去，也跟着到铝厂去了。人们说，孟胜利前几年修自行车攒下不少钱，还有人说他买卖贼赃自行车、放高利贷挣了不少钱。孟胜利走的时候，只拉着一个庞大的行李箱，里面塞得鼓鼓的，人们知道他再也不会回这个镇上了。看着他的行李箱，很多人不由就想起郝仁的闺女走时的样子。

让人没有想到的是，郝仁的大徒弟买下了孟胜利的修车铺，因为孟胜利让给他的价钱很低。他连牌子也没换，继续挂着"孟胜利修车铺"那个已经有些灰暗的招牌。他的生意比以前好了许多。

柔软的佛光

　　肉和尚手里拿着几块发黑的水果糖，站在通往后院的那个过道里，一动不动像尊泥菩萨。小孩们走过来，他的胳膊忽然伸长，手指摊开，浸了汗渍的水果糖亮晶晶的，有几颗糖纸已经磨破，露出黄色透明的糖。我们这些孩子往往惊恐地往旁边一躲，缩着身子从他身边穿过。大人们嘱咐过，不能吃肉和尚的东西，我们也不想吃肉和尚的东西。肉和尚身上总有一种香火和蜡烛味道，那是死了人在灵前才能闻到的味道。那个时候，我们没有去过任何一座真正的寺庙，我们不知道庙里有人点着蜡烛、上香。

　　肉和尚一见我们溜走，总是眉头一皱，胡子竖起来，生气地大声念"阿弥陀佛"。"阿弥陀佛"什么意思我们不知道，只是觉得他很凶。他还常常装作要追我们的样子，重重跺着脚喊叫，我们拼命跑。

肉和尚很瘦，胳膊和腿都皱巴巴的像一根榆树枝条，脸朝里凹着，眉骨突出，下巴挺尖，留着短发的头顶上依稀能看见几个香疤，好像确实做过和尚。但世界上究竟有没有"肉"这个姓，我们争吵过，似乎从来没有听过"肉"这个姓。

　　从见到他的时候，人们就都叫他肉和尚。他住在我们后院，有个老婆，老婆总是在床上躺着，据说得了软骨病。我见过他老婆一次，那是我家的小猫"无赖"跑进了他家屋子，我瞧见肉和尚不在，偷偷溜进去捉猫。他家一条长供桌上点着三炷香，面前放着一碗清水，飘散的香味中夹杂着一种东西腐烂后的恶臭。我忽然看见了躺在床上的人，吓一跳。她缩着身子脸朝外躺在床上，脸上所有有肉的地方都陷了下去，眼睛灰蒙蒙的，像一具骷髅。后来我看了《射雕英雄传》，她就是梅超风那个样子。当时我吓得猫也不管了，从她家往外跑的时候，被门槛绊了一下，差点摔倒。从她家出来，我发现自己身上有了一股奇怪的味道，一闻着它我就觉得恶心，我跑到村子东边那条小河里泡了半天，一只蚂蟥咬了我的大腿，我跳上岸用劲拍下它去的时候，那股味道还在。

　　那几天，这种怪味道一直跟着我，尤其吃饭的时候，这种味道更加浓郁，直冲我的鼻子，我什么也不想吃，一吃就想吐。爸爸说："小崽子有饭还不吃，是缺饿。"我连续饿了几顿之后，他和妈妈都慌了，领我去了村里那个赤脚医生家，闻到她家里棉球和来苏水的味道，我稍微精神了一些。赤脚医生摸了摸我的头和肚子，号了号我的脉，说我肚子里有虫子，给我拿了一种宝塔形状的黄色的药，吃起来甜甜的像糖，有一种药的味道。吃了很多宝塔药，一条虫子也没有拉下来。我每天一有机会就往河边跑，泡在清清亮亮的河水里，那种味道闻不见了，我听到肚子咕咕在叫。我盼望自己变成一条鱼，可以随便吃水里的草、小鱼、螺蛳啦等乱七八糟的东西。

在下大雨的一个星期天，我偷偷溜出屋子，迎着大雨一直走，雨水落在我身上，我感觉河流竖了起来在我身上流。我走了好久，看见远处的天边出现了一道彩虹。我相信我一直走到彩虹那儿，身上的怪味就被雨水冲没了。我没有走到彩虹那儿就晕倒了，被放羊的人发现送回家后，开始发烧说胡话。赤脚医生给我开了许多退烧药，许多药吃下去之后烧没有退，人们说我中邪了，跟上村里刚死不久的吊死鬼了。人们说小孩发烧很可怕，村里那个哑巴就是因为小时候发烧烧坏的，邻村还有一个小孩因为发烧烧成傻子了。爸爸妈妈着了急，请来肉和尚给我驱邪。

肉和尚穿着杏黄色的袈裟，脚上穿着唱戏的人穿的那种布鞋，打着绑腿，来到我家。我闻到肉和尚身上那种味道，醒了过来。家里大白天点着明晃晃的蜡烛，正面的柜子上上着几炷香，闻着蜡烛和香的味道，我的心渐渐静下来，烧也退下来。肉和尚走的时候，悄悄给我枕头下塞了几颗糖。爸爸给他钱，他不要，念了声阿弥陀佛，抖着袈裟走了。

肉和尚走后，我要求吹灭蜡烛。香烧完之后，我觉得自己身上那种奇怪的味道没有了，我的病也好了。

从那之后，我不那么怕肉和尚了。有时我看见他在通往后院的过道里站着，故意从那儿经过。他像装了弹簧一样伸出手来给我糖，我侧着身子从他手边溜走，我喜欢看他佯装发怒的样子。上次他给的糖我没有吃，我给了"无赖"。"无赖"不喜欢抓老鼠，却喜欢吃瓜子、花生、糖等零食。

我喊"无赖"。"无赖"跑过来，叼起我手中的糖，含在嘴里，嚼嚼，把糖纸吐出来，糖咬得咯嘣咯嘣响，最后一口咽下，眯着眼睛露出一副惬意的样子来。然后头蹭在我的身上，嘴拱开我的手，发现手里没有糖了，喵呜叫一声，躺到门口晒太阳去了。

有一天，肉和尚拦住我，说："你给我做干儿子吧？"

我惊恐地摇着头，尖叫一声说："不。"

肉和尚没有像往常生气时竖起胡子念阿弥陀佛，他的手伸进口袋往外掏东西，脸上露出一种迷人的微笑。

我背着双手，不断往后退，踩在一块石头上，摔了一跤，爬起来就跑。

肉和尚望着我远去的背影，喊："干儿子。"

我"呸"了一声。

从那之后，院里的许多小孩子说肉和尚是我干爹。他们看见肉和尚，故意指着他说，"你干爹过来了。"我生气地追着打他们，他们绕着院子中间那棵老枣树跑，枣树的叶子碎碎的，一树白花散发着淡淡的香气。他们跳进一座废弃的猪圈里，爬上一截高高的土墙，我们玩起警察抓强盗的游戏来。

每年一进六月，肉和尚就特别精神，他逢人就说赵呆观的庙会，好像那上面真的住着神仙。一到初十，他就穿上给我驱邪时的那套衣服，驾着自己的马车去赵呆观，据说路上得走两天两夜，还得爬三座大山。我们想象赵杲观是个什么样子，电影刚演过李连杰的《少林寺》，我们觉得天下的寺庙里不一定都有神仙，但一定有武林高手，我们想象着一排小和尚剃着光头，在参天的松树中间练习金钟罩、铁布衫和般若掌。

肉和尚走后，他家里来了一个又瘦又干的女孩，帮着照顾他老婆。女孩比我们大几岁，梳着两条小辫，眼睛很大，脸上满是蚕沙。她干完活儿喜欢站在肉和尚站的过道那儿看我们玩，她的身子非常瘦，像薄薄的纸糊的，大眼睛总是流露出胆怯的目光。我们猜测她家住哪儿，她上不上学，但我们谁都没有和她讲过话。

肉和尚大约半个月就回来了，他的马车走到大门口就能听到他唱歌的声音，这次唱的不是阿弥陀佛，而是一种非常好听的小调。他下马车的时候，身手比以前矫健许多，好像这半个月真的是去练武了。他从山上带来一些奇奇怪怪的花草，有叶子长成五角星样子的枫叶，有叶子细长开着蓝颜色花的细草……他把这些花草和他那株老石榴树、海棠种在一起，他的院子里一下年轻了。他也带来馒头、大米和素菜，说是素斋，给院子里每户人家一个馒头。这个馒头大人们允许我们吃，而且把它分开，家里每个人吃一块。

我们问："山上有没有练功的小和尚？"

肉和尚说："小和尚们每天都在练。山上还有黄鹂、百灵、金钱雕等许多鸟和各种样子的松鼠。"

想着松鼠们可爱的样子，我想让肉和尚帮我捉一只回来。

肉和尚仿佛看穿了我的心思，说："你叫我一声干爹，我下次帮你带回一只松鼠。"

我扭头就走,边走边喊:"无赖。"

死"无赖"不知道跑哪儿去了,不答应我。

肉和尚继续和其他孩子们讲山上的趣事,我想什么时候去一次赵呆观,捉一只松鼠回来。

肉和尚又穿上了他的那身行头,去邻村的一户人家做七。我们这儿人死了的头七天,下葬以前,要做七,有的人家请一班鼓手,有的人家请一个戏班子,也有的人家请和尚或者道士。只要请和尚,一般都请肉和尚,我们这儿方圆几十里仿佛就他一个和尚。但我们又觉得他不是和尚,和尚怎么能娶老婆呢?

肉和尚带着一盘大佛珠去了邻村。他的那个小女孩亲戚又来了,仿佛更瘦了,瘦得脸上只剩下两只大眼睛和那些黑色的蚕沙。我们不知道肉和尚怎样通知的他的这个亲戚。每次他一走,女孩就来了。

狗小说:"肉和尚会做法,每次他要走时,就念急急如律令,他的亲戚就来了。"

我说:"急急如律令太上老君才念,肉和尚是和尚。"

我们都觉得肉和尚有点神奇。

白龙说:"要不咱们去问问他的亲戚?"

我说:"我不去。一想到那个女孩骨碌碌的大眼睛随时会从眼眶里掉出来,我就害怕。"

"我也不去,他们家有股怪味。"狗小说,"白龙你去吧!"

白龙也不去。

我们三人玩石头剪刀布，谁输了谁去问。

白龙输了，他撒腿就跑。他说："我妈让我去买醋。"

"赖皮鬼！"

"无赖！"

这次"无赖"跑过来，围着我的裤腿转。我和狗小谁也没有去问大眼睛女孩，我们商量好回家问自己的爸爸妈妈到底是怎么一回事。

"爸爸，肉和尚到底是不是和尚呢？"

"以前是。"

"现在呢？"

爸爸想了半天："不是了吧？大概是。"

我琢磨不透爸爸说的到底是"是"，还是"不是"，问："他为什么以前是呢？"

爸爸说："他家里穷，他从小就出家了。"

"那为什么又不是了？"

"还俗了。"

"为什么还俗？"

"'文化大革命'。"

我不知道"文化大革命"是什么意思，但我觉得自己终于知道肉和尚的秘密了。我站在院子里喊："狗小。"

喊了两声，狗小出来了。

我说："我知道肉和尚的秘密了。"

狗小说："我也知道了。"

我们剪刀石头布，谁输了谁先说。

"肉和尚不是真正的和尚，他娶老婆，还买肉吃。"狗小说。

"肉和尚以前是和尚，'文化大革命'还俗了。"

狗小问："什么是'文化大革命'？"

我说："'文化大革命'就是'文化大革命'！"

我问："肉和尚不是真正的和尚，为什么人们还要请他去念经，他还要每年去赵呆观？"

狗小被我考住了。他眼睛打着转说："他要是和尚，怎么会娶媳妇？他叫肉和尚就是因为他经常买肉吃。"

我们两个争执不下，我说肉和尚是和尚，狗小说肉和尚不是和尚。争着，争着，狗小说突然说："肉和尚是你干爹。"

我生气了，说："是你干爹。"我们吵起来。

白龙跑过来，我们忘记了白龙刚才的耍赖，让他给我们评理。

白龙指着枣树说："有枣红了。"我们一起看树上，一丛丛碧绿的枣叶下，青色的小枣底部微微有了一些红晕。

我们想快过八月十五了，八月十五过去就快过大年了，我们就要又长一岁了。我们想象着过大年穿新衣服，挣压岁钱，响鞭炮，还有香喷喷的猪肉炖豆腐、粉条。

我们都盼大年早早来。

大年夜的那天，我和狗小、白龙每人拿着家里买的一百响鞭炮，小心翼翼地把每一个拆下来，一个，两个……我的九十九个，少一个，我大声嚷嚷。没想到狗小的九十八个，白龙的才九十五个。我们三个人满肚子对卖鞭炮的人不满意，要是以前早骂出来了，可是，今天过大年，大年夜安神之后，大人们都不允许小孩们说脏话，一说会带来一年的晦气。我的虽然也少了，但比他们的都多，心里多了一丝得意。

我们把鞭炮栽土里，放玻璃瓶子里，插玉米棒的芯里，听着叮叮当当的鞭炮声，充满了欢乐。一个鞭炮没有响，我小心翼翼地靠近它，它没有动静，一脚踢过去，它钻进土里，还是没动静。我把它从土里找出来，从中间折成两截，把里面的火药倒在一块纸上，把纸点着，火药"哧"一下着了，像一朵烟花。

半夜的时候，我们的鞭炮响完了，大人们开始接神。每家每户的院子里都响起鞭炮声，大麻炮、二踢脚、花炮，也有有钱的人家一下点燃一响鞭炮，噼里啪啦响好一阵。大炭垒的旺火发着了，旺火上面插的柏树枝噼里啪啦响，散发着好闻的香味。人们敬神，吃接神菜。睡下以后，院子里的旺火还映得家里一片通红，大炭"嗤嗤"燃烧着，仿佛整个冬天都着了。

第二天，人们都起得很早。新衣服早已放在枕头边，穿好新衣服，规规矩矩给长辈拜年。我给爸爸妈妈磕了三个头，爸爸给了我一元钱压岁钱。初一一天吃素菜，我们家每年初一早上吃面条。

饭还没有吃完，听见又有人家响鞭炮，心痒痒起来，可是自己没有鞭炮了。

吃完饭，一抹嘴，去院子里寻找昨天没有响的鞭炮，满院的红色碎纸屑，可是没有一个没有响过的鞭炮。

狗小和白龙也跑出来，我们一起去别人家院子里寻，那些一百响鞭炮一起响的，往往中间有几个鞭炮没有响，我们快乐地寻着、抢着那些漏网的鞭炮，向每一个遇到的人说"过年好"！

肉和尚站在过道里，看见我们说："阿弥陀佛。"

因为是刚过了年要说吉利话，我们说："过年好。"

肉和尚说："谁叫我一声干爹，这些就是他的。"他手里抓着一把红红的鞭炮，在春节的阳光下，闪着诱人的光芒。

我嘴里咽了口唾沫。

狗小推了我一把，说："你说呀，他是你干爹。"

我拧了拧身子，摆脱他放在我肩膀上的手，眼睛盯着肉和尚手中的鞭炮。

白龙说："干。"

我的心一下提到嗓子眼。

他接着说："干枣，树上有颗干枣。"

我们哄一下笑了。

光秃秃的枣树上，最顶部挂着一颗风干了的枣，好像随时要掉下来。

肉和尚嘴上的笑容渐渐没了，他叹了一口气，把手中的鞭炮撒了下来。我们头上、身上到处都是鞭炮。我们尖叫着抢鞭炮，每个人手里都满满攥了一把鞭炮。肉和尚看着我们快乐的大笑，凹下去的脸仿佛凹得更深了。他说："你们能去我家里给你们婶婶拜拜年吗？家里还有很多鞭炮。"

我们从来没有听过肉和尚这样说话，感觉很吃惊，而且一下没有反应过来谁是我们的婶婶，互相看了看。

肉和尚说："你们去吗？"他的眼睛可怜巴巴地望着我们。

我们一下觉得他不凶了。我们把手中的鞭炮装了口袋里，跟着去他家里。

肉和尚院子里没有旺火发完之后剩下的炭的灰烬，只有几个响过的大麻炮躺在院子中间，露出里面灰色的牛皮纸和白色的书纸屑。他家院子里的那些花干巴巴的，只剩下灰色的枝条。进他家屋子的时候，我走在最后面，上次进他家留下的恐怖印象还在。

一进屋子，闻到了上香的味道，然后看到一株正在开放的迎春花。我稍微靠近了一下花，闻到一股清新的花香。肉和尚的老婆躺在床上，似乎还是我上次进来时的那个姿势，她换了新衣服，没有闻到上次那种腐烂的味道。我打量了一下肉和尚，他还是穿着平时穿的那身灰色对襟衣服。女人看见我们，眼睛一下亮了，她挣扎了一下，想爬起来，但是动不了。肉和尚赶紧过去，紧紧握着她的手。我的眼睛有些湿润。肉和尚冲我们点点头。我走上前去，冲躺在床上的女人鞠了个躬，说："婶婶，过年好。"女人笑了，那种微笑，我从来没有见过，仿佛比那株正在开放的迎春花还灿烂。我忍不住轻轻摸了摸她的脸颊。女人的眼角忽然有泪水淌下来。那一刻，我有一种叫她"干妈"的冲动。狗小和白龙也走上前，恭恭敬敬地冲女人鞠了个躬，说："婶婶，过年好。"女人的眼泪大颗大颗淌出来，发出呜咽的哭声。我们有些惊慌。肉和尚眼睛也湿了，他摸了摸我们的头，说："你们都是好孩子。"他抓起供桌上摆的鞭炮，往我们口袋里塞。

出了肉和尚的院子，我们都长出了一口气。

白龙说："肉和尚其实挺可怜的。"

我和狗小都点头。

我终于忍不住了，说："我刚才真的想叫肉和尚一声干爹。"

这次狗小和白龙没有笑话我，他们都眼睛亮晶晶地望着我。

春天来了，枣树吐出了黄色的嫩芽，像小鸡嘴上的黄冠。我的"无赖"每天晚上婴儿哭一样嚎叫，妈妈说它在嚎春。肉和尚院子里的那些花一样一样开放了，树也一株一株发芽了，走近他的院子，能闻到各种植物清新而又朴实的香气。肉和尚做了一把躺椅，半上午天气晴朗的时候，他把老婆背上放在椅子上，自己站在椅子背后轻轻摇晃。那个女人更加消瘦了，躺在椅子上像一个小孩子，笼罩在她脸上树叶的影子越来越大，她的身子却越来越小，好像要缩回婴儿阶段。

狗小、白龙和我经常躲在肉和尚家门后，悄悄看肉和尚摇那把椅子。他常常边摇边发出轻轻的歌声，比他念经的时候好听多了。摇着摇着女人睡着了，肉和尚呆呆地看着她，有时叹口气，轻轻的，仿佛怕地上的蚂蚁听见。有一次他摘了一朵雪白的梨花，轻轻地插她头上，端详了几下，把白花取下，又摘了一朵火红的石榴花，和摘下的白花比较了半天，把石榴花插上去。他那庄严肃穆的神态，让我们觉得好美。

那天，我们三个跑到野地里，金黄的野菊花、蓬松着身子的蒲公英、紫色的打碗碗花、脖子老长的鸡冠花，我们见到什么采什么，一人采了一大把轻轻地放到肉和尚院子门口。做这些的时候，我们充满了神圣感，我们想象着肉和尚的老婆戴上五颜六色的花冠，以及肉和尚开心的样子。

整个春天，我们迷上了采花。每天一有时间，就跑到野外去采花。其他孩子们挖青蒿卖钱，采桑叶养蚕，我们不去。我们谁要是发现一株奇特的花，都像发现宝藏一样欣喜半天。我们每天把大把的鲜花放到肉和尚门口，我们还学会了一个成语——借花献佛。这个时候，我们慢慢觉得肉和尚是一个真正的和尚，我们采花就是献佛。我们学会了念阿弥陀佛，每次一念阿弥陀佛就像地下共产党员念接头暗号一样激动。

　　暑假的时候，我和狗小、白龙说："咱们一起到赵杲观捉松鼠去吧。"他们两个一听非常兴奋。我们三个一起去找肉和尚，让他带我们去。肉和尚有些为难地皱起了眉头说："我一去就是半月二十天，山上忙，没时间照顾你们，你们家里同意去吗？"我们三个犯了难，一起用脚搓着地，觉得家里肯定不同意我们一走这么长时间。白龙忽然眉头一扬说："我们只去两三天，捉到松鼠就回来。"我问："路上是不是就得走两三天？"肉和尚眯着眼睛想了一会儿，说："你们可以和家里商量一下，回的时候我可以找个居士带你们回来。"我们一听高兴了。狗小说："我家里有个圈鸡的笼子，我明天把它带上。"白龙说："我们把攒的零花钱都带上，庙会上一定有许多好吃的东西。"我补充了一句："一定有许多好玩的没有见过的东西，咱们还可以练武。"

　　我和妈妈说要跟上肉和尚去赵杲观。妈妈不同意，说："太远了。"我继续求妈妈，说："狗小、白龙也一起去，只去两三天，我太想要一只松鼠了。"妈妈被我磨得没办法了，说："看你爸爸同意不同意！"我说："只要你同意他就同意。"

爸爸回来的时候，我一说，他说不行。我用哀求的眼光望着妈妈。妈妈说："要不让他去吧，他也十岁了，再说还有几个小孩一起去。"爸爸无奈地笑笑，说："你就这样惯他。"我知道爸爸同意了，马上跑到屋子里收拾东西。妈妈跟进来，给了我一元钱，说："跟上肉和尚要听话。"我说："妈妈放心。"

晚上睡觉的时候，我梦见自己抓到了一只毛色棕黄相间的小松鼠。我给它起名字叫"松子"。我把它养熟了，它像朋友一样和我形影不离，经常躲到我的口袋里，我一吹口哨它就探出头，爬上我的肩膀；我喊"去"，它就顺着我的眼神给我叼来橡皮或铅笔。它和"无赖"也成为好朋友，两只小动物一起吃瓜子，它的腮帮子鼓鼓的，一看就是个贪心的小家伙。

第二天我拿着妈妈给我带的东西，早早到了肉和尚家。那个瘦瘦的女孩已经来了，眼睛更大了，见了我不说话。肉和尚穿好自己的那身衣服，马车也套好了，马站在梨树下，不停地刨蹄子。到了说好的时间，狗小来了，手里没有拿鸡笼子，脸上灰溜溜的，说："我妈不让我去。"我非常失望，问："白龙呢？"狗小摇了摇头。我去白龙家叫他，白龙妈说："他姥姥家有事，一大早就走了。"我一下蒙了，两个说好的朋友都不去了，我怎么办？肉和尚望着我，说："要不你以后有机会再去吧！"我咬咬牙，跳上马车，说："我一个人也去！"

肉和尚拍了一下马屁股，马车吱吱扭扭走开了，我故意不朝狗小看，我觉得他欺骗了我，我的眼里满是委屈的泪水。肉和尚仿佛知道我的心事，什么也不说，塞给我一个苹果。我拿着苹果，泪水掉下来。

路过县城，马车没有停。到了一条大河边，肉和尚说："这是滹沱河，下去洗把脸吧，一会儿就要进山。"我下了马车，腿有些发麻，看着混浊的河水翻涌着往远处流去，我忽然开始想妈妈了。肉和尚打了一些水，饮了马，然后他把自己的脸伏下去，掬起水洗脸。我也学着他的样子洗了洗脸。混浊的河水里有股泥沙的土腥味，还有鱼的腥味。我问："山上的松鼠多吗？"肉和尚说："可多了，到处都是。"

开始进山了，我有些兴奋。以前山老是远远看着，觉得又高又大，和天连在一起。现在到了眼前，马上就要钻进去。肉和尚说："坐好，抓紧，路不好走。"我问："还得多长时间？""大半天，饿了你就先吃点东西。"我什么也不想吃，只想快快赶到赵呆观，早点抓到松鼠，早日回来。山上的路好像癞蛤蟆身上的疥疮，到处都是疙瘩，车走上去乱蹦。我紧紧抓住车上的一个把手，肚子里的东西仿佛都要倒出来了。终于到了一个平坦的地方，马车停下来，太阳透过云层直直地立在头顶，像天空上摁进一颗带锈的大图钉。肉和尚说："吃饭吧，吃了饭再走三个多小时就到了。"一听三个多小时，我觉得要吐出来。肉和尚拿出两个馒头和一块咸菜让我吃。我摇了摇头，拿出妈妈给我烙的鸡蛋饼，撕下一块递给肉和尚，肉和尚没有推让，几口吃完了，说："你妈妈手艺真好。"他一说，我觉得吃着的鸡蛋饼真是好吃。吃完东西，太阳从云层里钻出来了，周围一下变得火辣辣的。肉和尚说："快了，到了赵呆观就凉快了。你妈给你带衣服了吗？"我点了点头，觉得妈妈比什么时候都好。

马车又走起来，我的头随着马蹄一顿一顿，后来我睡着了，感觉车一直在往上走。不知道走了多长时间，马车忽然停住了。"到了！"我听见肉和尚说。我激灵一下睁开眼，看见一只灰色的小松鼠蹿进前边一片草丛中。"松鼠！"我喊。肉和尚慈爱地望着我。我看见山路的上面有几座红墙青瓦的房子。肉和尚说那就是赵呆观。我一下来劲了，沿着青石铺的台阶往上跑，不时从树丛和草丛中钻出一只松鼠，吱吱叫两声不见了。快到那个红色的庙门时，我看见一群松鼠，足足有七八只，吱吱叫着沿着一处石壁爬上去，钻进草丛里。我没有想到赵呆观的松鼠这么多。

"悟净师父。"出来一个穿青色衣服的年轻和尚朝肉和尚喊。

原来肉和尚叫悟净。他冲年轻和尚稽首。

年轻和尚跑进里边，不一会儿出来个也穿杏黄色袍子的人领我们进去。

我对和尚们的事情不感兴趣，我只关心松鼠。我一抬头，看见院子里高大的松树上就有几只松鼠，见了人也不跑，只在树上吱吱叫着跳来跳去。

我被安排在一间小屋子里，和肉和尚住在一起。他嘱咐了我几句，就和其他和尚一起商议事情去了。我瞧了瞧这个小小的屋子，除了炕、被子、褥子和烧过一截的半头蜡烛，几乎什么都没有。我出去抓松鼠。

来的前一天，我和狗小、白龙商量过怎么捉松鼠。我们计划在狗小家的鸡笼子里放些玉米、瓜子之类的东西，留一个小口，松鼠一进去偷东西吃，就被我们抓住了。我们也计划三个人一起围一只松鼠，把它追进洞里，然后把它挖出来。我们还想过松鼠要是爬树上，我们中间的一人爬树上赶它们，其余两人在树下等着，假如松鼠张开毛茸茸的大尾巴往树下一跳，那两人就张开衣服扑住它。我们还想过找到松鼠洞，用火烧、烟熏、水灌，在洞口把它抓获。可是现在他们两个都不来，我一下不知道一个人怎样去抓松鼠。

我抓起一个松塔，朝院子里的松树上扔去，松塔还没到松鼠游戏的地方，一群松鼠吱吱一叫，跳到另一棵树上，又跳到庙顶上，跑得无影无踪了。出了庙门，一只花皮松鼠蹲在墙角吃东西，我蹑手蹑脚走过去，它扔下东西蹿到墙头上面不见了。

那天下午，我见到好多松鼠。甚至傍晚我们吃饭的时候，松鼠们还探头探脑地溜出来看我们吃饭，可是没有一只我能走近它三尺之内。

吃完饭不久，太阳落下巨大的山梁，身上一下凉了起来。一阵接一阵鸟的怪叫声传来，在幽深的山谷间显得非常清脆。突然，我非常想念妈妈，想念狗小和白龙。肉和尚做功课去了，我一人待在那间小屋子里。山上没有电，风把那截蜡烛吹着，我的影子一会儿高大得像个巨人，贴在屋顶上，一会儿又趴在地上，非常小。风的声音掠过高大的树木，传来一阵一阵古怪的啸声，我想起"无赖"嚎春的声音。我睡不着觉，盼望肉和尚早点回来，可是肉和尚不回来。山上的时间过得真慢，我开始数羊，也不知道数了多少，月亮升起来，屋里仿佛更凉了。我把自己缩在被子里，堵住耳朵，鸟的叫声还是一下一下清晰地传到耳朵里。

忽然，一股熟悉的味道传进屋子里，肉和尚进来了。蜡烛不知道什么时候熄灭了，月亮照得他的动作清清楚楚，他像电影里的慢动作镜头，挂衣服、脱鞋……

他问："睡着了？"

我的眼泪一下流出来了，我控制不住自己，轻轻抽咽起来。

他帮我掖了掖被子角，轻轻地说："好孩子，睡觉吧。"

他的话像有魔咒似的，说完，我心里不紧张了，也许白天也累了，我很快睡着了。

第二天，我一醒来，身边没有人了。我赶忙爬起来，穿好衣服出了院子。天已经微微亮了，一座大殿里传来念经的声音。我凑到跟前，看见肉和尚模糊地站在一群和尚中间，在念经，晨光一点一点把他照亮，他的样子慢慢清晰了起来，我觉得这个肉和尚不是我们大院里的那个肉和尚。

上午，肉和尚一直在忙。上山的人渐渐多了起来。可是我非常无聊，那些松鼠一只也抓不着，念经、拜佛我一点也不感兴趣，山上也没有人来卖寻常庙会上那些好吃的和稀奇古怪的玩意儿。我一刻也不想在山上待了。

中午，肉和尚没有和我一起吃饭，我被安排和一群居士一块吃，肉和尚好像一直忙。

下午，我没有半点抓松鼠的心思了，我只想回家。看着巨大的太阳车轮一样一步一步逼近山顶，我再也忍不住了。我找到肉和尚，也不管他在做什么，我大声说："我要回家。"肉和尚仿佛一下没有明白我的话，等了半晌，问："抓到松鼠了吗？"我委屈得要哭，但我忍住眼泪，说："山上一点也没意思。"肉和尚"哦"了一声，说："那明天送你回家吧。"

第二天，我又坐上肉和尚的马车。我问："你没事情吗？"肉和尚说："顺便下山买些东西，送了你我买上东西再回来。"我相信了肉和尚的话。下山的时候，车走得飞快，马像长了翅膀，我觉得路和来的时候也似乎不一样了。很快我们就到了滹沱河边。肉和尚说："解个手吧。"我下了车躲到一棵小树旁，想起赵杲观和那漫山遍野的松鼠，一下留恋起那个地方来。回去之后狗小和白龙一定问我抓到松鼠没有，我不知道怎样回答他们。

再上车的时候，我希望走得慢些再慢些。肉和尚把马车赶得"嘚嘚"响，我望着他光秃秃的脑袋，忽然对他有了一丝怨恨，去了赵杲观他一下也没有管过我，也没有帮我捉松鼠。我问："你以前真的是和尚吗？"

"阿弥陀佛。"肉和尚一本正经地回答。

"那你为什么不当和尚了呢？"

肉和尚说："不让当了。"

"谁不让当了，你爸爸？"

"你不懂。"

我一下生气了，大声问："你既然是和尚，为什么还娶媳妇，还吃肉？"

肉和尚嘴里快速地念着阿弥陀佛，身子在颤抖。我害怕起来，他真的生气了。

到了县城的时候，肉和尚赶着马车从一座石牌楼下进去。我问："你要干什么？"

肉和尚说："先买下庙里用的东西，吃了饭，再送你回家。"

肉和尚赶上马车进了县城的一家农贸市场，转了一圈，出来又去了另一家。我不知道他要买什么，也不敢问。忽然，他把马车停下来，说："下车。"我乖乖地跟着他下了车，以为他要让我和他搬东西。他走到一个地方，停下来。忽然我看见了松鼠，眼睛一亮，但我什么也不敢说。肉和尚问："你要哪个？"我不知道他什么意思。他指着松鼠说："给你买一只松鼠，要哪个？"我不敢相信这是真的，但他的样子不像开玩笑。我小心地指着一只毛色棕黄相间的小松鼠，心里叫着它"松子"，它和我梦里见到的一模一样。

拿上松鼠，我一下觉得肉和尚是世界上最好的人，我刚才不该问他那些伤心的问题。我小心翼翼地问："你还买什么，我和你一起买吧？"肉和尚说："先送你回家吧，你不是早想家了？"我难为情起来。肉和尚掏出两个大馒头，说："咱们路上吃吧，省时间。"我接过一只馒头，掰了一小块，递给松鼠，喊"松子"。

一进院门，我就高兴地喊："妈，松鼠。"

正在玩玻璃球的狗小和白龙听见我的喊叫，跑过来。他们羡慕地望着我手中的松鼠，狗小问："我可以摸一下吗？"我点点头。他伸出一根中指小心地摸了一下。白龙也摸了一下。狗小说："可惜我妈妈不让我去，觉得太远。"白龙说："我妈妈也是。"我大度地摇摇头，望着肉和尚感激地笑。肉和尚摸了一下我的头，说："好孩子。"然后他调转马车，喊："驾！"我问："你不回家了吗？"他说："买上东西得赶紧回山上去。"

我和狗小、白龙玩着松鼠，天很快就黑了。妈妈喊我回家吃饭，我忽然非常担心起肉和尚，不知道他到了赵呆观没有，不知道他肚子饿了没有。

星星一颗一颗出来，很快铺满了天空。

奔跑在世界之外

　　年三十晚上，朋友发短信来，孙金死了。忙询问怎么死的，线路拥挤，怎样也发不出去。倒是祝福的短信接二连三进来。心里很郁闷。还不到发旺火的时候，不时有烟花在夜空中绽放一下，之后是无边的黑暗，零星的鞭炮声被麻将声和春节文艺晚会的声音稀释，大年夜热闹中透着冷清。

　　2001年几个和我一起在北京当过环保志愿者的朋友来，我带他们去北天台山赵杲观玩。这是一处为了纪念春秋时候代国宰相赵杲修建的寺庙，现在是国家级森林公园。到了山下，在宾馆登记好，把东西搁下。上了山，玩到太阳落山的时候，几个人还游兴未竟，下山吧，明天还得再上山，这时忽然看到一个人——孙金。一下认出他，是因为当年孙金很有名，而且快十年了，他样子几乎没有大的变化。他那时学雷锋，获过全国的一个奖，县里因为这还给他安排了工作。他在全县做报告，上初中的时候在我们学校做过。孙金穿着一身居士穿的衣服，不知道他怎么到寺庙里了。我问："山上有住处吗？"孙金说："有，得上点布施。"我们四人给了他四十元钱。朋友说："我们在山下宾馆还放着东西，你能帮我们退了房把东西拿上来吗？"孙金说："没问题。"我们又给了他十元钱。孙金帮我们下去拿东西，我们继续在山上玩。天黑的时候，孙金把我们的东西拿上来，领我们去了他主持的南洞。那时，天台山还没有通电，孙金帮我们煮了自己带的方便面，在恍惚的烛光下，散发着土味的窑洞里，时光仿佛逆转。几个北京的朋友觉得很有味道。吃完饭，孙金问我们分开住还是一起住，一起的一个女的说："单独住害怕。"孙金便说："那你们住一起吧。"他抱来四床铺盖。准备好这些，他给我们倒水，山上没有杯子，用的是吃饭的碗。我们都说不用了，孙金却不走，提着暖壶等我们喝水。谁都不喝，四碗水明晃晃的，满满地溢出白光。过了会儿，孙金大概累了，放下暖壶，但他还不走。用一块破布擦屋里唯一的柜子。我们觉得有些累，对他也有点烦。而且，我心里对孙金有了些看法，觉得他既然信佛，就不该有贪念，应该予人方便。给我们提供个住处，拿点东西，还要收钱。再因为钱，让男女合住到一起，一点原则也没有。孙金擦完柜子，又开始扫地。一位朋友低声说："他是不是嫌咱们给的钱少啊？"孙金大概听见了，动作迟疑了一下，又快了，本来干净的地几下就扫完了。我们觉得这下孙金该走了。但孙金还没有走的意思，他在屋子里转了转，又提起暖壶。大家都没有吭声，他看见碗里的水满着，说："水大概凉了，我给你们换点热的吧。"说完就要倒碗里的水，我拦住他说："我们不喝，你可千万别麻烦了。"孙金脸上现出些愧疚的神色，我想他大概是收了我们五十元钱，不好意思。孙金放下暖壶，蹭到炕上来，但他只坐了屁股一角，好像我们是主人，他是一个卑微的客人。我说："你没事休息去吧，我们没有需要的了。"孙金笑了笑，说："我想请你们指点指点，我写了些东西。"说完怕我们拒绝似的，从一个盒子里拿出一大叠手稿。我们觉得有些不可思议，朋友们以为在山里遇上了高人。一个朋友接了，翻了翻，大概是整整一本稿纸。他说："我们一定认真欣赏，明天告诉你意见，你先休息吧。"孙金不住地点头，说："好，好。"孙金出去以后，我们觉得屋子里轻松了许多。朋友问孙金到底是什么人。我离开县里已经几年，大学刚毕业，说不上来，拿过他的手稿翻了起来，写的是赵呆观的传说，用的章回体，但翻了几页，看不下去了。错字不少，语句也不大通顺，意思更是直接、简单，都是劝人积德、行善的。放下稿子，我加入朋友们的聊天。我们聊得很晚了，等我要睡着的时候，听到隔壁窑洞里还有窸窸窣窣的声音，想起孙金的稿子，心里有点不踏实，但也没有好的办法，他基础太差。

头天晚上太累，第二天我们起来的时候，天已经大亮。孙金在门口等着，问："睡好没有？"我们都说："睡好了。"孙金用眼角的余光瞟那些稿子，我把稿子还给他，说了说自己的看法，孙金不住点头，说："我一定认真改一改。"

过了一年多，我调到县政府办写材料。孙金的书出来了，到处给人送。我们办公室每人收到一本，书是自费印的，内容以以前那些为主，又加了点新的。接到书的人都说不容易。等孙金一走，翻几下啪地放下，说："现在谁也想出书！"

孙金自从出了这本书之后，经常拿一些稿子到我们办公室。单位领导和他是同乡，便让我们给他看看稿子。同事们几乎没有一个能完整看下去的，往往看上几页便还给他。有一个率直的同事看了他的稿子对他说："你不要写了，先认字吧。"他不住点头，说"是"。但是过了不久，孙金的第二本书出来了，照例拿上给单位上送。好多人拿上书随便搁桌子上，从来没有翻开过。

孙金根本不在乎别人怎样看，那几年，他隔些日子就拿上一摞书来到单位，人们看到他打趣说："孙金，新书又出来了？"孙金响亮地回答："出来了，送你一本吧。"孙金的书有大有小，有薄有厚，都是自费，没有书号，也没有定价。他把书送了人，一些单位领导给他点钱，多少孙金也不计较。他把出了的书摆在旅游景区，有些游客感兴趣，会买上几本。人们开玩笑说，孙金这些非法出版物，文化部门应该管一下，他在景区卖给游客，有损我们这儿的形象。说归说，并没有人对孙金怎样过。几年中，孙金出的书绝对可以说是很可观的，没有一个搞文化的人在这么短时间出过这么多书。他出的每一本书都送给过我，我一本也没有完整看过。一日，坐在我对面的同事说，他家里人在村里开了个租书摊，孙金的那些书挺好租。我没有想到有人喜欢看孙金的书，便把我的都给了他，觉得这些书有了一个归宿，心里对孙金的内疚少了些。

经常有人找县领导上访，其中有一个叫刘老三，出了车祸，两只脚都没了，又得了脉管炎，没有钱治疗。政府通过民政局给他出了点钱，但这些钱对于他来说无疑是杯水车薪。而且，他的生活是个无底洞，他失去了脚，好像对生活的希望也失去了，他妻子也对生活没有希望。他们一家把上访、向政府要救济当成解决问题的唯一渠道。在好长一段时间里，他每天架着拐子，他妻子扶着他，找县领导。单位人们都和他熟了，对他这点事情也知道得一清二楚，来了便不再招呼他们。他们也像到了自己家一样，找个地方坐下，开始等待。有时候他们还拿些铺盖，仿佛要在单位扎根一样，一副不把问题解决誓不回家的样子。有一次，他们堵在楼梯处，男的躺在地上，枕着他妻子的大腿，把拐子放一边，样子悲惨极了。社会上悲惨的家庭很多，比他悲惨的也不少，但像他这样一味依赖政府的还真不多。人们看看都绕过去走了。

不知道孙金是什么时候知道他的事情的，人们先是发觉他不来上访了，以为政府答应出钱给他看病，后来才知道是孙金答应给他治病。人们觉得十分诧异，孙金和他非亲非故，自己也并不富裕，连老婆都没有。

孙金找每一个熟悉的人借钱。他说："我答应给刘老三治腿，需要六千元，还差两千元，你能借给我吧？年底一定还。"但人们并不想借钱给他，因为理解不了他的行为，或许怕他还不了。有人问："你的工资呢？你卖了书的钱呢？"孙金说："我还供着两个大学生，他们没钱上学，我都负担起来了。""你没钱还给他治腿，让他找政府，找大款去。你看电视上那些人整天给这儿捐款，给那儿捐款，修路、盖庙，身边就有一个需要的，让他们捐点。"孙金不辩解，只是憨厚地笑笑说："你不方便，我找别人问问。"后来，我的一个朋友借给他两千元。

孙金办了这件事后，还是像以前一样，拿着一叠稿子到处找人看，遇到那些没有借钱给他的熟人，一点芥蒂也没有。对方感兴趣和他聊几句，孙金便热情地和人家谈下一部书稿的内容。

临近冬天的时候，在一个灰蒙蒙的下午，单位人很少。我看到两个人，一个扶着另一个向办公室走来，很像刘老三和他老婆，又觉得不大可能。孙金已经给刘老三钱治腿了，他怎么还拄着拐子？他们过来之后，果然是刘老三他们。那一刻，我觉得好像自己受欺骗了，理都没理他们，进了办公室。刘老三他们进了对面办公室，对面办公室的同志马上出来，进了我们办公室，说："什么东西，孙金那么可怜，给了他钱他没有治病，又来找政府，死了也活该。"我也觉得同事说的很有道理，对这种人不值得同情和帮助。从那天开始，刘老三他们又经常来上访，我和我的同事们再没有搭理过他们。他们一来，我们都厌恶地躲开。他们坐在办公室的沙发上，像腐烂的东西。他们不说话，只是默默地等。

年底的时候，和借钱给孙金的朋友一起吃饭。我问："孙金借你的钱还了吗？"他说："还了，大概分五次还的，最后剩五百，还的时候都是五元、十元，还有一元、两元的，一厚沓。"我觉得心里很不舒服。这时孙金已经离开了天台山，听说是因为和庙里的主持合不来，去了另一处景区，净土宗的发源地——白人岩。我们两人都没有提刘老三的腿，两人喝了两瓶酒，都吐了。

春天到了，风沙漫天。小草一点一点地从土里顶出来，又被黄沙淹没。但是空气慢慢湿润了，有时还下点小雨，气温也高了。街上的人却仿佛被风刮跑了，除了上下班和放学时间，街上只有些卖东西的和乡下进城办事的人。一出门，满脸满嘴的沙子。

这时，孙金又出现了，带着他以前出的书，他的身子还和以前一样强健，说话嗓门很高。他把书送给认识的每一个人，送过的也还给，人们翻书的时候，他问："你可以帮我贷点款吗？"人们疑惑地望着他。他说："我帮刘老三治腿，他的腿马上要做手术，再不做就坏了，我用我的工资抵押。"小小的县城是瞒不住事的，人们都知道他去年就借钱给刘老三治腿了，而刘老三根本没有治，今年还要帮他做手术？还要贷款？几乎没有一个人赞成他的行为，也没有人肯为他贷款。

那段时间，孙金把时间几乎都用在给刘老三贷款上了。他去一个热爱文化的领导办公室，我正好有事也在。孙金说："您帮我贷点款吧，刘老三的腿再不做手术就完了。"领导也早听说过他贷款这回事，没有详细听他解释，说："你学雷锋做好事我们支持，但你得在自己的能力范围之内，不能自己的事都解决不了，一味无原则地帮助别人。"孙金的嘴张了张，想要说什么，终于什么也没有说。他的眼神失望极了。领导递给他一根烟，他慌乱地摇头摆手拒绝，仿佛那是一根大棒子。他连声说着"我走了"，离开那间办公室。

他到上次借给他钱的那个朋友那儿，刚把话说完，那个朋友问："你上次给他的钱呢？""他给孩子上学花了。"朋友一听就火了，说："那是你给他治腿的钱，他怎么就花别处了？那是你自己以后的防老钱啊。"孙金不为刘老三的行为辩解，只是固执地说："他再没钱做手术腿就完了，他向我保证这次有了钱一定要做手术，我想再帮他一次。"朋友叹了口气:"孙金,帮人是在自己有能力的前提下才帮,你贷款给他做手术我不赞成。"孙金仿佛傻了,说:"你不帮我贷?"朋友苦笑一声:"你应该打消这个念头。"孙金在这一刹那,好像遭受了重大打击,他明亮的眼神黯淡了,嘴唇,尤其是嘴唇,刚才还很湿润的嘴唇马上干了,而且起了一串小泡。朋友给他续了水,他说:"不喝了。"声音轻飘飘的,像从一具没有生命的躯体里发出来的。朋友拍了他一把,他强打起精神转头走了。朋友没有留他。

在漫天的黄沙下,孙金每天为贷款的事奔波。他的整个人变得灰扑扑的,还没到跟前,土的腥味就扑鼻而来。

孙金转变了策略。他对求人家帮忙贷款的人说:"我只求你帮我这一回,你看我这个人值多少钱,帮我贷上多少,年底一定还。"可是人们并不因为他这样说而给他贷款,在这件事上,人们保持了一致的齐心。有个人听了他的话后,很真诚地说:"孙金,你要是娶媳妇,我一定借钱给你,利息不要,啥时有了啥时还。"孙金的脸一下红了,扑满面颊的沙土也没有掩盖住他脸上的红晕。孙金忸怩着像个大姑娘,说:"不娶,我这辈子也不娶,修行呢。"

孙金经常到我们办公室来,磨住人们想让他为他贷款,人们憎恨孙金这种固执的行为,见他来了躲开,或者他说他的,别人说别人的,把话题扯开。但孙金真有股劲,今天不行,明天再来,别人不理他,他也自顾自地说。有时候,他前脚刚走刘老三那两口子就来了。人们都很厌恶,没有人理他们。刘老三问:"县长不在吗?"办公室小王回答:"找县长干啥啊?孙金都在贷款准备为你做手术呢！"刘老三说："还没有贷上啊。我的腿疼得要命，听说脉管炎发展特别快，是不是我快要死了？""死不了，活菩萨孙金帮你呢。"刘老三感觉到小王在打趣他，不再说话。一次刘老三先到，在对面办公室坐着等县长。孙金来了直接进了我们办公室，又说贷款的事。孙金的声音很高，几乎整个楼道只听见他一个人说话，但是对面办公室没有一点声音。刘老三行动不方便，他老婆最起码应该过来一下呀，人们都觉得孙金很不值得。等孙金走的时候，正好刘老三也要走，在楼道里碰一起。人们以为刘老三遇到恩人一定会感激涕零，但刘老三只是淡淡地和孙金打了个招呼，人们心里为孙金鸣不平。后来人们说起这件事时，孙金说："我帮他是因为他可怜，也不是想让他感激我。我听到谁有困难就去帮助谁，西关有两个女娃没钱上学，我听说后，给她们凑好学费，以后一直供她们。我自己的侄儿上学，家里也没钱，但我不管，因为他不是最困难的。我只帮助那些最困难的。"

有几天，孙金没有来。不知道谁先说起，说："孙金呢？怎么这几天没见孙金？"人们才觉得很奇怪。"是不是孙金贷上款，刘老三做手术去了？"这样一说，人们都觉得可能性很大，凭孙金这股劲，又有工资抵押，一定可以贷下款的。人们心里都觉得怪怪的，为自己没有帮孙金而歉疚。毕竟到后来，孙金只要求能帮多少帮多少。

孙金和刘老三都很长时间没有来，人们更加肯定孙金贷上款给刘老三做手术了。时间一久，人们对孙金这件事就不大提了。

机关的日子，有序而无聊，白开水一样。树绿和花开仿佛只是一夜间的事，但大半年已经过去了。若要说说这么长时间里做了些什么，好像谁都挺忙，但具体做了些什么，谁也说不上来。只是那一摞摞的文件，证明日子确实在流淌。

秋天的一个星期天，我和朋友去白人岩。东晋时期的慧远大师在此创立了佛教净土宗，还有传说明朝的兵部尚书孙传庭幼年时在此读书。山外边还是干涸的河滩和黄土丘，一进入景区，绿色扑面而来，周围的山壁峭若斧削，我们随着石砌的台阶往上走，眼界越来越开阔，空气越来越湿润。到了主景区的时候，看见孙金弯着腰在一处施工队伍前干什么。我喊了一声，孙金看见是我们，很高兴地走了过来。半年没见，他的身体好像更壮实了，面色红润，一说话，山谷间隐隐约约好像还有回音。我们看到他也很高兴，尤其是他现在的样子一看就很不错。我说："孙金，在山上不错啊，刘老三的腿你给做手术了？"孙金说："不错，不错。刘老三做了手术。"我问："你贷上款了？""没有，我借了高利贷。总算把这件事办了。我回来这半年就没有下山，准备一直闭关修行。"没有想到孙金是借上高利贷给刘老三做手术，我觉得我们好像有些对不起他。但孙金不再提这件事，他说："我写了一部白人岩的稿子，大概有六千多字，正想请人指点指点，有人给我看过，说改不了。你帮我看一下吧。"我痛快地答应了，说："行。"孙金很有兴致地陪我们转完景区，邀请我们去他住的地方喝口水，顺便把稿子带上。

我们去了他住的屋子，这是紧贴悬崖的一排房子，过庙会时给香客住宿，孙金占了其中一间。屋子里特别简单，只有一条炕，炕上摆着张桌子，桌子上有些稿子，还有一本《现代汉语大词典》。

地上有个炉子，天气不冷，没有生火。孙金拿碗给我们倒水，我和朋友都说不喝，时候不早了，拿上稿子早点下山。孙金把稿子给我拿上，说："我的书你们不全吧？"我们说："都有了。"但孙金有些不放心，从桌子下拖出一个纸箱子，从里面把他的书拿出来，边取边说："我的书现在不多了，不能随便送人，但一定送你们。"我和朋友抵不过他的好意，每人带了一本。我们下山的时候，孙金一直陪着，几次让他留步他也不听。他嘱咐我尽快看稿子，看完上山的时候带上，要是近期不上山，就让旅游局的一个朋友捎上来。我答应尽快看。朋友说："我们很快就再上来，山上太好了。"孙金让我们再上山的时候帮他捎些放在印刷厂的书，我们答应。到了山口的时候，孙金不走了，他说："你们下次来，到了山口喊我，我听见就下来。或者你们也可以让施工队的工人把书带上来。"我们走出很远，还看见他一个人孤零零地站在山上，朝我们挥手。

回去之后，我把孙金的稿子拿出来。他写得很认真，每一个字都工工整整，有些写错字的地方还用橡皮擦了，擦破纸的地方用一些很小的纸块补上。但一看内容，觉得像第一个给他看稿子的那位朋友说的，改不了。他的稿子满篇都是堆砌的词语，意思表达不准确，特别爱用成语和别人用滥了的句子。开始的时候，我用笔划去那些意思重复的句子，在稿纸边上的空白处写下自己的意见，但越看越觉得这是一篇毫无价值的稿子，根本没法弄。直接说出自己的意见又怕他太失望，我把那些划去的句子又标上恢复符号，把空白处写的意见撕去。然后，我找到旅游局的朋友，说孙金托他把稿子捎上去，同时让他告诉孙金，我也改不了，建议孙金放一放，重新写。那一刻，我觉得自己很市侩很虚伪。

一回到单位，每天便被无边的琐事包围，觉得无聊和空虚，但在这种置人于死地的空虚和无聊中，竟一天天活了过来。冬天转眼间就到了，大风和严寒使得万物萧条，我和朋友再没有去白人岩，我们想的是到了来年春天再说。

整整一冬天，一次也没有见到孙金，我知道他是在山上闭关修行。刘老三隔段时间还来单位上访要救济，没有人问他腿怎样了。

年转眼间就到了，每年的年和年大同小异，我是回村里过的。村里的主要街道都硬化了，还安上了路灯。但人们都说没钱，种的玉米卖不了，物价疯涨。好多人家里在赌博，一大群人，桌上放着几乎已买不到什么东西的一角、两角的零钞。过完年回了单位，人们在问过好之后，都不约而同谈起孙金的死，他是被烟闷死的，死了连打发自己的钱也没有，他的工资本还在他贷高利贷的人手里。

墓 园

　　陈继清四十九岁生日是与女儿王一萌到青岛的路上度过的。

　　她们一早起来就收拾东西，做早饭，女儿急，她也急，明明太原到青岛的火车是晚上九点多发车的，到太原人们说最多三四个小时，可她们就是急，万一路上堵车怎么办？万一火车提前开了怎么办？提前十来天就开始收拾东西，昨天已经收拾好，早上陈继清又打开崭新的行李箱，和女儿一件件检查，害怕遗漏了什么。果然，有面小镜子没有带，没镜子女儿怎样梳头呀？最后她们把装得鼓鼓囊囊的行李箱拉上时，差点儿把拉锁崩掉。

　　说是八点半从镇上出发，可是八点钟两人就坐不住了，丈夫嘴上说不急不急，却掩饰不住眼神里的焦虑，陈继清说："在哪儿等也是个等，早点儿走吧，去了县城等大巴还得花时间。"

　　到了太原，才十一点多点儿。陈继清和女儿打算先吃饭。在火车站附近找了一家小饭店，点菜时，陈继清先拿起菜谱，眼睛瞟了一下："怎么都那么贵，一个凉拌土豆丝就八块？"赶紧把菜谱交给女儿。女儿翻了几下，不知所措地说："妈，你点吧。"陈继清心里有些打鼓，瞄了瞄已经在旁边候着的服务员，低声问道："点两盘饺子可以吗？顺行饺子接风面，我给女儿送行。"服务员拿起菜谱走了，陈继清松了口气。

吃完饺子，两人不敢到处乱走，怕迷路走不回来，便早早进了站。一直等候大半天，坐进 K884 卧铺车厢时，陈继清才安神了。这时她感觉仿佛真正要去青岛了，前面走的那些路，毕竟还在山西。

陈继清爬到上铺，一抬头碰了下脑袋，望着这小小的、窄窄的地方，她不明白为啥睡一宿就要二百多元。但一想到明天萌萌就要上大学，陈继清开始兴奋。她像没见过女儿似的，开始打量她，又怕女儿发现害羞，便不时偷偷瞄她几眼。女儿正在看手机，长发垂下来，遮住大半个脸庞，露出一只眼睛，那么亮。嘴巴上边那颗痦子，和她的长得一模一样，但女儿比她和她爸爸都好看。

陈继清心满意足地看着女儿，忽然，列车上的喇叭响起来，播音员温柔的声音："各位旅客，你们好！马上就要到熄灯时间了，在大家入睡之前，有位女儿说，今天是她母亲陈继清的生日，也是自己即将跨入大学校门的一天，感谢母亲含辛茹苦养育了她，祝她生日快乐！"

陈继清听到自己的名字，惊得猛地伸长耳朵，这时灯熄了。夜光从窗帘缝隙中一晃一晃照进来，陈继清看见女儿放下手机，钻进被子里，几缕头发露在外面，像枕头边卧了只猫。陈继清感到从来没有过的一种满足。

六年前，王一萌上初中，陈继清和丈夫决定搬到镇上陪读。

去镇上的前一年，别人立碑，喊丈夫去帮工，把腰闪了，成了残腰，一干重活儿腰就疼。

儿子王一强上初中时，两人没有太在意，让他住了校。那时，地里忙，一斤玉米能卖一块多。陈继清丈夫的腰还没出事。他以为自己能干一辈子，供完孩子们读书，还可以给娶媳妇，准备嫁妆。没想到儿子经常溜出学校玩游戏，初三后半学期有一天突然跑回家说不念了。去找老师，孩子明明已经跑回家里，人家还不知道，说他每天都在上课。后来高中当然没考上，勉强拿了个初中毕业证，跑出去打工了。女儿说啥也不敢耽搁了。

去镇上的那天，六年了，陈继清还记得清清楚楚。那是七月，路上各色各样的小汽车和拉着花圈的三轮车、四轮车间杂在一起，蜈蚣一样一辆接一辆，半路上开始堵。丈夫腰疼，不时下车活动一下。好多小汽车车门不断打开，下来的人抽几口烟，脑门上马上沁出汗珠，然后嗖地钻回去。没有一丝风，阳光照在纸和塑料做的花上，像要燃烧起来。另一边车道上都是拉铁矿粉的车，每一辆有房子那么大，样子颜色一模一样，就连新旧程度也一样，用很慢的速度庄重地往前爬。陈继清打个盹醒来，看到还是这种一模一样的车和人们脑门上的汗水。

他们跟着车流走了好久，看到一座巨大的灵棚矗立在公路旁边院子里。前面那些车基本都进了院子里，很多人和车又从那个院子里出来。院门口摆着花圈，一个挨一个，看不见尽头。那天，他们顺着这条摆着花圈的路往前走，一直进了镇子，以为到头了，结果看到几家纸火铺，门口也摆着花圈，还有纸房子，陈继清很是恍惚。

他们租了一间屋子，长三米，入深六米，里面一盘土炕，一个锅灶，一张三合板桌子，两把包人造革面的椅子，一把破了一块儿，里面露出已经发黄的海绵，一把椅面从中间裂成两瓣儿，有些硌屁股，但铺个垫子还能坐。最让陈继清心安的是屋子中间蹲着架铁皮炉子，到了冬天，把这个家伙好好烧上，屋里就不冷了，上面还能做饭，做好饭还可以一直热着，萌萌啥时候放学回来吃都是热的。

第二天，陈继清和萌萌去看学校，学校锁着大门，里面几个工人正在粉刷教室，两层的教学楼刚刷完油漆好像散发着热气。

人们都在议论昨天的葬礼，路上看到打发的是赵贵白。他开铁矿，开选厂，还有路桥集团公司，人们说县里所有的路，都是赵贵白承包修建的，他修路挣的钱比开矿挣的钱都多。

昨天，还打发了一个人，是镇上卖面皮的三光的老婆。她是和三光吵了架上吊自杀的。吵了架就上吊？人们说她有精神病。陈继清想：有精神病就自杀？一定有什么过不去的。她不敢说出自己的想法，刚到镇上，和谁都不熟，况且她从来不是多嘴的人。

更让陈继清吃惊的是，人们说三光怕老婆的墓被盗了，用水泥和石子把它砌了起来。陈继清想，盗什么呢？一个可怜的精神病人。活着的时候没人好好珍惜她，死了之后还被水泥石子包裹起

104

来，也许三光有精神病。

那天，陈继清和丈夫连续跑了几个地方。等人家回话的时候，陈继清收拾家，她想人家一进她这个家，看到里面干干净净、整整齐齐，就会觉得她这个人不错，她想给人们留个好印象。

屋子只有门那边有一个窗户，空气进来之后，不能对流，很热。陈继清对女儿说："你到外面玩去吧，凉快点儿。"可是女儿在镇上没有熟人，不想出去，要待在家里一个人看书。看着女儿被汗水浸透的刘海一缕缕贴在脑门上，陈继清有些心疼，她想赶快找到工作，挣下钱给家里添个风扇。

吃饭时，陈继清与丈夫聊，两个人都感慨人和人的差别，活着的时候不一样，死了还不一样，穷的死得孤零零，富的那么热闹。

陈继清问："不知道到了地下，一样不一样？"

丈夫说："哪能一样呢？人家赵贵白的墓有多大？足有咱们这个院大。还修建了墓园，据说里面河啦，山啦，房子啦，啥都有，还安装了许多摄像头，专门雇了个老头看管。三光老婆呢？几尺大不说，还被砌了一堆水泥、石子。"

陈继清说："我说的是地下！"

丈夫说："我知道，地下也不一样！"丈夫问的地方，都是要干重苦力活儿的，工程队只招建筑小工，选厂要上料的、装车的，丈夫想找个保管、库管、看大门的，没有。

陈继清觉得屋子里热气越积越多，挤得她有些喘不上气来。这时她开始怀念山里面的房子，那里有窗户，有风，人死了埋进土里，不会用水泥砌起来。可是，山里没了学校。

傍晚，屋里还是一个劲儿的热，屋外喇叭上传来熟悉的乐曲《十送红军》："一送（里格）红军（介支个）下了山，秋雨（里格）绵绵……"陈继清有些激动，明白人们开始跳广场舞了。她喜欢这首歌，尤其是一听到"里格""介支个"这些词时，就有种熟悉亲切的感觉，想象自己在秋风细雨中送人，或者被人送。从小，陈继清就想到外面去，想到很远的地方去。陈继清很喜欢跳舞，读小学时，最喜欢唱着《白毛女》里的片段跳舞，经常把自己想象成喜儿。长大后，没地方跳，也没时间跳，她想来了镇上可以跟上人们学学。可是，现在看着萌萌边读书边不停地擦汗，陈继清恨不得把窗户关上，不让声音影响女儿。她想买上风扇后，女儿坐到哪儿，就让风吹到哪儿。

第二天，陈继清一出门，听到赵贵白和三光老婆的墓被盗了。

看赵贵白墓园的老头白天喝了酒，晚上有人进了墓园，他没有发现，还被打昏在屋子里；那些摄像头被剪下来，被扔得到处都是。赵贵白赤条条躺在老头旁边，墓里的东西和身上穿戴都不见了。赵贵白那么有钱，陪葬的东西肯定不少。人们说有金元宝，还有他喜欢的翡翠棋盘。三光穷得啥也没有，老婆下葬时只有身装穿，结果水泥墓下面打了洞，三光老婆被盗走了，她装穿的那身古式衣服倒被脱下来，扔在路旁，一看这样子，肯定是要卖给结阴婚的了。

听到消息的那一刻，陈继清首先觉得搬到镇上住是对的，可以每天看着女儿进学校、出学校，要不多危险，然后隐隐有些快意，觉得人死了还是有些地方一样的。

丈夫回来后，一脸不快地把自己摔炕上。陈继清问："你听说赵贵白和三光老婆的事了吗？"丈夫烦躁地说："这个鬼地方，人死了都不能安神，不是为了萌萌，说啥也不来。等萌萌一考上大学，我就搬回去。"

"你说气不气人？轻松活儿找不下，我干重活儿还不行？可是招来人家的盘问。你说我一辈子拿过别人一根针线？居然盘问我！"

陈继清问："谁盘问你呀？盘问啥？"

丈夫回答："死人家呀！问我叫啥，多大啦，哪儿来的，以前干什么，来镇上干啥……"

陈继清问："不光是问你一个人吧，是不是来镇上的生人和男人们都问？"

丈夫回答："那也不该问我呀！"

陈继清笑了："咱们来了这儿就是生人，谁知道咱？人家出了这么大事情，问问没啥呀。"

丈夫说："但就是心里憋屈。我想回去种地。"

陈继清问："种啥呀，这几天地里没活儿。再说，你的腰！"

没想到，几天后，陈继清丈夫当了墓园的看守人。赵贵白被儿子们重新埋进墓里后，几个孩子都觉得找个老头看墓不靠谱，想找个年轻点儿的。镇上年轻点儿的男人都不愿意干，人们便想到总是用手托着腰找工作的陈继清丈夫。

而陈继清，在镇上饭店里打短工，配菜和洗碗端盘子。一天五十元、两包烟，中午和晚上管两顿饭。陈继清不抽烟，想可以拿回去给丈夫抽，看墓地正好闲得要抽烟，一包烟怎样也要五六块、七八块，比丈夫抽的兰花烟好多了。两顿饭，她不吃，打包带回去，再热点儿别的，够一家人吃。

女儿读了三年初中，陈继清和丈夫在镇上打了三年工。

女儿考上县里的高中时，陈继清搬到县城学校附近租了房子。还是一间，长还是三米，入深却只有五米，旧房子，房租一个月高了五十元。陈继清咬咬牙住下了，这儿离学校近，女儿放了学走五分钟就到家。

这三年，女儿一直埋头读书。

高三上学期，有一次女儿说："妈妈，我在外面上了这么多年学，从来没有领同学们来过家里，因为我知道咱家小。"

陈继清心里咯噔一下，忙说："你领同学们来呀！"

女儿说："嗯。这个星期天，我想领米兰来咱们家住一晚，星期天大家都回去了，学校里留下米兰一个人怪可怜的。你看可以吗？"

米兰是女儿最好的朋友，从初中起就是一个班，也是山里的，从初中开始就住校，在一个宿舍。陈继清经常听女儿讲米兰的故事，也看过她的照片，又高又壮的女孩儿，心地非常善良，愿意女儿和她在一起。

陈继清说："没问题，你领米兰来吧。不用愁住处，妈一定帮你解决。"陈继清想自己可以借邻居的房子住一晚，也可以在打工的酒店凑合一晚上，那么多房间，拼几把椅子就可以。或者，花几十块钱，在外面开间房，但陈继清马上打消了这个想法。反正有好多办法，女儿的问题根本不是个问题。

那几天，只要有时间，陈继清就收拾家。本来不大的屋子她擦了一遍又一遍，地面泛起的潮气中，总是散发着水泥的清香。几件旧家具上擦得木头上的花纹都露了出来。被子叠得整整齐齐，电视上的军人也就叠成这个样子。窗台上有几盆花，陈继清早晚用蓬壶把它们浇得湿漉漉的，星期五那天，菊花开了，鲜黄的花瓣像鸭子嘴。陈继清想起女儿小时候，每次她吃豆子时，女儿就把嘴凑过来，她把嚼碎的豆子喂给女儿，女儿的嘴唇软软的，上面有层淡淡的绒毛，呵出的气总是有股奶香。

可是，那天晚上，女儿一个人回来了，说米兰知道家里是租的房子，怕她们为难，不来了。陈继清说："这孩子，租的房子有啥关系，叫她来嘛，妈妈另外找住处。"女儿不吭声，掏出书本写作业。陈继清哑声了，觉得对不起女儿，她心不在焉在屋里转来转去，不知道干些什么好，后来打开了风扇。女儿说："妈妈你干什么，啥天气还开风扇？"陈继清关了风扇。那天，女儿写作业的时间格外长。

早上七点多，车厢里开始忙活起来。同一卧铺的是一家东北人，在威海买了海景房，去度假。领头的是个又胖又大的光头男人，拿着大罐头瓶子沏着茶，喝几口吧嗒一下嘴，讲前几年在海边度假的事情。家里人大概听过多次听得不耐烦了，没人搭理他，男人却兀自一直讲。陈继清觉得他讲得很有趣，早晨那么早，渔民们开着拖拉机去赶海。退潮后，岸上到处是小螃蟹和贝壳，没人要，人们提着小篮子挖泥里面的蛤蜊。陈继清不清楚小螃蟹为啥没人要，多稀罕的东西呀。她从来没有吃过螃蟹，萌萌也没有，她们家谁也没有。

到青岛的时候，学校接站的人举着牌子在出口等候。陈继清觉得学校真好，要不这么大的青岛，去哪里找学校呢？

刚坐上车，丈夫打来电话。说好她们一到就给他打电话的，忙乱间竟忘掉了。

陈继清接起电话。

"喂，到了吗？"

"到了。"

"那你们注意点儿。"丈夫没有等陈继清回话，就挂断电话。

丈夫给她打电话从来都是一两句话，陈继清打给他的也是。他们怕花电话费，也不知道在电话里聊些什么。

这次陈继清却觉得丈夫说得太短。这儿年，她一直陪伴着女儿，丈夫在墓园里看着那个死老头。这下女儿读大学了。

找宿舍，领东西，帮女儿把床铺好之后，陈继清把剩下的十几颗煮鸡蛋一骨碌都放进女儿饭盆里，嘱咐她别盖盖子，早点儿吃完，要不会放馊，然后急急与女儿告别。女儿说："晚上七点二十五的火车，时间还早，妈妈你看看大海去吧，还可以看看海底世界，出来一趟不容易。"陈继清"嗯嗯"答应着，不敢在女儿宿舍多待，害怕自己落下泪来。

晕头晕脑出了学校，在校门口看见许多人坐公交车，陈继清挤上去，站稳之后，小心翼翼问旁边一位也是家长模样的人，火车站哪一站下？

那人吃惊地回问："你去火车站？"

"嗯嗯。"陈继清点头。

"这个不去火车站，去海水浴场。"

陈继清惊奇地问："不去火车站？"

"去火车站坐……"

陈继清喃喃地说："我以为所有的车都去火车站。"接着问："去能看见海的地方远吗？"

"只看海？下一站就行，你从中门下。"那人看见陈继清没有出过门，热心指点。

陈继清挤到中门时，站到了。她被人群裹挟着下了车，想再问问海在哪里，一股咸腥的气息扑过来，她看见一片灰蒙蒙的蓝色出现在不远处。海，这就是大海！陈继清快步往海边走。

眼前就是海，真的看到海了！陈继清赶忙给丈夫打电话，想让他听听海的声音。手机响了十几声，没人接。陈继清有些失望。她打开相机，一连拍了十几张，然后坐到沙滩上，打开录音机，录海浪的声音。她想回去让丈夫看看照片，听听录音也不错。

趁人不注意的时候，陈继清把手伸进大海里，沾了点儿水，抹嘴唇上。呸！真咸啊，还苦。

陈继清沿着沙滩慢慢往前走，不断有漂亮女孩迎面走来，她们戴着大墨镜，穿着人字拖，皮肤水灵灵的，两条大长腿白花花的，比太阳还亮。还有好多外国人，白色的、黑色的，白人真白，黑人真黑，世界上真还有这种人，还是黄种人最好看，陈继清摸着自己的皮肤，骄傲起来。

在广场上，见到许多散发传单的人。有人高喊，去海底世界发车喽！陈继清一惊，女儿叮嘱自己去海底世界看看，她说过一定会打电话问。她问："海底世界多少钱？""一百三。""啥？"她以为自己听错了，门票就一百三。再问，对方回答，都是这个价，嫌贵，你去网上买，能便宜十块钱。陈继清蒙了，女儿打电话问时自己怎样说呢？说没有去，女儿肯定知道自己舍不得花钱，然后心疼她。陈继清不想让女儿难受，她在公交车站牌前打量起来。她没有读过几年书，但常见字还是都认识的。团岛农贸市场吸引了陈继清的注意，她想海边的农贸市场一定卖海鲜，去这里看看就得了。就像在她们老家，想看蔬菜瓜果猪羊家畜，去农贸市场都可以看到，只有那些城里人才去什么采摘园、动物园。

到了农贸市场，不用张口问，循着气味儿，陈继清就找到了负一层的海鲜市场。真大呀！每一家都是卖海鲜的，鱼虾螃蟹贝壳，陈继清能认出来，但她认不出什么鱼什么虾，她们那儿没这种东西。陈继清顺着标签看起来，光鱼就有鲳鱼、偏口鱼、刀鱼、鼓眼鱼、老板鱼、安康鱼、板板鱼、舌头鱼、鸦片鱼、黑头鱼、鲈鱼、黄花鱼、金枪鱼、鲅鱼、笔管鱼、墨鱼……最让陈继清感兴趣的是海肠，这种东西圆滚滚的，看不见眼睛、鼻子，像截儿火腿肠，不停地蠕动来蠕动去，屁股和头居然差不多，只是头尖些，像铅笔，屁股圆些胖些。

陈继清转来转去，转到火车站的时候，下午五点多，她不敢再转了。这时肚子咕咕叫起来，陈继清想起中午还没吃饭。街边有卖烤鱿鱼的，粉红色的鱿鱼放在油汪汪的铁板上，不一会儿变得焦黄，散发出扑鼻的香味。陈继清吞口吐沫，没敢问，觉得这东西一定很贵。她花四块钱买了碗泡面，坐在候车室等火车开。

一坐上火车，陈继清就给女儿打电话。女儿第一句话就问去海底世界没有。陈继清心里有些得意，说去过了。女儿问她看到什么？陈继清讲各种鱼和虾的样子，讲到海肠时，她觉得这个东西女儿一定没有见过，描述得特别仔细。女儿疑惑地问："你没有看海豹、海狮的表演？没有看到北极熊？"陈继清说："看到了，都看到了，那些家伙真可爱。"不等女儿再问，她叮嘱女儿："你一定要吃好、休息好，不要放松学习，和同学处好关系。"然后挂了电话。

火车轰隆隆离开了青岛。陈继清想起小时候女儿在村里玩斗兽棋，象一虎二狮三豹四狼五狗六猫七鼠八，大象最厉害，但老鼠能钻进大象的鼻子，两个同归于尽。女儿特别想看看大象，这么厉害的动物，居然被老鼠钻进鼻子里。村里只有老黄牛，猪羊鸡鼠，动物园太原才有。有年五一，领女儿去太原，她们在动物园整整待了一天，看了大象、狮子、豹子、狼、长颈鹿、斑马、羚羊、狗熊、鸵鸟、孔雀、火烈鸟等许多动物，却没有看到老虎。老虎关在虎山上，游览虎山需要单独买门票坐游览车，一人10块钱。动物园门票才10块钱，陈继清舍不得买，想女儿反正已经看到大象了，还看到那么多其他动物。回了家，再下斗兽棋，女儿忽然问："老虎长什么样子，咱们在动物园怎么没看到，它为啥比狮子厉害？"陈继清回答不上来，后悔为了省那点儿钱，没有带女儿去看老虎。

陈继清到了太原，给丈夫打电话，让他帮自己收拾县城里的东西，她要把租下的房子退了。丈夫在电话里支支吾吾，还夹杂一两声咳嗽。陈继清以为丈夫在墓园里走不开。

每次丈夫有事儿，离开墓园，都得请假，人家都不给好脸色。要说赵贵白的墓已经被盗了一次，重新下葬时，家里人又大办了一次，人们都知道那墓里啥都没有，鬼才去盗。

可是也难说，有的人你越说没有，他越不相信，觉得是骗人的障眼法。而且盗墓的不一定是本地人，万一外地盗墓的流窜到这里，看到这么好的墓园，一定以为里面有值钱的陪葬品，他们也不知道这个墓已经被盗过一回，里面啥也没有。所以丈夫从来不敢掉以轻心，但还是有一次出了事。

那年家里收玉米，别人家的都已经收完，就剩他们家那二亩地，再不收可能就会被别人收走。正好那几天宴席多，酒店里忙，她请不了假，丈夫便偷偷回去了。反正现在机器收割也快，赶天黑就回来了。回的时候，丈夫仔细地检查锁了，在门口还洒了一簸箕灰。等丈夫回来的时候，锁子没动过，灰也还是走时的样子，丈夫放了心。可是进到墓园里，放在石桌上的玻璃杯打翻了，桌子上丈夫吃剩的瓜子、剩下的几根香烟都有动过的痕迹。丈夫着了急，以为有贼进来了，他赶紧查看赵贵白的坟，没有动过的痕迹，他不放心，又出去墓园转了一大圈，害怕有贼从外面打洞进来。那天丈夫一直心惊肉跳，害怕出了什么事。傍晚，看到几只乌鸦在桌子上啄他放下的放大镜，他轰走乌鸦，看到几处鸟屎，才想可能是鸟干的，没人进来。这时他想到园子里有监控摄像头，这个玩意儿他一直不大会弄，也从来没有用过。现在打开它，往回调，忽然看到几只乌鸦飞到桌子上，吓了一跳。

后来，丈夫养了一条狗做伴。她去看他的时候，几次看到他对

114

着狗不停地说话，见到她，忽然闭了嘴。他们在一起待半天，丈夫说不了三句话。有时做着事情，丈夫突然就坐起来，说外面有动静。那个地方真像个牢笼，时间长了谁都会出问题。

这次回去，丈夫要是不想干就把它辞了，刚来镇上时丈夫就不想待嘛。一起回老家，或者找点儿其他干的。现在毕竟和以前不一样，这不，女儿上学就享受了政府给的五千元"雨露计划"，学费都是无息贷款，生活费怎样也能给她挣出来。

陈继清赶回县城出租屋已经是傍晚，屋子里静悄悄的。陈继清以为丈夫收拾完之后回去了。可是家里没有半点儿收拾过的痕迹，陈继清生气了。三年，都是自己独自在这里陪女儿；女儿读大学，那么远的路，也是自己去送。现在连这么点儿小事，丈夫也不愿意做。她的泪掉下来，一把抹了，锁上门，去镇上。

到了墓园那儿，狗叫声传来。这只狗很聪明，如果是生人路过，它只叫一声，好像提醒有人路过。如果是陌生人要进去，比如说淘气的孩子们或者放羊的，它会拼命大叫，直到把来的人吓跑，或把主人出来。如果是她这样的熟人，狗叫得很亲切，而且会亲自迎过来。陈继清搞不懂没人教它，它怎么会这样子区分对象。这时狗已经迎了过来，在里面用爪子挠门。陈继清想，丈夫真是根木头，还不如狗。

进了墓园，狗在前面带路，一头撞开屋门。陈继清看见丈夫躺在炕上，脸色蜡黄，脚上打着绷带。她心里一惊，问："怎么了？"

"真背！在门口滑了一下，就把脚摔骨折了。"

"啥时候？"

"你和萌萌走的那天。"

陈继清摸了摸丈夫的额头，不发烧。她赶紧烧水、做饭，为刚才错怪了丈夫自责。伤筋动骨一百天，丈夫这样子哪能回呢？回去也不能干活儿。陈继清想，自己在这里陪丈夫好了，等他把脚养好，再一起回去。

第二天吃过早饭，陈继清把丈夫扶院子里。阳光照在他头上，陈继清发现丈夫左鬓角有白头发了。她让他别动。拔了两根，发现头顶、右鬓角都有，她说，真的老了。狗过来蹭她的腿，陈继清拍着它的头，在丈夫身边坐下。陈继清忽然发现很舒服，这么多年，两个人从来没有这样子坐一起。

这样懒洋洋地坐到十点多，陈继清问丈夫："中午想吃啥？"丈夫说："萌萌都走了，咱们俩，随便吃点儿就行了。"陈继清说："咱们俩也得吃呀。你骨头伤了，我给你炖骨头吧，好好补一补。"

陈继清去了县里，卖肉的地方有几个人在挑选。她问排骨价钱。"大排一斤十五，小排十八。""这么贵啊！"卖肉的看她犹豫，说腿骨十一，腔骨八块。陈继清迟疑了一下说："给我买几块腿骨吧，家里人腿骨折了，吃啥补啥。"称好腿骨后，她看到卖肉的要把一包猪皮放冰柜里，便问："猪皮多少钱？""两块。""那给我把这些猪皮买上吧。"营业员把猪皮放秤上，陈继清看见那么一大包，说："给我买一半吧。"营业员说："一半不卖，总共才六块。"陈继清只好都买下。

买好猪皮，陈继清去买黄豆。猪皮炒黄豆，很有营养。

没想到遇到村里的第一书记。他说："正在找你呢，县里培训护工，不收一分钱，还免费提供吃住，你愿意去吗？"陈继清问："培训完能找下工作吗？"第一书记说："好找，只要培训合格就会拿到结业证和其他资质证书，咱们'吕梁山护工'现在成了品牌，到哪儿都抢着要。一个月少说也能挣三五千，干得好的可以挣万儿八千。"陈继清脑袋嗡地响了一下，"万儿八千！"她的脸红了，问："怎样报名？我回去和丈夫商量一下。"

回到家里，陈继清清洗腿骨和猪皮的时候骂了起来："真会骗人，这么多母猪肉，怪不得不分开卖！"那些猪皮摊开，许多上面带有乳头，有的没有乳头，却出现一个大窟窿，那圆圆的洞清清楚楚告诉陈继清，这里是乳头，母猪的乳头。

陈继清炖上腿骨，把没乳头的猪皮拣出来，用它来炒黄豆，居然没几块。剩下的，她舍不得扔，她想熬皮冻吧！猪头不烂就多费把柴火，母猪肉不好嚼，多炖会儿就行了，再说炖成皮冻，谁还能看出它是母猪肉？

吃饭的时候，陈继清把腿骨盛了丈夫碗里，自己夹了几块猪皮，装作漫不经心地说："你猜我今天在菜市场看到谁了？我看到咱们村的第一书记了。他说县里培训护工，学得好的一个月能挣一万呢。你看我去学怎样？"

"一万？哄鬼呢！伺候人的营生，谁给你一万？"

丈夫这样一说，陈继清心里不踏实起来，游移不定地回答："没一万，也有五千、三千吧，听说现在大城市里雇一个保姆挺贵的，要不我打电话再问问。"

陈继清打通第一书记的电话，小心翼翼地问："学会护工，一个月最少能挣三千？"第一书记回答："三千没问题，学会之后，咱们都是和大城市里正式的家政公司签合同，工资有规定，有保障。和你干得好坏挂钩，干到金牌护工、金牌月嫂，七八千肯定有。再要是干得好，和主人关系也处得好，不光是挣钱的问题了，有的雇主把护工子女的工作都解决了。"

陈继清的心扑通跳起来，女儿大学毕业后需要找工作，自己当护工说不定能给她帮忙。

挂了电话，陈继清忽然觉得丈夫看的这个墓园太小了，四堵墙，啥也看不到。

整个下午，陈继清在炖皮冻，看着一块块带乳头的、有窟窿的猪皮不停地在水里面翻滚，渐渐化成胶状的液体。晚上睡觉前，液体慢慢开始凝固成乳白色的、透明的胶质固体，乳头看不见了，窟窿看不见了。陈继清下定决心，一定要去学护工。

陈继清扶丈夫躺进被子里，丈夫的手搭在她的肚皮上，痒痒的。她把这只手握住，移到自己乳房上说："我拿定主意了，参加护工培训去。"丈夫蠕动的手停住了。陈继清握住它，慢慢在自己乳房上移动，边移动边说："挣上钱，你就不用在这个鬼地方待了，回村里看咱的地去。萌萌也能和别人家孩子一样，吃穿不发愁。强强大了，得给他攒娶媳妇的钱。"

一个星期后，陈继清成为护工班的学员。开班第一天，老师讲纪律。来这儿之前，她就下定决心好好学习，没想到要求这么严。在校期间要求穿校服，每天按时起床、吃饭、睡觉，早上还出早操，课有理论课、实训课，都合格才能拿到结业证。上岗时，去了户主家里不能用手机……

陈继清喜欢上这里，她觉得无论学什么，有个样子才容易学好。下课后，陈继清买了两个笔记本，她的记性不好，怕把老师讲的内容忘了。

很快三天过去了，陈继清沉浸在学习中，才发现自己虽然是妻子和两个孩子的妈妈，在饭店里干过好几年，但基本上啥也不会，炒菜只会几个简单的家常菜，根本不知道怎样搭配营养，粥只会熬稀饭，做疙瘩汤，花生猪蹄黑枣枸杞汤根本就没听过。照顾新生儿，护理老人、病人、产妇，纯粹是凭感觉，许多东西都不懂。

这天她回到宿舍，发现有女儿的未接电话。回过去，女儿没事，只是问候她。陈继清先前没有告诉女儿自己参加护工培训的事儿，觉得难为情，也怕女儿反对。经过三天学习，觉得学到了许多真东西，认为自己选择对了，便很兴奋地和女儿讲起学校里的事情。

女儿一听就埋怨她："妈妈，我都读大学了，你还那么辛苦干什么？缺钱我可以去勤工俭学，你不要再这样辛苦。"

陈继清说："妈妈不要你勤工俭学，你一心一意好好学习就行了，最好读完大学读研究生，读完研究生读博士，你读到哪儿，妈妈供到你哪儿，不要像你哥哥。咱们比比谁学得好。"陈继清发现自己自从参加了培训，想法和说的话和以前不一样了。

三十天理论学习时间过得真快，陈继清每隔三天和女儿通次电话，告诉女儿自己学到了什么，学校中发生了哪些新鲜事，要求女儿也说说她的情况。刚开始女儿三言两语就说完了学校的事情，后来慢慢用越来越长的时间和陈继清分享自己的生活。陈继清觉得自己好像分成了两部分，一部分在这里学护工，另一部分在青岛读大学，特别充实。

学习完理论知识，去家政公司开始实训操作。在学校听到的总是成功的例子：任艳平半年就干到了金牌月嫂，现在在北京一个月挣一万多；郭玉梅护理老人口碑特别好，去年当选为全省人大代表；王翠香的丈夫得了脑血栓，不能干活儿，王翠香一个人当护工，供出了两个大学生。来了家政公司，除了实地操作干活儿，也见到一些雇主和学员闹纠纷的事情。听一些过来人讲，挣钱哪有那么容易，有的雇主特别抠门，连吃的都舍不得给护工吃。有个雇主应酬特别多，每天半夜喝得醉醺醺才回来，一回家看不到保姆就生气，所以保姆不管多晚都得一直等，雇主回了家，躺在沙发上就不动了，保姆得给她脱鞋、洗脚，熬醒酒汤。

有人听着就打退堂鼓了，自己也是人，不是老妈子，干吗那样去伺候人？有人学起来不像以前那么认真了。陈继清却想，人心换人心，世界上毕竟好人多，只要能吃苦，把活儿干好，还没人用她？

这一个多月，陈继清学到了许多实用技能，比她活了大半辈子学到的东西都多，她渴望找个地方马上去实践，像老师讲的那些优秀学员，毕业后就上岗，很快做到金牌。

实训操作结束，陈继清顺利拿到结业证。别人挑肥拣瘦，有的不想离家太远，有的想去北京这样的大城市，有的只做护理老人的护工，有的要给知识分子家庭服务。陈继清没有提条件，只要求

120

尽快上岗，她想自己挑人家，人家也挑对方，她知道自己长得不占优势，怕人们不认她，想先找个地方去干，干好了人家自然愿意再用，或者推荐给自己的朋友。

正好县里有户人家要护工，陈继清去了。这一个月，她把自己放得很低很低，低眉顺目，像婆婆还活着时自己刚进门当媳妇的样子，战战兢兢。看见活儿她就做，没事儿干就收拾家，一个月几乎没有怎样抬过头。但她很开心，学的东西许多都用上了，而且雇主对她很好，月底痛快地给了她三千二工资，还要继续用她一个月。陈继清拿到工资那天，首先给女儿打电话，给她卡上打了一千元，然后买了五斤猪小排、一只猪脚，炖上排骨后，给丈夫熬了个花生猪蹄黑枣枸杞汤。

快进腊月，天气像坠入深井，又冷又黑。在外务工的人们纷纷想办法回家。往年这个时候，村里的人们早捂在家里不出门了，陈继清也想和丈夫回老家，安安稳稳过个年。没想到女儿打来电话，想要台笔记本电脑。陈继清一听脑袋就大了，这个东西不是城市里有钱人玩的东西吗？她说："咱们家穷，那个东西不用不行吗？"女儿在电话那头的声音低了，怅然地说："同学们都有，学校里学习也需要。"女儿挂断电话后，陈继清还握着手机，她仿佛看到女儿失神的眼睛。

太原有户人家需要月嫂，但只出四千五。这个季节雇月嫂，行情少也有六七千，从家政公司根本雇不上。雇主打听了几个人，都被回绝了，打听到陈继清这儿时，已经很急了，这关节，多要千儿八百没问题。但陈继清想，谁也有难处，城市里也有穷人，宁愿打听那么多人只出四千五，这人肯定日子不好过。自己嘛，家就是那个家，迟回点儿也没啥，女儿不是还没有放假？就当陪女儿一起学习吧，能挣点儿是点儿，正好给女儿买台电脑。

陈继清坐上火车去太原，车厢里大多是携带大包小包行李返乡的人。陈继清有些自豪，想上次坐火车还是九月份送女儿读书的时候，那时她以为城里所有的公交车都通向火车站，现在她不光知道城市里的公交车各有各的线路，还知道孕妇缺奶用什么汤补，老人便秘该怎么办，当选人大代表得具备哪些条件，还有许多以前不知道的东西。

快进太原市时，年的气味儿溢过来，匆忙中有种让人有紧迫感的东西，陈继清想到再有一个月就过大年，过了大年自己就五十岁了。她觉得好像懵懵懂懂睡了好多年，突然醒过来，猛然地长。

面对快三十岁的产妇，陈继清感觉自己像个姐姐，或者像位妈妈，她不再战战兢兢，不再低眉顺眼，啥时该喝汤，啥时该喂奶，啥时该睡觉，婴儿哭了，婴儿笑了，婴儿尿了，婴儿饿了，婴儿热了，婴儿冷了，像黑字写在白纸上，陈继清知道得清清楚楚，她还几次把户主手里的手机拿过来，让她睡觉，甚至还指点那个跑业务的丈夫做这做那。

腊月二十五马上就到，按合同规定该下户了。陈继清看到产妇养得白白胖胖，气色红润，孩子健健康康，大着嗓门响亮啼哭，有种说不出来的成就感。一件大工程就要结束，陈继清预定好回家的车票，给女儿、丈夫打了电话，还去服装城给丈夫和自己买了新衣服；女儿的，给钱让她自己买，人家眼光不一样。可是腊月

122

二十四，产妇丈夫接到通知，必须出差两天，腊月二十六才能回来。面对夫妻俩为难的表情，陈继清爽朗地说："你放心走吧，我送你们一天。"

陈继清改签了买好的车票，给女儿打了电话，让再等她一天。

腊月二十六，陈继清像往常一样，做饭，带孩子，照顾女人。直到傍晚，女人的丈夫才回来。他一进门，陈继清就要赶着出门。她想赶紧回家，看看女儿，半年没见，她长没长个子，胖了还是瘦了。男人让她等一等，要亲自送她去火车站。

告别时，女人抱着孩子不停地朝陈继清挥手，孩子咿咿呀呀叫着让她抱。男人拿出一对崭新的灯笼说："感谢你多照顾了她们一天，送你对灯笼吧。"

陈继清回到县城，已是晚上九点多。一出车站，女儿骑着摩托车在等她。陈继清想，终于回来了。

一萌似乎长高了，围着条灰色围巾，以前的粉红框眼镜换成了细细的黑框眼镜。陈继清觉得挺洋气，她希望女儿变成这样。

女儿问："回镇上？"

陈继清问："你爸在哪里？"

"墓园。"

女儿载上陈继清奔向墓园，夜空中，零星的礼花升起，亮一下，又一片黑暗，年的脚步越来越近。墓园近了，四周黑乎乎的，唯有那块地方闪烁着灯光，陈继清心里一暖。

狗开始叫，院子里的灯亮了，丈夫迎接出来。陈继清把灯笼递给丈夫，说户主送的。

进了屋子，女儿摘下头盔，摘下帽子和围巾，真的长高了，超出陈继清大半个头。

陈继清一坐下，女儿忙给她倒水，拿出一袋儿虾干说："妈，你尝尝，这是我从青岛买的海鲜。"陈继清拿起一只，塞嘴里，一股咸咸甜甜的味道在她嘴里弥漫开来。她忍住眼泪，拿出银行卡说："上面有四千五，你明天买电脑去吧。"女儿高兴地跳起来，搂住陈继清亲了一口说："妈妈你真好！"

第二天，女儿去县城里买电脑去了。

陈继清想，还没有打扫家、擦玻璃、剪窗花、蒸馍馍、点豆腐、做粉条、炸丸子、烧肉、炒小炒肉呢！这么长时间没回村里，不知道家里乱成什么样了。她的心慌起来，对丈夫说："我得赶紧回村里去收拾家，马上过年了。"

丈夫说："要不别回去了，家里也没老人，这么长时间没见，歇歇。在这儿过个团圆年，不也蛮好嘛。过了年，咱们一起回去上坟。"

陈继清说："不，你现在就去赵贵白家，告诉他们找人吧，过了年咱不干了。咱们回去，听说村里现在干啥，人家政府也支持，还引进许多项目，你害怕没个干的？我给咱出去当护工，萌萌上学的花销你就别管了。"

丈夫找赵贵白家去了，陈继清赶紧收拾墓园。打扫家、擦玻璃、剪窗花、蒸馍馍、点豆腐、做粉条、炸丸子、烧肉、炒小炒肉，事情多着呢！虽然这里是墓园，陈继清不愿意将就，过年就要有个过年的仪式，一年才一次，过了年，自己就整五十岁了。

陈继清先从打扫屋子开始。她换上旧衣服，扎起头发，围上头巾，这半年，一直是给别人家干，这次终于是给自己家干了。

正忙活着，女儿回来了，一进门就喊："妈，你看谁来了？"陈继清一抬头，是米兰。这姑娘那年没有来，但陈继清一下就认出来了，和照片上的几乎一模一样，又高又壮，听说她也考上大学了。陈继清赶忙掸了掸衣服，不好意思地说："这儿荡的都是土，你们去外边玩吧。"

女儿说："我帮你收拾家。"

米兰说："阿姨，我和萌萌一起帮您收拾家。"

陈继清说："不用不用。"赶忙拦她们两个。可孩子们已经动手，陈继清只好找旧衣服让她们换上。

女儿边擦玻璃边开心地说："妈，电脑买下了，联想，四千二。"说着她把卡还给陈继清。

陈继清看到女儿高兴，她也很高兴。她想切菜还得要把好菜刀呢！

腊月二十八，整个墓园里收拾得干干净净。住人的两间屋子墙白，玻璃亮，上面贴着几张红色的窗花，两只猴子，两个喜字，一对鸳鸯。园子里洒了水，很快结了冰，像闪亮的珍珠。几株柏树绿油油的，上面跳着几只喜鹊。

女儿说："妈妈，要不咱把那对灯笼挂上吧。哥哥估计快回来了，昨天下午六点的车。"

丈夫找梯子。

萌萌撕包装。

腊月的风，凛冽而干燥，太阳很大，照在身上却还是冷飕飕的，因了大年的到来，一切好像多了些红色，使屋檐下摇晃的灯笼更加醒目。到三十晚上，它亮了起来，顿时好像离村庄近了，而且格外明亮。

二弟的碉堡

一

　　二弟是一个绝对粗俗的女人。二弟的妈妈四十五岁开始开怀，一口气生下三个女儿，就绝经了。二弟便被一心想要儿子的母亲弄了这个毫无逻辑可言的名字。二弟把这种混乱的逻辑带给了她的孩子：她的大女儿叫老头子，二女儿叫二坷蛋，一个小儿子叫三老头，光凭这一点，就让乌镇的人痛恨不已。

　　第一次去二弟家是去借一个叫楦子的东西。妈妈告诉我去二弟家借楦子，我就去了二弟家。我叫："二弟姨姨。"她家里传来呜呜的叫声。然后，我就看见二弟趴在地上，用舌头舔一个碎了的鸡蛋。她旁边是三四只猫，围着她呜呜乱叫。二弟边用手挡这些猫，边加快舔鸡蛋的速度。等她站起来时，地上已光溜溜的。几只猫扑过去，在地上嗅了嗅，我明显看到那些猫失望的表情。恶心的是，二弟抓起一只狸猫，让它在自己嘴上舔，然后像丢一块抹布似的把它丢到一边。那只猫一瘸一拐爬起来，居然幸福地大叫了一声。

我提着楦子出了二弟家的门，像捏着一只死人的脚。那些猫一跃一跃抓这只楦子，肚皮一翻一翻的，在阳光下像一条条鱼。

第一次见二弟是在一个朋友家，我们打对家。有个女人进来，并没有人理她。她从炕头抓起一把烟叶，伸出粗大的手指沾了口唾沫，卷起大烟泡来。看了一会儿牌，她就开始发起浪来，一会儿说这个牌出臭了，一会儿又说这把牌该响。有人就开始说话了："二弟，要不你上来玩吧？"二弟的脸一下就红了。她说："我哪有钱呢？"又看了几把牌，二弟一下也没吭声，然后说，我走了。但屋里其他人并不说话。二弟就走了。她一走，有人就骂："这个傻×，把我熏得发蒙，比他妈的男的还能抽烟！"有人问二弟是哪儿的，那人回答是山里的。没想到，过了几年，二弟和我家成了邻居。

那时正是二月，连续几个晚上，此起彼伏的猫的嗥春声吵得我们不能入睡。弟弟气得站在门外大骂："谁他妈家的鬼猫，也不管管，再叫老子骟了它！"

第二天，有人敲我家的门。我们看到了二弟，叼着一个大烟卷，颠着大肚皮，领着一群猫。我们都有点蒙了，不知道这个巫婆一样的女人从哪里来。她先嘿嘿一笑，掏出一包当地人最常抽的一元一包的三峡烟，给我们敬。我们都谢绝以后，她抓起一只猫，在嘴边亲亲，说："你们瞧多乖呀！"然后她说："周杰伦，敬个礼。"一只花白猫两腿站起来，一只小爪子朝我们招了招，惊得我们目瞪口呆。然后，她又给我们一一介绍她的猫，赵薇、巩俐、王菲，介绍到的每一只猫都摇头摆尾，十分得意。

我们才知道，这个山大王一样的女人带着一群猫成了我们的邻居。她买下隔壁那个久没有人居住的院子。

从此以后，我们便可以经常听到她早上五点钟还不到，就吆喝她的老头子、二圪蛋、三老头起来干活。当别人家的孩子睡眼蒙眬地准备去学校上课时，这三个孩子已经干得满头大汗。她那个满脸络腮胡子的丈夫，有一个很威武的名字，叫聚天，在她面前却乖得像只猫。

我们劝她让孩子们上学。她说："他们那些球样子上学还不是白花钱，他们像了谁也不是上学的料，除非是别人的种。多挣点钱，盖房子、娶媳妇吧。"二弟出口总是娘老子球的满口脏话，人们都不怎么爱跟她说话。

我们当地有一种开小白花的蓄根草本植物，有一个怪异的名字，叫贼麻花，用油炸上味道奇香，干透了一斤能卖二百多元。但它生长在干旱的半坡地带，还需当年有雨才开花。贼麻花开的时候，正是天气炎热的时候，它藏在一种叫害害花（音）的植物中间，不到一尺高，采它的人需要不断地站起来、蹲下，所以，每年因为采摘它中暑的人很多，还有的脑溢血病发而亡。人们说，二弟就是每年采摘贼麻花攒下一笔钱，才买下这个院子的。现在，每年贼麻花开的季节，二弟一家人准备好水和干粮，一早就出发，傍晚才回来。这个季节，农活儿不忙，天气又热，大部分农民都在乘凉、打牌，人们听见二弟一家人回村的动静，就说，这家人挣钱连命都不要了。二弟听到这话，依旧大摇大摆走路，她的丈夫聚天却低下了头。有一次，她的老头子听到别人这样议论，说："我们又没有采你们家的！"聚天顺屁股踢了她一脚，说："不能走你的路！"二弟却高声唱开"花儿为什么这样红"，声音颤悠悠的，一个劲往高处爬，后来，猛地一顿，四周一下静了。她们离开后，有人重复着问，花儿为什么这样红？另一人回答，出你娘的牌。

二

乌镇的人们听说城里的狗市上有会说话的八哥，相邀去看，发现二弟在那儿卖猫。人们打听到一只猫在市场上可以卖三十元左右时，所有的人都愤愤不平了。这和人们用猫来捕鼠大不一样。甲说："在二弟的猫群中公猫永远只有一个，它过着皇帝般的生活，有众多的母猫可以享受，比我们过得还好。"乙说："二弟给它从我肉摊上要的不值钱的猪脾和骨头，我向来很大方，这是帮她赚钱呢！"丙说："二弟还从世纪大饭店要别人吃剩下的骨头、鱼肉呢！"丁说："除了发情季节，每天晚上，二弟都搂着她的公猫睡，有病。"戊说："世界上还没有比发情期的群猫乱嚎更难听的声音，她扰乱了我们的环境。"己说："可怕的是二弟打乱了猫的发情季节，她家几乎每个月都有猫在生育。"最后，甲乙丙丁戊己都说："咱们不能再让她养这么多猫了！"

但甲乙丙丁戊己谁也不愿去二弟家说，他们找村长，让村长去管。他们根本不知道，村长已把二弟养猫的事当成特色养殖报上面去了。村长说："球！二弟家的猫吃了你家的鸡没有？""没有。""人家养人家的猫，关你们屁事！自己有本事哪怕养鸡巴呢！"甲乙丙丁戊有些不高兴，说："你是村长，也不能骂人吧？二弟家的猫扰乱了我们的环境呢！现在不是都在讲保护环境吗？煤场不是因为这还让罚了款，给周围居民做了补偿？"村长说："好，我去给你们说说，你们这群毛驴！"

村长见了二弟说："群众对你养猫意见很大呢。"二弟说："操，我也没犯法，我在我自己院子里养养猫还不行？你关了我禁闭。"村长说："我也只是说说，人家向我反映呢！"二弟说："村子里那么多事你不去管，计划生育、交租纳税、赌博吸毒、盗墓偷变压器割电线，你去管呀！"村长说："我只是说说，我已经把你报成特色养殖户了。"二弟说："养这么几只人家就眼红，养多了还不把我杀了吃肉！"村长说："瞧你，说句话也不行？"

过了几天，二弟院子里跑进一只大狗，正在追逐母猫的周杰伦怪叫一声，嗖一下，钻到玉米垛子下。狗汪汪叫着，扑向玉米垛子，周杰伦三下两下跳上玉米垛子，狗猛烈地刨着玉米垛子，玉米垛子雪崩一样散了。一只玉米砸在狗的眼睛上，狗把所有的气愤都发泄到周杰伦身上，咻咻吼着继续往前扑。周杰伦跃上窗台，抓着玻璃就爬了上去，最后蝙蝠一样两只爪子倒挂在最上面的窗棂上，惊恐地尖叫。二弟出来了，舞着一把锹朝狗腿上狠狠劈去，狗尖叫一声，往前一跃，夹着尾巴逃跑了。二弟追出门外，挂着锹大骂，那种恶毒粗野的话，人们听了一辈子都忘不了。

有一次，人们却亲眼见二弟追着她的周杰伦打，而且，边追打边哭。有人便模仿着她的口音问："二弟，你家的公猫咬了你老公的球了？"二弟怒气冲冲地说："咬了他的球我才不管呢！它偷吃了我的鱼。我的鱼！我喂它那么好，它还偷吃我的鱼？"

二弟的鱼是用来做席的。鸟镇死了人亲戚都要做六六席来祭奠。这种席具有一流饭店菜的想象力和精美，而且做好之后是要摆一块儿看的，无形之中成了亲戚们实力的一种较量和艺人们手艺高低的比较。席里有六道干果、六道水果、六道冷菜、六道热菜、六个插在大馍上形态各异的面塑、六个用蔬菜水果雕成的动植物造型。大大咧咧的二弟竟是做席的好手。她做的席漂亮精美别具一格不说，她做席的材料也让人匪夷所思。而这一切，竟是在人们鄙夷可怜的状态下完成的。

二弟经常去捡瓜皮，她把那些啃得或深或浅的瓜皮成堆成堆抱回家，遇到人们嘿嘿一笑："这东西，扔了怪可惜的！"鸟镇的人们传说二弟家一到夏天就每天用瓜皮炒菜、用瓜皮做汤。有人便感慨她们一家过着乞丐一样的生活。谁也没有想到二弟的这些瓜皮都用在了席上。她把瓜皮里外一削、破成片、染上色、雕成花雕成龙随她高兴。难得的是她把瓜皮的作用发挥得淋漓尽致，除了用瓜皮雕动植物造型外，还把瓜皮切成薄片垫在冷菜、热菜的盘底。因为席主要是摆在那儿看的，就像美女的乳房，没有多少人去研究它用什么材料拢起来的，所以二弟的瓜皮席竟一连做了好几年，没有人发现。

后来，二弟就要在那院子里重新盖房子了。听到这个消息的鸟镇人一惊一乍，奇怪不务正业的二弟一家搬下山时间并不长，哪儿来的钱去盖房子，继而，鸟镇的各个大小包工队都涌到二弟家，要求把工程包给他们。二弟笑眯眯地接待了所有来她家的包工队头头，但并不松口。后来，人们忽然听说二弟把工程包给几个四处流浪打工的南方人了。鸟镇的人们不相信说着满口鸟语衣衫褴褛的这些家伙能把活儿干好。鸟镇的大小包工队更是感觉受了莫大的侮辱，他们不相信二弟这房子能盖成。

三

动工那天，先是二弟家的"千岁红"鞭炮被人浇湿了，嘶嘶哑哑响了几个，就不动了。接着，来了一大帮乞丐，没完没了唱起莲花落，二弟每人给了一元钱才打发走。乞丐走了以后，来了一伙穿制服的家伙，说是土地局的，要二弟拿出房产证，二弟自然没有什么房产证，她拿出房契和买房子的合同，那些人看了，哼哼哈哈了半天，就动手开始量她的院子。鸟镇的人几乎全来了，围在二弟家周围。二弟跟在那伙人屁股后头，赔着他们从来没见过的笑脸。快到中午时，总算量完了，二弟的院子多占了一堵墙，也就是说，二弟这院子的一堵墙垒在了墙址的外面。二弟说："我买房子的时候就是这样呀，我不知道！"穿制服的家伙们要求二弟把多占的地方退出来，再交了这几年的罚款，就可以盖她的房子了。二弟一下坐在墙根底，拍着大腿号啕大哭。

"哪里来的疯狗呀，怎么就看上我这块肉呀！"

"我不活了，快点把我活埋算了！"

"老天爷呀，你就见不得别人好活呀！"

"哇、哇、哇……"

围着二弟看的人越来越多，聚天、老头子、二圪蛋、三老头都抱了头蹲在墙脚下像受审的犯人。

土地局的人向周围的人解释："我们也没把她咋，只是有人把她告下了，我们不来也不行，大热的天，谁愿意？"

二弟一下不哭了，跳起来拍拍屁股说："你们说咋办？"

"一种是交罚款；一种是把地方让出来。"

"好，我认罚，你们罚死我吧！"二弟的眼睛射出恶狠狠的绿光。

周围看的人觉得结果有些不尽人意，慢慢开始散了。

第二天早上，卖豆腐的王二小路过二弟家时，见二弟指挥着一伙民工拆那堵墙。王二小对遇到的每一个人和买豆腐的人说："二弟拆墙了，那家伙拆墙了！"

人们吃过早饭路过二弟家时，她一家人和民工还在拆，不光拆那堵让她伤心的墙，而且拆其他三堵墙。人们摇摇头，说："这女人！"

第三天，二弟还在拆。她在拆自己住的房子。

鸟镇的人们受不了了。他们说："二弟发神经了，她拆了房子往哪儿住呢？她家聚天也不管管她？"

傍晚时候，人们看见二弟院子里搭起一个大帆布棚。那伙人一直在拆。据鸟镇那天唯一一个晚上起来看流星雨的家伙说，他亲眼见那伙人干完活和二弟一家人都钻进那个大棚子里了。他还对天发誓，他胡说让他烂了嘴。

二弟的房子拆干净之后，就开始挖地基。二弟的地基挖得比楼房的都深。人们说，到底是山里人，有几个钱也不知道怎样去花，都扔土坑里了。

二弟挖好地基之后，就开始往好砌。二弟的地基砌了一人高之后，还没有停，鸟镇的人们开始恐慌。他们说："这又不是垒碉堡，砌这么高，干什么？"

但二弟的地基并没有因为人们的恐慌而就此停住，她一个劲地往高砌。鸟镇的人们简直愤怒了，鸟镇的历史上也没有过这么高的地基，她想把咱们全村的人压倒。

人们去找村长。村长说："二弟那地方，前面是垃圾堆，后面是路，左边也是路，右边是一水渠，你们说，让我怎样去干涉人家？"

二弟的地基随着人们的恐慌增高，但终于停了。人们奔走相告："二弟家出什么事了？"

二弟没有把这种悬念给鸟镇的人们保留太久，第二天就开始拉东西，备料。

二弟的房子盖得又快又好，因为那些南方人干活从不偷懒，每天一干就是十几个小时，二弟一家人也都帮着干。这些南方人也真叫二弟佩服，抢着干重活，吃饭从不挑剔，躺倒就能睡觉。这些南方人也觉得二弟和他们遇到的其他北方女人不一样，骨子里透着一股狠劲，很能吃苦。当二弟的房子快要盖好时，二弟对领头的那个小伙子说："你看我们老头子怎样？嫁给你吧。"那个小伙子说："我非常喜欢你家老头子，可是我除了一身力气，什么都没有。再说，让她跟着我你放心吗？"二弟说："一百个放心，我要让我们家三老头也跟着你干活呢！"小伙子说："那好。咱们让你的房子再高上一尺。"

四

二弟家的房子盖好后，二弟的猫又到了怀春的时候。二弟领着她的猫，站在高高的屋顶上，整个鸟镇像河床里缓缓流动的细沙，那些弯弯曲曲的炊烟升到她的屋顶后，仿佛一伸手就可以挽住的一条细绸子。二弟好像又站在了高高的山顶上，二弟唱，山丹丹花开红艳艳……二弟一直在唱，天黑以后，她的猫开始嚎春了，声音凄厉而悠长，无数的各色猫敏捷地爬上二弟的房顶，一群一群的猫扭成一团，有的摔打下去，在半空中分开，翻一个身，像棉花一样落在地上，一前一后融入黑夜中。

二弟扯着匹缎一样的红纸，在皎洁的月光下如凌空的仙女般剪出各色的图案，细碎的纸屑随风起舞，铺了一地碎红。

然后，二弟屋子的玻璃上就开满了各种各样的花朵，还有一只只栩栩如生的喜鹊、蝴蝶、老虎等动物纷纷也落了上去。

细碎的鞭炮声敲打醒了梦中的鸟镇人，挣扎着还想入睡的人们被越来越急雨点一样的声音赶着起了床，梦魇一样循着声音来到了二弟的房子前。二弟的房子碉堡一样耸立在他们面前，丈把长的竹竿悬在二弟的屋顶，鞭炮炸响之后，沙沙坠落的纸屑像随风飞舞的雪花。

啊！

"山丹丹花开红艳艳，一年又一年……"二弟的声音从高高的屋顶随着红色的雪花往下飘，飘。

晨曦褪去之后，鸟镇的人们也开始做手中的营生，二弟的声音依旧往心上飘，院子里玻璃上的那片红光使他们心里都非常不安。

后来，眯眯眼进村了，他留着一条长长的辫子，骑着摩托一晃一晃的，像一只撅屁股的驴。他远远被二弟高大的房子吸引，不顾一切地冲了进去。满玻璃的动植物使他像进入了一座热带雨林。

真他妈的艺术！眯眯眼流泪了。

他掏出相机一张一张拍这些他向往已久的东西。"都要，我都要！"眯眯眼越拍越激动。

当二弟领着一大群猫从屋顶上下来时，眯眯眼简直崇拜到了极点，他没想到还有这么酷的女人。二弟摸出一支烟熟练地点上，他才知道，什么是女人真正地抽烟，而不是城市里时尚女孩的作秀。他又听到聚天叫她"二弟"，眯眯眼兴奋极了。

眯眯眼进了二弟的屋子，又看到了那些面塑，他幸福得什么也说不出来，只是哗哗拍照。

眯眯眼留下一百元钱，要带些剪纸和面塑回去。

二弟说："今天是我嫁闺女的日子，我不会收你的钱的，我请你喝喜酒好吗？"

眯眯眼就开始一大杯一大杯地喝酒。后来，他的舌头乱成了一团麻，坚持留下了那一百元钱，说是给闺女随的份子。他说他还会来的，他要带上他研究民俗的导师一块来。

五

二弟的房子像一座大山，压得鸟镇的人心上沉甸甸的，人们干什么一抬头就会看到那座碉堡一样的房子。人们盼刮大风，吹倒她的房子；下大雨，冲垮她的房子；地震，震倒她的房子。

不知哪一天从谁开始，晚上去倒垃圾，就倒在二弟的房子下面。而且，这很快就形成了一个习惯，全鸟镇的人都去二弟房子下倒垃圾。尽管村长是最后一个去的，但最终也去了。人们不管二弟家离自己远近，都去那儿倒垃圾。村子里的垃圾堆空了，可是二弟房子下的垃圾却越来越高了。二弟最初发现人们往她房子底下倒垃圾，领着她的聚天和二坊蛋铲了。可她白天铲了，人们晚上又就倒下了，而且她一家人铲，怎样也比不上全村人倒。二弟站在她的屋顶上和街上骂过，可她骂的结果是当晚的垃圾比哪天的都多。二弟也躲在一边，试图捉住倒垃圾的人，可那些人神出鬼没，她又不是狗，能一晚上不睡，有时候看到对方了，又抓不住。二弟被这些垃圾弄得筋疲力尽。二弟去找村长。村长说："我的话还有用吗？好，我说说。"村长在喇叭上喊："村民同志请注意，不要在二弟房子下倒垃圾。"村长一连喊了三次，问二弟："还喊吗？"二弟说："扯淡！"

垃圾像癌细胞一样疯狂地滋长，二弟那座高大的房子几乎成了书上描写的地上河。二弟领着推土机和铲车进鸟镇的时候，鸟镇的人们仿佛眼前飞过一只苍蝇，对这个庞然大物视而不见，打牌、下田，他们只是热切地盼望晚上的到来。

月亮一上来，人们端着簸箕、挑着箩头、推着平车、开着三轮车，神秘地向二弟家进军。二弟家的灯好像还没灭，人们就开始轰轰地倒垃圾。有的人干脆把二弟白天清除了的垃圾又拉回来，他的做法很快引起了人们的注意，很多人都模仿他，把二弟白天清除了的垃圾又拉回来。鸟镇的人们从来没有如此兴奋，也没有如此团结，干到半夜时，不知谁组织的，女人们竟然送来了夜宵。

第二天，聚天推不开大门。后来，三人像老鼠一样挖开一条通道。聚天说："咱们不能再在鸟镇住下去了。"二弟说："放屁。"她让二圪蛋拿出一根竹竿，把一块绣着乌鸦的刺绣挂在上面，高高插在屋顶上，看得聚天目瞪口呆。二弟说："让那些狗日的们倒哇，我不信他们倒的能超过这只乌鸦。"

闪亮的铁轨

少年沿着铁轨进入弧的时候，是黄昏时分。

弧是一个安静的小村，二三百人，王姓为主。村人以地为生，养着一批三轮车，农闲时出门收购小杂粮，增加收入。村周围是庄稼地，村南庄稼地南边是一片柳林，柳林南边是滹沱河，滹沱河再往南走十几里是连绵起伏的五台山山脉。

几十年前，京原铁路经过的时候，人们以为村子会热闹起来，但只是一小段铁路经过村子，像个半括号，把村子分成两部分。每天经过两列客车和几列货车，从来没有在弧停过。车窗里扔出的花花绿绿的饮料瓶和一些登满小道消息或色情文字的印刷品，让村子里的人们能感觉到些遥远的神秘的气息。偶尔村里的鸡或小猪被火车撞死，有人会跑去看看是谁家的。

北方二月还是寒冷的时候，地里光秃秃一片。黄昏最后一缕阳光打在土坯墙上，像展开一幅黄色的画卷。屋顶上炊烟已经飘起，与滹沱河的水汽一起笼罩在村子上空，干燥的烟味变得湿漉漉的，春天像捉迷藏的小姑娘一样，已经站在人们背后了。锅碗瓢盆的声音越来越稠，绣鞋垫的姑娘和播米的大妈开始放下手中的活计，修理农具的、垫院的男人们也正收工。

少年一只裤腿卷到半膝，上面粘了一道沥青闪着黑光，两只鞋鞋带已经磨烂，人造革鞋面上的漆皮剥落，像从垃圾堆里捡来的。头发乱糟糟，上面还有树叶和草屑。

门口喊鸡的王玉香老人最先看到少年，以为是个小乞丐。她念了句"阿弥陀佛"，把少年领进屋里。老人说："冷吧，快烤烤炉子，一会儿吃碗面条。"老人把少年留在炉子边，去厨房擀面条。屋子里热乎乎的，只是光线有点暗。少年忽然做出一个出人意料的举动。他拿起炉子上的炉盖，往自己手上烫去。老人的儿子正好进门看到了。他夺下少年手中的炉盖，把他赶出屋子。王玉香老人不明白自己的好意为什么会引起少年这样的举动，她跟出来。少年愤怒地哇哇说着一些话，谁也听不懂。王玉香老人门前的人越聚越多，人们怀着好奇心打量这个少年，不知道他想干什么。在弧小学教书的李老师放学后听到消息也赶来了，人们让开一条道。这个师专刚毕业的年轻老师用普通话对少年说："你来这儿干什么？"少年不吭声。他接着又说："你能听懂我的话吗？"少年点了点头，额前的乱发下闪出一双警惕而又充满野性的眼睛。他把两只胳膊上的袖子褪上去，露出用蓝墨水刺的文身，左胳膊上有一个歪歪扭扭的"恨"字，右胳膊上是"找我妈"三个大字。围观的人们猜测他母亲跟人跑了，他出来寻找，可是不明白他为什么要烫自己的手。少年又开始哇哇大叫。李老师拉着少年的手说："跟我去学校吧，或许我能帮你点忙，外面这样冷。"少年狠狠一甩胳膊，李老师打了个趔趄。围观的人们的眼神由好奇和同情变得有些不满。李老师又耐着性子说："天这么冷，你在外面晚上会冻坏的，先跟我去学校住一晚，明天再找你妈妈。"少年嘴里不知道嘟囔了一句什么话，往后退了一步，眼神里满是恶意。人们说："疯子，别管他。"

人们失去好奇心，慢慢散开。

王玉香老人拿出一个馒头放少年手里，他一扬手扔了。老人嘴角扁了扁，摇摇头，也回去了。

夜幕很快降临，乡村的夜晚月亮又大又清冷，偶尔有一声清亮的鸟叫声传来，孤寂地消失在风中。

第二天，弧的人们开始忙碌的时候，少年出现了。他还是昨天那副脏兮兮的样子，一种谁也不相信的神态，在村里的街巷晃荡。

谁也不知道昨天晚上他是在哪里过的夜、吃没吃东西。七眼伯说，家里有外地媳妇的这几天让她们少出门，避免不必要的麻烦。这个小孩大概是从四川、云贵一带来的，可能一直沿着铁路找他妈妈，或许听到些什么消息，他过些天一定会走的。

人们心里多了些谨慎。

少年发现，无论走到哪里，都有些奇怪的眼神盯着他，还伴随些小声的议论。但他毫不理会。他像一只觅食的公鸡，在村里东张西望。到中午的时候，人们陆陆续续回家做饭、吃饭，少年也神秘地不见了。

下午，少年又出现在街上，还是谁都不搭理的样子。王玉香老人看见他摇摇头，少年像一只飞进屋子的麻雀，到处乱闯，能去的地方就去。人们盼望他什么也找不到，早点离开。

傍晚放学后，纷纷涌出校门的学生在门口看到少年，他们指点着少年向老师说，看，看。李老师露出温和的笑容，再次邀请少年住在学校，他还比画了个洗澡的动作。少年愤怒地拒绝，然后飞快地跑走了。李老师苦笑了一下，嘱咐几个学生留意一下这个奇怪的人。

这天晚上，李老师躺在床上翻看一本流浪汉小说，但心不在焉，在想这个少年的事情。他期待门突然响起。

第三天，还没有到上课的时候，几个学生早早过来，喊报告。结巴鬼满意抢先说："老，老师，我，我们，昨天看，看见那个人藏在祠堂里。"大个子磊磊也说："老师，满意说的没错，我们都看到了，不信你问忠义。"忠义又要接着说，老师举手打断他的话，说："你们不要和别人说，还得继续注意他，看他在哪里吃饭，吃什么。"

祠堂在弧南边一个院子里，院子中间有一棵大树，弧的人都叫它"炮树"，夏天它会开一种粉红的花，样子像铃铛一样，人们说闻了它的香味会头痛。李老师没有闻过它的香味，但见过它开花的样子，确实在别的地方没有见过。祠堂的几间房子已多年废弃不用，平时里面放些棺材，谁家死了人用棺材时，才进去一下，阴森森的，从不上锁。

上课铃响了，李老师刚拿起课本，七眼伯在校门口出现了。李老师的眼皮抖了抖。七眼伯这个习惯让他很不自在，他不明白七眼伯为什么每天这个时候来学校里转转，好像监视他一样。他接下来讲课的声音有些发飘。他希望七眼伯马上离开。可是七眼伯在学校里蹓了一圈后，径自朝教室这边走来。李老师继续讲课，但注意力转移到门外。七眼伯来到教室门口，没有敲门，就推开进来，走到墙边，伸手把灯拉灭，然后转身出去。教室里似乎暗了点，也似乎没暗。李老师看外边，天已经亮了。他心里很不舒服。

少年走在弧的街巷中，觉得人们的眼睛闪闪烁烁，藏着很多机密。这不大的村子，他昨天至少转了二十遍，没有找到丝毫迹象。他感觉自己没有揭破这个村子的秘密。从那天一进村子，一种神秘的气氛就让他觉得妈妈就藏在这个村里，他有耐心一直找下去。

少年还是像昨天那样在村子里乱转，看到人们注视，他心里有些得意。一上午他一无所获，到中午时，他向村子南面走去，他没有注意到后面跟着几个尾巴。

李老师吃饭时，磊磊来报告："老师，那个人在村南的地里面刨山药蛋。"李老师快要吃完饭的时候，忠义又来报告："老师，那个人去了滹沱河，捉鱼。"李老师问："你们还没有吃饭吧？"他们吐吐舌头说："家里饭还没有熟。"李老师说："你们快回去吃饭，我去河边看看。"磊磊说："老师，满意还在。"李老师说："你们吃了饭再来。"

李老师沿着村南的路一直往南走，去年秋天已经犁过的地还没有解冻，土块上面都是光滑的犁铧印。他经过柳树林，灰褐色的柳树像弯着腰的老妪，上面的枝条上突兀地有几截用干枯的树枝搭的喜鹊窝，天上的云在快速流动。现在是用水淡季，滹沱河的水涨了不少，没到跟前，一股冷气已扑面而来。一个小小的身影跑过来，是满意。他说："老，老师，那，那个人在那边捉鱼，捉了这么大的一条。"满意用两只手比画了一下。李老师说："你快回家吃饭吧。"满意答应了一声跑走了。

李老师顺着河堤慢慢往前走，浑浊的河水翻着跟头往前跑，白色的水沫冲击着河堤，泥土的腥味一阵阵传来。在河水的一个拐弯处，李老师看到了少年。他挽着裤腿，站在水中，埋头用手中的东西朝岸边抄，一次次什么也没有。李老师又往前走，看到岸上枯黄的草丛中垒着一个石头灶，一些小树枝在燃烧。灶旁边是一双黑色的鞋，鞋里边塞着一双黑乎乎的袜子，还有一件同样发黑的上衣。水中的少年感觉到什么，猛抬起头来。看见李老师，少年马上拿起网，蹚着水，哗哗往岸上走。李老师看见水花打湿了少年的裤子，少年的腿惨白。少年上了岸，站在火堆旁，放下裤子，抱起上衣。被锹铲烂的半个山药掉下去，像皮球一样弹了一下往前滚去，抱在胸前的上衣里露出条鱼尾巴，拼命拍打少年的胸脯。少年一动不动盯着李老师。李老师低下头，看到少年的裤腿在冒着热气。他转过身子，觉得不该来这里。直到走出好远，他还觉得背后有双眼睛盯着他。

少年那双惨白的腿在李老师眼前一直晃动。李老师觉得少年一定不会轻易离开弧。下午上课时，他问学生："你们村有没有外地女人？"满意用少有的不结巴说："刘芳芳妈就是。"刘芳芳说："你妈才是。"学生们大笑起来，教室里一下乱了。李老师拍了桌子，教室里才静下来。

　　快放学时，学校里突然跑进一个疯子。嘴里"嘀嘀"怪叫着，拾上地上的小石子朝教室扔。满意说："老，老师，七眼伯家的疯子。"李老师生气地说："什么人也来学校，给我把他赶出去。"满意说："老，老师，这个疯子打人。"话刚说完，一块玻璃碎了，窗户边的女同学抱着头尖叫。李老师说："这还叫学校？"他跑出教室，几个男生跟在他后边。李老师大声冲疯子喊，滚出去。男生们跟着他喊："滚。"七眼伯气喘吁吁地跑进学校，一把抱住疯子。疯子翻手"咣"一个耳光。李老师看见七眼伯的脸红了。他跑过去帮忙，七眼伯后面跟着的人也跑过来，七手八脚把疯子按住。李老师问七眼伯："这是你儿子？"七眼伯哼了一声，和众人把疯子弄走了。

　　七眼伯来学校赔玻璃钱时，说："昨天给他送饭时，一没留神，忘记锁门，他就跑出来了。"李老师看到七眼伯还是那种很威严正经的样子，心里好笑。他想七眼伯以后不会来学校了。但接下来的一天他就知道自己想错了。

　　少年在村里待了七八天还不走。弧的人们感觉很不自在。他们走到哪里总觉得有一双眼睛盯着自己。好端端平静的生活让这个少年打乱了。人们在七眼伯家，商量怎样把这个少年赶走。

　　报告公安局把他抓走是一个比较好的办法，可是他们觉得公安局不大可能派人来，因为少年在弧没有干过什么坏事，他只是在村里晃来晃去。他们自己可以赶，但人们又觉得公安局不管的人他们更没有权力去管，商量了半天也没有个好结果，只好等他自己离去。他们散去的时候在七眼伯门口碰上少年，少年一副自在的样子让他们心里更难受。

　　更让人不可忍受的是接下来的几天。少年发现自己每天在街上找没有效果，决定蹲在人们家门口等。他采取的办法非常简单，在人家门口几米远的地方，随便揪个什么东西往屁股底下一垫，坐在那儿就不动了，一坐就是一整天，除中午有会儿不在，其余时间像钓鱼一样一直等，直到他认为这家的人他都见到了，才到下一家。这样做，谁也受不了。农村虽说家里没有金贵的东西，可谁愿意这样被别人盯着呀。人们终于忍不住了，有人就打110，向警察汇报情况。警察问："他伤人了吗？进你院了吗？偷东西了吗？"一听都是否定的回答，"啪"一下把电话挂了。人们当然不甘心，打听到民政部门管这类人，他们便去民政局，要求把村里的疯子抓走。民政局的人问："你们怎么能证明他是疯子？"孤的人便把少年的举动说一次，民政局的人说："证明疯子一定要异常行为，这些举动说明不了什么。"

　　李老师听到少年这样做，他还去看了一次。少年背靠着一根电线杆，像老僧入定一样，对周围经过的人毫不注意，只是盯着对面的院子，里面一有动静和人影，他的精神就来了。李老师觉得少年这样做肯定很快乐，他不知道这样下去会发生什么事，但他潜意识里甚至希望自己就是那个少年。

　　一天晚上在睡意蒙眬中，李老师忽然听到学校的大门响了一下，他以为是风。接着，又是几声响。李老师披上衣服坐起来，拉亮灯，没有声音了。他又等了半天，还是没有声音。李老师以为做了个梦，又睡着了。第二天，磊磊说："昨天七眼伯让人把祠堂的

147

门锁了，还让人看着。"李老师一下打了个激灵。他说："那个少年现在在哪里？快领我去。"他们找到少年的时候，发现少年还是像昨天那样，坐在一户人家门前。眼皮耷拉着，根本不理他们。磊磊说："他快睡着了。"李老师说："昨天晚上是他，肯定是他。"

弧的人们改变了多年敞门的生活习惯，不管人在不在家，都把大门紧闭上。少年像带着瘟疫，走到哪里人们都躲着他。弧平静有序的生活有些紊乱，人们干活常常心不在焉，拿着东西出了门不知道要去干什么。一向安稳的村子出现丢东西的现象，一些针头线脑的小东西、锹镢镂筢、馒头咸菜、麦子玉米、鸡鸭猪羊等常常不翼而飞，人们觉得这都是因为这个奇怪少年的出现。

少年徘徊在街巷，面对的都是紧闭的黑漆漆的大门。

李老师希望少年能到学校来，对他说些什么。可是，七眼伯对他说："把学校的门关好，这几天村里不大安稳。"李老师的心里长出了一口气，他想一定要把这个门关好，七眼伯以后就不会随随便便到学校里了。

没过几天，晚上，铁路下面的隧道里着火了，烧了一堆玉米秆。少年从大火中跑出来。那晚的月亮很亮，不是十五也是十六，火光把隧道照得通明，少年像一只蝙蝠从火里奔出来，外面是惨白色的月亮。弧没有一个人出来。火烧完玉米秆慢慢灭了。月亮一直很亮，后半夜人们好像还听到有人在奔跑。

着火后的第二天再见到少年的时候，他像一只烤红薯，浑身上下都是黑的。李老师想起少年那双惨白的腿。少年看到人们，是一副仇恨的表情。他连脸也没有洗，黑黑的，好像还散发着一股烟熏

148

味儿。人们看到少年一遍一遍从地里、道旁、树林边，把柴草、树枝、玉米秆拾来，放到村前供龙王的神龛前，然后他把树枝搭起来，玉米秆堆在旁边，柴草放在顶上，一个像人们夏天看瓜用的瓜庵弄好了。少年对过来看热闹的人毫不在意，饿了就随手拿神龛上的供品吃起来。

孤的人们议论纷纷，他们觉得少年和他们记仇了，而且他们谁都相信少年这下不会离开了。人们又聚在七眼伯家，商量怎么对付这个少年。这时，听到疯子在隔壁屋里烦躁地走动。七眼伯说："让疯子赶他去吧。"

七眼伯家锁着的疯儿子被放出去。这个疯子头发像毡子一样连成一片，瞳仁又大又白，身子轻快得像撒欢的驴驹，在村里狂奔。女人和孩子见了他远远躲起来。疯子跑了几圈之后，动作慢下来，嘴里嘀嘀怪叫，对着太阳不停地吐唾沫。少年就是这时候来到疯子旁边的，他改变了往日的那种神态，好奇而又痛苦地盯着疯子。没有丝毫前兆，疯子抓住少年的头发，狠命朝墙上撞去。少年大叫着护住头皮，用劲挣脱。疯子的力气大得惊人，少年的头撞在墙上，发出像鸡蛋磕破的声音，血流了出来。少年两脚乱蹬，蹬在疯子命根子上。疯子大叫一声护住下身。少年睁大眼睛，惊恐地看着疯子，疯子嘀嘀叫着，又朝少年扑过来，少年撒腿就跑，疯子在后面猛追。少年在街巷跑了几个来回，越过铁轨从村南跑到村北，又从村北跑到村南，疯子在后面紧追不舍。少年跑出村子，跑进村南的庄稼地，地已经解冻，那些犁铧翻过的土地变得松软，一踩一个脚印。少年摔倒又站起来，疯子在后面紧紧追着。少年跑进柳树林，柳树褐色的枝干开始返青，落下的树叶经过一个冬天变得又脆又干，踏上去发出清脆的声音。疯子在后面越来越近。少年跑出树林，滹沱河出现在面前，河边的土地更加松软，发出青草一样的气息，一踩一坨泥。少年什么也不顾一步跑进河里，河水还是冷，但已经不刺骨。水拽着少年的衣服，少年拽着水，鞋陷进泥里也顾不上捡。少年跑到对岸，听见声音远了些，回头，疯子站在对岸用大白眼睛看着他，舌头像狗一样伸出来呼呼喘气。少年一屁股跌坐在地上，听到自己的心快要跳出来。忽然，一个黑乎乎的东西飞过来，少年一躲，是疯子的一只鞋。疯子扔出一只鞋，高兴得手舞足蹈，然后赤着一只脚往弧返去。还没走多远，七眼伯领着一大群人追来，他们把疯子按住，把他的手拴住，拉着他往回走。他们谁都没有朝少年看一眼，少年感觉自己好像被遗弃了。

疯子被捉回去又关起来。人们都长出了一口气，他们觉得少年不可能再回来了。

弧的人们开始擦洗、检修自己的三轮车，往年这个时候，他们已经开始成群结队出门收购红芸豆、玉米、瓜子，今年因为这个少年，推迟了好多天。不能再等了，要误行情。

人们感觉这下出气也响亮了，他们打开大门，大声说话，晾出被子，街上的媳妇、女人多了，猪狗鸡羊也在街上随意走动，整个村子一下活泼了许多。

傍晚，太阳已经藏到山背后了，但南墙根下还有余热，人们端上热气腾腾的饭，大声说笑着。明天，他们就要开始在路上奔波了。这时，有人说了句："疯子又来了。"

气氛一下凝固了。

少年缓缓地走了过来，在暮色中，他的影子像一张移动的纸片。他没有像往常那样漫不经心，好像还带着几分惊惧。他走到人群前，稍微停了一下，肚子咕噜响了一下。他心里说："我想吃饭。"但他什么也没有说，继续往前走。他走后，人们也纷纷回家，把门关上。

少年来到王玉香老人门口。王玉香老人家的门关上了，少年只能看到屋里发出的灯光和移动的人影。他想起自己刚来弧时这个慈祥的老人，少年的眼睛湿了。他往学校走，他想这个老师真是个好老师。少年远远就听到音乐，很温暖的音乐，他肚子里暖暖的，加快了步子。可是学校的门也锁了。少年推了一下门，里面的音乐好像停了一下，接着又响了。少年缓缓地后退，听着这暖暖的音乐后退。他去村前的神龛，看看里面有没有吃的。少年走得很谨慎，他害怕再碰到疯子。弧的街巷静静的，少年记得自己刚来的时候不是这个样子。他踏着月光往前走。

七眼伯家里一群人，人们商量明天动不动身。七眼伯说："走，再不走就赶不上好行情了。"有人问："那孩子还在村里，怎么办？"七眼伯说："把他也带上。"

"把他也带上？"

少年什么也没有吃到，他躺在神龛前自己搭的小窝里，肚子咕咕乱叫。他看到村子里有明亮的灯光，隐隐约约还能听到欢乐的笑声，闻到一阵一阵的饭香。他把身子紧紧缩成一团，嘴里嚼着根稻草。慢慢地他枕着稻草睡着了，从稻草堆中，他闻到大米的香味。

半夜时候，几个壮年男子在七眼伯的带领下直接来到小窝前，他们没费什么劲就把少年捆个结结实实。少年从睡梦中惊醒，哇哇乱叫着挣扎。一块破布塞进他嘴里，然后他被装进一个麻袋里。

　　第二天，弧的三轮车队披着月光早早出发了。少年被放在七眼伯的车上，他身上放了一层又一层的麻袋、口袋、编织袋，少年简直透不过气来。随着三轮车突突的声音，少年离弧越来越远。少年不知道这些人要把自己怎样，他觉得有些恐惧。

　　车子一直往南，慢慢驶上了山路。少年被裹在袋子里不住地抛起来摔下去，一声不吭。半上午时候，车停下来，人们吃饭。少年也被放出来，人们把他嘴里的东西拿出来，松开他一只手，给他前面放下吃的。少年这次没有拒绝，很快把东西吃完。吃东西的时候，人们都不看他。吃完，人们又把他裤子解开，让他方便，少年觉得有些害羞。然后，他又被塞住嘴，装进麻袋。

　　车继续往前，少年觉得山在慢慢升高。又走了好长时间，人们停下来给车加水。少年又被弄出来透气，少年看到周围都是山。有人说："就把他搁这儿吧。"七眼伯说："不行，这儿太偏僻，有危险，咱们把他带到有人处。"

　　车又前行。这次是往下走，速度快了些。慢慢路平坦了，少年觉得自己就要被抛了，心里有些发紧。但又走了好长时间，车才停下来。中间少年感觉车拐了好些弯。少年被从车上弄下来，提出麻袋，少年看到前面是个十字路口。人们把少年的手脚放开，给麻袋里放了些吃的。七眼伯说："孩子，你走吧，这儿人多。"他们又把少年放进麻袋，不顾少年的挣扎，把麻袋口扎好，小心地放路边，还在旁边放了些标志性的东西。七眼伯说："孩子，别乱滚，小心车辗着，等一会儿就会有人发现你。"

少年听到车又开始发动，他心里喊："别丢下我。"可是什么声音也没有发出来，少年听从七眼伯的话，不敢乱动。他想起他沿着闪亮的铁轨走进弧，他哭了。

一列客车驶过弧，路基周围的房子被震得微微颤动，很快火车过去了，弧又恢复了安静。

白马记

　　流浪汉闯进小镇的时候，是一个慵懒的午后。钉鞋匠赵七背靠码头眯着眼睛晒太阳，面前摆着几只玲珑的高跟鞋，它们的主人仿佛袅袅婷婷站在上面进入钉鞋人的梦乡。卖饼子的铺子弥漫着一股甜腻的糖、油味儿，几只苍蝇在空中不停地打转。一群人围在旧电影院的台阶上打扑克。一条歪歪扭扭的古街，一眼只能看到这么几个人。小镇的街道太短了，二里不到。流浪汉骑着一匹白马，披着黑斗篷掠过小镇街道，像一组剪辑错了的电影镜头，然后眨眼间他又跑回来。这下人们都抬起头来，望着这个奇怪的人。他跑出小镇，没有再回来。

　　不一会儿，从河边过来的人说："有个奇怪的人，带着一大堆东西，在河边不知道干什么。"

　　又一会儿，从河边过来的人说："有个奇怪的人，在河边吹着笛子耍蛇。"

小镇上每年都会来些跑江湖的艺人，可是从来没有人吹着笛子耍蛇。人们呼啦啦涌向河边。

一个彪悍的男人留着黑蓬蓬的胡子，盘腿坐在地上吹笛子。身边堆着一堆东西，他的白马不知道哪里去了，那件黑斗篷放在一堆东西最上面。两只眼镜蛇随着他古怪的曲子脖子一伸一缩，神奇极了。

"流浪汉！"有人喊。

人们越围越多。有人往场子中间扔硬币和纸币。有人吹口哨。寂寥的小镇因为这个奇怪的人热闹了。卖糖葫芦、瓜子、冰棍的推着小车来到河边。紧接着卖廉价裤衩、袜子的扛着大包来到河滩上。后来，卖电器的也派了两个小姐拿着一摞广告来河边散发。

可是，那两条可怕的眼镜蛇似乎只会脖子一伸一缩这么几下。大人们看得渐渐没有兴趣了，慢慢散去。卖糖葫芦的架子上还剩两串，不愿离去，离流浪汉远远的，仿佛怕他那两条蛇猛一下蹿过来。孩子们却依然兴致很高，他们围在蛇的周围，议论它的毒牙拔了没有，议论眼镜蛇是不是世界上最毒的蛇。其中一个胆大的孩子折了一根柳条逗那两条蛇，其中一条闪电一般顺着柳条扑过来，孩子吓得呆住了。蛇在他手上咬了一口，孩子哇哇大哭起来，周围的孩子们也吓坏了。流浪汉的笛子忽然停了，孩子们瞪大眼睛看着他。被蛇咬的孩子可怜巴巴说："我会死吗？"流浪汉脸色发青，猛地捉住咬人的那条蛇，塞进一个竹筒里，然后吹了吹笛子，另一条蛇爬过来，他捉住，也放竹筒里。接着他从怀里掏出一包药，用嘴嚼了嚼，抹孩子手上，拿一块布条包起来。

　　流浪汉站起的时候，孩子们才看见他的一条腿是瘸的。他用一只手吃力地撑着地，胳膊上毛茸茸的，露出小蛇一样的青筋。他站起来后，孩子们都站在他前面，仰着脸望着他，盼他说出"你没事"这句话。

　　他对被咬的孩子说："你待着别动，观察观察。你们，给我找些树枝、绳子去。"孩子们愣了一下，马上开始行动。不一会儿，在流浪汉的指挥上，一个简陋的帐篷搭起来了。然后，他们又在流浪汉的指挥下提来水，而且生起了一堆火。暮色开始降临，孩子们心中的恐惧还没有散去，但被咬的孩子没有死去，也没有再喊疼。流浪汉把他包手的布条缠开，手没有肿起来，只有两个白色的牙印。他朝上面吹了一口气，说："没事情了。"孩子感觉手上凉*丝丝*的，舒服极了，他又哭了。

　　流浪汉说："你们回家吧。"他吹了一声长长的口哨。孩子们看见在越来越黑的天色中跑出一匹马，到了近前，能看见马的颜色是白的。流浪汉吃力地跨上马，朝镇子奔去。孩子们觉得这个人真神。他们不愿意回家去，想看看这个人干啥去了。过了一会儿，流浪汉回来，拎着一个沉甸甸的袋子，递给附近的一个孩子，孩子帮他拎帐篷里去。他下了马，拍了拍马的脖子，大声吆喝一声，马抖了抖鬃毛，奔跑起来，像来时那样神秘地消失在已经黑下来的夜色中。

　　孩子们在回家的路上，猜测这个神秘的人到底是干什么的，他的马去哪儿了，藏在哪里呢。有人想拜他为师。

　　第二天，有几个孩子没去上学，他们相约一起来找流浪汉。早晨河边有一层淡淡的雾岚，和村中的炊烟混合在一起，模糊了村子和河的界线。孩子们踏着青草中的露水，草棵中蹦出的每一只小虫都让他们兴奋而又忐忑不安。他们希望看到那匹毛色雪白的马，看到那两条恐怖的眼镜蛇。流浪汉在干什么呢？是不是在练铁砂掌、铁布衫？

太阳从山头上探出半边脸，照在水面上，整条河都波光粼粼，帐篷在晨曦中，美丽而柔和。昨天晚上燃烧的那堆火已经变成了灰烬，围住它的几块石头烧得发黑，空气中似乎还有烤野味的味道。河边充满了神秘的气息。

孩子们来到帐篷前，那匹白马不在。晨岚已经散开，他们四处张望，一直望到远处的大山，也没有看到马的影子。帐篷里静悄悄的，他们谁也不敢先进，怕那两条眼镜蛇猛一下扑出来。

孩子们嘀咕了几句，一排齐齐跪在帐篷前，等流浪汉出来。草扎得他们痒痒的，小虫子在他们身边蹦啊蹦，太阳越来越高，晃花了他们的眼。他们觉得自己正在成为武林高手。

帐篷掀开的时候，孩子们心咚咚乱跳。流浪汉架着一个粗大的拐杖走得地动山摇。他没有看眼前跪着的这些孩子，而是吹了一声长长的口哨。孩子们感觉到一阵风扑面而来，白马就到了眼前。他跨上马朝镇子奔去。孩子们争论马从哪儿来，有人说看见从山后面跑下来的，有人说它从太阳中跑出来的。孩子们还在争论的时候，流浪汉回来了。他们看见流浪汉手中拿着一个还滴着墨汁的牌子，上面写着美容整容。不等吩咐，孩子们抢过流浪汉手中的牌子挂在帐篷门上。流浪汉拍了拍马的脖子，大声吆喝一声，马迎着光跑起来，一眨眼就不见了。

孩子们啧啧称赞，他们觉得流浪汉神秘莫测。可是他们也想，镇上、县里的美容院都越开越好，他们进都不敢进去，这个简陋的小棚子能挣钱吗？而且开在偏僻的河滩。但这些事情他们只是想想罢了，重要的是能拜流浪汉为师，学会真正的功夫。

孩子们提出自己的要求。流浪汉用拐杖撑住半边身体，像赶鸭子一样让他们快回学校去。孩子们不走，他们要用自己的诚意感动流浪汉，让他收他们为徒。但过了一会儿，老师来了。孩子们像蚂蚱一样四处乱蹦躲老师。老师像如来佛那样手一伸一翻，孩子们都在他的掌握之中了。

孩子们被赶回学校的时候，河滩上只剩下流浪汉和那顶孤零零的帐篷。太阳越升越高，河中不时冒一两个气泡，碎了泛着沫子顺流而下。草丛中有许多一动一动的影子，像蜿蜒的蛇前进，是水汽在袅袅上升。

突然，摩托马达的轰鸣声打破了这种寂静。一群人出现在河滩上。他们迈着懒散的步子，手中反捏烟头。走到近前，可以看到走在最前面是王二，跟在后面总差半步远的是孙三。

这两个恶人臭名昭著，纠集起一帮人，打架抢东西，是小镇方圆几十里的恶霸。孙三自幼桀骜不驯，喜欢打架，经常血淋淋地出现在人们面前，随着年龄的增长，变成他经常把别人打得血淋淋的，后来用把菜刀把闯进他家抢东西的一个杀人通缉犯砍翻在地，在江湖上一战成名。王二却总是软不拉叽的样子，但是江湖上谁有名气他就找谁单挑。他和孙三整整打了一个月的架。第一次找到孙三的时候，几个回合就被孙三打倒。他爬起来再打，又被打倒。那天这样的动作一直重复，直到再也爬不起来了。他望着扬长而去的孙三说："我一能爬起来就去找你。"果然，他在家里养了两天伤，就肿着脸瘸着腿又去找孙三。这次，孙三几乎一拳就把他打倒。接下来的半个月，孙三陷入了一场噩梦中，一睁开眼看到的就是王二，把他打倒，王二像一条虫子一样蠕动一会儿爬起来再打。打得爬不起来了，他走了，不知道王二什么时候就摇摇晃晃站在他身后，手里举着半块砖头。王二像一块粘在手上的鼻涕，甩也甩不掉。孙三烦透，想把王二杀掉。可是谁都知道王二每天和他打架，杀掉王二他也跑不了。他简直要崩溃。一天，王二再次找到孙三的时候，他说："不打了，我打不行。"

王二问："不打了？"

孙三说："不打了。"

王二掏出一把匕首，嗖一下插进孙三肚子里。王二杀人的消息很快传遍小镇，谁也想不到把杀人通缉犯砍翻的孙三被王二捅了。孙三住院期间，王二端屎倒尿孙子一样服侍他。孙三一出院，王二把匕首摔在他前面，说："你杀了我报仇吧。"孙三摇摇头，怎样也不捡那把匕首。

他们走到帐篷前，眼睛溜一下美容整容那几个字，叽叽嘎嘎尖笑起来。流浪汉仿佛没有看见他们，眼睛眍着太阳，响亮地打了一个喷嚏。

孙三站出来，大声说："我整容，你给我头顶上纹一只鹰。"说完，他用手抚摸着光光的头顶，好像一只毛茸茸的鹰雏正站在他头顶上。其余的人都凶恶地盯着流浪汉。

"不会。"

谁也没有想到流浪汉这样回答。他们有些惊愕地望着他。

流浪汉仿佛没有看到他们，依然惬意地晒着太阳。

王二笑了："我美美容。你给我理个毛寸，不能有一根长的，也不能有一根短的。"

"不会。"

这群人更惊愕了。他们本来是找借口讹人，没想到这个家伙连毛寸也不会理。

王二点点头，一副很理解的样子。他说："我觉得自己长得好丑，你把你拿手的本事拿出来，给我整整容，只要变漂亮就行。"

流浪汉说，拿椅子出来。

人们面面相觑。然后一个家伙有些不情愿地进了帐篷，搬出一把漆皮剥落的木头椅子。流浪汉坐上去，椅子摇摇晃晃，吱吱作响，仿佛随时会倒下来。在惊诧中，他招呼王二过来。王二站在他面前，阳光被遮住，流浪汉眼前一下黑了，他招手让王二蹲下来。谁也想不到流浪汉自己坐着，让顾客蹲着。

王二一点一点慢慢蹲下去，愤怒地等流浪汉出一点差错就揍扁他。

流浪汉从怀中掏出一把黑乎乎的剃刀，打开的时候，雪亮的刀刃像一团燃烧的火苗。王二出汗了。流浪汉捏着剃刀顺着王二的脸颊滑下，在他脖子上停住。

"你要干什么？"孙三他们大喊。

"他不是要整容吗？是要做些伤疤呢，还是贴些胸毛？"

孙三他们都搞不清楚流浪汉要干什么。

"你们不是都想在社会上混吗？既然这样，当然是越凶越好，人们看见就害怕，还用自己动手？我能把人整得特别凶恶，做伤疤、贴胸毛是最简单的，还可以弄出满脸横肉，或者弄瞎一只眼，切掉一只耳朵，削了鼻子……当然我的手术是极其安全的，收费也是非常合理的。你想好做哪样了吗？"流浪汉把嘴凑在王二脸上问，一股恶臭的气息熏得王二几乎要呕吐。王二忍住恶心，说："我想想。"

流浪汉放开王二，把身边的竹筒打开，两只眼镜蛇呼一下窜出来。流浪汉伸出一只胳膊，两条蛇顺着他的胳膊爬了上去，在脖子上缠一圈，然后把头高高昂起，蛇信一伸一缩。王二、孙三他们惊呆了，呆呆看了一会儿，灰溜溜走了。河边又恢复了宁静。

流浪汉美容整容的办法很快传遍小镇，人们觉得不可思议。谁会去做这样的美容整容呢，把自己弄得又丑又怪，而且还自伤身体。

孩子们放学后来到河边，不等流浪汉吩咐，生火、挑水，河边一下热闹起来。他们等待流浪汉呼唤出他的白马，去镇上买东西。可是流浪汉坐在那把摇摇晃晃的椅子上，吹一首他们从来没有听过的曲子。他吹了一遍又一遍，孩子们听着心里难受，尖叫着你追我赶地跑走了。他们觉得流浪汉像《射雕英雄传》中的黄药师，吹《碧海潮生曲》；也像欧阳锋，有两条毒蛇；还像洪七公，是丐帮首领。

流浪汉一直吹这首曲子，太阳渐渐斜下去，河水的凉气慢慢浸上来。星星一颗一颗出来，在泛着白光的天空上，像贴了一块一块的补丁。天越来越蓝，星星的光芒出来了，一颗颗像流光四溢的钻石。

一个女人踩着满地的月光，出现在河滩上。一件长长的风衣裹不住她窈窕的身躯。河水哗哗的声音伴着女人唰唰的脚步声，夜静，流浪汉的笛声也停了。

女人在帐篷前停下来，犹豫，几次把手举起来，又放下。她的影子贴在帐篷上，又细又长。最后，顿了一下脚，像下定决心，手一伸，帐篷门没有系，一下就掀开。屋子里黑乎乎的，比外面要黑得多。女人有些意外，她停住，咳嗽一声。一只冰凉的小虫爬上她的脚，女人惊叫一声。屋子灯亮了，灯光跳跃着闪烁着，仿佛随时都会灭。女人的影子随着灯光跳动，也仿佛随时会消失。传说中的流浪汉躺在床上，一只假肢放在旁边，接假肢的那截儿残腿萎缩成小孩儿拳头大小，皱巴巴的。女人有些意外，又惊叫了一声。

流浪汉撑着身体坐起来，仰脸看着女人。女人很漂亮，但漂亮掩饰不住眉宇间的憔悴和眼神里的不安。她瓷白的脖子上有一小块黑痣，像白瓷上的一个黑色印章。

"我想离婚，那个东西不放我。"

"他吸毒。逼我出去挣钱。"

"我没有。他瘾一上来就打我，咬我。"

女人咬牙切齿地说着话，有些语无伦次，话仿佛关在栅栏里的羊群要争先恐后跑出来。

流浪汉看着她，女人慢慢安静下来。安静下来的女人冷静得怕人。她慢慢掀起衣服。大块的青紫、红肿和牙印密密麻麻布满女人的身体，细小的缝隙中，女人身体雪白的胎子更加耀眼，像一件窑变的精美瓷器。流浪汉招招手，女人过来。

流浪汉把女人的衣服放下来，问："我能帮你什么忙吗？"

"怎样帮都行。我只想摆脱他。吸上毒他像鬼一样。"

"下决心了吗？"

"我死的心都有，可是放心不下孩子。再这样下去，我总有一天杀了他，一起去死。"

流浪汉点点头："我给你吃点药。你脖子上的那个黑痣会一天比一天大，慢慢布满整个身体和脸庞，而且散发出难闻的气味。你就告诉丈夫你得了绝症。"

女人眼睛里充满泪水，悲壮地点了点头。

流浪汉用手轻轻地抚摸着那颗黑痣，说："从这里开始吧。"

女人的身体有些战栗。

"等黑色布满你的身体的时候，你不要去管它，这时你的皮肤会很痒，但黑色会慢慢褪去。"

女人感激地望着流浪汉，说："我来这儿以前以为你是个恶人，觉得你能救我出来，没想到有这么神奇的药。"

过了几天，镇上传出一个新闻，白牡丹得了绝症。她脖子上那颗黑痣的黑色开始向四周弥漫，她全身变黑的那天，也就是死亡的那天。死亡阴影一样笼罩住她。死亡的气息清晰可辨。

不久，吸毒的丈夫和她离了婚。

人们都说，白牡丹以前一直想离婚，可是离不了，现在得了绝症，丈夫不要她了，真可怜。

河滩上的美容厅有些孤寂。那座小小的帐篷几天时间，仿佛经历了上百年的烟火，灰暗陈旧。流浪汉白天坐在帐篷前眯着眼睛晒太阳，一动不动就是几个小时。孩子们放学后聚集在他的帐篷前，练武、打仗；或者模仿流浪汉一动不动坐着，打坐，练气功。但他们坐不住，一会儿就睁开眼睛，笑了。然后起身，发动冲锋。河滩上顿时变成战场。他们也学着流浪汉打口哨，希望召回那匹神奇的马，可是不管他们的口哨打得多么像，连马的影子也看不见。孩子们觉得那匹马可能藏在云朵中，或者白龙马一样，就在河中。他们用纱结成网，在水中打捞，除了一团一团的水草，就是些小鱼小虾。他们燃起篝火，把那些小鱼小虾串起来烤，不一会儿散发出香味。向流浪汉讨点盐，一顿美餐就出来了。给流浪汉一串，他不客气，接住就吃了。再给一串，接住又吃了。孩子们欢呼起来，师父，师父！流浪汉眯上眼睛，塑像一样不动了。孩子们做出些怪样子，他一点反应也没有。他们揪一把狗尾巴草，搔流浪汉痒痒。搔手没有反应，搔脖子没有反应，搔耳朵没有反应，打算搔鼻孔时，忽然听到旁边竹筒里沙沙的声音，眼镜蛇！孩子们一哄而散。

晚上，流浪汉吹那首奇怪的曲子，不厌其烦一遍又一遍地吹。河滩上安静极了，月光洒在草上面，随风起伏。水哗啦哗啦，水下面的河草鱼一样游来游去。不时有一声狗叫从镇子里传出来。小镇的晚上多了笛声，多了几分异样，也多了几分安静。人们觉得时光仿佛倒流，这样安静的日子，似乎在很久很久以前才有。

赵七每天晚上听到笛声，都不愿意睡觉，这个奇怪的曲子勾起他的千般想法。他缩在一堆油腻的铺盖中，思绪像长了触角，白天的一幕幕放电影一样跑出来。让他念念不忘的是白牡丹和她那个吸毒鬼丈夫。

　　白牡丹经常来钉鞋，她的鞋子大多是人造革的，也有穿了几年破旧不堪的皮鞋。从她穿的鞋子来看，她家生活拮据，而且她很节俭。赵七因为从小穷，喜欢节俭的女人。每次给白牡丹钉鞋时，他总是用自己最好的皮子和牛筋的鞋跟，而且每次把已经擦得干干净净的鞋再认真擦一遍。活儿不忙的时候，他钉得很慢、很认真，他觉得刺啦刺啦的鞋绳子在一步一步拉近他和白牡丹的距离。他不敢看白牡丹，但他的鼻翼张开，贪婪地吮吸着这个女人散发出的每一缕气息。他想自己这辈子要是能有这样一个女人就好了。

　　可是他穷，三十老几了也没有个女人。

　　而白牡丹却嫁了个恶人。这个可恶的吸毒鬼经常凑到他摊子前，问他借二十、三十元钱。二十、三十元钱对于别人可能不算什么，对于他却是个大数字。钉一只鞋只能收一块、两块，还有些微薄的成本，有时一天也挣不下二十元钱。他说是借，但借下就没了影子，下次来总是说以后有了钱一起还。可他哪能有了钱呢？他连自己的无底洞都填不满。不借吧，吸毒鬼坐在他的小椅子上不走，弄得钉鞋的人过来就远远躲开。

　　他没有办法，一点办法都没有。他在街上看到漂亮的白牡丹，总是为这个女人可惜。这么漂亮的一个女人，怎么就嫁了那么一个吸毒的无赖？他想自己要是能娶这么一个女人，受多大的苦也值得。可是他知道不可能，他什么都没有，除了会钉鞋，而且实话说，这个手艺也不复杂，人们只是因为不愿意做，才没有人去学。

现在，白牡丹得了绝症，那个无赖不要她了。人们见了她就躲着走，远远闻见她的味道就捏鼻子，眼见她是不行了。赵七想，要是自己能娶上她，就是治不好，最后打发打发她也愿意，毕竟她是那么漂亮过的一个女人。自己这辈子什么时候和漂亮着或漂亮过的东西打过交道呢？况且女人还没有死，只要不死，就会有办法。

但是赵七不知道白牡丹会不会答应，假如她不答应，自己以后找女人就更困难了。而且她的那个吸毒鬼不知道让不让他，虽然他们离婚了，但他想起这个家伙就发怵。

赵七这样一想，那笛声就更加幽怨了，听得他心发颤、脊背发凉。他想，找谁去给自己帮忙呢？

流浪汉。

这个异乡人会许多奇艺绝技，或许有好办法。而且他和镇子里的人谁都不熟悉，自己的秘密告给他，也不会传出去。这样一想，赵七觉得未来明朗起来。

第二天，赵七多少年来破天荒没有出去摆摊。他换上干净的衣服，买了一瓶老酒，去河滩上找流浪汉。

看到他那魁梧的身材和茂密的大胡子，赵七心里惊呼，好汉子！那匹神奇的白马果然不见，流浪汉身旁有两只竹筒，赵七知道里面是眼镜蛇。

他不知道该怎样和流浪汉说自己的事情，闷闷待了一会儿，流浪汉也不说话。

赵七把酒递给他，流浪汉拧开瓶盖喝了一口。赵七没想到他这样就喝，说："我去买点下酒菜。"不等流浪汉搭话，转身就跑。

赵七买了花生米、榨菜和几根嫩黄瓜。往回走的时候，他把想说的话盘算好了。

他说，镇上有个女人，得了绝症，丈夫不要她了。他想娶她，照顾她。这个女人从前很漂亮，现在丑死了，但是他还是喜欢她。她的丈夫是个恶人，整天吸毒。

赵七话还没有说完，流浪汉"噗"一下，把嘴里的一口酒吐了。他说："这酒怎么这么苦呢？"

赵七不相信，接过来抿了一小口，酒辣辣的，有股余香在他舌尖打转，一点也不苦。

赵七抬起头，疑惑地望着流浪汉。

"不好，不好，这样的事情不好办，趁早别想了。"

赵七想不到流浪汉会这样回答，他还想说自己一直怎样喜欢她，现在她又丑又快死了，自己还是喜欢她。流浪汉却把酒瓶往他嘴里塞，说："快喝酒吧，快喝酒。"

赵七心里又苦又空，大半瓶酒一口气就喝完了。喝完，捏起一颗花生米，还没有送到嘴里，头一歪，倒在地上不动了。

流浪汉撑起身子，拿了一张被子盖赵七身上。

赵七一觉醒来，太阳已经偏西，头很疼。他没有想到喝上酒时间过得这么快。望着渐渐黑下来的天色，他知道一天就要过去了。他觉得自己本来就没有多少希望的生活越来越黯淡，一生也就要这样过去了。他忽然觉得前所未有的无聊绝望透顶。

他问："你不是可以整容吗？给我弄弄，我再也不想要我现在的样子了。我要换个模样，重新生活。"

流浪汉给他注射了一针。

赵七醒来的时候，流浪汉让他照镜子。赵七看到镜中一个满脸横肉的人，额头上还有一道闪亮的刀疤。他不相信地用手摸了摸自己的脸，发现虎口上多了一个吐着信子，似乎要扑上去咬人的蛇头，捋起袖子，一条青色的大蛇盘在他胳膊上。

赵七没想到自己一下就变成这个样子，他有些害怕，更多的却是从来没有过的痛快。

再次出去摆摊的时候，赵七不像以前对钉鞋生意那样热衷了，他心里憋着股气，要干些什么。面对别人诧异的目光，他也不大在乎。人们议论赵七去流浪汉那里整容了，但觉得不可思议，一个钉鞋的弄自己那么凶干什么？

赵七不听别人的议论，在一块小磨石上反复磨自己那把割橡胶塑料牛皮的刀子。一上午，没有一个顾客。人们看到赵七凶恶的样子和闪亮的刀子远远躲开。赵七不像以前那样没有生意就着急，随着刀子的寒光，他觉得自己的心也越来越冷，越来越硬。

中午正要回家时，一个人一屁股坐在赵七前面的椅子上。赵七抬起头，是白牡丹的丈夫。这个以前让自己发怵的赖皮，现在看起来脸色青白，大暖的天气抖抖瑟瑟一副弱不禁风的样子。赵七不知道自己以前为什么会怕这个几乎一只手就可以拎起来的小鸡一样的家伙。他冷冷地望着这个恶人。

白牡丹丈夫似乎感觉到了些什么。他说："借你的钱我以后一定一起还，今天……"，他吸溜了一下鼻子，接着打了几个哈欠。

还没有等他说完，赵七把刀子一下插在他放在凳子上的手上。这个家伙不相信似的看着自己的手，然后大叫起来。赵七把刀子拔起来，他手背上的血渗出来。

赵七说："你的骨头也不比牛皮和橡胶硬。"

又举起刀子。

白牡丹丈夫一下跳起来："赵七杀人了，救命啊！"

赵七说："今天不杀你。我要娶白牡丹。你给我滚得远远的。"

这个家伙惊愕地望着他。赵七东西也没有收拾，揣上刀子就走了。

白牡丹身上正在变黑，怕见人，躲在一间临时租的房子里。赵七找到她的时候，做午饭。

赵七说："多做点，我饿了。"

白牡丹望着赵七，几乎认不出来这个以前勤劳、善良的鞋匠。但她没有问，多添了点面。

赵七说："你穿三六的鞋，喜欢黑色的是吗？"

没有等女人回答，像来时那样急匆匆走了。

十几分钟后，赵七拿着一双黑色的牛皮鞋回来了。白牡丹正在炒菜。

赵七一把抱起白牡丹，放炕上。女人挣扎。赵七说："试试这双鞋合适不合适。"在白牡丹的挣扎中，他脱下女人的鞋，看到小腿已经黑了。他想起那个说法，白牡丹全身黑了的那天就要死掉。现在的脚还白皙纤细，可是用不了几天……他的泪掉下来，掉在白牡丹脚上。挣扎着的白牡丹忽然不动了。

"你真的喜欢我？"

"喜欢。我要娶你，就是你死了我也陪你。"

白牡丹扭了扭身子说："菜要煳了。"

赵七抱紧她："我要亲亲你。"

他亲在白牡丹脚上，多年前第一眼看见白牡丹就想亲她的愿望终于实现了。

饭熟了，赵七吃得香甜、踏实。吃一口望一眼白牡丹，他觉得白牡丹黑了也好看，变成黑牡丹了。但是想到假如白牡丹真的全身变黑怎么办，吃着吃着饭不香了，赵七搁下碗说："我这几年还攒了点钱，咱不能这样等着啊，我领你去大医院看看。"

白牡丹摇头拒绝。

赵七再三请求，白牡丹一次次拒绝。后来，饭菜凉了，白牡丹起身去热，赵七一把抱住她，说："我不让你死，咱们一定得想办法。河滩上的那个流浪汉听说很神奇，要不咱们找他去看看。"

白牡丹掰开他的手，说："我哪儿也不去看，我死不了。"

赵七以为白牡丹真的绝望了，心情跟着灰暗起来，眼泪扑簌簌掉下来。他说："咱们结婚吧，我把我的钱都给你，你想买啥买啥，想吃啥吃啥，想去哪里去哪里。"

白牡丹说："你以为你有多少钱，你以为你有本事？吃了饭乖乖回去吧。别把自己弄成这个怪样子，再攒点钱，找个好女人好好过日子。"

"不，我只找你。你不知道我喜欢你多少年了。"

白牡丹板起脸来："喜欢的东西就都能成了你的吗？我喜欢的东西多了，还是回去好好钉你的鞋吧。"

赵七不知道白牡丹怎么一瞬间好像变了个人。他被激怒了："我这辈子再不钉鞋。"

白牡丹的饭他也不吃了，扔下碗跑出来很生气。自己钉鞋的家具一下也不想看了，而且后悔自己怎么当初选择了这么个职业，辛苦还被人瞧不起，连快死的白牡丹也看不上自己。

他发飙了似的跑到流浪汉那里，说："给我再整容，要多凶恶有多凶恶。"

赵七醒来的时候，他在镜子里看到一个完全陌生的人。鼻子歪了，耳朵少了半截，眼睛里闪着寒光。赵七看到自己这个样子快乐得哈哈大笑，他觉得自己简直可以去当土匪，再不会像以前那样做个老实巴交的手艺人，整天捧着个臭鞋壳受人窝囊气。

他来到自己的钉鞋摊前，一脚把鞋摊子踢散，迎面碰上王二。他看见这个鼻涕虫一样软绵绵的家伙就生气，不知道凶神恶煞一样的孙三怎么会被这个烂东西吓住。他一把揪住王二的领口："你不是爱死缠烂打吗？把你的脚筋挑断能不能爬着去找我？"王二被眼前这个凶人吓了一跳，还要嘴硬。对方手里多出一把刀子，顺着他的脸颊滑下又滑上，在颧骨那儿停住。赵七说："怎么这个地方这么高呢？多难看。应该做做手术。"然后他对着那儿吹了一口气。王二的魂也要散了，面对流浪汉那个毛骨悚然的时刻仿佛重现，他甚至怀疑以前的这个家伙就是那个凶恶的吉普人。他没有多想，扑通一下就跪下。赵七没有想到这个到处欺负人的家伙是这样一个软蛋，往他脸上踹了一脚，看见那张脸还是白乎乎的觉得难受，朝上面吐了口唾沫，大声说："你要是擦了它，我见一次吐一次。"

镇上的人们知道这个凶恶霸道的人就是以前那个胆小懦弱的钉鞋匠赵七后，怎样也有些不大相信。可是有人亲眼见他从流浪汉那里整容出来，而且王二脸上的唾沫星子还未干，还有人亲耳听见他说要娶白牡丹，她那个吸毒鬼前夫老鼠一样躲得影子也不见。

镇上好多的人长出了一口气，他们觉得自己就是以前的赵七，赵七现在扬眉吐气的样子他们一辈子都不会有。

这天晚上，有人看见赵七跳进白牡丹的院子。后来发生的事情他们不知道，但觉得白牡丹到了这个份上，还有人喜欢，不枉做女人一回。赵七也确实够个男人。

去流浪汉那儿整容的人渐渐多了，开始人们还羞答答的，天黑透了才去，但街上多了长胸毛、满脸横肉的男人。来这里的外乡人发现小镇的恶人很多，民风彪悍。后来，一些去外地打工的年轻人害怕出门被人欺负，纷纷到流浪汉那儿去整容，传回来的消息挺振奋人心。慢慢越来越多的人去整容，他们害怕被人欺负，希望自己能凶恶些。没有多久，小镇上几乎见不到以前那种面相和善清秀的人了，他们似乎变了个种族。而且喜欢隔段时间去一次流浪汉那里，像以前理发洗澡一样，保养保养胸毛，给刀疤上点油。

但是，这种生活人们习惯之后，像来时那样突然，人们在街上忽然见到流浪汉，他很久都不上街了。自从他的生意红火之后，他需要的一切东西都有人给他带，还有一帮孩子跟着他，当他徒弟。流浪汉骑着那匹神奇的白马，这么久的日子，没有人知道这匹马究竟藏在哪里，吃什么。他还是披着他的黑斗篷，嗒嗒穿过小镇的街道，跑入正在燃烧的火烧云中去。

然后，像变魔术似的，人们看到白牡丹，都以为她跟着赵七去看病，然后死了。没想到一个人活着出现，她身上的黑色消失得干干净净，连脖子上的那块黑痣也没有了，白得像鲜藕，嫩得像水豆腐，整个皮肤婴儿一样。她的美照亮了大家，人们发现自己都变丑了。他们去河滩上，找流浪汉。河里的水哗啦哗啦流着，草已经枯萎了，流浪汉像他的白马一样，无影无踪。

弟弟带刀出门

要想找到你认为美好的颜色，首先准备好纯净的白色底子。

——莱奥纳多·达·芬奇

一

弟弟第一次进货那天，家里人都早早醒了，大家蛰伏着不动，长短不均匀的呼吸声暴露了每个人都在装，大家还是装着，屋子里有一种格外的安静。一只老鼠出来窸窸窣窣啃东西，没有一个人呵斥。那种清醒地控制着自己装睡，比睡着难受多了。

四点半，闹钟一响，猛一下都坐了起来。彼此惊了一跳，有些尴尬。拉着灯后，屋子里由黑暗变得昏暗，像从黑夜返回到了黄昏。

弟弟匆匆吃了几口饭，急着便要走。

我看了看表，离五点还差三分钟。这时妈妈和爸爸一起说："别误了车。"其实我们都知道，县里那辆去太原进货的车五点半才出发，到我们村口，最快也得用十分钟。可我心里也担心弟弟误了车。万一那辆车早早拉满人，提前出发呢？

弟弟拎起脚边的包，冲我们笑了笑说："把这个东西带上吧！"说着他把一把裁纸刀放进包里。这把刀五寸左右长，刀背有牛角一样的弧度，刀刃已经磨得坑坑洼洼，黑乎乎的看不见一丝寒光。弟弟说话的时候，灯光暗黑的影子在他脸上移来移去，把他的恐惧照得一览无遗，本来为他这次出门就担忧的我更加担忧。爸爸妈妈也是满脸忧虑。在我们这里，谁没有听到过进货被抢或偷的故事？再说弟弟从来没有出过远门，去太原是第一次。

临出门前，妈妈又叮嘱："钱带好了吧？"弟弟摸了摸小腹下边。

出门后，我们不再提钱的事，都知道隔墙有耳。

那天有星星，我却感觉异常漆黑。平时熟悉的路变得到处都是坑坑洼洼。我们深一脚浅一脚拥簇着弟弟到了公路上，天仿佛更黑了，不知道是黎明前的黑暗，还是本来就更黑了。路上几乎没有车，风像一把大扫帚呼呼用劲划拉着公路，头顶上的电线呜呜叫着发出哀伤的声音。等了很久，脚麻得像两坨石头，那辆进货的车才来了。它突然就停在了我们的面前，里面的灯哗一下亮了。弟弟几乎来不及跟我们告别，就挤进了那个缓缓打开的车门，仿佛那儿有一种神奇的吸力。车又轰鸣着发动起来往前跑去。车里的灯灭了，两个红色的尾灯也一眨眼就不见了。

我们不约而同打了个哈欠，往村子里走去。

妈妈说："弟弟从来就胆小。"他小时候，我一听到有他这么大的娃娃哭，就以为弟弟被人欺负了。我眼前出现我和别人打架，弟弟躲在一边哇哇大哭的情景。爸爸说："那把刀子，唉！"几只狗拼命大叫起来。

175

弟弟带回了如来佛、大肚弥勒佛、观音菩萨等几箱子佛像，最大的有二尺多高，最小的才五六寸。它们大多是瓷质的，有的纯白，有的象牙黄，有的白底上面点缀红色的璎珞和金色的衣服，还有一些是铜质的，沉甸甸的，散发着庄严的光。除此之外，他还带回一箱子佛龛和香炉、烛签、香筒、莲花灯、木鱼等配用品，以及各式各样的香。

我们看到这些东西后都非常惊讶。

小店卖什么东西此前我们商量过，当时主要在副食和衣服中间摇摆不定，没想到弟弟带回的是这样一批稀罕的玩意儿。当我们用征询的眼光望着弟弟时，弟弟的目光游移不定，他说："货卖独家，镇上那么多店铺还没有一家卖佛像供品的，一定赚钱。"弟弟说完之后就借口累了，一头扎在炕上。我不明白为啥弟弟进回这样一批东西。爸爸说："进回些这东西，能卖了吗？妈妈盯了他一眼，朝炕那边点了点。爸爸叹了口气。"

我们把佛像一件件摆上货架，惊讶地发现一种神圣的光从那些瓷质、铜质的佛像上散发出来，使这间不到二十平米的屋子庄严起来，不再那么窄逼、矮小。妈妈抽出一支香，对着最大的那尊观音菩萨，深深地拜了下去。

在箱子的最底部，有几本书。我拿起来翻了翻，都是经书。封面一律是黄色，开本有大有小，纸张优劣不一，字体的大小也不一样，一看就是些赠送品。然后发现了一包严严实实的东西，把包装一层一层撕开之后，是五把漂亮的刀子。它们插在精致的皮鞘里，不到一尺长，刀把上镶嵌着红色和绿色的宝石。我拿起一把，沉

176

甸甸的。拔出刀子后，寒光闪烁，马上有一种力量从刀把上传到我手上，然后心里。摸了摸刀刃，没开刃却能感觉到锋利。我把它缓缓插回刀鞘，想起弟弟出门进货时带的那把裁纸刀，与这几把比起来，太垃圾了。

我在正面的货架上钉了一颗钉子，把其中一把刀子挂上去。看了看，觉得确实好看。

弟弟请人做了一个"佛香阁"的牌匾，与隔壁光明照相馆的牌子并排挂在一起，选了一个吉日，我们的小店开业了。

鞭炮响过之后，卫星的奶奶走了进来，头发梳得一丝不苟，整张脸上有一个突兀的大鼻子。她虔诚地双手合十，向最大的那尊观音拜了下去，然后向东边的，西边的。又有几个女人进来，差不多都四五十岁，看到这么多佛像，她们的眼睛放出光来，她们朴素灰暗的衣服随着她们眼中的光神奇地鲜亮了起来。几个提着篮子的年轻些的女人进来，瞧了一下走了。有个梳牛角辫的小女孩跑进来，问有没有糖，又跑出去了。两个年轻人晃着膀子走进来，是卫星和花生，他们直奔挂着的刀子。

"卫星。"奶奶叫她。卫星张大嘴，有些夸张地说："是奶奶呀！"顺手把刀子取了下来。"多少钱？"花生问。"卫星你过来。"奶奶说。卫星不情愿地把刀子递给花生，向奶奶走过去。奶奶把嘴凑到卫星耳朵上告诫，不要和那些不三不四的人在一起！她忘记自己耳背，声音奇怪地高而尖锐。屋子里的人都大笑起来。花生不自然地嘿嘿笑着，放下刀子，走出门去。卫星恼怒地瞪了一下奶奶，大步追去。

"这个不省心的爷爷！都是叫那些勾魂鬼带坏的。"卫星奶奶追着说了一句，对着最大的观音拜下去，祈祷保佑她的孙子。然后拿起一尊观音问："这尊多少钱？"

到傍晚时分，请走了三尊观音菩萨，还卖了一套供器，外加十几块钱的香和纸。弟弟兴奋地算着一天的盈利。妈妈伸着细长的脖子，朝渐渐黑下来的街上张望。

两个人前后脚进了店，是看风水的"钟馗"和奶奶庙的跛子和尚。

钟馗打扮得与和尚差不多，短头发，灰色袍子，黄色的毡靴。

他与跛子两个对望了一眼，各自朝四壁的佛像望去。

看了一会儿，跛和尚朝弟弟笑笑，双手合十点点头说："阿弥陀佛。"先走了。

钟馗开始说话。"这是西方三圣。骑狮子的是文殊菩萨。骑白象的是普贤菩萨。这是……"钟馗足足说了半个多小时，嘴角边都是白色的唾沫。

弟弟一句话也不说，认真听着。

第二天，弟弟看店时拿起了佛经。从那之后，弟弟几乎经不离手，只要店里没顾客，他就念念有词。有几次，我看见他拿着我的字典，查经书上的字。

二

小店的生意不理想。初一、十五这些日子稍好些，平时只能卖些香、纸、烛等消耗品，偶尔有人请走一尊佛像，我们都会在心里念阿弥陀佛。幸亏小店是自家的，要是别人的，可能连房租都不够。钟馗经常来，弟弟现趸现卖，与钟馗谈起佛教来，总是磕磕巴巴，有时说错一句话，被钟馗纠正，他脸马上就红了，双手搓来搓去，不知道搁哪儿好。

看刀子的人倒不少，除了卫星和花生，还有"大头鬼""军长"这些家伙，他们烫着卷发或者剃着光头，没有一个和正常人一样的。每次钟馗一来，过一会儿这些家伙就来了，他们对钟馗非常客气，亲热地叫他钟馗师傅！钟馗对他们也非常客气。

钟馗看佛像，他们看刀子，两不相干。过一会儿，他们就会凑到钟馗跟前，指着一尊佛像问："这是哪位神仙？"有一次花生指着文殊菩萨问："这是把孙猴子压在五行山下的如来爷爷吗？他真是威风，骑的都是狮子。"弟弟忍住笑，不吭声。与这些流里流气的家伙讲话，他也磕磕巴巴老是紧张。他害怕讲错话挨打。

钟馗一走，弟弟就会很认真地拿出佛经，寻找他们刚才谈过的内容。弟弟看得很认真，半天才翻一页，有时刚翻过去，马上又折回来看，还经常在上面作记录。

那些人走后，店里会有一种奇怪的酸酸的味道，像橙子、猫尿等东西混合在一起。人们说那里面有些家伙吸毒，他们买刀子，大概为了防身。也有人说，大头鬼拿着刀子拦路抢人。弟弟听到这样的话，总是浑身不自然。把一束香点燃，插在各位佛像前的香炉里。钟馗说，众生平等，不可有妄念，妄自去猜测别人。

到一个月头上，佛像没有卖多少，刀子却卖完了。

弟弟再次去进货时，还是带了那把裁纸刀，看着这把黑乎乎的刀子，想起他卖完的那些精致的刀子，我叹了口气。

这次弟弟进回一箱子刀剑，有三尺多长的龙泉剑，一拃多长的弹簧刀，还有各种各样的工具刀、工艺刀。那时我们县里去太原进货的车都停在服装城的一个院子里，大家进上货把东西放在行李仓里，不用经过任何安全检查，换成现在，他这些刀剑大概就带不回来了。

弟弟在刀剑之外，还带回了一个小箱子，打开之后，上面放着厚厚两层书，除了有些和上次那些赠送的一样外，还有《禅灯梦影》《金刚经说什么》《中国佛教史》……我大吃一惊，想他读完这些书得花多长时间。万一他真的信佛了，怎么办？

有一天，弟弟突然宣布说他要吃素了。妈妈听到后怔了一下，问："上次咱们啥时吃的肉？""十月初十。"我回答。那是弟弟的生日。在我们家，一年吃肉的日子也就那么几天，过大年、七月十五、八月十五和家里每个人过生日的时候。

弟弟宣布完的第二天，妈妈把菜盛好之后，弟弟端起碗来嗅了嗅，问："猪油？"就重重地把碗推到一边。

又过了几天，弟弟把自己所有色彩鲜艳的衣服送了人，包括以前非常喜欢而舍不得穿的一件红色羽绒衣。

天气一天天冷下来之后，弟弟坐在门口硬椅子上阅佛经，不停地用僵硬的手指揩清鼻涕，表情肃穆。妈妈边给他缝棉衣边骂，活该！念佛机里传出"南无阿弥陀佛"的梵音，在寂寥的屋子里一遍遍庄严地回绕。

望着弟弟走火入魔的样子，我心里暗暗悲哀。觉得为了做生意没必要把自己搞成这个样子。要是真正信，也不是非要吃素念经，像济公那样酒肉穿肠过不一样成佛？再说，弟弟的性子绵绵软软，连自己也保护不好，怎样去渡别人呢？我一向瞧不起那些生活不如意就去信佛信耶稣信太上老君的人。真的，信什么，首先自己活个样子出来。

没想到，弟弟出息得很快。

有一次，看见他在店里和钟馗辩论，不高不低几句话，说得钟馗面红耳赤，浓黑的两道眉毛垂下来，要不是旁边有几个看刀子的家伙，钟馗可能撑不住马上就溜掉。还有几次，看见弟弟给卫星的大鼻子奶奶讲解她手里拿的佛经，那种认真劲儿，把我也马上吸引过去。弟弟没有因为我的加入受到丝毫干扰，他继续往下讲，卫星奶奶不时合掌点头，我心里也不由点头。慢慢地周围围了一群人，听弟弟讲。后来，庙里的跛子师傅也经常来向弟弟请教一些知识，这时弟弟眼睛里就会放出一种精锐的光，这种光只有在那种自信满满的成功人士眼中才可以看到。弟弟以前的眼神总是那么谦卑，一和人对视就躲躲闪闪。

钟馗没有把那次争论给他带来的难堪放在心上，他还经常来。经过那次争论，弟弟和他在一起小心了起来，他们都努力寻找共同的话题。钟馗一来，卫星、花生、大头鬼这些人前前后后就来了。"钟馗师傅！"他们说。他们有的人上次见过钟馗的尴尬，还是对他一样的尊敬。

慢慢地弟弟发现，只要钟馗在，那些买刀子的生意一般都能做成。钟馗不在，有时冒冒失失进来几个人，看看刀子，大多拔腿而走。弟弟产生一种感觉，觉得钟馗就像阎罗殿里真的钟馗一样，他一在，就把那些各种恶鬼镇压住了。钟馗还给弟弟带来另一种好处，人们找他看过风水，大多会谢土，钟馗就指点人们来店里请尊菩萨，或至少买些香烛。

一天天过去，小店的生意渐渐好了些。经常看见一些衣着和弟弟同样朴素的人待在店里，大多是四十开外的女人，其中以老太太居多。弟弟和她们轻声慢语地交流，有时给她们朗读佛经。一群人安静围在弟弟周围，我不由想起徐悲鸿画的那幅《达摩讲经图》。这些人请的大多是观音，有的已经在店里看过几个来回，每次总要问一下自己心仪的那尊的价钱，然后选个日子请走。此后，她们会隔段时间请香，请烛，有些慢慢地会配齐香桶、烛签、香炉这些器物，有的还要莲花灯、佛龛。

也有些衣着光鲜，白脸涂着红唇的女人或戴着金项链的男人来请财神，他们大多是镇上的生意人。

我希望小店里出现一些年轻漂亮的姑娘，让弟弟感觉到生活的另一种美好。每次见到的却总是一些至少年近四十的老女人，还有那些混混。

三

逐渐地镇上信仰佛教的人越来越多。

信仰像哈欠那样传染，一有人信开，更多的人就会渐渐加入。

这大概是人们怕别人信了而自己没信会吃亏，万一佛爷灵验呢？就像人们看到有人在房子外边堆了一捆柴，或者在院子外面挖了一个厕所，马上其他人会跟着行动，他们认为这样的便宜不占白不占，于是我们看到很多村子的路边堆满了柴草、纸箱子、酒瓶子、烂砖头。许多村子人们的厕所在房子外边，还挂着把锁子。他们不管自家上厕所方便不方便，不管街上臭气熏天，还害怕别人随便用他们的厕所，占了他们的便宜。那些怕吃亏的人请了观音，觉得还不够，有余钱，又请如来、弥勒，还怕不够，又请财神、太上老君，他们觉得家里的神越多越好，这个不灵或许那个灵。请了神佛，他们又买香、纸、烛，害怕不供奉，神佛生气怪罪。

弟弟的生意越来越好，已能在维持开销之外有一笔结余。他每个月进货的时候，不带那把黑乎乎的裁纸刀了。带什么，看不到。从他的神色上，知道他一定还带着刀子。那一定是一把特别小又特别锋利的刀子，它会在弟弟需要的时候，很容易地拿出来，锋利地切下对方的一根手指，或插进对方胸口中。

弟弟进的佛像越来越大，最大的一尊坐在那里几乎有我一半高，眼睛比我的都大。因为有些人买了小佛像，心里感觉不踏实，又来买大的，他们觉得大的比小的灵验些。与此相比，他进的刀子反而越来越小，有的小得像一尾鱼，握在手里根本看不到。以前用作招牌的那把刀子早已摘下了，所有的刀子摆在一个柜台里。买刀子的那些人越来越喜欢小刀子，他们喜欢把刀子握在手里、藏在口袋里，或随便掖在身上某个不容易被人发现的地方。

一天早上，村里放羊的在村外的河滩上发现一具尸体。那具尸体紧趴在地上，几乎半个脑袋陷入满是盐碱的地里，身上的衣服七零八落，有几个刀痕。

弟弟听到这个消息，马上来找我。他说话的时候惊恐不安，嘴唇哆哆嗦嗦，一句话说得结结巴巴。他说："村外有人被杀了，凶器会不会是我卖的刀子呢？"我吃了一惊，盼望杀人的刀子不是从弟弟这儿买的。为了放心，我和弟弟一起跑到河滩。那个人周围被拉起了一圈绳子，几个穿着警服的人在里面忙活。我们踮起脚尖看了半天，也没有看清那个人身上的伤痕是怎么回事。

我安慰弟弟说："你卖的刀子都是没有开刃的。"

弟弟回答："万一他回去自己磨快呢？"说着他手里一晃，出现一把闪亮的刀子。

我接过来打开，锋利的刀刃在阳光下闪着一团白光，像刀锋上有磁铁，把太阳吸引了过来。

"你自己磨的？"

"嗯。"

我说："首先凶手买的不一定是你的刀子，说不定还是用菜刀呢。再说，谁能证明他从你这儿买的刀子？"

弟弟的脸一下变得苍白。他说："我卖刀子的时候钟馗一般都在场。"他接着说："我马上去找钟馗。"

弟弟匆匆忙忙走了，他灰色的影子尘埃一样消失在我的视线里。我不知道万一凶手是从弟弟这儿买的刀子，弟弟会承担什么样的罪责，有些心神不安。

不知道钟馗怎样答应弟弟的。那段时间钟馗来了店里，弟弟对他好得有些过头。他坐着的话，一看见钟馗来了马上就站起来，还会用袖子把坐了半天的凳子擦一下，让给钟馗。无论钟馗说什么，他一律点头说是，还左一口、右一口"钟馗大师"附和。我看到弟弟的样子惊讶极了。弟弟说："第一次称呼钟馗为大师的时候，感觉脸红说不出口来，慢慢地就熟练了，像说个笑话一样。"弟弟说这话时一脸轻松，看不出任何心理负担。

弟弟一人在店里时，不读佛经了。他买了一堆萝卜，用一把把刀子在萝卜上刺出各种各样的痕迹。他想判断尸体上的刀痕到底是不是自己这儿卖的刀子划的。他一天天这样徒劳地试着。那段时间，我们家吃的菜基本都是萝卜，腌萝卜、凉拌萝卜丝、炖萝卜、蒸萝卜条。弟弟不吃荤之后，我们的菜谱本来就更简单了，现在每天吃萝卜吃得反胃。

后来，案子破了没有，我们不知道。只知道亡者是个外地人，好久没有人来领尸体。反正慢慢没有人谈它了。

几年之后，镇上许多人家里有了观音。还有的做了佛堂，供奉更多的神佛。大多店铺里都供上了财神。

弟弟生意的好转引来了别人家的觊觎，有几家杂货店卖起了香烛，两家服装店里面也摆上了佛像，和性感的内裤、乳罩摆在一起，旁边是花花绿绿的衣裤、拖鞋。更有一个家伙，在破败的奶奶庙门前用床搭起了一个摊位，上面摆着各种佛像和土地、观音、太上老君，香烛黄纸，还有几把刀子，完全是照搬弟弟的店。只是他刚起步，本金薄，所有的东西都是小号的，摆在外面罩着土，看起来灰蒙蒙的。他流着鼻涕，搓着双手，脚冻得不住地跺来跺去，是弟弟的竞争对手。

弟弟的生意受到了一些影响，没有事先想的大。那些人不读书，枯燥的佛经哪里能看得进去？他们不能给顾客讲解各种神佛的职责，也讲不来佛经上那些拗口句子的意思。更没有钟馗来和他们切磋，给他们介绍生意。

那一段时期，小店里站满了神色肃穆的女人，总是以弟弟为圆心，扇子似的展开。如果弟弟点一下头，马上好几个人跟着他点头；弟弟皱眉，好几个人也跟着他皱眉。弟弟的目光带着温度一般，给这些风华不再的女人们镀上一层晚霞一样的光。

信仰方面的权威让弟弟有了一种神奇的力量。

甚至我们村那位年事已高的村长，在决定村里的几件大事前，来征求弟弟的意见。这种待遇，我们家以前从来没有享受过。

那些买刀子的人，对弟弟也仿佛像对钟馗那样尊敬了起来。他们进了店不再像以前那样大大咧咧、咋咋呼呼，让弟弟取刀子时非常客气，有时居然用"请"这样的词。

有些人拿上刀子会马上离开，有些却翻来覆去挑好久。弟弟从来没有不耐烦，他把一把把刀子递上来，放下去，再拿上来。那些人挑好刀子，钟馗会代弟弟把他们送出门。这是不知道什么时候他们达成的默契，弟弟帮助他们挑刀子，钟馗送他们走，仿佛里面大有深意。时间久了，弟弟发现，店里其他人多，这些人挑刀子就慢，慢到其他人都走了，只剩下他和钟馗。店里没有其他人，他们挑得就快，甚至随手指一把，拿上就付钱。

四

我们镇四周的山上忽然发现了铁矿。许多外地人一下涌了过来。半夜时分，经常听到载着音箱的摩托车唱着流行歌从街上驶过，间或有年轻女子的娇笑。有时听到喝醉了酒的外地人在街上大哭。他们的声音浑浊不堪，带着酒气，让整个镇子的夜发酵一样，不安，喧嚣。108 国道上满是拉矿的大车。脸白肤嫩、走路一扭一摆的姑娘忽然就盛开在了路边的饭店里。

有一天，一位二十多年前被卖到我们村，孩子都在武汉上大学的四川女人忽然不见了。与她一起消失的，是住在她院里的一位技术工人。她这件事只被议论了几天，就过去了。她丈夫忽然雇了许多人，拆了以前的旧房子，起新房。村里许多人继续把自己多余的房子租给外边来的人，没有一个人将她的事引以为戒。村里多了许多山南海北的人。

村子北边靠近集体坟场有块地，布满几道大沟，耕种不方便，几十年来只是一些梨树、杏树，任其开花落叶，春天秋天煞是好看。一位老板看中了那几道沟，包了下来。一座蓝色的厂房一下子从遥远的半山坡搬到了村子附近。从那之后，厂房不断从山上走下来。

村里的账务上一下出现了多年来没有见过的一大笔钱，谁也不知道该怎么花，谁也想从中间得到点儿好处。于是每天开会。村民大会、村民代表大会、党员会、村委会、支部会，一个会接另一个会。以往对村里的公共事务一点儿也不关心的人，现在也热衷于开会。甚至会议结束之后，他们还像那些吸在人身上的蚂蟥，不愿意离开，继续发表自己的看法。

铁矿也给弟弟带来了好处，矿老板们喜欢大的关公、财神。弟弟把一尊尊磁的、铜的关公、财神装在纸板箱里，里面衬上泡沫塑料，外面用木架框住，运回来。它们站在店里，像一个个肃穆的真人。

忽然有一天，村边的公路陷了下去，出现一个长约七八米的大坑。在此之前，那些拉矿的大车已经把公路捣得坑坑洼洼，到处都是裂缝。这个大坑一下把那些拉矿粉的车拦住了。那天，那些被道路阻断的大车司机涌到了镇上，中午时分，每一个饭店里都挤满了人，划拳声、吵闹声震耳欲聋，吵得住在屋檐里的麻雀不敢回窝，在天空乱飞，像一片片灰色的网。整个镇子都被浓浓的酒气包围。

交通局、公路段的人都赶了过来，开会，做计划，报项目。弄好这个大坑，最少得需要半个月时间。

傍晚时分，几个老板找到了村长，把一摞钞票放在他面前，让他想办法在天亮之前把大坑填平。

村长在大喇叭里做动员："广大村民请注意，带上工具去公路上填坑，出一个劳力一晚上二百元，出一辆车……"

村里许久没有见过的合作劳动的场面出现了。男人、女人都跑了出来。人们开上推土机、三轮车，推着小平车，拿着铁锹、箩筐，一起涌出来。我从来没有想到村子里有这么多的人。推土机直接开到路边地里，把青色玉米秆和土一起挖了出来，装到车上。有人抱着石头，有人从河床里装上沙子，一起往坑里填。

村长搞了一个录音机，里面不停地播放《咱们工人有力量》《团结就是力量》这类的歌。村里的人尽管不是工人，听着这些歌还是很带劲。

半夜时分，村长安排人们送来了夜宵，热腾腾的面条，香喷喷的饺子。有人唱起了"社会主义好，社会主义好"，马上有人紧跟着唱"共产党好，共产党好，共产党是人民的好领导"。

天亮时，那个巨大的坑被填满了。还在最上面铺了一层石头，里面灌了沙子、石灰、土组成的三合土，在缝隙里浇了些水泥糊糊。又把推土机、三轮车开上去轧了一遍，全村的人排着队在上面踩了十来分钟，然后大家打着哈欠往家里走。

弟弟一个人落在人群后面，寻找哪里不结实。他担心大车走过来一下把路压塌，反反复复在这条新修好的路上走。

忽然看见一个穿白衣服的女孩从车队的长龙里钻出来，她像在闭着眼睛走路，根本没有看见前面修好的路，顺着斜坡走向公路下边被挖得乱七八糟的庄稼地。弟弟以为自己累了一晚上，看花了眼。他继续机械地走着。猛地传来一声尖叫，弟弟醒了似的奔向发出声音的地方。女孩掉在一个大坑里，屁股坐在地上，双手捂着脚，继续发出惊恐而疼痛的尖叫。这时，路上的大车发出一阵阵兴奋的喇叭声，车辆开始了流动。

弟弟趴在地上伸出手，女孩试着站了一下，又疼得一屁股坐在地上。弟弟没有犹豫，跳下坑里。女孩仰起头，弟弟看到一张苍白又漂亮的脸。他慌乱得不知道该怎么办，伸出手想扶她起来，又不知道手往哪儿扶，赶紧缩回去。女孩"呀"地叫了一声！弟弟顾不得多想了，拉住她的胳膊。女孩脚一用力，又叫了起来。弟弟马上有了主意，他伏下身子，板凳一样蹲在女孩面前。女孩把双手搭在他肩膀上，女孩软软的胸脯时不时碰弟弟几下，弟弟如僵死一般不敢乱动，两个人慢慢站了起来。弟弟出了一身大汗。

仰头望，离地面还有一段距离。女孩的香气一阵阵地传到弟弟鼻子里，弟弟从来没有见过这么香的女人。这种香味不同于弟弟常闻的那种点的香，它像小爪子一样把弟弟深藏在心底的欲念勾了出来。弟弟扶着女孩靠在墙上，狗一样开始拼命刨土、搬石头。很快弟弟建起了一道斜坡，他扶着女孩走上去，她的双臂能够着坑口了，弟弟用劲一托，女孩爬了上来。

这时，整个镇子陷入昏睡中。弟弟脱下外衣，站到公路中央，拼命挥舞，拦了一辆出租车，载着女孩去了县里的医院。

挂号、拍片子，女孩左脚骨折，需要住院。弟弟和女孩带的钱都不够。弟弟站在住院部门口，先是哀求医生让女孩先住院，他去取钱。被拒绝后，他开始破口大骂医院不讲人道。发觉没人理他时，他掏出了刀子，在收费处的玻璃上用劲划下去。玻璃发出刺耳的声音，里面的医生尖叫。保安过来拖走了弟弟。弟弟疯了似的，在县城的大街上疯狂地寻找熟人，人们看见他手里握着刀子，纷纷退让。后来，好不容易遇到我们村嫁到县里的一个女人，借了一千元钱。

就在女孩住进医院的第二天，村里 80% 的村民达成了一致意见，把村里账上的钱用来修奶奶庙。

决定好了之后，马上成立理事组。弟弟差点被选入，因年龄小，在最后一轮投票时比前面那位少了一票。

五

弟弟开始买排骨，买乌鸡，让妈妈炖成汤。每天傍晚，早早关了门，骑上摩托往医院赶。有时妈妈忙，他居然亲自动手熬汤。看着他把带着血丝的鸡块、排骨放进锅里，根本不会相信他是个不吃荤的人。为了保证味道好，他还每次舀上一勺，尝尝浓淡。

每天出发前，弟弟把脸洗干净，刷了牙，还在口袋里装一把小梳子。一天他从医院回来之后，脚上穿着一双崭新的皮鞋。又过了一天，穿回一件黑色的立领皮夹克。他说女孩说他脖子长，穿上立领衣服好看。我们看到弟弟这样变化，暗自高兴。

白天在店里，弟弟不像以前那样总捧着一本佛经了，他经常拿着一本笑话书或讲鬼故事的书，因为女孩喜欢听笑话和鬼故事。

大约过了二十多天，弟弟忽然穿回一件红色的立领毛衣。他说女孩每天待在医院没事干，为了感谢弟弟，给他织的。望着那一针一针织出来的毛衣，我忽然觉得弟弟好幸福。

弟弟为了展现自己的幸福，在冷飕飕的店里故意把外边的夹克脱了，露出他的红毛衣。几个老太太看见，问弟弟："搞对象了？"弟弟笑眯眯点头。

一个多月后，女孩的脚好了。她提了两瓶酒、一袋子水果，还有鲜奶、糕点到我们家里感谢弟弟。她穿着白 T 恤、白裤子、白风衣，说着一口漂亮的普通话，模样周正极了。我们都对她挺满意，觉得弟弟能娶上这样一个媳妇，是福气。

女孩和弟弟一起去了店里之后，妈妈开始包饺子、炸油糕，准备午饭。

到了饭点儿，迟迟不见弟弟回来。我跑去叫他。弟弟一个人气恼地用刀子削废纸板，地上已经乱七八糟一堆纸片，他手上还有一道带血的口子。

我不明白发生了什么事，问："那个谁呢？"

弟弟把刀子往地下一扔，说："我不饿。"

那天，我劝了半天，弟弟也没有回家吃饭。

后来我才知道，那个女孩跟着弟弟去了店里，弟弟还开心地买了些瓜子、话梅、糖果。女孩帮弟弟把店里所有的东西都擦了一遍，最后抱着一尊雪白的瓷观音舍不得放下来。弟弟望着女孩说："你真像！"

"像啥？"

"观音菩萨。"弟弟回答。

女孩重重地叹了口气，把观音放下。

这时，大头鬼和卫星来了。他们看见女孩，愣了一下。然后大头鬼鬼鬼祟祟捅了卫星一下，说："白牡丹！"卫星走到女孩跟前，捏了捏她的屁股说："白牡丹，这段时间去哪儿逍遥快活去了？"

女孩的脸一下变得刷白，白到嘴唇时那儿薄得像一层白纸，她额头上的一根青筋凸了起来，她想说什么，却什么也没有说，眼睛现出死灰色。她拔腿跑了出去。

弟弟赶忙追了出去，呼喊女孩。

女孩哭着说："你不要管我！"

弟弟往前追着跑了几步，女孩继续往前跑，使劲大喊着"别管我"！她的声音像有魔力似的，路上的人们都停下来惊诧地望着弟弟。弟弟一下泄了气，抱着一根电线杆头抵在上面软软地滑了下去。

从此之后，弟弟再也不像以前那样认真地读书念经照看小店了。他经常捧着书，半天也读不进一页，望着屋外发呆。一有女人走过来的声音，就紧张地站起来，看见不是那个女孩，就烦躁地在店里走来走去，然后去上厕所，有时连十分钟也不到，就上两趟厕所。

人们买东西时，他没有以前的那种耐心了，别人挑上几次他就不耐烦。要是人家讲价，他就生气。有一次，弟弟居然和一位顾客大吵起来。那位顾客请了一尊观音，回去之后发现底座上掉了一小块瓷片。她拿回来要求弟弟帮她换一个。以前碰上这种事，弟弟总是笑呵呵地说："没问题！"那天却坚持不换，向顾客要证明，证明观音是在买以前磕的，不是买上回家路上或回了家之后磕的。那位请观音的是个烈性子的生意人，没想到弟弟会这样不讲情面。她举起观音赌誓说："谁把它磕了的谁不得好死！"然后狠狠摔在地上。

那个女人回去之后，把自家店里以前卖的所有东西全部盘了出去，房屋装修一新，进回满满一屋子如来、观音、关公、财神等佛像。弟弟有的她都有，弟弟没有的她也有，包括藏传佛教里的欢喜佛、大黑天、绿度母等等。她进的货晚，都是最新的工艺，款式新颖、色彩鲜艳、釉色发亮。从她的铺子出来进了弟弟的店里面,好像从现在的社会返回了以前的时代。弟弟店里也有新货,但几年下来,每次都有积压的旧货,旧货越来越多,那些新品种摆在旧货中,像春天嫩绿的树叶长在秋天的大树上,看起来非常不起眼。

女人这还不够,只要是和弟弟一样的货,她一律卖得价钱比弟弟的低。她不念佛、不读书,也不信佛教,生意却热热闹闹做了起来。

这时,奶奶庙以一种不可思议的速度在恢复,甚至远远超过了以前的规模。期间,理事会的人在镇上挨家挨户募捐了两次布施。人们表现出非同寻常的热情和慷慨,一百、五十、十元,总要表示自己的意思。有三个矿老板,每人捐了十万。

与此同时,镇子周围到处在建天蓝色的选厂,天空像被撕成小块种植在地里。

弟弟手里总是捧着女孩喜欢的那尊观音,用一块棉布细细地擦。那尊观音也许是被他抚摸得太多了,比其他观音更加晶莹剔透,泛着一层圣洁的光。

少了顾客的光顾,小店很快暗淡了下来。玻璃总是灰蒙蒙的,墙壁上到处是星星点点的苍蝇屎,那些货架上的佛像无论怎样擦洗,都散发出一种忧郁的色彩。只有钟馗还经常来,他一来,会有几个买刀子的来。弟弟的刀子越来越少,他却懒得去进货。

有一天,钟馗来了之后,卫星和大头鬼来了。这是那件事情之后,卫星和大头鬼第一次一起来店里。不知道他们是意识到了什么,还是这段时间各自有事。弟弟一看见他们,身子愤怒得不由自主地抖了起来。大头鬼要弟弟递一把刀子，弟弟埋下身子手伸进柜台，里面只剩下稀稀拉拉几把，弟弟却抖得不能够拿起大头鬼要的那把刀子。这时，卫星伸手去够一个木鱼，以往他对这些东西从来不感兴趣，这天不知道抽哪股筋，一不小心把弟弟放在柜台上的那尊白观音触到了地上。

弟弟听到声音，看见地上的碎瓷片，眼睛忽然红了。他猛地握住了那把刀子，直起身来，指着他们大声吼："滚！"

卫星和大头鬼都愣住了！

钟馗听见吵闹走过来微笑着冲弟弟说："打碎什么东西让他们赔。"

弟弟把刀子转向钟馗，大声冲他喊："我让你们滚，你们听不见？"

钟馗的脸一下涨得紫红，拍了一下柜台就走了。

大头鬼的脸黑了。他一字一顿说："白——牡——丹——是——个——婊——子！"

他说完，卫星又一字一顿重复说："白——牡——丹——是——个——婊——子！水——很——大！"说完狠狠地朝弟弟竖了一个中指。

弟弟抱住头哇一下哭了。他边哭边用双手使劲扒拉那些碎瓷片，想把它们归拢在一起，他的手划破了，血抹得脸上也是。

第二天，弟弟把柜台里的那些刀子都收起来，装进一个黑塑料袋，扔在墙角。

195

六

弟弟的生意更加萧条了。他经常半上午就关了门，跑到公路上一家饭店挨着一家饭店问："你们见过白牡丹吗？"

有的老板买过弟弟的财神，看见他问这个女子，十分奇怪，问："哪个白牡丹？"

弟弟详细地把她的样子描述一遍，脸十分白，喜欢穿白衣服……

老板看着弟弟的脸色，小心翼翼地回答，好像几个月前见过这个漂亮姑娘，现在不知道去哪儿了。

弟弟于是满怀希望地问另一家："见过白牡丹吗？"

"哦，那个婊子，不知道跌哪儿去了。"

这时弟弟就会痛苦地攥紧拳头，问下一家。

有时问到的是个年轻的服务员，她回话："白姐姐嘛，好久没见了。"

弟弟把路上的三百多家饭店问遍，几乎大多数人知道白牡丹，却没有一个人知道她现在去了哪里。弟弟明白了白牡丹确如大头鬼他们说的那样，可是他不愿意相信，他想找到白牡丹让她亲口对他说，他们说的不是真的。

弟弟又一个一个问那些停在饭店门口的大车司机："你们见过白牡丹吗？"

这次弟弟受到的侮辱比上一次更甚，有的司机直接就和弟弟描述与白牡丹在一起搞的细节，说得甚至流起了口水。

弟弟脸色苍白，但每次他都要坚持听完，然后又去找下一个人问。

人们这样说白牡丹，不仅丝毫没有打消弟弟对白牡丹的爱，还激发了他的一种强烈责任感。他想起她掉在坑里时那恐惧绝望的声音和苍白的脸，她在医院里一次次对他说："你老实，善良，和别的男人不一样。别的男人见了女人都动歪脑筋，你却……"女孩握着他的手，一遍一遍回忆在那个大坑里，弟弟怎样想帮她，却一副窘相不知道该怎么办，不敢扶她，不敢托她的屁股，狗一样去拼命刨土、挖石头。弟弟觉得自己就是命中拯救白牡丹的那个人。他想找到她，和她结婚。

弟弟费尽了辛苦，只听到白牡丹越来越多的风流事，却打听不到她去了哪里。他变得神情恍惚，眼睛血红，晚上整夜睡不着觉。有时半夜起来，在村外徘徊。当初白牡丹掉进的那个坑找不到了，村子外边到处都是天蓝色的厂房，连庄稼地也没了。有时他整夜在公路上奔走，试图拦住那些大车，问一下司机白牡丹在哪里。几乎没有一个司机停，都觉得他是神经病。弟弟经常在公路上走着忽然脚步就谨慎起来，他说感觉自己走在一张满是皱纹的老人的脸上，害怕把它踩出一个洞。

我们看到弟弟这样，很是担忧。

白牡丹消失之后，妈妈慢慢知道了她是个什么人，说啥也不同意弟弟和她来往。后来渐渐认了命，她现在愿意弟弟和白牡丹结婚，只要他变得正常。她托人打听了许久，也没有那个女孩的半点消息。

我们预感到，弟弟再也见不到白牡丹了，不知道拿他怎么办好。

有一天妈妈告诉弟弟，那家佛像店也卖刀子了。弟弟沉浸在自己的世界里，没有半点反应，像根本没有听见。妈妈叹口气，跪在观音菩萨面前，默默流泪。

很快，钟馗出现在新开的那家佛像店了。卫星、花生、大头鬼他们这些流里流气的家伙也开始出现在那里。

几天之后，警察突然光临此店，抓了钟馗和正在交易毒品的卫星。那个店也被封了起来。

卫星的大鼻子奶奶跑到弟弟店里，劈头盖脸地骂起弟弟来。她骂弟弟是汉奸、叛徒、神经病、没头鬼。她把脸凑到弟弟面前，大鼻子几乎抵住弟弟的脸，吐沫星子喷得弟弟满脸都是。她忘了自己虔诚地信佛，弟弟曾经一字一句地给她讲解佛经。

弟弟脸色刷白，坐在那儿不停地摇头，一句话也不说。

人们传说是弟弟告的密，很久之前，钟馗就在弟弟店里卖毒品。

七八天后的一个晚上，弟弟的店里忽然冲出一片火光。周围的邻居发现弟弟的小店着火了，赶忙报警；拍门喊弟弟，里面只有火噼里啪啦的声音，没有弟弟的半点动静。

人们围在外边，一桶一桶的水浇上去。上百年的老屋子，木材早已干透，那点水根本不管用。等消防车赶来时，房子只剩下一个空架子，高压水枪冲上去，轰隆一下倒下了。

弟弟回来时，消防车已经走了，废墟上冒着呛人的热气和香的味儿。妈妈一看见他，抱住就大哭起来，庆幸他不在里面，没被烧死。爸爸问他去哪儿了，弟弟没有回答，他红着眼睛冲进废墟，大声喊着："把它们弄走，把它们统统弄走！"人们赶紧把他拉出来。

弟弟拼命地朝废墟摆手，仿佛想把什么东西甩掉似的，哭着大喊："我根本不想卖这些玩意儿！我第一次进货，一进铺子，后面就传来东西掉到地上的声音。那个人拿着刀子逼我买他的佛像，他拿着我的刀子啊！"弟弟号啕大哭起来。他从来没有哭得这样憋屈，这样伤心，又这样痛快！

邻居们推来几辆平车，还有一位开来三轮车，一锹锹破瓷片被铲进车里。露出墙角的一堆东西，那是弟弟装在塑料袋里的刀子。它们融化成了一团，像正在交媾的蛇。

关于弟弟小店着火的原因，基本有两个说法，一种说弟弟发神经不想开这个店了，自己放了一把火；一种说弟弟告发了钟馗卖毒品，被吸毒的人报复了。

弟弟对这两种说法都不置可否。

事件过了一星期后，弟弟脸色苍白地出现在黑色的废墟上。他像柱子一样站在那儿，立了许久。两只麻雀飞过来，在废墟一角打闹。弟弟忽然像被惊醒了似的，猛地扑向那两只麻雀，赶走它们，自己疯狂地干了起来。他不知疲觉地干啊干啊，从早上干到中午也没有休息，叫他吃饭时，他不吃。我和爸爸去帮忙，他凶神恶煞般地朝我们喊："不用你们管！"一直到天黑之后，他才踉踉跄跄地往家里走，累得仿佛随时要倒在地上。三天时间，他把一堆废墟处理干净了。然后，他处理烧焦的地面。天寒地冻，铁锹和洋镐落在地上只是一道不易觉察的痕迹，弟弟换一把凿子，像蚂蚁一样趴在上面啃着冰冷的大地。他一点一点把所有烧焦的地面都弄得干干净净，然后又从远处的山崖上弄来土，一点一点垫那些低下去的地方。人们不理解地问："春天来了不能干？"弟弟不声不响，继续填土、夯实。

一直到了春天，一块崭新的地基出现在我们面前，谁也看不出这块地基上面的屋子被大火烧过，人们甚至已经淡忘了这块地基曾经被伤害过。弟弟请来一些工匠，在这块干净得像从来没有使用过的地基上重建屋子。

在奶奶庙举行竣工剪彩的那天，弟弟的屋子也建好了。他请来工匠刷墙壁、割货架。空气中到处弥漫着木板、刨木花、木屑的清香，弟弟发觉木头越是细小越香，它们穿过涂料那浓厚沉重的味道，清新而让人沉醉。

然后弟弟开始漆货架，他一个人仔细地漆，漆了好几天，货架都变成了纯白色。

几天之后，弟弟去进货，他穿着红毛衣、黑色皮夹克，在这已经曛暖的日子里，有些夸张，有些热。

弟弟带回一大堆东西，打开之后，全是白色的。白色的百合、菊花、牡丹、手袋、床单、珍珠、裙子、背心、袜子、瓷娃娃，白色封面的书籍，白色的茶杯、茶壶……

弟弟用白色的东西摆满了白色的货架，白色的屋子里一片雪白、银白、钛白。

雁门关

初中暑假的一天，一帮子在县城里的同学出来找我玩。那个时候，金庸的武侠正风靡校园，大家看了《天龙八部》，都想瞧瞧雁门关如何险峻，更主要的是想看看中原武林高手在什么地方狙击乔峰父亲。

在我家吃了午饭后，我们出发了。大家一路上说说笑笑，骑着自行车互相追赶，各自给自己的自行车起了一匹烈马的名字，想象着自己是古代的侠客英雄，向雁门关进发，土路上弥漫起一阵阵烟尘。

走了一段土路，上了208国道，大家更来劲了，骑着自行车追拖拉机，双手大撒把仰天长啸，然后我们一起唱《北方的狼》。渐渐地大家的速度都慢了，有的同学骑不动了，下来推着自行车走。后来所有的人都下来推着车子走。我们像一个个疲倦的牧羊人，赶着一群同样疲倦的羊走。太阳比平时看见的都大，慢慢向山顶逼近。后面一辆辆拉煤的卡车追上来，它们像上坡的牛，低声喘息着，屁股后面突突冒着黑烟。我们把手搭在这些卡车上，看见山越来越清晰。在一处道班前，这些车停住加水，我们都口渴得厉害，也停下来喝水。这时，太阳一点一点坠入大山后面了。我们害怕天黑回不了家，问道班的人雁门关还有多远。"十多里。"大家一下都丧气了。不知道谁先看见一棵杏树，大家都奔过去。杏红扑扑的，一个个又酸又甜。这时，山下的杏早已没有了，有人念起"人间四月芳菲尽，山寺桃花始盛开"。大家都觉得山里很好玩。然后又看到一株郁郁葱葱的桑树，我们好多同学都养蚕，但平时很难找到桑树，都是用蒲公英叶子喂蚕，蚕经常拉稀。这棵桑树的叶子黑黝黝的，每个都像一把小扇子。我们又赶忙采桑叶。最后每个人背心里都揣满了杏，口袋里装满桑叶，下山了。下山的路很好走，真的是在飞，每个人都不捏闸，箭一样往前射，一辆辆下山的拖拉机、卡车被我们甩在后面，半个小时，我们已经把山远远甩在后面了。在一个岔道口，我们分手，别的同学都回城里，我回家。走在回家的路上，我忽然想到假如当时对面突然出现一辆车或路上有块石头，又或者自行车胎爆了，会怎样？禁不住出了一身冷汗。

暑假过完，到了学校，大家讲起上雁门关的经历，都觉得是一段了不起的冒险。

这次冒险经历使我平凡的青春岁月多了一点点绚烂的色彩，使我在多个场合讲起它。大学时候，一位朋友听了这段经历，非常想去雁门关看看。五一的时候，他跟我回了家，上雁门关。

那是一个非常晴朗的日子。我们在 208 国道旁坐上一辆去朔州的客车，正好经过雁门关。一路上，我给他指点记忆中的经历，时隔多年，好多东西看起来非常陌生，我凭着经验和想象，讲这座英雄的关隘。客车进山的时候，天上飘起了雪花，我们欢呼起来。我想象着古代的士兵，披着沉重的铠甲，在漫天风雪下，向雁门关进发，去抵抗入侵的契丹或匈奴士兵。路越走越黑，雪越来越大，路过多年前的那个道班时，只看到几幢黑乎乎的影子，我还是不由一阵激动。但车没有停，摇摇晃晃一直往上爬。不知道那些杏树和桑树是否还在，想起自己当年的那些朋友，有些伤感。

　　车到山顶时，白色的雪花大片大片在风中飘舞和嚎叫。司机指着一处路口说："从这儿上去就是雁门关。"我们一下车，感觉衣服像被强盗劫掠一空，风直往骨头里钻。远处的山脊和天空连成一片，雪打得人眼睛生疼。我和同学顺着路口往沟里走，没走多远，眼前就白茫茫一片，只是无数的雪花在飘。又往里走，东西南北也搞不清了，雪花像小石子一样在身上敲打，风中似乎还有漫天的号角和军士的厮杀，我觉得这样走下去，雁门关永远也不会到达，我们或许还会迷路、冻死。我凑近同学在他耳朵边大声喊："咱们回去吧。"刚一张嘴，风呛了我一嗓子，那句话好像没有说出来就被风吹回去了。但同学理解了我的意思，我们一起向后转身，朝来路奔去。什么也看不到，只见漫天白色的雪花。体温在急剧降低，身体好像要变成一块石头。想起小时候学课文，红军爬雪山，一倒下就再也站不起来了，我加快步子，但实在走不动，松软的雪花像有极大的磁力。这时，我连同学也看不到了，感觉四周有个影子，忽前忽后，好像一头野兽，心里一阵恐惧，想自己是不是真的迷路了。走了好久，看到前面一溜黑黝黝的长城，吃了一惊，以为爬上雁门关了。心想反正豁出去了，不到长城非好汉。走到近前，却是一溜拉煤的大车，因为大风雪，不敢走了，停下来等。冲进路边一家小饭店，看见火炉边有一个白乎乎的人，又是跺脚，又是掸衣服，雪正在他身上融化。我也赶忙凑到火炉前，正是我的同学。我们看着两个雪人，哈哈大笑，吆喝老板来一碗莜麦疙托儿，多放姜，再炸一碟辣椒。吃着疙托儿，雪渐渐停了，天亮起来，大车开始发动，我们看到一辆从朔州返回来的车，赶紧坐上。一句也没有提雁门关。下了山，天像来时那样湛蓝湛蓝，路上看不到一丝下雪的痕迹。

工作之后，去雁门关的次数多了起来，尤其是节假日，有时陪客人一个长假上去几次，雁门关在我眼里再也没有了神秘。而且说实话，雁门关上也没有什么，长城早已不见踪影，一个上世纪80年代末修的城楼残破不堪，只有城门洞里青石板上深深的车辙印和李牧祠前的两根石旗杆让人感觉到历史的沧桑。

随着旅游路、高速路的开通，雁门关也一下近了。乘车不到一小时上去，半小时看完，再用不了一小时返回来，每次去雁门关都觉得划不来，路上走的时间比看的时间多得多，但雁门关的名气确实是大，每年好多好多的客人来看雁门关。

我和妻子结婚前，去河北找她，她家里人问起这边情况，我不假思索就说起雁门关。那一刻，雁门关在我眼中又高大了起来，而且不知道除了雁门关还能说出什么在外边更有影响的地方。尤其是和她单独走在一望无际的冀中平原上，更加感到雁门关高大险峻。

结婚后，由于基础差没有积蓄，微薄的一点工资只够维持生活和支撑日常应酬，日子变得小心翼翼起来。家里连台电视也没有，租住在两间终年不见阳光的小屋子里。有了小孩后，开销更大了。妻子总是盼望有间自己的房子。一天正在上班，妻子带着哭腔打电话，让我回来。一进院子，就听见女儿哭，女房东哇啦哇啦大声嚷着什么。这是一个唱戏的女人，以前在剧团，剧团倒闭后，跟了鼓班子，哪里有丧事，就去哪里唱，身上总有一股阴气。进了家，女房东还在大声嚷着，女儿躲在妻子怀里哇哇大哭。妻子眼里都是泪，呜咽着说："你和她说。"

我满脸惊异地望着她们。来了这里，我们两家处得还算好，我和妻子都不大爱说话，也从来不到他们大房子那边去。房租都是提前半年交了，逢时过节还礼节性送点东西。他们家冬天搬到另一处楼上住的时候，我们还给他们喂狗，打扫院子，看门。

女房东看见我回来，第一句话就直蹦蹦地说："你们该交房租了。"

我说："三个多月前已经交了，给的你丈夫。"那时，他在苹果树下锄草。

女房东说："给了他我怎么不知道？我觉得你们老实，说好打上房钱，时间到了也没有催你们。现在要，你们居然不认账了。"

我生气了，说："房租我肯定是给了，给的你丈夫。说好打上房租我就打上房租，半年的房租对于我们家也是一笔大开支，我怎么能记不清？"接着，我把住到他们家两年多来每一次交房租是什么时候什么地方都一一说出来。

以为这下女房东应该没啥说的了。

可她拍了一下桌子，大声说："就没有给。"

女儿见我进来不哭了，被她这样一拍又大声哇哇哭起来。

我气糊涂了，后悔当时给了没有要个收据，现在有口也说不清。马上说："把你丈夫叫回来，他要是说没有给，我再给一次，反正不知道是谁昧了良心了。"

说完，我就给她丈夫打电话，让他马上回来。这个男人听我说得着急，问发生什么事了。

我说："你马上回来！"

男人一进屋子，我就问："我这半年的房租给了你吧？三个多月前在苹果树下。"

男人说："给了。"

女人马上破口大骂男人："给了你你为什么不和我说？"

这件事情以后，妻子说什么也要自己买套房子。我说没有钱。妻子说没有钱可以借，她找她妈她姐借。后来我们在很短时间内买了一套房子，钱都是借的。

买下房子后，欠下一大笔钱，日子更拮据了。我们都想早日还完钱，但工资只有那么点，只能拼命节省。那时候，我条件好些的同学开始纷纷买车，买下车后喜欢驾车出去游玩。没有车的也选择五一或国庆长假出门旅游，近处去北京、太原，远处去海南、云南、二连浩特。我们哪里不去，七天时间都待在小城里，天气好的时候，骑自行车去滹沱河边看看昏黄的水流，或去西门的古城上望望周围的风景。我的女儿第一次看见滹沱河，欣喜地喊："海真大啊！"

一天，妻子叹了口气说："待在这儿真闷啊，咱们去雁门关玩玩吧。"

我说："雁门关什么时候都可以去，等个顺车，拉你们一起去。"

妻子什么没有再说。

我知道妻子心里不满意，结婚前常常和她说雁门关，结了婚我常常去雁门关，可她几年了一次也没有去过。但我心里琢磨，去雁门关门票可以让单位开个介绍信免去，可没有直接去那儿的旅游线路车，坐上去朔州或大同的车在路口下了再往上爬，太麻烦。骑自行车吧，现在的体力根本不可能。要是租个车，来回至少也得一百元。我想，肯定能等到顺车。

但是，后来几次陪客人上去，人少的时候有领导，不方便叫她。没有领导的时候，车上往往又坐的人多，拉不下她。我就一直在等机会。

因为日子的艰难，有时两人拌几句嘴。妻子说："别人去这儿去那儿，我来了你们这儿几年了，连个雁门关也没有去过。"我知道对不起妻子，便对她说："雁门关就在咱们这儿，什么时候想去都可以去，着什么急？"接下来便对她讲自己以前怎样想去雁门关，一次也没有去成，现在去得都腻了，可是还得不停地去。

日子在不咸不淡中过去，渴望生活中出现奇迹，可是生活总是苍白如水。陪客人的时候，我经常喝醉酒，有时实在顶不下去，瞧瞧把上百元甚至几百元一瓶的酒偷偷往地下倒，可是每次回村里看望父亲，二三十元的酒还舍不得多买几瓶。便想起雁门关，自己去得都不想去了，妻子想去却一次也去不了。

一年国庆前夕，忽然有北京的几个朋友打电话，要来找我玩。这对苍白的生活绝对是个漂亮的点缀，我太渴望了解外边的世界了。我为他们的到来早早做准备。把房子认认真真打扫一遍，玻璃擦得明晃晃的，还特地去商店里买了茶具、酒杯和一本菜谱。在单位，和每一个要好的同事们说，要有北京的朋友找我来了。回了家，和妻子商量朋友们来了吃什么。

　　国庆那天，七点多朋友们打来电话说他们坐上火车了。一吃完早饭我就把菜和肉买回来，洗好菜、切好肉，一会儿看一次表。妻子说："你娶我的时候有这样激动吗？"我说："那是两回事。"

　　离列车进站还有一个小时的时候，我出发去接他们。到了车站，外面横七竖八停着些红色、蓝色的出租车，还有黑色、白色的私家车或单位的公车。我想自己要是有辆车就好了。

　　候车厅里挤满人，座位上放着各种各样的大包小包，地上还有一些尼龙编织袋子装的行李，一长溜人在排队买票。我挤在人群中间，看看表，还有四十分钟，便看那些列车时刻表和地图。地图上每一个熟悉或陌生的城市对于我来说其实都充满诱惑，因为我几乎哪儿都没有去过。我仔细对着列车时刻表看这些城市，盘算自己一个月的工资可以去哪些地方。我忽然非常羡慕那些排在长长队伍中的出门人，甚至连堆在他们脚边的编织袋也觉得非常洋气。这时，站台上响起一阵鸣笛声，我以为火车来了，却是一辆煤车哼哧哼哧进站了。一个女孩走到我的身边也抬头看列车时刻表，她的头发卷卷的，皮肤特别白，穿着一条发白的牛仔裤，脚上是一双棕色的牛皮靴子。我猜想她这双靴子一定走过很多地方，莫名地喜欢上她。

顺着她的目光看她看的那些地方，她却走开了。盯着她的背影，看见她走到一个男孩身边，男孩戴着一顶棒球帽，背着一个登山包，脚上也是厚厚的牛皮靴子。我羡慕起这两个人来，觉得他们一定不是本地人，不知道他们下一个目的地是哪里。开始检票了，两个人跟在人群后面边说边笑朝站台走去，他们的从容淡定像秋后温暖的阳光，照亮了这个破旧狭小的车站。

列车终于进站，我站在出站口等我的朋友。出站的人几乎和进站的人一样多，我挤在一堆人中间，猜测他们变成什么样子，是不是也像那些出行的人一样带着大包小包。让我惊奇的是我先看到的不是我的朋友，而是刚才看到的那一对年轻人，他们拥簇着一个满头银发、穿着灰色风衣的老人走出来，老人也是穿着一双牛皮靴子，三人打了一辆出租车眨眼间不见了。我忽然觉得他们来到这个封闭的县城，一定是冲着雁门关来的。

出站口几乎没有人了，我的几个朋友还没有出来。我凑到铁栅栏口朝里望，看到两个人一晃一晃走过来，他们没有带行李。几年没见，老程头发白了许多，酒糟鼻子更红了，反穿着一件 T 恤，像个装卸工人。阿金还是野战兵打扮，扎着一块阿拉伯头巾，但身体像一块发酵了的面团。他们显然在车上喝了酒，咬着舌头说话，影子乱舞。看见他们，以往的一些难忘日子浮现出来。我用力挥手，眼睛有些潮湿。阿金加快脚步，吹了声口哨。老程还是一步三晃，我从来没有见过他着急的样子。

我们在一起抱了抱，互相拍了拍肩膀，感觉似乎都有些老了。

"走，回家去。"

车站里面只停着最后一辆出租车了，司机看见我们，把车开过来。

正要上车的时候，阿金把住车门，问："多少钱？"

"一人五元。"

"我们这是打出租啊，有表吗？"

司机说："不打表，一人五元。"

阿金说："你这不是出租车吗？"

我说："这儿都是这样。"

老程说："操，这么贵，比从北京到这儿都贵。绿皮火车从北京到这这儿才一人二十四元。"

司机脸上露出不耐烦的神色："你们到底坐不坐？"

"坐。"

我招呼大家上车。

"我偏不坐，他这不是明摆着坑人吗？我们还是第一次来这儿，溜达着回去看看风景民俗也不错。你们说呢？"阿金看老程和我。

老程点头。

我忙说："咱们先坐上回家吧。吃了饭再出来看。"

但他们两个人说什么也不坐。

司机沉着脸，把车发动着，低声说了句："装逼！"

我有些脸红。阿金说："你说什么！丫再说一句，老子抽你。"

司机不再吭声，一踩油门跑了。

我有些尴尬，说："这儿的出租车司机都是这样，想在车站上拉客得早早过来排队，有的提前一小时就来了，从来不打表。"

老程说："他们是他们的规矩，咱们是咱们的原则，咱们不是想改变世界吗？"

我想起几年前，我们一大帮人从全国各地赶到河北丰宁满族自治区，参加中国青年志愿者活动，义务植树，保护北京和天津的母亲河——潮白河，大家都充满理想，想保护生态，改变世界。几年时间，不知道是我变了，还是这么点小事情本来就不值得较劲。

沿着车站那条路两边的房子颓废不堪，有的已经屋基歪斜，房梁倾塌，稍微周正一些的还能看到橱窗玻璃上画着大盘的鱼，上面写着鸡、鸭、鱼、肉，还有一间门楣上写着为人民服务，画着红色的五角星。可以看见当年的红火。现在蒿草围住了它们，每一个都黑乎乎的，布满蛛网。

"这儿应该是繁华地带，怎么这么萧条啊？"阿金问。

我说不上原因，只是觉得这个车站离县城远，没有人专门来这儿，每天就那么三四趟火车，旅客下了车就都走了，也不消费。

老程盯着橱窗玻璃上的字说："他们没有摸透市场，现在是鸡鸭鱼肉赶下桌，乌龟王八端上来，而且这儿肯定没有小姐。"说完他就问我："杨，这儿有小姐吗？"

我正在琢磨他那两句话，想今天的饭菜是不是准备得有些简单了。没想到他猛然问我。于是反问："哪儿？"马上反应过来他指的就是车站，说："没有吧，这么黑乎乎的地方，狐狸精也不住。"

我问老程："你怎么反穿衣服？"

老程说："这是一家书画工作室发的宣传T恤，不穿白不穿，可是我又不想替他们做广告。"

从车站走出来，到了 108 国道。阿金说："咱们在这儿打车，我不信这儿打不到车。"

　　话刚说完，一辆出租车过来。阿金招手。车停下。打表。"去……"阿金扭头看我。

　　"西大街城墙那儿。"

　　上了车，我给他们介绍县城的历史，还没有说完，车已经到西大街城墙了。表上的计价是七元。我忙掏钱。阿金拿出十元钱给了司机，说："师傅不用找零了。"司机连声说谢谢。

　　下了车，他们看见巍峨的城墙和泛白的城砖，高兴地欢呼起来。

　　两人跑到城门洞下，抚摸着阴凉的城砖，问："你家就住在这儿？"

　　我点了点头。

　　"真好啊！"

　　"咱们吃饭就到这上面来。"

　　"好！电视剧《杨家将》就来这儿拍过外景。"我补充了一句。

　　阿金问："哪儿有宾馆？我们先登记一下。"

　　我说："不用了，就住我家吧，大家几年没见，好好聊聊。"

　　"方便吗？"

　　"给你家添麻烦了。"

　　"方便方便，不添什么麻烦。"

　　进了家，妻子正在逗女儿玩。看见客人回来，赶忙站起来，脸上堆出敦厚的笑容。妻子就是这样的人，见了谁都不爱说话。

接下来，妻子和我开始做饭，他们待在客厅里边逗女儿，边看电视。

中午我们喝的是本地酒三关宴，这种纯粮酿造的酒因为酒厂经营不善，多年前就不生产了，我平时不喝酒，家里存下的两瓶一直放到现在，简直成陈酿了。

一喝开酒大家就回忆起多年前的那次活动来，大家都非常自豪，全国来了 19 个省的人，总共才 39 个，那么多媒体来采访，记者比志愿者人数都多。

我们数着哪些媒体采访过自己，酒下得很快。

老程说，当年负责这个活动的人现在已经担任一个很重要的位置了，经常在电视上看到他。

说起那个领导，我印象非常深刻。他当年激昂慷慨，意气风发，在我笔记本上签过名并且留下联系方式，告诉我什么时候都可以去找他。我让他俩先喝，找那个笔记本让他们看。可是找了半天，也没有找到。让妻子帮着找，妻子正忙着炒菜，说她也不知道本子放在哪里。

阿金说："我还又去过丰宁，咱们当年在河滩植下的那些树都在一场大洪水中被冲没了。"

我们觉得不可能，又觉得没有什么不可能。想起那年那个灼热的夏天，大家在丰宁高原上植树，每个人都晒得像非洲人，皮脱了一层又一层。我们细数当年参加活动的那 39 个人，可是除了自己帐篷的几个，那位国家体委退休的女伞兵，号称自己 31 公岁的大姐，植树时鞋破了一只赤脚继续干活，还有辽宁丹东侨务办的于丽娜，自己参加完第一期活动，又把自己的儿子叫来参加第二期外，竟再想不起几个人。"还有郑洁！"阿金说。我拿出装在相框里的相片，我们一个一个辨认当年的队友，可是有好多都叫不来名字了，我们不相信自己的记忆力这么差，但是记忆就是这么残酷。

两瓶酒喝完的时候，没有尽兴。老程和阿金嚷着还要喝，我让妻子出去买一箱啤酒。

那天，我们想来想去，就是想不全 39 个人的名字。最后大家都喝多了，醒来的时候天已经黑透了。

妻子熬好稀饭，煮了点面条，大家都没有多少食欲，吃了些便要睡觉。妻子拿出我们结婚时备下的一次也没有用过的崭新被褥。我带些抱歉地对他们说，你们只能睡一张床了。阿金和老程都说没有关系。阿金说，他们单位出去旅游经常一个屋子里住好多人。我又想起那次活动结束时，我们去坝上草原，晚上举行完篝火晚会后，大家住在农家旅店，一条大炕上男男女女睡了好多人，我都记不起两边挨着谁睡了，那天也喝多了。

进了我们那间屋子，我的头有些痛，胃里也难受。妻子给我倒了一大杯浓糖水，问我为什么不少喝点。女儿很快睡着了。隔壁两人打起了鼾声。我说："咱们也睡吧。"妻子也许累了，很快打起呼噜。我轻轻推她一把，她翻个身。望着她呼吸时微微张开的嘴，我想她嫁给我好几年了，没少吃苦，可是真的哪儿都没有去过，这次一定带她上一次雁门关。我盘算着他们走的前一天，租一辆车一起上次雁门关，他们两个连上我和妻子正好能坐下。想好这些以后，我却怎样也睡不着，我认真想和我们一起参加活动的那些人，可是

214

好多好多确实怎样也想不起来。但是那次活动的许多场景却电影一样一一清晰浮现出来。我们举着"中国青年志愿者绿色行动营"的旗帜来到河滩，河滩远处一座金碧辉煌的喇嘛庙像上帝的眸子一样凝视着我们。我们在布满沙砾的河滩拼命挖坑，高原的阳光刺刀一样穿透衣衫，汗如雨下，三五天工夫，大家的脸像年代久远的壁画，斑斑驳驳地起皮。植树地方不远处有一条清亮的河，休息时候去小河边洗脸喝水，或卷起裤腿下到河里戏耍。小河下游有一条晃晃悠悠的木板悬桥，我们在上面晃啊晃啊。可是就是这条温柔的小河，发大水冲了我们半个月植的树，不知道那座喇嘛庙冲了没有。我忽然有种冲动，想去丰宁再看看，看看我们当年植树的那个河滩，记得那时还立了一个碑。树冲没了，那个石碑孤零零在河滩吗？

下雨了，帐篷漏水，一个人喊起来，大家都喊起来。高原的天气变化真大，白天还晴空万里，晚上就下起雨来。我们赶紧重支帐篷，用盆子接水。这儿的面不知道是不发酵，还是发酵不了，炊事班做的馒头一个个又小又酸，硬得像铁蛋，我一口气能吃六七个。忽然身子湿了，以为又下雨，摸摸，是女儿尿床了。马上回到现实中，想一定要带妻子上雁门关一趟。

我们县 1994 年就成功审批为全国历史文化名城，县城里有华北最大的文庙、长城第一楼边靖楼、埋有隋朝高僧舍利子的阿育王塔，都是国家级文物保护单位，还有独具特色的代州民居。每天早上，我们登上附近的西城墙，看着一座城市从睡梦中醒来，然后披着晨曦回去吃了早饭，在县城里玩。

拜文庙、登边靖楼、瞻仰阿育王塔，我把这些来过无数次的地方一一介绍给朋友们。我们拍文庙漆皮剥落的朱红色大门，研究边靖楼前成群结队的胡燕，谈论阿育王塔下面到底有没有地宫。然后我们在这些古老的建筑里面捡烟头和塑料瓶，捡了出来，我们带着这些东西走遍县城，竟看不到一个垃圾桶。黄昏时候，夕阳使整个县城金灿灿的，恍惚迷离，当最后把手里的东西扔在菜市场前面的一堆垃圾上面时，我充满惭愧，感觉这个县城是如此陌生和落后。

一个同学知道我家来了两个外地客人，进了家里神秘地把我叫到一边。他说："我手头有青铜剑和带钩、鎏金银簪，问问你朋友要不要。"我有些脸红，同学胆子贼大，从事盗墓这种职业。但我还是过去和朋友说了。朋友不要他的古董，却邀请他一起喝酒。同学不喝酒，走了。

妻子总是在我们每天回去之前备好菜，我们两人照着菜谱一道一道做晋北的特色菜。老程和阿金带些零食回来，女儿和他们已经很熟了。家里的酒瓶一层层堆起来。

10月6日一早，我陪老程和阿金去车站买好第二天晚上回北京的车票。我说："咱们明天去雁门关吧。""一起去。"我对妻子说。妻子抿着嘴笑了笑，她笑得非常灿烂。

一上午，我领着老程和阿金在街上边转边买土特产。老程和阿金都说，来这儿住几天太便宜了，比待在北京都省钱，车票也相当于在北京打辆车。

阿金突然说："我让郑洁今天也赶过来，明天一起去雁门关，可以吗？"

我愣了一下，说可以。心里却盘算车能不能坐下五个人，盼望郑洁不来，或者有事来不了。

但郑洁一会儿打电话过来，说她已经坐上到太原的车了。

天黑之后，郑洁又打电话来，说她坐了到大同的车，在原平下车后，没有到这边的车了，打算打个车过来。她打上车之后，又打电话来。

我们做好饭等她。我心里忐忑不安，想出租车挤一挤也可以坐五个人。

郑洁来了已经晚上九点多了，还抱着一大箱子梨枣，说是她自己的农业生态园产的。这个山西老乡和我一起参加志愿者活动，但自从从北京回来再没有见过面，当初她说自己搞生态农业，几年不见，枣已经长这么大了。

吃了饭之后，我打算让郑洁和妻子女儿住一间屋子，我们三个男的住一间屋子。但女儿不同意，说什么也要我和她们住一起。

郑洁说："我和他们两个住一起吧，几年没见，痛快聊聊。"

妻子又抱来一床雪白的被子，望着这床新被子，我觉得有些对不起妻子。

隔壁三人聊得很热闹。女儿睡着之后，妻子说："那明天把女儿送邻居家让帮忙照看？"

我含糊着答应一声。

妻子睡着之后，隔壁聊天的声音更高了。我想平时坐车有时也挤五个，明天就再挤挤吧，不行多给司机几个钱。女儿踢开被子把一只腿搁我身上，我把她的腿放下来塞被子里去。妻子头冲着我睡得很熟，仿佛在笑。后来听不见老程的声音了，再后来阿金和郑洁的声音也听不见了，但是隔壁传来窸窸窣窣的声音。我心里有些烦躁，重重叹了一口气，声音没有了。不知什么时候睡着的，总是听见隔壁窸窸窣窣。

第二天早上吃了饭，妻子换上平时很少穿的运动鞋，把女儿送到隔壁邻居家。我们带着昨天买好的矿泉水和一些零食，去打车。

第一辆车过来。我说："去雁门关。"

司机瞧了瞧我们，问："几个人？"

"五个。"

"拉不上。"司机一踩油门走了。

又等了半天，来了第二辆车。我先问："我们几个去雁门关，能拉上吗？"

"拉不上。"

我说："再等等，平时我们经常挤五个人的。"

又过来一辆车的时候，我说："我们五个人上雁门关，多少钱？"

司机说："多少钱也拉不上。"

我说："我们平时经常坐五个人的，给你加点钱。"

"平时你们去哪里啊？这是上雁门关，一路上都是爬坡，坐这么多人上也上不去。"

我不相信就没有一个司机愿意挣这笔钱。

……

又一辆车走了之后，我嘴里异常干渴，忍不住说了一句："丫的，明明能拉五个人，咱们打两辆车上去吧。"

妻子说:"我不去了,你们去吧,女儿待别人家里一定不习惯,我把她接回来。"说完,妻子转身就走。我看见她肩膀一耸一耸的,猜想她一定哭了。她的运动鞋在阳光下闪着耀眼的光,像滚动着的两枚崭新镍币。

上了雁门关,心情特别烦躁,耳边不住地响起妻子哭泣的声音,想她把那双运动鞋又仔细刷好放鞋柜里,忽然也有种想哭的感觉。

朋友们登上雁门关很激动,这儿和他们去过的修葺一新、游人如织的八达岭、居庸关长城一点也不一样,雁门关荒凉、残破、颓废,这个一千多年来发生过大小三千多场战事的九塞之首,现在冷冷清清,即使在国庆黄金周,也只是偶尔有几个游客匆匆上来转一下,它像一位铅华洗净而又年岁已高的绝代佳人,时间耗去了它的一切。站在它的上面,感受到历史的沧桑巨变,就连它的风也是硬的,让人觉得它骨子里的那种硬度。

我耐着性子和他们一起辨认城门楼上的"天险"和"地利"几个字,帮他们一一在李牧祠前的石旗杆前照相……老程的T恤穿了几天,变得灰溜溜的,镜头中的他和历史一样模糊不清。一身野战服的阿金像美国来的侵略兵。只有郑洁为这次来刻意打扮了一下,但和坚硬冷峻的灰色石旗杆一点儿也不协调,她的嘴唇红得有些妖艳。

时光一下在我眼前扭曲起来。秋天,万物萧条,可是皇宫里百花争艳,一个个歌女明眸皓齿,扭着柔曼的腰肢,唱那种柔媚之音,皇帝手中的金樽流淌着美酒。此时,民间已是春天,春天应该

219

是山花灿烂，可是寒冷的雁门关冰封一片，戍边的士兵穿着厚厚的棉衣，外面是铁做的铠甲，大雪重重落下，落到铠甲上面，没有马上消融，而是结成厚厚的冰。山下正有外族来犯，趁着风雪在慢慢地挺进。国家的疆土在宫廷的美宴中一点点消失，士兵和皇帝永远过的是两种生活，生活在两个时间。尤其是到了宋朝，宫廷的美酒更加醇酽，外边的战事更加惨烈。杨家将金沙滩沉舟折戟，岳飞风波亭惨死，徽钦二帝被押往金国。眼前的这两个石旗杆，在宋朝最后一次升旗，然后沉默了几百年。

我觉得非常非常疲惫，想早早结束这一切。

于是向他们问道："你们知道'坐井观天'发生在哪里？宋朝战败，徽钦二帝被掳往金国，路过代州天宁寺，被金兵放在一座枯井里，于是有了'坐井观天'。"

"啊！发生在你们这儿？为什么前几天咱们不去呢？"

"回去就去。"

下山的时候，朋友们依然兴致很高，返到关下的山寨里还流连忘返，尽管这里也非常冷清。前几年因为要开发旅游，这个本来不大的村子，大多数村民已经移民搬迁，他们石头砌的房子还在，有些保存还很完整。房子没有人住，玻璃已经没了，人们用树枝插在窗户上。还有些毁坏了，只剩下一堵墙或半间房，一样让人感到沧桑。村子里树不少，都是粗大的柳树，长得很张扬，没有山下那种妩媚的样子。有一处房子屋顶上有一个锅，是收看卫星电视的。我告诉朋友们这个村子里都是戍边军士的后人。遇到一个老人，进她院子里拍了几张照，他们三个又和老人一起合影，然后买下老人院子里晒的一堆蘑菇和一只欢快的土鸡，说回去要吃小鸡炖蘑菇。

路上老程和阿金都感叹不虚此行，阿金说以后还要叫上单位上的人来这里玩。郑洁说："你来的时候记得再把我叫上啊。"

进了县城，我让出租车司机把车往北开，在医院门口停下，说："天宁寺到了。"老程、阿金们疑惑着下了车，望着代县人民医院的牌子发呆。我说："天宁寺就在里面。"一大群人从我们身边赶过，抬着几个满身是血的人，后面还有一群拿着棍棒追赶的人。

"和尚和医生一起办公？"阿金问。

我不置可否地笑了笑，指着那些血淋淋的人说："这些人们可能都是士兵的后代，边关好武。"

"他们现在能分辨出来吗？"

"脱了鞋能，那些士兵的后代左脚小拇指都是两瓣指甲，我就是，回了家给你们看。"

进了医院，在住院部门口遇到我的一个同事，看见我们提着鸡和蘑菇，开口就问："你们去看病人。"

"看看天宁寺。"

不知道同事是否听清了我的话，他匆匆走了。

我想起女儿出生时，也是在这个医院，我们没有钱，打算找个接生的在家里把女儿生下来，但临产时接生的怕难产，让我们去医院。我又想起前几年父亲、母亲的病，心情更不好了。

我们在医院转了一圈，除了面容惨淡的病人和一幢幢灰色的水泥建筑，并没有看到寺庙和僧尼的影子。

郑洁说："没有寺庙啊？"

我用手画了一个圈，说以前这儿就是天宁寺，县志上有记载，咱们回去看。

　　路上，那只鸡不停挣扎，老程和阿金换着提它。

　　回了家，鸡咕地怪叫了一声，女儿吓得躲进妻子怀里。

　　妻子问："干什么？"她的眼睛红红的。

　　"小鸡炖蘑菇。"

　　"谁杀鸡啊？"妻子问。

　　"我不。"我说。

　　我和妻子看他们三个人。

　　郑洁说："我来杀鸡。"

　　郑洁去了厨房，老程和阿金都跟进去，老程又出来。

　　听到里面一声尖叫，然后那只鸡耷拉着半截脖子跑出来，血像一条断了线的带子。阿金和郑洁都追出来。郑洁手里举着血淋淋的菜刀。鸡向我们这边跑过来，一点血溅在女儿手上。女儿哇一下哭了。鸡突然断了气，倒在地上不动了，血咕咚咕咚冒出来。郑洁说："不愧是雁门关的鸡啊，这么难杀。"

　　我说："我不会做小鸡炖蘑菇。"

　　妻子说："我也不会。"

　　这次老程进了厨房没有出来。

　　过了一会，闻到一股烫鸡的腥味。老程拿着一根鸡翎子给女儿玩，女儿笑了。我说："多拿几根，可以做毽子。"

　　他们三个在厨房里做小鸡炖蘑菇，我和妻子在外面给女儿做毽子。

过了一会儿，厨房里传出香喷喷的气味。

女儿说："爸爸，我饿了。"

我说："等等，一会儿就好了，让妈妈陪你玩毽子。"

鸡端上来的时候，果然香喷喷的，还有一桌子色泽搭配鲜艳的菜。

阿金说："吃吧，肯定比北京大饭店的也好，正宗的山蘑和真正的土鸡，很难吃到这样的菜了。"

女儿突然说："爸爸，我想去北京。"

老程和阿金马上说："走吧，跟我们一起走。"

我看着妻子和女儿说："等你大了爸爸带你们一起去。"

吃完饭之后，老程和阿金要赶火车，我送他们去车站。

他们再三对妻子说："这次真麻烦你了，以后让杨一定带你到北京去。"

我看到妻子的眼眶湿了，赶紧催他们走。

到了车站，看着候车室挤得满满的人群，我的心情好起来，对他们说，以后有机会一定要多带些朋友来啊。阿金把我叫到一边，从口袋里掏出一把瑞士军刀，说留给我做个纪念。我在丰宁见过这把瑞士军刀，真正的瑞士货，十几种功能，里面那把小锯子，瓦口粗的木头几分钟就能锯断。我说："你留着玩吧。"阿金说："本来想给你带几本书，可是不知道你喜欢什么书，就想你也喜欢根雕，用这个做根雕吧。"阿金把军刀拍我手里，过去和郑洁说话。

开始检票了，一大群人都拥过去。阿金说："咱们不急，反正都能上了车，让他们急。"等到进站的人都进去，我们才一起进了站。站台上黑压压都是人，我说："不知道有没有座位。"老程说："上去补个卧铺吧。"天空黑乎乎的，一颗星星也看不到，我想今晚可能要下雨。

时间到了，车还没有来。

工作人员说："因为今天旅客多，火车晚点了。"

······

终于，信号灯亮了。工作人员让大家排好队。一阵汽笛声响过之后，雪白的车灯掀开了黑暗，我有些伤感，有些难受，也有些轻松。队伍一下乱了，人群往前挤。我们拥抱、握手，互相说着常联系，多过来玩之类的话。

绿皮列车停下之后，人们都往车门前跑。但是车门没有开，等了二分钟，火车又开始鸣笛，缓缓启动了，像一只绿色蜈蚣，消失在黑暗中。人们大声嚷起来，愤怒地咒骂。工作人员拿着喇叭大声喊，给大家做工作，说今天车上的旅客太多了，已经严重超员，实在拉不上了。人们不听解释，更多的人在骂。

我看着老程和阿金，心里烦躁起来，说："走吧，咱们明天走。"

他们两个人无奈地笑笑，说："恐怕得向单位请假了，坐了这么多年火车，还没有碰上这样的事情。"

我说："我们现在作风整顿，查岗很厉害，明天我一定得上班。"

"你忙你的，我们自己走，反正已经熟悉了。"

我们出站的时候，人群待在站台上不散，仿佛待下去今天就能走。黑压压的人群和黑乎乎的天空离得越来越近。

火车晚点，出租车司机们等久了。车到站，又没有乘客出来，见到我们纷纷招徕生意。我并不搭理他们，推开一只只热情的手。出了车站，往东拐，不远处一家洗浴中心霓虹灯闪烁。

没有避讳郑洁，我半开玩笑半认真地大声对老程说："那里面有'鸡'，你们今天晚上住在那儿，好好洗个澡，休整休整，明天坐车也近些。"

郑洁马上接着说："好，我来安排，我陪他们一起去，阿金老程来了山西不光是你一个人的客人，是咱们山西的客人。"

我没有坚持，把他们送进灯火辉煌的洗浴中心，一头扎进黑暗中。这个现代的洗浴中心和古老的雁门关一样，离我遥远了起来。

我爸爸看过大海

2004 年，我有了孩子。国庆前夕，有了一种强烈的看海的冲动。我从网上查询路线。正好我们这儿有一趟去沈阳的列车路过北戴河。

一天晚上，我想了半天，突然说："我想看看大海，去北戴河。"

正在哄孩子的妻子愣了一下。这种行动，对于我们来说非常奢侈，因为拮据的经济。可我当时不想这些。我开始滔滔不绝地说自己的愿望和不得不去的理由。

"想去就去吧。我们娘俩……"她无可奈何地笑了一下。

那时，我被这种冲动冲昏了头脑，忽视了妻子的感受，当成她默许我的行动。

我开始收拾行李，了解有关北戴河的消息，托在火车站工作的同学买票。

国庆前一天，朋友打来电话，去沈阳的那趟列车临时取消了。我沮丧极了。回去告诉妻子，她却有些高兴。

国庆节那天，我的心情糟透了，一想到七天时间就要在无所事事中度过，就难受。而且觉得这次错过看大海的机会，以后可能永远也不会有了。早上，饭也不想吃。孩子哭，我也不想管。在屋子里转来转去，忽然一个主意冒出来。

我对妻子说："我觉得决定做一件事情，不能因为出现变化就轻易改变，做什么一定要想办法做成。咱们这儿去北戴河的车取消了，我可以去太原坐车。或者去别的有海的地方。"怕妻子反对，我又说："现在是客流高峰期，假如去了太原我买不到票，就回来。"

妻子"嗯"了一声，帮我整理好行李，又从书橱的一本书里取出薄薄的一沓钱，认真数了数，说："八百，只有这么多了。"我拿出一张给妻子放下。

"一会儿我就走，赶到太原去买票。这几天买票的人一定多。"

这时，我们的门忽然开了，进来一大一小两个人，租住的这间局促的房子马上显得狭小了。孩子有些受惊，摆动两只小腿，妻子忙拍打她。

"表哥。"

来人个子非常高大，头发乱糟糟的，胡子也没刮，赤脚穿着一双解放鞋。身边的女孩子个头有他一半高，却非常胆小，一个劲往他身后躲。

表哥很少来我家，我心里着急，还是热情招呼他们坐下。表哥坐在一张椅子上，他那个孩子紧紧靠在他腿上。家里没有什么零食，我给他们倒了两杯糖水。

表哥说："别麻烦。"掏出一盒两元一包的劣质烟抽出一根给我。我说不会抽。他自己点着一根。

没吸几口，妻子咳嗽起来。

表哥没有察觉，继续吸，问我的近况。

我不知道去了太原能不能买上票，问："有什么事吗？"

"你表嫂要生了，你医院里有没有熟人？"

我望着他怀里和他非常一样的孩子，眼前出现一个巨大的肚子，里面是个和这个孩子一模一样的婴儿。我说："毛毛是在哪儿生的？"

"村里找了个接生的。这次你表嫂怀的是个男孩，做过B超了。心率有些快，孩子也大。医院妇产科最近出了起医疗事故，还没解决。产妇一有点症状或孩子不好生，医院就不要。"

烟快烧到手指了，表哥又狠狠吸了一口，把烟头扔在地上，用脚拧了一下。坐在我们幽暗的屋子里，他显得很苍老。

对求人的事我一向害怕，还是在五一，又是和医院打交道。想了半天，医院里除了有一个我多年不联系的同学的老公，再没有其他关系。

我说："我刚到县里工作，认识的人少，同学也没有在医院工作的。"说完这句话，感觉很对不起表哥。然后，我又忍不住看了一下表，已经半个小时过去了。

表哥站起来，自言自语说了一句："没有？"然后又坐下，"能不能托你们单位的人说一下？"

我们领导肯定在医院有关系，可是我平时疏于和领导打交道，又是说表哥的事。我为难地摇了摇头，说："我们领导架子很大，平时根本不和我们一般人说话。"

表哥的神情更黯然了，又掏出一根烟，可是竟然找不到打火机。我记得他刚才装进上衣的左边口袋里了。他掏完了四个口袋，都没有找到。家里没有火，我说："你等等，我出去买个打火机，给毛毛买点吃的。"表哥拦住我，说："不吸了。你再想想，有没有什么办法。"

我的脑子乱糟糟的，听见汽车站的喇叭喊，"太原、太原"。太原火车站人声鼎沸，都是出门的人。我的心烦躁极了，破口而出一句脏话："他妈的什么医院，还治病救人？连病人也不收。"表哥跟着大声说："是啊，要是他们不收，出了事，我杀了那些医生。"

看着平时老实巴交的表哥那凶狠的样子，我心里一凛，说："我有个同学她老公在医院，可是我们多年没联系，我找找她的电话。"

找了半天，都没有找到。打电话问了几个别的同学，知道她的手机号码，打过去，关机。我长出了一口气。

我说："我今天出差，要不我路上再打打电话，或许她会开机。"

表哥感觉到了我的敷衍和不耐烦，说："我走了。"我忙站起来，让他们喝了那两杯水。表哥说："不喝了，我再找我们村的豆豆问一下。"我觉得表哥一定对我很失望。他们村豆豆和我一个单位，却是老机关，平时非常活套，和领导关系好，认识的人也多。我们是两种性格的人。我不知道豆豆会不会帮他的忙。

表哥拉开门，她的女儿跟在他后面。他推着一辆破旧的自行车，一出大门，骑上车子，他的女儿灵巧地跳到后座上，坐好。

我忙拿上东西去太原。

到了太原站，果然像我想的那样，人山人海。售票厅里有个牌子上写着去沈阳的那次列车停发，但我却看到晚上九点多有去青岛的K884列车，票价一百二。去不成北戴河，去青岛也不错，核计了一下兜里的钱，去排队。

没有座位，但我还是买了站票。买好票后，又打了一次我同学的电话，还是关机。不知道表哥找到豆豆没有。我想，或许不要紧，表嫂只是心率快，可能到时就不快了。或许根本不需去医院，她已经生过一个了，第二胎会好生点，也许村里接产的就可以搞定。

坐这趟车的人真多，幸运的是在还没有出娘子关的时候，我就找到一个中途下车的。我的邻座是一个瘦瘦的年轻女孩，穿着运动衣和一双凉鞋，普通极了。对面是一对中年人。

她一直用MP3听歌。我带着一本杂志，看一会儿书，发一会儿呆。到十二点的时候，这个女孩忽然打了个哈欠，说："你帮我看着点，咱们轮流睡。"我才想到还有睡觉这个问题，点点头。女孩趴在小桌上很快就睡着了，我继续翻杂志，发呆。

女孩睡了好长时间，醒来的时候，天已经微微发亮。她不好意思笑了一下，让我睡一会儿，我没有丝毫睡意。我们两个有一搭没一搭聊起天来。

女孩说："我是青岛人，在烟台上大学，去太原看男朋友。他学习成绩很好，也很穷，但上学不花家里的钱，全靠奖学金。有时没钱了，饭都舍不得吃。家里不同意我们来往，可是我喜欢他，他也喜欢我。每次都是我去太原看她。去了之后，我们住在学校外面的小旅馆，我花钱。我男朋友不喜欢我打扮，让我好好学习，我就不穿花哨的衣服。

"有时候，我们感觉特别难。一次，去看他，住了几天，两人都没多少钱了。回的时候，舍不得打车，一直从太原理工大学走到火车站。买好票后，男朋友把仅有的十元钱给了我。我不小心把一块废纸掉在地上，没注意。一个戴红袖章的人过来，说乱扔纸屑，罚他十元钱。可是那么多人在椅子上窜过来窜过去乱踩，扔饮料瓶，他也不管。我当时觉得委屈极了，也很心疼钱，生活中绝望的事情都涌现出来，就哇哇大声哭了起来，好多人都在看我。我什么也不管，只是哭，后来那个戴红袖章的人就走了。"

快到青岛的时候，我们很熟悉了。女孩给我介绍青岛的景点和特产，建议我回的时候带点海米和海星。

一到站，买好回程的车票，口袋里剩下四百多元，我觉得绰绰有余了。先去了女孩介绍的栈桥，然后乘公交去第三海滨浴场。扑进大海的怀抱，觉得惬意极了，想等孩子大了，领上她和妻子一定再来一次。游完泳，我漫无目的随处乱走，顺便找住的地方。青岛真是个美丽的城市，有保护得很好的古老建筑，还有崭新气派的高楼大厦，空气好，交通秩序也好，还有很多很多漂亮的女孩。我想，以后要是有了钱，在这地方买个房子住下也好。

在海滨大道旁，找到一个小旅馆，一天只要三十元，而且离海很近。老板告诉我附近有家饭店很便宜，而且说可以去海鲜市场买回海鲜自己做。中午时，我看到他们饭桌上摆着贝壳，像我们平常吃花生米，还有些住宿的自己在院子里的炊具上做海鲜。

中午好好睡了一觉，下午又去海滨浴场。人特别多，有游泳的、打沙滩排球的、卖烧烤的、照相的，好多人坐滑翔艇和游艇，五分钟二十元钱。我没有带相机，没有花钱拍照，努力把一切记住，存在脑子里。核计了一下钱，也没有坐滑翔艇和游艇去大海上转转。晚上在大街上乱走，海的气息扑面而来，街上熙熙攘攘的人群和我都没有关系，这种自由放松的状态好极了。

晚上睡觉的时候，房间里潮潮的，像大海的味道。睡梦中，仿佛能听到海涛的声音。

第二天早早起来，去了鲁迅公园。有人在海边的礁石上钓鱼，可能是昨天就放下了鱼饵，很远的地方漂着帆一样的东西。钓鱼的人一把一把把鱼线揪上来，大概隔一米远就有个钩子，好多上面钓着银晃晃的叫不上名字的小鱼。拨通妻子的电话，让她听海浪拍打礁石的声音，听到电话那头孩子在哭。

公园里人渐渐多起来。去了五四广场，布置得很有节日气氛，很多卖海星、海螺和小饰品的，我想买个鲨鱼牙的小挂件，可是几乎每一个小摊上都有这东西，怀疑哪儿来的这么多鲨鱼牙，便没有买。下午去了海鲜市场，见到许多奇奇怪怪的海洋动物，一些以前见过的，价格便宜得怕人。然后，坐上去黄岛的轮渡，只要三元钱，能走半个多小时，傍晚又坐回来，在海上航行的感觉和陆地上就是不一样。晚上，买了青岛啤酒，迎着夜风在八大关外边走，里面传来弦乐和歌声，门口停着许多明亮的小车。觉得未来充满神秘，有些激动。

第三天，收拾好行李，还有一百多元。去了超市，买了海米、矿泉水、面包、方便面、榨菜等东西，剩下三十几元。去了浴场，像小孩们一样在礁石间寻找小鱼、螃蟹，买了一元一串的油炸小螃蟹。中午时又去大海里游泳，海水暖洋洋的，一直游到防鲨网，直到很累的时候才上岸。在沙滩上见到一个漂亮极了的女孩，怀疑是哪个电影演员，走出好远，还忍不住返头看她。吃了面包，在沙滩上转来转去，买了个海星。那个卖东西的小伙子头上都是汗，要拿一个海螺换我一瓶矿泉水，我选了一个鹦鹉螺。

一直磨蹭到五点多，才去火车站坐六点二十八分的火车。

离开青岛的时候，我想，看过大海了。这时，表哥那阴郁的面孔出现在我面前，呆呆地盯着我看。几天时间，他好像老了许多。这时，我盼快点回去，看看他们。带上点海米，带上那个海螺送给毛毛。假如表嫂还没有生下来，我一定要找到我的同学，让她帮忙找到她的丈夫。再不行，一定找我们领导，求他帮忙。

回到家的时候，妻子正在哄孩子。屋子还是那么幽暗窄逼，孩子也没有一下子长大，和我走的时候一样，在床上摆动着双腿。妻子笑了一下，说："回来了？"几天时间，她也没变。

"表哥怎样了？表嫂生了吗？"

"不知道，一直没有出去，他也再没有来过。"

"咱们一起去看看他们吧？"

"你先吃了饭。"

我和妻子边吃饭边聊青岛的事情，没想到我在青岛待了只有几天时间，竟然可以滔滔不绝说很多事情。吃完饭的时候，我斩钉截铁地说："等你和女儿大了，我领你们一起去，那时咱们也应该有钱了，好好逛一逛。"

我找了一辆摩托，把妻子和女儿带在后面。走在去表哥家的路上，我感觉非常陌生。不知道多少年没有来过了，记忆中宽敞平整的道路像缩过水一样，到处都是坑坑洼洼。不时有载着铁矿粉的大车过来，掀起一阵风，洒下一些尘土。路两边的树木和庄稼少了，变成一排排的饭店、汽车修理部，甚至还有歌厅。

进了表哥的村子，也大变样了。记忆中表哥家的住处竟然找不到。向一个路人打听，他笑呵呵指给我，说："去看小孩呀？""生了？""生了。"

先去小卖铺，买了鸡蛋和红糖。铺子里的人又热心地告诉了我们一次。

表哥家门上挂着一个红布条，一进院子，就听到哇哇的哭声。我看看妻子怀里的女儿，充满了喜悦。

表哥见到我们来，并未表现出应有的热情和高兴，埋着头洗一块尿布。表嫂只是淡淡地说："回来了？"

我边把带的东西往下放，边问："顺利吧？"把那个海螺拿出来给毛毛。

"顺利得很，一住进医院就生了，八斤半。"表嫂有些得意。

表哥忽然站起来，用湿淋淋的双手把东西推住，说："我们不要，你们拿回去吧。"又对高兴地跑过来的毛毛说："不准要。"

毛毛像一张镜头里定格的相片，一下不动了，非常失望。

表嫂说："你们孩子生的时候，我们也没有去看，你们来看什么呀？你们也不宽裕。"

"是呀，不宽裕，但是可以去旅游。"又去洗尿布的表哥说。

我有些惶恐。

表嫂说："豆豆家和我们闹过一点意见，要不我们直接就去找人家了。但人家一点也没介意。直接就给你们领导打电话了。你们领导真是个好领导，一点架子也没有，一接完电话马上就给医院打电话。很快就回过电话来，我们住进了医院……"

我和妻子不知道怎样出的表哥家门，表哥一直在洗那块尿布。一出大门，妻子带着哭腔说："带这些东西回去干什么？扔了。"我用劲一扔，红糖挂在一根树枝上，惊起树上的一群鸡，颤了几下不动了。鸡蛋马上就碎了，那群鸡跑过来争着吃。海米啊海米，我用劲掂了掂，嗖一下射出去。那只海螺，装进口袋里，没舍得扔。

10月8日上班，我去单位，很多人知道我国庆出去旅游了。我告诉他们去青岛了。单位上居然没有人去过青岛。我告诉他们我一个人去的，然后，我给每一个人讲青岛的故事。

我的女儿慢慢长大，她经常把海螺放到耳朵边，说可以听到大海的声音。我们再没有去过青岛，我的表哥也再没有来过我们家。女儿和小朋友们一起玩的时候，经常说，"我爸爸看过大海"，然后她拿出那只海螺。

你去过天安门吗

这是一份看起来非常简单的工作，问调查对象："去过天安门吗？"如果对方回答去过，再问去过几次，分别问清楚每次去的时间……

队长给吴志强介绍这份工作的时候，把它说得无比重要，他说天安门，多么神圣庄严的地方，它是祖国的心脏，也是北京的标志，每个中国人都向往这里，世界上数不清的游客来这里游览，调查清楚有多少中国人来过天安门……

吴志强听到这几个字就伤心。

一个星期前，吴志强还是天安门前巡逻的一位保安。再往前数，一个月前，经理还表达过让吴志强担任更重要的岗位，可以一直留在北京。可是因为两次打架，吴志强被开除了。

一个月前是六月中旬，天气还没有那么热，可是已经开始很闷了，值完勤，裤裆里总是湿漉漉的。吴志强每天冲澡，还是有种发霉的感觉，他想裤裆假如是块地，大概每天可以收拾一小盆蘑菇。小时候下过雨，妈妈经常领他去采蘑菇，有时候在公路边的杨树林里，有时在铁路护坡上的槐树丛中，不管吃哪种蘑菇，对于他们都算是改善生活。自己要是在北京待下去，家里人可以天天吃蘑菇，平菇、香菇、茶树菇、金针菇、猴头菇……吴志强突然想起自己有好多年没有吃过杨树、槐树蘑菇了，怎么北京市场上没有卖这两种蘑菇的？

　　那天值完勤，吴志强这样胡思乱想着准备回宿舍先冲个澡，然后把今天见到的几个有意思的人画下来。吴志强没有专门学过画画，但他从小喜欢画，他的记忆力特别好，见过的人隔几天也能把他的样子八九不离十画下来，而且神态和特征都抓得特别准。休假的时候，他经常去798，他喜欢那里的现代艺术装置，他觉得自己把每天见到的有意思的人画下来，时间久了，攒下几百张，也是很有意思的事情。

　　这时前面有个长得特别高的人突然吸引了吴志强的注意。他大概有两米，没有姚明那么高，也差不多，但是没有半点儿姚明的英武气，因为他长着一个大肚子，像怀胎七八个月的孕妇那么大的肚子，那么高的个子，走路被肚子拖着走。这样不说，他说话的声音特别尖和细，乍一听让人起鸡皮疙瘩，根本不相信这声音是这么高大的一个人说出来的。关键是吴志强跟了他一段路，发现他一直在骂人，而且骂的不是某个具体的人，或者是公众批评的那些坏人，而是整一个省的人，就是吴志强在的那个省的人。他又尖又细的嗓子在人群中特别有分辨率，不时有人把头转过来看他，但一看到他那高大的身子马上把目光缩回去。吴志强开始还忍着，以为他骂骂就完了，但他一直在骂，完全没有停下来的迹象。吴志强终于忍不住了，他拍了拍那个人的腰，本来他是想拍他的肩膀的，可是够不着，他说："朋友，这是天安门，请您说话注意点儿文明！"

大个子猛地停住了，他缓慢地转过身来，像行驶的火车遇到故障减速一样，然后用吃惊的眼神瞪着吴志强，嘴里喷出一股酒臭味儿。吴志强仰起头来看了看大个子，反思自己的话有没有问题，他还好奇那又细又尖的声音是怎样发出来的。一记耳光落到他脸上，他打了个趔趄。大个子用又细又尖的声音说："你他妈的是个保安，不好好巡逻，管我骂谁？"又一记耳光扇过来。吴志强有了准备，躲开，上去和他理论。大个子大概从来没有想过有人敢和他较真，发疯一样怒吼着，挥舞着手臂朝吴志强乱抡，吴志强把学的全部武艺都使了出来。

这里是天安门。几分钟后，吴志强和大个子被控制住。

吴志强被队长领回去的路上，一再解释自己没有半点儿打架的想法，他只是想劝说对方不要有不文明的言行，根本没有想到对方有那么激烈的反应。

可是吴志强给保安公司造成了比较恶劣的影响，被记了个处分。经理说过："人无完人，但我要求你们要做个完人，在天安门前巡逻，是多么光荣的事儿，你们一定要珍惜机会，珍惜荣誉，不能出半点儿差错，谁出差错，我让他卷起铺盖走人。"吴志强虽然没有卷起铺盖走人，但是经理见到他时那冰冷的目光让他感觉被委以重任、在北京长远待下来的希望不大了。

　　吴志强一想到有可能回去，就要发疯，因为一回老家，出路渺茫，又得和爷爷、爸爸、哥哥他们一样去扛麻袋，靠出卖体力生活。吴志强想到爷爷、爸爸、哥哥就难受，他们空有一身比普通人大得多的力气，但是只能扛麻袋，一瓣汗水换一分钱，像爷爷力气不行了，就挣不回钱来了；然后他想到妈妈很早就失去了光泽的眼睛，那么善良的一个人，说话从来都轻轻的，怕打扰了别人，假如自己回去再扛了麻袋，她恐怕眼神永远也不会明亮起来了。吴志强后悔自己冲动，但他哪里能预料到那个人那么暴躁没有理智？他越想越冤枉，他想假如那人不是骂他们省的人，而是在天安门骂所有中国人，他也不该劝阻吗？所有的中国人都该由他骂吗？那中国人的自尊、血性都哪里去了？那还是人吗？

　　吴志强不停地想这个问题，不停地来回比较，越想越觉得虽然造成不好的影响，但责任不在他这边，于是他脑子里把事情不断地向极端推演，以证明自己没有犯错误。他想象有人站在天安门大骂中国人，谁都怕犯错误，谁都怕给自己招惹麻烦，没有一个人去阻止，而有责任管这件事的组织，却不能及时赶到。他甚至执勤时脑子里出现幻觉，有人在骂中国人。

　　吴志强一千次、一万次地想这件事情，想象所有人沉默的时候，自己冲了上去。没想到这样的事情很快就发生了。

　　那时刚数伏，北京的最高气温却已超过往年的极限，但是无数人不断地从世界各地涌到天安门，40多万平方米的广场像电视里的海滨浴场挤满了人，连鸽子飞过广场都浑身湿漉漉的。在这么多人这么热的地方巡逻，对于任何人都是一件艰难的事情。吴志强想自己要是变成热带鱼那样该多好，就不怕热了。

有一天吴志强忽然发现两个皮肤白皙、保养得很好的人，打着遮阳伞，在嘀咕什么。他们一开始用日文，吴志强听不懂，可是能判断出他们是哪国的人。在天安门前巡逻的几百个日子里，吴志强基本上一看对方的做派就能判断出他是哪国人，再说他还有超强的记忆力和观察力。后来那两个人得意忘形，或者出于什么目的，竟把对话换成了中文，而且还跟在吴志强他们的巡逻队后面，竟然是在骂中国人，就那么肆无忌惮，仿佛料定没有人出来管他们。吴志强顿时就头大了，他望了望队友，有几个显然也听到了，聋子才听不到，那两人骂得那么响！可是他们往紧握了握拳头，继续往前走。吴志强再看周边的人，他们皱着眉头，用憎恶的眼光望着这两个得意忘形的人，还有人冲他们背后吐了口痰，但没有人站出来阻止。吴志强忍不住了，他跑出队列，一拳打在正说话的那个家伙的嘴巴上，挥拳的姿势竟和某次想象中的完全一样。对方不甘示弱，两人都冲了上来，三个人打成一团……

队长想保吴志强，可是事件已经不光是保安公司的事件，日本大使馆知会了外交部。

吴志强被开除了，他先动手打了人，造成的影响特别"恶劣"，况且他还在执行任务中。

要回家的那几天，队里的朋友们挨个请吴志强喝酒，给他送行，经理还专门来看了看他。吴志强每天喝得晕晕乎乎，一会儿觉得自己像八十多年前卢沟桥那个擦枪走火的士兵，一会儿又觉得祖国确实强大了，竟然没有引发更大的争端。

......

队长帮他联系了这份工作，说一回去有个干的，可进可退，如果不感兴趣，把他们村子调查完就拉倒；如果觉得有意思，可以接着调查他们镇的，他们县的……队长说他认识的这个老总打算把全国的情况调查一下，看看到底多少人来过祖国的心脏，这关系到他其他项目的融资和上马，但老总不相信互联网上的那些调查方式，觉得太容易弄虚作假了，他认为最原始的人工调查最可靠、最准确。吴志强在保安公司里习惯了服从命令，性格上又不好意思拒绝人，便勉强答应了这件事儿。

吴志强选择中午两点多回家，凭他的经验，这个时间人们大多吃完饭在家里睡觉，路上见不到人，再早有可能遇到买菜和干完活儿收工的人；再晚人们午休完又该出去干活儿了，只有刚吃完饭这段时间，天气太热了，谁也不愿意出来。

果然路上没有人，只有白花花的阳光，水银一样到处流淌，整个村庄静悄悄的，声音都好像被融化了。吴志强庆幸自己这个时间选对了，拐进自家巷子里时，门洞里卧着的狗翻起眼来望了望他，又耷拉下眼皮吐着舌头喘气，口水吧嗒吧嗒流了一地。吴志强一进院子，看见爸爸捂着腰一瘸一拐出来上厕所。父子俩的眼光一对，都有些恍惚。汗出如浆的吴志强马上像被浸到了井水里面，浑身发凉。

他奔上去问："爸，你的腰怎么了？"

"唉，扭了一下，不碍事。你怎么回来了？"爸爸反问道。

吴志强出了事儿一直没和家里讲，他知道讲了家里也帮不上什么忙，还徒增烦恼，不如直接回来让他们面对事实，不接受也得接受，难受几天就没事儿了。

爸爸没有等吴志强回答，就又接着问："放假了？"然后眼巴巴地望着他，等他确定。

吴志强心里难受，爸爸还是像以前一样糊涂，保安公司五黄六月放什么假？他不敢看爸爸的眼睛，低下头狠了狠心说，他不去了。

"啥？"爸爸一只脚跳起来，大概牵动了伤口，马上"哎呀"着弯下腰。吴志强去扶他，他甩开吴志强的手，往厕所走去。一条从地里窜出来的黄瓜蔓子挡住了路，爸爸粗暴地用劲儿一扯，要把它扯断，蔓子连着架子，一大片倒了。吴志强喊："爸爸。"爸爸不理他，进了厕所。吴志强叹口气，以前爸爸看到窜出来的黄瓜、豆西葫芦蔓子总是小心地把它架到架子上。

吴志强进了屋子放下行李，却发现妈妈没在，屋子里乱糟糟的，炕上扔着一堆没洗的衣服，桌子上摆着没洗的锅和碗，苍蝇在上面乱飞。有几盆洋绣球、九月菊、吊金钟多日没浇水，干巴巴的快旱死了。吴志强用瓢舀了些水，浇在这些花上面，吸了水，几分钟后，这些花的叶子好像挺直了许多。柜子上、家具上都是土。一股股扑鼻的臭味儿从窗户钻进来，让人想吐。

吴志强马上后悔自己回来，他出了屋子站到院子里喊："我妈呢？"厕所里没有反应，臭味儿却更浓烈了。吴志强循着臭味儿出了院子，房子前面那块空地上盖了几间简易棚子，里面传来猪哼哼的声音，恶臭正是从这里面传过来的。吴志强感觉阵阵绝望，几年前他就建议爸爸把这块地方买下来，和院子搭在一起，种菜也好，种果树也好，可是现在却有人养了猪。

吴志强一刻也不想在家里待了，他害怕朋友们来家里，一过来就闻到猪粪味儿。

爸爸终于从厕所里出来，腰佝偻得更厉害了，他几乎是挪到黄瓜架子前，扶刚才弄倒的东西。吴志强心软了，跑过去说："我来弄，你歇歇吧。我妈呢？"

"粮站。"

"我妈去了粮站？"

"今年营生不好找，铁矿倒闭之后，许多人在家里坐着。粮站正好要上货，我这腰……"爸爸揉了揉腰，"你妈怕别人顶了，她先顶上去了。"

"我哥呢？"

"还在粮站。"

吴志强用拳头捶了捶脑袋，血往上晕。"我去找她回来！"

"你去干啥呀？我去！"

吴志强去粮站的时候，街上还是空无一人，但那种着了火的感觉越来越厉害。在北京，在天安门，无论什么时候，都挤满了人，这个点儿虽然热，还是人挤人，人们打着伞，戴着遮凉帽，喝着冷饮，往一起扎堆。吴志强越想火越大。

进了粮站大门，刷成白颜色的粮仓没有使吴志强感觉半点儿清凉，反而觉得这些东西纸一样要烧起来。他一直往里走，在库房那儿一下看见了妈妈，然后是哥哥，以及村里其他的几个在装卸队的人。他们踩着颤悠悠的木头板子往车上装粮食，男人们都是每人一麻袋，扛在肩膀上往车上送，只有妈妈背着多半袋子，用手紧紧抓住麻袋口，背弓得虾一样抵住不让它滑下去，走到板子上还晃悠悠的。

吴志强几步跑过去，冲哥哥喊："你怎么能让妈妈扛麻袋呢？"

妈妈转过脸来，发现了吴志强，她睁了几下眼睛，发现真的是小儿子，虚弱地问："你怎么回来了？"

"我不去了"这句话在吴志强嘴边滑了一下又掉进喉咙里，他说："我有别的任务，回去再说，我来帮你。"吴志强把妈妈扶到屋檐阴凉处坐下，自己去扛麻袋。

那几个装卸工看见吴志强过来，每人都问了一句"志强回来了"，然后继续干自己的活儿。哥哥有意走在他前面提醒，小心点儿，一麻袋二百斤呢！吴志强还在生他的气，哼了一下。

吴志强觉得自己年轻，又受过训练，肯定比这些装卸队的人强。开始还轻松，看着前面哥哥被汗水湿透的背心一心想把他比下去，可是干了一会儿，便发现自己想错了，首先是腰几乎要折断了，然后每次麻袋上到背上都感觉一座小山压上来，短短的仿佛三四步就可以跨过去的板子，背着粮食越走越重，最后几步简直怎样也走不到。中间妈妈几次要换他下来，吴志强咬着牙拒绝了。一辆车装完的时候，吴志强以为这些人要歇一歇，可是他们像钟摆一样，继续按以前的节奏装第二辆。

吴志强终于明白了爸爸和哥哥每天是怎样过来的，为啥他没有考上大学爸爸想办法要让他去参军，没有参了军又让他去当保安，希望他能在北京待下去。他后悔前几天的鲁莽。后来随着身体的疲惫，吴志强感觉自己的身体变成了钟摆，心脏也变成了钟摆，大钟套小钟，但节奏完全不一样，而且不像哥哥他们是用精钢或什么金属玩意儿制成的，他觉得自己随时会散架。

那无比漫长的下午过去之后，吴志强不知道自己的衣服被汗水浸透几次，干了几次，又浸透几次。装卸队的人们终于收了工，他们互相嘱咐对方晚上回了家好好吃一顿，用热水泡泡脚，有个家伙还笑嘻嘻地说儿子想吃猪蹄，给他买一个。吴志强不知道他们哪里来的劲头，他跟着哥哥往家里走时，街上的人多了，商店里都亮着灯，有的人扛着锄头从地里回来，木匠们带着叮当作响的工具收工了，有的人端着碗在门口吃饭，有的大概已经吃过了，聚在路灯下打扑克，不时有几个小孩骑着自行车胡乱追逐，也有摩托轰鸣着驶过……熟人们看见吴志强，都露出惊讶的目光问他啥时回来的。吴志强累得要死，但脸上装出笑容说："有点儿任务。"吴志强打定主意不再提自己从保安公司回来了，从明天开始，他调查队长介绍给他的任务，他庆幸队长给他介绍了这份工作。

回到家里妈妈已经做好饭，炒了一盘肉，其他的都是吴志强爱吃的菜，碗托、新鲜的凉拌黄瓜、地皮菜炒鸡蛋、茄子蒸土豆，但是那股恶臭弄得他不舒服。吴志强问，为啥门前那块地弄成了猪圈？爸爸说，王三毛买下那块地，没别的干，养了猪。

王三毛不是做豆腐吗？吴志强眼前出现一个脸膛通红，留着长头发的老实的中年人。他几乎总是在干活儿，除了种地，每天早上四点钟起来就做豆腐，做好后用两只大铁皮桶带着走村串户去卖，卖完再去地里忙活，第二天早上起来再做豆腐。可就是这样勤快也娶不上媳妇，到了三十岁，买了个四川女的，过了几年，女人给他生下两个孩子，大概嫌日子过得又苦又穷，跟上人跑了。

他老婆回来了，大概跑出去也不好过，可是回来又嫌他没钱，隔三岔五吵架。王三毛没别的本事，就买了那块地，养了几头猪，没人看着，前段时间还被偷了两只，损失了好几百。爸爸感叹。

吴志强不好再埋怨了，嘟哝着说："可是咱家里太臭了。"

妈妈问："你回来住几天？"

吴志强说待一段时间，他们队长交代了他个任务，得忙活一段时间，如果干得好，就不回保安公司了。

爸爸警觉地问："什么任务？"

吴志强回答："是个很庞大的工程，调查人们去过天安门没有。"

哥哥问："一天给你挣多少钱？还是按调查人数给钱？"

吴志强说："一天一百，如果干得好，可以商量按人数结算，调查一百个多少钱。"

哥哥羡慕地说："这活儿不错，挺轻松，一天一百也不少，现在当一天小工才八十，就是不知道能不能干长。"

"当小工不是一天一百二吗？"吴志强问。

"那是以前，现在铁矿不行了，人们都没活儿干，一天八十还找不下活儿。"哥哥回答。

爸爸说："铁矿倒了就倒了，那么多人得了矽肺病，我看再让他们开，先得把环境整治好，像上面要求的那样，给工人配好各种装备。"

"哦！"吴志强不知道村里变成了这样，他说，"在北京，到处都是人，总是看见各种各样招工的信息，我还以为现在缺人工呢。"

爸爸有些不好意思地说："志强能不能和你们队长说一下，我和你一块儿去调查，村里人我比你熟，一天给我五十就可以了。天安门是每个人都向往的地方。"

吴志强忙说："爸爸你歇着吧，等你腰好了再说。"

爸爸说："那你给人家好好干，这活儿我看不赖。"那天吴志强先把自己家里的人调查了一遍，尽管以前知道家里人除了他之外没有人去过天安门，但是正儿八经调查后还是吃了一惊，不光现在的家里人，除了他，爸爸这边弟兄几个，妈妈那边兄弟姐妹五六个，去过天安门的只有一位，还是当年毛主席接见红卫兵时去的，可是那位舅舅是县城的，不属于他现在的调查范围。吴志强暗暗后悔自己在天安门巡逻时，竟没有邀请爸爸妈妈去天安门参观一下。

第二天，吴志强按生产队开始调查。说来奇怪，生产队解散几十年了，村里上点儿年纪的人记事还是按生产小队划分，你是几队的，他是几队的，爸爸当年所在的生产队是三队，所以现在他说话还经常是我们三队怎样怎样，平时那些与他往来比较密切关系好的人，也都是三队的。吴志强就从三队开始，因为这个队的人他熟悉，容易打开局面。

一天下来，吴志强调查了三十多户，这些户主大多与爸爸年龄差不多，也有比他大十岁二十岁的多少年来一直没有分家。结果出人意料地一样，没有去过天安门。只有两户人家有点儿例外，一户开煤厂，这些年挣了钱，男人却得了肺癌，家里人陪他去北京治疗，他，还有老婆、两个儿子都去天安门看了一下；一户的儿子八十年代结婚时，正赶上旅游结婚时髦，选择带新娘到北京旅游，看了天安门。

吴志强想的进度本来比这要快，不就是问句话吗，内容也不复杂。但是这么多年过来，这些当年同一个生产小队的人许多重新批了屋基地，盖了新房子，住得七零八落，找他们的住处就得花好长时间。而且都是当年他熟悉的叔叔大爷爷爷，去了哪家也得坐会儿，拉拉家常。吴志强想，是不是按照住的地方调查会快一些，这样可以挨家挨户问。他正琢磨着，李颖找他来了。

见到李颖，吴志强有些吃惊，当年她上完初中就去读什么艺校了，后来听说进了一个歌舞团。他从来没有看过李颖表演，但听说她的歌唱得特别好。有一次吴志强收拾旧东西，从个发黄的纸袋里倒出一堆相片，都是一寸黑白相片，里面有张李颖的，她梳着两个小辫，眼神十分清澈地望着前方，嘴唇微微张开笑着，雪白的牙齿使整张相片不受时间干扰亮了起来。相片背面用圆珠笔写着李颖两个秀丽的字，吴志强嗅了嗅，仿佛还有种特殊的清香。他把那张相片专门夹到一本书中，可惜后来忘记了夹在哪本书中，怎样也找不到了。

好多年没见，吴志强还是一眼认出了李颖。他望了望屋子里，比昨天好了点儿，还是凌乱，但是前面猪圈里的臭味儿，却仿佛比昨天更浓烈了。李颖进了屋子和吴志强家里人打招呼，吴志强爸爸捂着腰躺炕上，使他脸有点儿发烫。等李颖打完招呼，吴志强赶忙领她进了自己的屋子，看到早上叠得豆腐块一样整齐的被子，吴志强松了口气，但猪圈里的臭味儿还是很冲。他关了窗户，打开风扇，一阵幽香从李颖身上传过来，吴志强的心跳有些加速。

李颖大大方方从包里掏出一个盒子说："来得匆忙，只给你带了点儿小礼物。"吴志强忙摆手说："别。"打开之后，是块小石头吊坠，黑色的拇指头肚子大小的石头上有两圈筋脉一样凸起的红色圆圈，像个人脸。吴志强觉得挺新颖别致，忙说谢谢。李颖说这是阿拉善筋脉玛瑙。吴志强从来没有听说过这玩意儿，但是挺喜欢，想回送她个什么东西，想了半天，他回家的时候，朋友送了他个用子弹壳粘的飞机比较稀罕。吴志强把它拿出来送给李颖。李颖把它捧在鼓鼓囊囊的胸前笑了，她的牙齿那么白，好像从照片上浮了出来。吴志强手忙脚乱地给她倒水，倒得太多，溢了出来，流在手上，他没有感觉到烫。

李颖笑吟吟地说："听说你这次回来搞个很庞大的工程，调查人们去过天安门没有，我明天和你一起去吧。"

吴志强没想到李颖这么快就知道了这件事儿，他抓了抓后脑勺说："这个事儿？"

李颖用脚踢了一下他的凳子。

吴志强仿佛顿时回到了从前，李颖坐在他后面，问他题或者让他干什么时总爱踢他的凳子。今天李颖穿着双肉色高跟凉鞋，没有穿袜子，十个涂成金色的脚趾甲都像在争先恐后说话。吴志强几乎不再思考，马上就答应了。

李颖端起杯子来，抿了一小口，高兴地说："明天我几点来找你？"

吴志强说："八点。"马上又说："八点半吧。"

李颖站起来与他握手。吴志强发现李颖做了眉毛，又弯又细，但是颜色有些发红，再仔细看，眉根子那儿黑倒是黑，但是颜色特别生硬。

李颖走了之后，吴志强感觉屋里太热了，马上打开窗户，猪粪的味儿又冲了进来，李颖留下的香气马上闻不到了。吴志强想李颖还是不做眉毛好看，但是他想不起李颖原来的眉毛是什么样子了。他翻开书找李颖的那张相片，半天也没有找到，奇怪的是他们一起的毕业集体照也找不到了。

第二天八点钟吃完饭，妈妈和哥哥就去装麻袋去了。吴志强收拾完桌上的东西，看见时间还不到，把屋子里整理了一下，把不要的东西都扔到了外面，把所有的家具擦干净，地拖了三遍，倒出几盆脏水之后，水泥显出原来清亮的颜色，屋子里凉爽透亮了许多，只是猪粪味儿没办法。吴志强想，要是王三毛转手卖这块地方的话，他一定让爸爸买下。

到了八点半，李颖从门外探进头来，吴志强赶忙出去，他一眼看见李颖做过的眉毛。在早晨明亮的自然光下，这两道眉毛格外不自然，把她整个人的形象拉低了几分。吴志强心里叹了口气，何必呢？但他又窃窃自喜，觉得这样自己与李颖好像近了点儿。长久以来粗粝的生活让吴志强明白了生活中那些最好的最完美的东西不可能属于他，它们属于另一类"成功的人"，最起码不是靠出卖力气的人，而漂亮的异性肯定是所有东西中最难得的，自然不会属于他。

李颖挎着一个市面上正流行的黑色皮面双肩包，穿着有纽百伦"N"字标志的白色运动鞋，浅蓝色亚麻长裙，白色无袖T恤，既精神又有职业味道。吴志强与李颖走过两条巷子后，猪粪的味道闻不见了，吴志强心里舒坦了些，看到李颖胳膊上淡黄色的绒毛，觉得两人好像又近了些。

　　李颖问："从哪里开始呢？"吴志强说："还是三队吧，昨天我就从三队开始的，把三队的调查完，咱们换种方式，按人们住的地方调查。"接着他和李颖讲了需要调查的内容，真的是简单，几句话就讲完了。讲着，吴志强想这可能是队长在照顾他，根本没有这么一个老总。他想起798那些创意十足的现代艺术品，与它们相比这份工作太简单了，根本不需要两个人来干。吴志强望了望李颖，她的目光正注视着前方，睫毛又长又黑，而且是真正天然长成的！

　　"你看啥呢？"李颖问。吴志强忙收回目光说："快到了。"心里有种欺骗李颖的感觉。他不知道几天、十几天过去之后，调查完村子里的人，队长会不会接着让他调查镇上其他的村子。如果真有这么个老板，有李颖陪伴着，倒也不错。

　　有了李颖的配合，调查明显快了许多，每次吴志强张口询问时，李颖已经准备好记录，李颖写字速度快，字又好看，吴志强想起那张相片背后的字。几户调查完之后，他们配合已经非常默契了，李颖的发丝不时碰到吴志强的皮肤上，痒痒的很舒服。半上午时，太阳比较毒了，李颖包里居然带着伞。吴志强在天安门的时候，看多了打伞的女孩儿，但是他仍然不习惯在太阳下打伞，在他的观念中，伞这种东西是专门为雨天准备的，大太阳下打伞，总觉

251

得有点儿奇怪。现在李颖把伞撑开，开始吴志强还觉得别扭，这是在村子里，也不是在天安门，可是伞一遮到头上，他马上觉得炽热的太阳离他好像远了，甚至属于另外一个世界的东西，他觉得还是打上伞好。两人不时触碰一下，李颖的身子软软的，头发和身子的香味儿不住往吴志强鼻子里冲，吴志强觉得不是在工作，简直是在度假，他有些享受了。李颖时不时还哼首歌，声音不高，却像有什么东西在吴志强心头扒拉。她唱一会儿转过头来问吴志强："你喜欢听什么歌，我唱给你听。"李颖的嘴唇涂得像一朵盛开的牡丹，一说话，嘴里有香气飘出来。吴志强说："好，唱啥都好，唱你拿手的。"真的，李颖唱什么歌都好听，吴志强觉得比许多舞台上的歌星唱得好多了。

许多熟人看到吴志强和李颖在一起，目光笑眯眯的，李颖不解释，吴志强也不解释，心里却很舒服。

中午时李颖说："咱们别回家了，我请你吃饭，吃完继续调查。"吴志强马上说："我请你。"

他们选择了紧挨108线的一家熬鱼店。菜还没上来的时候，吴志强不好意思老盯着李颖看，他把头扭向窗外，国道上车少得可怜。李颖说："铁矿好的时候，拉铁矿粉的'二拖三'一辆接一辆，一眼望不到边，宝马、奥迪、奔驰、路虎、凯迪拉克等各种豪车像开车展。现在县里想发展旅游产业，把咱们的雁门关好好打造一下，雁门关开发好了，咱们这儿又会热闹起来，毕竟是天下第一关呀！再说发展旅游对谁都好，国家支持，老百姓也积极。"

吴志强"嗯"了一声说，旅游确实是现在的朝阳产业，全国各地到处都在加紧发展旅游业呢！他想起天安门前数不清的来旅游的人们，要是到时有五分之一，不，哪怕十分之一、二十分之一的人来他们这儿来旅游就好了。他想起哥哥说的现在铁矿不行了，人们都没活儿干，一天八十还找不下活儿，想问问李颖这些年都经历了什么，可是又不敢问，怕引出不愉快。

李颖却先问他了："吴志强，听说你这几年混得不错，北京毕竟是一线大城市，机会多，你爸说你想在北京待下去，要是这次调查工程搞好了，你也有可能不回保安公司？"

吴志强的脸有些发烫，他忍不住想把北京发生的事情讲出来，这些天憋得太难受了，但是看到李颖扑闪扑闪期待的大眼睛，他把话吞回去，点点头说："这项工程很有意义，你想北京是什么？天安门是什么？它们的象征意义不一样啊！调查清楚多少人去过天安门，"他脑子里灵光一现，"是为国家下一步决策提供依据，现在刚开始，保密啊！"

李颖一笑，点点头说："我知道，敬你一杯！"

吴志强感觉自己酒量不错，半斤以内不在话下，假如一起喝酒的人好、酒好、状态好的话，超过半斤一般也能应付下来！今天首先是人好，自己状态也好，可是不知道咋回事儿就喝多了，李颖招呼结账的时候，吴志强要抢着付钱，被桌腿绊了一下摔倒了，然后他就开始呕吐，吐完，李颖好像递给他块纸巾，还给了他杯温开水漱口，吴志强头晕腿软得找不着北，不住地问："怎么今天就喝多了？"李颖扶着他去客房，他身子软得不住往李颖身上靠，有一次头耷拉到李颖肩膀上时，好像轻轻在她脖颈上吻了一下，但喝醉了酒的人谁记得清楚呢，还可能是幻想。但吴志强清楚地记得，李颖脖子上有细细的绒毛。

吴志强一觉醒来，窗外一片红光，他头疼得厉害，不知道自己在哪儿。想了半天，才慢慢回忆起中午的事情，想起李颖，想起调查，赶紧翻身下床。李颖跑进来。她说："我听到动静过来了，没事儿了吧？我已经把三队剩下的调查完，还从会计那儿把咱们村的户口复印了一份。"

吴志强胸口一热，说："对不起，吃饭花了多少钱？我还你。"

李颖说："你还和我客气？"

他们沿着108国道往家里走，火烧云像把国道上的一切烧了个干净后又翻卷到天上去了，偶尔有辆拉东西的三轮车突突驶过，车不见了，那突突的声音仿佛还在耳边回响。吴志强说："真安静啊！"一阵风突兀过来，把地上的一片叫子卷得翻了个个儿，又不见了。

拐进村子的时候，红光中出现一个巨人，再往前走，吴志强看清楚是王三毛，他骑着破自行车，后架上带着两个大白洋皮铁桶，咣当乱响。吴志强想到家里的猪粪味儿就是他弄的，没有理他。李颖却问："三毛豆腐卖完了？"王三毛叹口气："还剩几块，再出去转转。"王三毛拐到108国道上后，吴志强又闻到了猪粪味儿，妈妈从前面的那道坡上走过来，她的腰好像有点歪，腿好像有点儿瘸，走得那么慢。吴志强怎样看妈妈也有点儿不正常，内疚涌上来，他对李颖说："明天见。""还是八点半？"李颖问。吴志强迟疑了一下回答，还是八点半。他朝妈妈跑过去。

晚上，吴志强把调查结果看了一下。五十户人家，二百多口人，居然只有三户去过天安门，两户人家是孩子考上了北京的大学，家里人送孩子去学校，顺便看了下天安门，每家还都是一个家长去送的，所以每家只有两人去过天安门；一户人家还是看病，看了天安门。

熟悉的天安门陌生了起来，吴志强想，天安门到底是谁的天安门？

接下来的一天，吴志强和李颖按照住户的位置开始调查，他们从村子北边紧挨 108 国道的住户开始。一个村子里的人，吴志强竟有许多不认识，而奇怪的是李颖和谁都好像熟。吴志强想李颖初中毕业就上了艺校，怎么会和村子里的人这样熟悉？幸亏有李颖的帮助，调查很顺利，遇到个别性格比较古怪的人，不愿意配合，李颖总是笑吟吟地和对方拉几句呱，就慢慢把事情办了。这时吴志强想起 798，觉得自己干的也好像一件行为艺术——你去过天安门吗？

越调查，吴志强越难受，还没有调查完，他就猜出了结果。自己原本以为人们都很熟悉的天安门，村里竟然 90% 以上的人没有去过，而去过的基本有两种，一种是送孩子去北京上大学，一种是到北京看病，还有个别的是到北京旅游结婚，只有两户人家全家到北京旅游过，去过天安门，一户是村里的老师，另一户是开饭店的。

吴志强想，不调查不知道，一调查吓一跳，队长这位朋友干的真是一件有意义的事情，这时他无比盼望队长真有这么一位朋友，真愿意把这件工作开展下去。吴志强想，国家知道了多少人民没有去过天安门，会不会按省按市按县按村，或者根据年龄段，有序组织大家去参观天安门？毕竟这里是每个人都向往的地方。吴志强眼前天安门景区的人群变了，不是那些打着遮阳伞的太太小姐，也不是操着鸟语的大腹便便戴着金链子的中年人，也不是叽里咕噜说着听不懂话的各国游客，他们是中国最普通的老百姓。这是多好的福利，多么大的一项产业。

吴志强也想到，那些离北京更近的地方，比如天津、河北的普通老百姓，应该去过天安门的比较多；还有那些经济发达的省市，比如广东、浙江、江苏、上海的老百姓，去过天安门的也应该比较多，他在执勤的时候，就经常听到广东话和浙江话；当然也有些更偏远省市的老百姓，可能一辈子都没有走进过县城，根本不可能去过天安门。他希望自己的调查早点结束，再去调查整个镇上和县里的，这样更有普遍意义，他也希望队长的朋友知道他的调查结果后，在全国迅速展开全面调查。

十几天下来，调查工作渐渐接近尾声，也进入更麻烦的阶段——有些户口在村里的人不在村子里住着。幸亏李颖找来了户口复印件，否则恐怕就有遗漏。对于这些人，他们能见到本人的尽量见到本人，见不到本人的，就想办法找到他的电话，打电话询问；还有些找不到电话，或者不方便打电话的，比如因为聚赌正在监狱服刑的，让他家里人帮着回忆，最后再签字说明。

调查工作结束了，虽然不敢说100%准确，但肯定99%准确。简单的一项调查工作，让吴志强知道了许多以前不曾思考过的问题，他觉得自己有必要亲自把调查报告交到北京，最好能见见队长那位朋友。

去北京的前一天晚上，吴志强请李颖吃饭，庆祝他们合作成功，顺利完成了任务。

　　还是在108国道旁边找了家饭店，两人又点了酒，但吴志强怎样也不敢多喝，怕喝多了。十几天时间，已经从夏天进入秋天，夜风从窗户吹进来，有些凉。108国道还是冷冷清清，偶尔有辆没有上高速的小车驶过，给吴志强的感觉像受了惊吓仓皇失措走错路的小鸟。吴志强想，国道上车少，也许都走高速去了，现在人们都讲究快。

　　李颖仿佛猜到他想什么，说要是以前铁矿好的时候，现在这时108上大车一辆接着一辆，明亮的车灯首尾环绕，看不到尽头，半山腰上的矿厂也都亮着灯，像挂在夜空的星星。吴志强朝半山腰望去，黑乎乎的没有半点儿灯光，他有些伤感，想握住李颖的手，寻找一种踏实的感觉。吴志强想李颖的手一定很软，很温暖，可是他不敢行动，怕李颖拒绝，他不知道去了北京下一步会怎样。

　　吴志强和李颖闷闷地喝着酒，都不敢多喝，李颖仿佛也有许多话要说，但没有说。大概总共喝完六两酒之后，李颖说："我给你唱首歌吧。"这次她没有征求吴志强的意见，唱起了李叔同的《送别》："长亭外，古道边，芳草碧连天。"听惯了"送朋友，踏征程，耳边响起驼铃声"的吴志强，听到这首歌，心里一颤。

　　歌声落下，饭店里只剩下他们这一桌了，生意真是不好。李颖说："咱们回吧，你明天还要去北京，早点休息。"吴志强过去关了窗户，关的时候他想起这是饭店，不是他家里，但还是把它关了。

　　出了饭店，108国道上黑乎乎的，远处的山腰也是黑乎乎的，只有李颖的眼睛亮晶晶的，闪着光，吴志强突然想摸摸李颖的眉毛，到底是不是真的，但没有动手。李颖看到吴志强望自己，问："你看什么？"吴志强说："要是旅游开发成功了，山上又会像银河一样亮，雁门关不是在那儿吗？"他用手指了指远处黑暗中的一块地方，想起晚上天安门前璀璨的灯光，也许真的比白天都亮。

回到家里，爸爸说他的腰好了许多，明天可以去粮站了。吴志强劝他再歇几天，等腰完全好利索了再去。妈妈说她这几天已经习惯了。可是爸爸根本不听他们的，反而为了证明自己的腰好了，要把水瓮搬起来。妈妈呵斥他有二分半颜料就想开染坊，爸爸呵呵笑着提着一桶泔水出去倒，吴志强心里轻松了些，他想只有自己有了大出息，挣下怎样花也花不完的钱，爸爸妈妈可能才会放弃干活儿，但他又一想，不让他们干活儿他们会闷死的，两个人辛苦了这么多年。

第二天，吴志强带了几个妈妈给他煮的鸡蛋，一早往火车站赶。在村口遇到王三毛，带着两大桶豆腐吃力地上坡，背深深地弓下去，像背着麻袋的妈妈，衣服上有块褐黄的东西，不知道是猪屎还是猪饲料。吴志强帮他推了一把，王三毛上了坡，回过脸来朝吴志强笑了一下说谢谢，吴志强脸一红，快步朝前走去。

没想到火车站这么多人，与空荡荡的公路形成鲜明对比。在人群中，吴志强突然看到李颖，在那么多人中，她像鹤立鸡群，一下子就看到了她。在吴志强看到李颖的同时，李颖也看到了他，他们同时向对方走去，然后两个人的手握到一起。李颖的手不像吴志强想的那样温暖，有点儿发凉，还出了点儿汗。吴志强仔细地握着，用手指轻轻抚摸着李颖的手掌纹。检票口的门开了，人们拖着大包小包的行李朝站台挤去。李颖松开吴志强的手，抬起头来，吴志强也抬起头来，望着李颖，他忽然用手指轻轻摸了摸李颖的眉毛，朝检票口走去。吴志强没有想到自己的动作是那么自然，李颖的眉毛毛茸茸的，摸上去像毛笔在手指上划了一下。

吴志强没有回头，十分钟后，火车进站了。

立秋，北京还是很热，树丛中蝉"热热热"的叫声不停地传来，通过它们的叫声，热气好像被放大了，熏得人头晕脑涨。

吴志强来到天安门，到处都是拥挤的人群，光卖旅游地图的大概就有几十个，不时拦住他递过一张来。吴志强感慨只离开北京十几天，这里已经不属于他了，除了朋友们，大概没有人能认出他。一刹那间，他恍惚起来，怀疑自己的调查报告搞错了，天安门这么多人！但马上他摇摇头，让自己清醒过来，那可是自己和李颖一户一户认真调查过的。

晚上，队长和朋友们请吴志强喝酒。几杯过后，吴志强激动地谈起这次的调查结果，他说调查之后发现他们那儿90%以上的人没有去过天安门，天安门可是祖国的心脏！朋友们敬他酒，他端起杯子喝掉，喝完之后继续讲天安门。朋友们敬他酒。吴志强端起杯子喝掉，喝完之后继续讲天安门……喝着喝着慢慢乱了，大家和周围的人各自聊开别的事情，吴志强固执地一次次打断别人说的话，希望大家都注意他讲的内容。

他拉着队长的手，说一定要让他的朋友把这件事情进行下去，搞清楚全国到底有多少人没有去过天安门，这是非常有意义的事情！

说到后来，吴志强自己端起杯子把酒喝掉，一遍遍重复说过的话。队长使个颜色，朋友把吴志强杯中的白酒换成凉水。吴志强依旧隔一会儿主动端起来喝掉，已经分辨不出喝的是水还是酒，但仍然说着自己要说的话。

队长说："吴志强你喝多了。"

吴志强眼睛亮亮地说："队长我没有喝多，不信我把这杯干掉。"端起面前的白水喝完。

队长拿出一个信封说："这是给你的劳务费，已经给你订好宾馆。"

吴志强说："我不要钱，我要继续调查，和你那个老总朋友说一说，让他支持我，这是一件很有意义的事情。"

队长和朋友们把吴志强送到宾馆后，他依旧闹腾，渐渐地他已经分不清房间里还有谁，只是觉得眼前有人晃，还是翻来覆去说着那几句话。

半夜里吴志强喉咙干得被渴醒，才发现自己衣服还没有脱。他洗把脸，烧了壶水，脱光衣服，发现枕头边放着个信封，里面有三千元，昨晚的事情一幕一幕慢慢想起来。

电热壶大概坏了，蜂鸣器叫过之后还没有自动断电，依旧咕噜咕噜响着。吴志强任由水壶响着，拉开窗帘，楼下有洒水车响着轻柔的音乐缓缓驶过，看了看表，三点十分。吴志强把三千元装进信封里，摔到地上；拾起来放到桌子上，摔到地上；拾起来放到原来的枕头边，摔到地上……

电热壶啪地发出爆炸声，水烧干了。吴志强拔掉插头，把三千元钱掂了掂，放进包里，拉好拉锁。再看表，快四点了。吴志强把脱下的衣服该挂的挂起来，该垫的垫整齐，漱了漱口，重新拉好窗帘，躺在床上时，窗外传来鸟叫声。他打开手机百度，天安门5：20升旗。吴志强把闹钟调到4：30，他想还能睡半小时。

4：29吴志强醒了过来，等了一分钟，闹钟响了，吴志强起床，洗脸、刷牙、穿衣服。到了天安门广场，已经有了许多人，吴志强随着人流往广场中心走去，很快人们把升旗的地方围得水泄不通。

仪仗队进来了，国歌奏起来，无数手机在拍照，吴志强站得笔直地盯着缓缓上升的五星红旗，知道自己也许再也不会来北京了。

升完旗，人流向四处散开，吴志强忽然一阵恶心，他知道坏事了，自己要吐。以前喝多了，也是吐过之后，第二天醒来还要接着吐，直到把肚子里的东西都吐干净才没事。吴志强赶忙捂着嘴找厕所，幸亏他对天安门熟悉，到了厕所，终于忍不住了，呕吐物箭一样射出去。

吐完之后，吴志强头晕目眩，他挣扎着在天安门东乘上地铁1号线，在大望路站换乘了14号线，坐了6站，在望京南站下车，从B1出口出去，步行了1.5公里，到了798艺术区门口。吃了半笼包子，喝了一碗稀饭，舒服多了。

吴志强从酒仙桥4号大门进去沿着通道直走，来得有些早，很多店还没有开门，尤伦斯艺术中心正好办展览，吴志强参观了一会儿，出来后一家画廊吸引了他。画家画的都是抽象的人像，每一张都很有爆发力，像要从纸面上跳出来，画家却很安静，而且是个孕妇。吴志强问了几幅画想表达的主题以及价钱，画家一一耐心地回答，吴志强盘算了半天，买了几张她用自己的画做成的明信片，挑了一张，寄给李颖。

吴志强又走到望京南站，乘坐 14 号线，在大望路站换乘 1 号线，到了天安门。中午天安门广场的人更多，吴志强想这些人都不怕热，天安门真是每个人向往的地方！他沿着以前巡逻无数次走过的路往前走，忽然看到一辆吉普车从长安街的便道上冲进天安门广场，撞翻几个人，朝金水桥这边驶来。

吴志强一个激灵，有问题！

他跃到路中间，对着迎面驶来的吉普车摆着手喊："停下！停下！"吉普车没有停，笔直地朝吴志强撞过来。吴志强一躲，抓住车把手，车从他腿上碾了过去。吴志强倒下的一刹那，看到红旗飘了一下，他想一定请爸爸妈妈来看看天安门，它是每个人向往的地方。然后他看见吉普车冲上金水桥，撞断桥栏，腾起一片火光。

补天余

第一次看见卖石头的，是二十年前。

那时我在一个叫古城的村子里当老师。县志记载这里战国时期是长城要隘广武城的城址，我在时已经丝毫看不出昔日的辉煌，只有西边存留着一段坍塌的土城墙显示这里似乎重要过。

学校正南有座不知道哪个朝代修建的老戏台，栈板里住了燕子和蝙蝠，每到黄昏时分，成群的燕子啾啾叫着在天空飞舞，而快立夏时，总有些小蝙蝠掉到戏台上，成为学生们的玩物。戏台两旁有两幢后来盖的二层高的楼房，东边是办公室，西边是老师们的宿舍。每天晚上从办公室穿过黑乎乎的戏台往宿舍走时，感觉自己像舞台上咿咿呀呀的历史人物。梦中经常会出现屋梁行走的声音，醒来老鼠在角落里磨牙、咬东西。

那时到处都是石头，路边、田地旁、河床里、山上面，有时吃饭不小心就被石子硌一下，邻村两帮孩子打架，有一个被石头打在太阳穴上，送到医院没有抢救过来。石头是再寻常不过的东西。

有一天，村里终于要唱戏了，而且连唱三天。学生们星期五就放了假。

操场的白杨树前摆满了摊子，卖棉花糖的、卖花的、卖瓜子的、卖碗托的、卖糖葫芦的、卖床单被罩的、卖洗锅用的钢丝球的、变魔术的、套红蓝铅笔的、打气枪的……热闹极了。在这堆人里面，有个人卖石头，一下吸引了我的注意。他长得黑瘦，穿着蓝色带条纹的西服，里面是件红秋衣，留着长头发，大概多日没洗，头油把头发黏得一缕一缕地贴在脑袋上。他的摊子小得可怜，只有一张旧报纸，上面摆着几块石头。当时戏台上正在唱《杨八姐游春》中的一段："我要一两星星二两月，三两清风四两云，五两火苗六两气，七两黑烟八两琴音。"

我蹲下来翻弄这些石头时，正唱到"雪花儿晒干我要二斤"。真是些奇怪而漂亮的石头，从来没有见过这样的，色彩斑斓，又光又硬，有的形状像猪肝，有的像乌龟，有的像层层叠叠的山峰，有块色泽金黄，比手掌大点儿，逼真得简直就是孙悟空。

卖石头的人看见我感兴趣，蹲下来问："你喜欢石头？"我问："这是哪儿的石头？"卖石头的人回答："内蒙阿拉善的。"我指着那块像孙悟空的说："这块石头真像孙悟空！"他得意地笑了，骄傲地说："这块石头在全国奇石展上获过金奖，有人出八百元我没卖。"我吸了口凉气，不敢再问其他石头的价钱。

离开这个摊子很远，心里还有点儿恋恋不舍，便从别的地方绕到一旁，悄悄地打量。可是，除了我之外，似乎再没有人对石头感兴趣，许久都没有人在这个摊子子前停驻，卖石头的人挤在做其他生意的人中间，异常孤独。

戏台上的戏文变了，咿咿呀呀听不懂。我的几个学生在人群里闹腾，有个女生跑过来发现我，指着一位男生大喊着，"汪老师，他欺负我！"那个捉弄她的男生跑过来问："汪老师看戏？"我指了指那个卖石头的人问："你认识他吗？""王二？认识，我们村后街的。"另一个男生正好也凑过来，补了句："是个耍钱鬼。"先说话的男生说："王二被骗了好多钱，前几年跑了，刚回来没多久。""不是被骗的……"戏文又变了，卖石头的人粘在头上的长头发在我眼前晃来晃去。

再来学校时，校门口有户人家正在砌地基，三轮车拉着斗大的青石头往下卸，我问旁边抽烟的男主人："一车石头多少钱？""五十。"想起那块八百块的孙悟空，我吐了吐舌头。

从那之后，我常常想起那些石头。有一天与一位本村的老师聊起王二与那些石头，他爽快地说："还不知道王二卖石头？我带你去他家看看。"

一进王二家院子，首先感到恓惶。半亩大的院子只盖了三间南房，正面的空地上起了几间地基，却没有再往起盖，我想，学生们说他赌博输了钱大概是真的。院子中间没有像一般人家那样种些蔬菜、果树，而是种了几棵葫芦，大概是奇异的品种，没有长熟，个头却已经有一尺大。

王二领着我们去了他放石头的屋子。刚一进去，像走在戏台上，感觉空荡荡的，然后看见地上堆着几麻袋石头，还放着几只发黄的大葫芦。我走到那些石头跟前，都是和他那天在戏场院卖的一样的石头，欢喜涌上来。然而蹲在这些石头前待了半天，却不敢问价钱，怕太贵自己难堪。这时同行的老师说了："王二，这是咱们学校的汪老师，你给他便宜点儿。"王二腼腆地笑着说："没问题，汪老师你放心挑吧。"我便拿起那天看到的那块像猪肝的石头问："这块多少钱？"王二说："你给十块钱就行了。"我有些错愕，没想到这么便宜，便又挑了那块像乌龟的，还有块像小山的，总共下来花了三四十元。临走的时候，王二又送了我一块。他说："汪老师喜欢石头，以后没事儿可以经常过来。"我点点头。同行的老师说："汪老师平时就住在学校里，有时间。"王二笑着说："那常来啊。"

回去之后，把这几块石头擦拭干净，摆在桌子上，越看越兴奋，它们带来种远方别样的气息。兴奋之余睡不着，听见老鼠又在咬东西，便抓起本苏东坡诗集，随手一翻，看到"突兀隘空虚，他山总不如。君看道旁石，尽是补天余"，顿时有种莫名的伤感，于是穿上衣服，来到戏台上。这时整个校园里的灯火都熄灭了，戏台隐藏在黑暗中，偶尔有种奇怪的声音响一下，像睡不踏实的老人。我隐藏在黑暗的戏台上，像没有观众的主角。下面的操场被月光染得一片雪白，远处是灿烂的星空，"君看道旁石，尽是补天余"。"补天余"，我用脚尖一笔一画写这几个字。

和王二慢慢熟了。他果然是赌博输了钱，还不起债，跑到了内蒙。但王二没有跟我讲怎样输的钱，他只是给我讲到了在内蒙给朋友割草。有一天，割着割着，发现地里有些漂亮的石头和自己平时见到的石头不一样，便拾了些带回去。当地的朋友看到他拾回的石头发笑，说附近有座山，山上都是这种石头。王二第二天就去了，果然到处都是这样的石头，千奇百怪，什么形状的都有。王二捡啊捡啊，很快捡了一蛇皮袋子，却弄不动，只好倒掉一半才扛回去。

回去之后王二带了一些石头到城里，居然有人买，于是王二不割草了，专门拾石头。我听着王二的故事入了迷，便想着自己也去拾。王二却说："现在的好石头很难拾到了，山也被当地人承包了，不能随便去拾。"我有些失望，问王二："你欠的钱还清了吗？""快了。"王二呵呵笑。

我跟着王二加入省奇石协会，还去太原参观了全国的奇石展，大开了眼界，明白石头和石头完全不一样。有的比黄金和珠宝都珍贵，有的扔到路边也没人拾。一块普通奇石，没有发现它的好之前无人问津，而要是有人能看出它的好来，马上身价倍增。王二在这些人中间很是自如，他经常拿起一块石头说："看这像不像一匹马，这儿是眼睛，这儿是嘴巴，四条腿是全的，还有条尾巴，你看出来没有？""这块像只鸟。""这块是狗熊。"说这些话时，他眼睛里放射着精光，落魄的样子一扫而光。关键是他一说，还真有那么几分像。他摆的摊子前不断有人围上来，不长时间就卖了几块石头。这时望着他的红秋衣与蓝西服，觉得有种艺术范儿。

我在其他摊位上转悠，看上几块都太贵。转着来到旁边的旧货市场上，发现一套崭新的汝龙翻译的《契诃夫小说集》，一本才五块钱，花了三十五元买下这套书，望着封面上戴夹鼻眼镜的契诃

267

夫，特别亲切、舒服。

回来之后，王二在我心中的印象变了，他不再是头发油腻赌钱输了的农民王二，而是奇石收藏家。

我又从王二那儿买了几块石头，与先前买的几块摆在一起。平淡的生活中有了"山"，有了"水"，有了些"可爱的动物"，与以前似乎不一样了。读着契诃夫年谱，知道二十几岁也可以成为舞台的主角。

我除了去王二家，假期去山上和河床捡石头，可是我们这里的山都是青色的石头山，又不是常年刮大风，形不成内蒙的那种风砾石、沙漠漆、宝石光。河床里也经常没有水，石头干巴巴的，连块比较圆的鹅卵石都找不到。只有一次，我找到块荞面石，背后看像山，正面看像弥勒佛，带回家想加工一下，使它看起来更像佛，便给它刻了两只眼睛、一张嘴巴，没想到石头却没有以前的味道了。

慢慢断了找石头的念头，周围也只有王二一个能交流石头的人，我便把心思花到读书上，只要出门就把钱都买了书。

忽然来了调动工作的机会，我就离开了古城。

后来工作又调动几次，好不容易到了省城太原。

隔几年搬一次家，从王二那儿买来的那些石头被搁在老家的一堆旧物当中，时间长了竟忘记具体放哪儿了。

每换一个地方，几乎都要从头开始，先是兴奋，很快兴奋就会过去，然后焦虑，焦虑又逼得自己不得不全身心去努力。故乡离我越来越远，王二从我的记忆中仿佛已经彻底褪去，偶尔想起那座空荡荡的戏台，飞舞的燕子和掉在地上的蝙蝠扑满视野，最后留下几摊稀黄的屎，更加寂寥空旷。

周末去南宫旧货市场淘书，成了一大爱好。有一次，在一堆旧物中居然发现了抗战时期日本人发行的《山西风景》明信片，有一张是以三浦骏辅画的水彩画——《太原城外濠》为内容的，两座城楼、一段护城河，还有截儿旧城墙。我想起了古城的城墙，城砖没有了，应该收集一抔城墙夯土带回来，否则，若干年后，恐怕也只能在文字和照片里想象了。

有个周末，在一排卖古董旧货的摊子中间，竟然遇到了王二。他还是黑瘦，长头发，已经老花，戴上了眼镜，人显得更加腼腆。他看到我非常高兴，聊了几句，王二知道我来了太原之后，说他也来太原了，边说边掏出一张名片，说他在开化寺古玩城有个门店，让我有空去玩。我接过名片点了点头，没想到这么多年过去，王二竟然在太原开了门店。

打量他的摊子，卖的主要还是戈壁石，但好像不如当年那些漂亮了，也许是我在钢筋水泥里待得久，又多年没有玩石头，兴趣竟不大了。想起当年的那个孙悟空，便随口问道："你当年的那个孙悟空呢？"王二愣了一下，显然没有立刻想起我说的是哪块石头。在他回想的时候，那块像孙悟空的石头清晰地出现在我脑海里，我说："就是你获了金奖的那块石头。""哦，早卖了，只卖了八百，要是留到现在……"王二有些遗憾。我也有些遗憾，还是八百卖了。

以后在南宫就经常遇到王二，我只是简单打个招呼，可是王二每次都特别热情，拉过他的椅子让我坐，还把他喜欢的石头拿起来让我欣赏。可是他说的像这像那的石头我竟不像当年一眼就能看出像啥来，而且在旁边坐半天，经常见不到一个买主，感觉难受。于是慢慢地不想打招呼了，看见他就远远地绕过去。他在开化寺的奇石店我一次也没有去过。后来连续有几个星期在南宫没有见到王二，他是回县里老家了，还是去内蒙寻石头去了？

　　每当夹着淘来的旧书在城市里穿梭时，看到到处都在尘土飞扬地施工。来这座城市六七年了，从来的第一年起，它就到处在施工，从来没有消停过，这几年愈演愈烈。我想自己一直融入不到城市里的原因也许就是它一直在变化，而我的生活六七年间并没有多大变化。这时我奇怪地发现，这么多工程，几乎没有用石头的，都是钢筋、水泥、混凝土，偶尔见到几块石头，都庞大无比，那块漂亮的泰山石在省委大院门口，有警卫站岗；还有的不是在高档小区门口，就是在公园里，我忽然怀念起当初摆在家里的那几块小石头。

　　有一天逛南宫，看到两块小石头对摆着像两个人，其中一个大袖飘飘、器宇轩昂，另一个把头深深扎下去，折服的样子，不由眼前一亮。卖石头的是位老人。我问："这两块石头多少钱？"老人回答："二百。"我问："能便宜点儿吗？"老人回答："不能了，这是我玩过的石头，你看底座都配好了，还是红木的。我现在不玩了才处理，二百是底价。"没想到旁边突然伸出一双手，把石头捧起来说："一百五，我做主了，这是我老乡。"是王二，我竟然没有发现他。我晕晕乎乎地把石头买下，不知道一百五是多还是少，毕竟以前买过的石头一块才十块、二十块。老人问王二："真的是你老乡？"王二回答："怎么不是？好多年前他是我们村的老师。"我忙用方言和王二聊了几句，建议他把自己的石头也配上底座，摆到架子上，那样既上档次又好看。王二嘿嘿一笑，说他这段时间去湖南参加石展去了。

把石头放到书架上，品味半天，想起个名字——授道，马上觉得一百五花得太值了，还拍了几张照片。

又一个星期天，在南宫遇到王二，他还是穿着蓝西服。奇怪，自从见到王二，他仿佛一年四季都穿着蓝西服。记得看过部电影，里面有个科学怪人，买的衣服都是一模一样的西服，每次出门换一件，别人看起来一模一样。王二不可能像他那样买十件、二十件一样的西服。

我停下来，王二和我聊起上周刚买的那两块石头。他奇怪地问我："那两块石头你看出啥来了？它们的皮色很一般，样子也普通。"王二的话音里带着些责备和不理解。

我因为没有买王二的石头，却买了别人的石头，有些不好意思，便掏出手机来让王二看我拍的照片，解释道："它们像孔子和弟子。"

王二摇了摇头，拿起块石头让我看："这像不像一只海豚？这是眼睛，这是鼻子，皮色也好。"

我有些难受，蹲下来看他的其他石头。

王二又拿起块石头说："你看这块像不像眼镜蛇？有七个眼睛呢！"

我接过来看了看放下，不忍心马上走开，在他的一堆小石头里翻起来。一块有红黑黄三色、花纹相间、有裂口的石头吸引了我的注意，拿起来观察，像小丑在张嘴大笑，再仔细看，竟然有"918"三个字，而且"9"跟"1"和"8"离得比较远，像天然的把年、月、日隔开了。我问："这是什么石头？"

"马达加斯加玛瑙。"

想起电影《马达加斯加的企鹅》，我不再犹豫："这块石头我要了。"

王二无精打采地说："给上十块钱就行了。"

这么便宜！我提醒他说："这上面有9·18。"

王二说："一加八就是等于九。"

我不好意思就这样把这块石头拿走，便拿起他刚才说的那块有七个眼睛的石头看起来，棕褐色的石头中间夹着几个豆子大的透明小石块，确实像眼睛，从一个角度看像科幻片中的外星人。我问王二："这是什么石头？"

"埃及玛瑙。"

"我要了。"

王二兴奋起来："刚才有人给我出二百我没卖，现在卖给你，好石头我不想让它流落出去，给了你会好好保存它。"

我心里暗叫惭愧，给他掏钱。

王二说："总共给我二百就行了，那块小石头送你。"

眨眼间便拥有了埃及和马达加斯加的东西，摸摸这块，端详详那块，我好像在沙漠和海洋之间游弋。

生活中又注入些别样的东西，我渴望寻找到更好的石头。

一个下雨的星期天，去了开化寺古玩城。王二正在用橡皮泥捏底座。大约五十平米的店里，除了一条狭窄的过道，桌子上、地上都摆满了石头，靠墙和窗户的地方还都打了架子，一层一层摆放着形状各异的奇石。

我问："生意怎样？"王二说："还不错。我古城那个院子你去过，我盖了五间大瓦房，还把隔壁的院子买了下来，也盖了五间大瓦房，给儿子娶了媳妇。"说这些话的时候，王二脸上绽放出笑容，那黑瘦的脸像涂了一层金箔。我替他高兴，把人生的大事都交代了。我问他来太原几年了。"十年。"王二举起拳头说。

"你看这块石头怎样，像不像个羊头？"王二指着地上一块脸盆大的白色石头问。我看了半天，小心回答："有点儿像。"王二说："有人出到三万我没卖。""你看这块像不像个观音？""这块像不像个关公？""这是我做的满汉全席，做好之后有老板要出十万块钱买。"我听着越来越惶恐，在店里转了半天，拿起一块棕色、拳头大、上下两端形状迥异的椭圆形石头问："这块多少钱？"王二回答："这是块老石头，我好多年前收的，现在找不到了。"我心里一紧。王二却接着说："这块石头没啥造型，你喜欢五十拿走得了。"我欣喜地继续端详，这块石头真有气势，上半面像渐渐漂浮起来已经成形的天空，上面还飘着几朵云块，下半面混沌一片，好像有岩浆、土块、石头、激流等大团东西在翻滚混合，一副混沌初开的样子。

我离开店里的时候，王二说："你要是看对哪块儿，价钱好说。下周在南中环黎氏阁有个奇石展，你有空可以去看看。"我问："你也去吧？""肯定去，我提前去参加酒店里的精品展，星期六就挪到广场了。"我脑海中出现电影里面香港、澳门、拉斯维加斯酒店中举办的珠宝、文物交易场面，美女如云，香气袭人，大腹便便的富商巨贾们举着红酒杯，寻找自己满意的宝贝。

周六的时候，我一早赶到南中环的黎氏阁，摊位刚刚开张，石头的种类真多，灵璧石、太湖石、英石、黄蜡石、寿山石、戈壁石、大化石、陈炉石、古铜石、松花石、古陶石、陨石、海洋玉髓……当然也有王二刚卖给我的埃及玛瑙、马达加斯加玛瑙，但最多的就是戈壁石，摊位成片连着。

看了半天，挑中块十几斤重的大化石，和老板聊得投机，他要送我块搞促销的十元一块的石头。我挑了块个头不小、有点儿像山崖的。来的时候没有带袋子，老板也没有准备，我便到外面的便利店买纸箱子，恰好碰上了王二，他高兴地说："汪老师，我今天买了许多好石头，花了一千多块呢！"我点点头说："我买了块大化石，没法儿带，放在老板那儿了。"王二说："我帮你去瞧瞧。"

到了摊子前，拿出那块大化石，王二啧啧称赞："不错！"我把老板送我的那块也拿出来，王二却非让我换另一块有黄黑花纹的。我说："我喜欢这块石头的山势。"王二说："听哥的，一定要换这块。"他说的时候竟有些发急。我心想反正是送的，拿哪块无所谓，便换了王二看中的石头。王二趴到我耳边说："这块石头图案好，虽然有个地方碰了个小豁口，回去拿到店里哥给你用锉子锉平，配个座卖也很好卖。"我点点头感谢他。

离开这个摊位时，王二有些为难地问我："汪老师，你带钱了吗？我买了货还差人家点儿钱。"我问："需要多少？"王二说："五百。"

王二领我到了他欠钱的老板面前说："欠你的钱我朋友替我还你。"还了之后，王二说："你明天还来吧？我明天还你。"

接着，王二兴奋地问我："想不想看看我今天买的货？"我说："好。"王二领着我去了宾馆，在一个房间门口停住，敲门。敲了半天，没人开，服务员却过来了。她说："里面可能没有人。"王二说："肯定有，我刚出来。"他敲门更用劲了，而且大声喊着某个人的名字。门终于开了，出来一个穿着黑底红花裙子的很胖的女人，她打着哈欠说："困死我了。"我明显感觉这不是王二的老婆。王二对女人说："这是我朋友，他想看看我的石头。"女人没有表情地返回房间，进了套间里面的卧室。

王二从桌子下掏出箱子，里面都是裹着报纸的石头。他打开一个递给我问："你能不能看出来？"我端详半天，他不耐烦了，接过去说："从这个角度看，这不是眼睛？像不像只狮子？"我说："是有点儿像。"王二又拿起一块。一会儿一箱子的石头都看完了，我非常失望。王二却依旧沉浸在他的兴奋中，他说："这些石头大的一块二十，小的一块十块，有块我刚看出来别人就出五百买，我没卖。"他把据说别人出五百的石头举起来，我看不出哪里好。

我看着桌子上摆得满当当的石头问道："这都是你的石头？"王二用手比画了一下说："东边的是我的。"里面有许多放在碗里、盘里像食物模样的石头，想起他的满汉全席，便问："这是你的满汉全席？"王二点点头，显然不想说它们，而是岔开话说："我挑

275

石头那儿还有许多好石头，我帮你挑几块，老板是我朋友。"我松了口气说："我在展位那儿也还看下几块石头，你帮我看看。"我们出去时，那个胖女人没有出来，也没有吭气。

再次回到广场上，天色已经昏暗。王二领着我穿行在亮起灯的摊位中间，不断地和熟悉的老板们介绍："这是我朋友。"并亲热地开几句玩笑。他对一个家伙说："我明天借你点儿地方，把东西也摆出来。"那个家伙说："已经有人先说好了。"王二悻悻地回答："有人先说好就让他占吧，我再想办法。"过了一会儿他再和另一个老板说同样的话，仍然被找借口拒绝。接连找了三四位后，王二脸上的笑容越来越僵硬，我有点儿难受，赶忙说："王哥，我看上几块石头，你帮我瞧瞧。"我拉着他走到陈炉石的展位前，这种石头有点儿像灵璧珍珠石，每块上面都有浮雕一样的漂亮图案，正好有个顾客在交易，拿出一沓钱，王二望着他们，用羡慕的口气说："这种石头太贵了，不会有前途。"便自顾走开。我又领着他走到古铜石前，指给他我看中的那块石头，这种石头产自古夜郎国，猛一看像铁块，沉朴、神秘。王二一下就否定了，也不说理由，拉着我匆匆走开。

我们来到王二早上挑石头的地方，帐篷内的地上放着一大堆石头，大概有几千块，一群人正在埋头挑。王二说："这儿的石头大的二十、小的十块，运气好的话找到一块就赚了。"他不知道从哪儿搬来两把小椅子，让我坐下慢慢挑。

这些石头都是造型一般的戈壁石，被人挑了一整天，好的更少了，但我不能拒绝王二的好意，坐下来慢慢挑着。王二手快，不时拿过一块问我怎样，我说不大喜欢。当我偶尔发现一块比较满意的石头时，王二又说不好。几次下来，我们的意见都不一样，王二说："汪老师，咱们俩欣赏东西的角度不一样，但戈壁石主要是选皮色和形状。"忽然有块石头被翻了出来，拿到手的人说："像个人，可惜太丑了。"随手丢下。又有人拿起，也马上丢下，说"太丑了"。好几个人过手之后，扔到我这边，我拿起来一看，马上喜欢上它，它确实太丑了，像个人，但脑袋比身子大，眼斜嘴歪，额头上还长着瘤子，立即让我想到《千与千寻》和《大鱼海棠》里的那些女巫，身体部分古铜色的石皮上有几块黑疤，像穿着印有铜钱图案的袍子。有了这块石头，我顿时觉得没有白来这儿。这时许多摊子的老板已经开始吃饭，也有的收拾好东西往外走，时间不早了。我便不再挑剔王二给挑下的石头。挑了五块之后，我说："可以了。"王二说："我给你说说，还可以再便宜些。"我掏出一百元。王二问："没有零钱？"我说："零钱只有十块。"王二顿了一下说，"我给你破去。"破好之后，他把三十元塞我手里，领着我去了隔壁帐篷，把剩下的钱给了老板说："这是我朋友，喜欢石头，这次便宜点儿，咱们把他拉下水。"这个帐篷里搭着架子，石头都摆在上面，看起来档次高些。

付完钱，王二忙自己的事情去了，我忽然在架子上看到两块石头，一块是伞状的玛瑙，有些黄黑相间的条纹，像棵小树；一块异常光洁，犬牙交错，层层叠叠，像河岸。经过讨价还价，共花了三百元把它们买下。

要撤展的前一天下午，我又来到黎氏阁，冷冷清清的，卖石头的人比买石头的人都多。许多摊主大概坚持不下去，已经提前撤退。还有些挂上门帘、上了锁，人不知道哪里去了。在出口的一个空位置上看见了王二，他守着一箱子戈壁石，无精打采，也不往外摆。我喊他，他才抬起头来，看见是我，强打起精神赔着笑脸说："还没还你钱呢。"便要掏口袋。我客气了一句："不着急，你要是不方便以后再说吧。"王二停止了掏口袋的动作说："那我再过半个月还你，下周石家庄有个展，回来还你。"我说："啥时都行，别多搁记。"接着问了句："生意怎么样？"王二叹口气回答："不好做，花了一千多块钱，才卖了十块钱。"我也叹口气说："宣传不到位，这儿又太偏僻，很多人不知道太原办石展，再说卖戈壁石的太多。"

接下来的一段时间，总是忙，等到在南宫再见到王二时，已经是两个多月之后了。天气热起来，街上到处都是穿裙子和短袖的人，王二还是穿着蓝西服，垂着头坐在马扎上像晒蔫了的植物。我喊："王哥。"王二抬起头来，脸上都是汗，看见是我，站起来有些羞涩地说："还没还你钱呢，今天带的钱不够，也没卖东西。"说着急忙掏出钱包打开，里面瘪瘪的只有几张零钞。我忙摆摆手说："不着急。"王二说："好借好还，再借不难嘛。"我怕王二难堪，找了个借口离开。

此后在南宫遇到过几次王二，他一见我就马上站起来笑脸相迎。他的生意总是不好。有一次王二说："汪老师，你看中我哪块石头，我不挣一分钱给你。"经过那次奇石展，我看到许多好石头，而且开始收集资料进行研究，一般的石头已经看不上眼了。这期间回了趟老家，从一堆旧物中终于找到以前收藏的那几块石头，发现它们普通极了，只是质地与我们当地的不一样。

后来看到王二，我就远远地躲开，不想因为五百元老让他有负担。

有天下午，王二突然打电话，问我有没有时间，能不能去他店里一趟。这是认识这么长时间以来，王二第一次给我打电话，我预感到他遇到什么问题了。

一到门口，王二就迎出来。店里坐着个看起来特别单薄的女人，脸色又黄又瘦，一只手捂着胸脯，不停地咳嗽，站起身来。王二对她说："这就是我常对你说的汪老师，是个大好人。"然后对我说："这是我老婆。"我看他老婆身体不大好，赶忙让她坐下。王二脸上露出为难的表情，不好意思地说："汪老师，我欠你的钱一直还不了，你看中我哪块石头，拿一块吧。"我说："别。"王二说："店里生意一直不好，待在太原开销大，我准备搬回村里，在网上也能卖。"记得以前王二说过他不会操作电脑，连智能手机也不会用，我问："回去你会弄吗？"王二说："慢慢学呗，反正有的是时间。"我点点头说："回去也好，现在生意不好做。"王二催促我赶紧挑一块，我不知道怎样挑，便说："你看哪块合适，帮我挑一块吧。"王二踌躇了一下，拿起块棕黄色的说："你看这块怎样，我知道你喜欢景观，这块像假山，而且还带着底座。"我点点头说："挺好，就这块吧。"王二说："这块石头是我从一位朋友那儿买的，他当初和我一起去内蒙收石头，还不大能看得懂，现在已经成了千万富翁。可惜我回来了，我要是一直待在内蒙收石头，现在也发大财了。"看着王二遗憾的样子，我不知道该怎样安慰他，便问道："铺子盘出去了吗？"王二说："有人问，但还没有定下来，托给朋友了。"

我说："这边有啥事，给我打电话。"王二问："汪老师你认识医生吗？县里说她得了肺结核，吃了好多药，却总不见好。"我说："认识几个，肺结核现在应该比较好治，我帮你问问。"王二说："肺结核是不是以前的肺痨？"我说："只要确诊了，对症下药，这病现在不算啥。要不你再去医院检查检查？"王二脸上露出愁苦的表情来，我想他一定是为钱的事情发愁，把张银行卡递给他说："这里面大概有五千元，你先拿着用。"王二忙扭捏着推辞说："我怕一时还不了。"我说："你别搁记着还，给我几块你的好石头就行了。"王二脸上露出了笑容，他说："前几年，有个山东的老板在我这儿买过十万元的石头，这几年不来了，还有给他留下的石头，你看看。"

王二一鼓作气拿过十几块石头说："汪老师，我知道你喜欢景观，但景观哪有象形好呢？现在最值钱的四块上亿元的石头都是象形石，小鸡出壳、东坡肉、岁月……最后一块——你看我这记性……"王二拍着脑袋说。"中华神鹰。"我补充道。"对，是中华神鹰，你看这块石头多像鹰啊，这块像骆驼……关键是石头到了谁手里，谁去卖，谁来买！"王二叹息。

我问："咱们太原收藏石头的来过你这儿没有？""省奇石协会的侯会长经常来呢！他退休以前是戏研所的，你认识吗？"我想起在微视频里看到过一个山西的收藏家，开着占地几千平米的奇石馆，买一块石头动辄几十万、上百万，便和王二说起这个人，问他认不认识。王二说："人家是大老板，哪能认识咱这小老百姓？"

那天，除了抵五百元的那块石头，我从王二那儿又带走了两块石头，就是他说的像鹰的和像骆驼的，还把一位看内科的医生的电话留给王二，回家之后把王二的事情特意叮嘱了他一下。

此后好长时间，没有联系王二，也没有去开化寺，有时会想王二老婆的病不知道看好了没有，有时想王二开化寺的店面大概转租出去了吧。但没有打电话询问，也没有去开化寺查看，怕听到些不想知道的事情，而自己又没有办法去处理。

省里开会，会后安排客人们游览晋祠，一位北京来的客人却想去傅山读过书的多福寺凭吊，我被安排作陪。因为喜欢傅青主，对这位来凭吊的客人就颇为尊敬，便用心陪他。他问起我的经历，我讲起当老师，没想到引起共鸣，他在很多年前也当过老师，我们讲述当老师时有趣的事情，不知道怎么就说到了奇石收藏上面。客人说："过段时间深圳要召开文博会，中间有个奇石文化博览会，我可以邀请你去参加。"我忙感谢，心里却没有当回事，以为对方在客套。

没想到过了不久，就收到邀请函，但是我们单位要组织大型活动，没办法请假，于是我打电话感谢北京客人的美意。他遗憾了半天，让我挑几块石头给他，他托人帮忙参展。我忙说自己收藏石头是瞎玩，没多大价值，而且好多连底座也没有。对方却一再坚持，讲了许多参展的好处，而且说没底座他可以帮着配。盛情难却，我只好答应，拿哪块石头给他却犯了踌躇。我收藏的石头大多是小品石，严重带有个人趣味，不一定入得了别人的法眼。我又喜欢敝帚自珍，不想拿自己喜欢的东西让别人评头论足，万一别人不屑一顾很难受。而且还有个小小的顾虑，害怕把石头给了对方，丢了或者有个啥意外，不值钱的个东西怎样讨说法？我听过许多书画家参展把作品丢了的事情。思来想去，决定把王二最后给我的那两块石头拿去参展，王二那么肯定它们，说它们怎样怎样像。

石头寄出去，感觉一件事情了了。

大概过了一个月，接到北京客人的电话，声音一通，他就欣喜地说："给我准备十条烟，你那块雄鹰获了金奖。"以为他在开玩笑，我回答："现在我就去种烟叶。"对方说："买烟是开玩笑，你那块石头真的获金奖了，可惜离四大奇石中的中华神鹰还有点儿差距，有人最多只肯出十万买它，你卖不卖？""十万？"我的脑袋嗡嗡作响，不知道哪位土豪这么有钱。对方在电话里继续说："买石头的就是你们山西的收藏家，煤老板，专门喜欢从石展上买获奖作品。他早就想收藏那块中华神鹰，可惜太贵，你这块一展出他就看上了，愿意的话你把姓名、身份证号码、银行卡号码、开户行发过来，要具体到支行。"

我脑袋晕晕乎乎，打开电脑搜索深圳奇石展金奖作品，看到了那只鹰，搁在红木做的底座上，罩着玻璃罩子，在柔和的灯光下雍容华贵，像要展翅腾飞。好像不是我那块，但肯定是我那块。我查山西这位收藏家的信息，就是我和王二提过的那位，果然有从石展上买获奖作品的癖好，短短几年，已经收藏了数百方石头。

傍晚时分，我的卡上打进了十万元。

那天晚上，十万元给我带来种非常轻盈充沛的感觉，记忆中的那个舞台终于不再空空荡荡，凤凰、仙鹤、孔雀等珍禽从凤冠蟒袍上飞下来翩翩起舞。王二也不再是满头油腻的长发，常年一身蓝西服，他瘦弱单薄的妻子变得像酒店中的那个女人一样丰腴健壮，展露出迷人的笑容。十万元，把我在奇石展上看下的那几块石头统统买上还绰绰有余。拨王二的电话，已经停机了。

天亮的时候，我决定回古城一趟。

坐在大巴车上，沥青路像卷黑色地毯不断向远方展开，"腰缠十万贯，骑鹤上扬州"大概也就是这种感觉。

进入县境，快到古城，要看见土城墙的时候，我有些紧张，屏住了呼吸。可是那段土城墙根本来不及细看，便在眼前一闪而过，印象中它更矮、更小了，被铁丝网围着，像兜在渔网里的巨兽遗骸。

凭着记忆，来到后街王二那座院子前，哪里有什么大瓦房，连脑海中的南房也没有了，代替的是一座文化活动中心，里面有几位大妈伴着音乐扭秧歌。偏西的阳光照在她们臃肿的身体上，像发酵的金黄色面包。我以为走错地方了，绕着后街走了几圈，还是没有找到王二说的五间大瓦房相邻的两个院子。回到文化活动中心前，正好有位老人过来，我拦住他指着文化活动中心问："这里以前是不是王二的地方？""是啊，可是老早就已经卖了。"老人叹息着数了会儿说："有十年了。"我心里咯噔一下，十年不正是王二去太原开石馆的时间吗？便又小心翼翼问："他是不是回来了？""回来了，"老人摇摇头，"农民不好好种地，折腾什么石头？你去学校背后找找他，给人家当小工呢，这么大的年纪了！"老人走后，街上空荡荡的，一股旋风从巷子头吹过来，卷起些尘土越过墙头不见了。扭秧歌的音乐变成《大花轿》："太阳出来我爬山坡……"大妈们用劲儿扭着，西斜的太阳把我的影子拖得长长的。

路过学校门口时，我下意识地停下来朝里张望，以前永远敞开的校门紧闭着，一个保安从门口的小屋里走出来问找谁。我愣了一下，不知道以前的老师谁还在学校里，不由问道："你认识王二吗？"保安茫然地摇了摇头，自言自语道："王二？"

透过铁栅栏，校园里空荡荡的，学生们在上课。几个油漆工在粉刷教室外墙，还有几个人用刷子描墙上的标语。教室门前的白杨树比以前粗大了几圈，叶子绿得发黑。南面的戏台前有几只燕子在飞舞，时而冲上天空，时而俯冲到地面，一遍又一遍……

我摇摇头，转过身来，猛地看见了王二。他弯着腰拉着一平车筑地基用的不规整的青石头吃力地往巷子里走去，西服不知道脱哪儿去了，穿着条宽大的两股筋背心，青色的肋骨一条条支起来，像要刺穿外面那层薄薄的皮。有缕头发掉下来，大概遮住了眼睛，他腾出一只手往旁边掠了一下，好像抬起头来望了望前方，又低下去用力去拉。

入海口

    大学毕业那年安永哲刚二十出头，相信自己是早晨八九点钟的太阳，心里燃烧着蓬勃的火苗，到乡镇教育办公室报到时，马上被打了一记耳光。

    那年，县里师范类毕业生的分配政策原则上是，本科生留城教高中，专科生下乡镇教初中，师范生上山教小学。安永哲本科毕业却被分到了乡镇。他本来打算去教育局理论，但一打听本科生下乡镇的也不是他一位，有消息说下去之后只要表现好，一年之后就可以调回城里，安永哲的愤怒也就消失了。他想好好表现，一年后调城里。

    那天早上安永哲用飘柔洗了头发，换上新买的白衬衫，衬衫叠放的折子他怎样也抻不平，但那崭新的气味儿和飘柔的香味儿混合在一起他喜欢。一早赶到教育办公室在的乡镇大院，还没有到上班时间。很快，门口来了十几位报到的老师，有与安永哲一起读过高中的胡大海，也有兰晓梅等几位和安永哲一个大学毕业的。熟人一多，那种兴奋不安好像被压制住了，又像互相传染反而更激烈了。他们站在一株细高的柏树旁，柏树的香味儿有些刺鼻，又让人忍不住想多闻几下。柏树里面一只黄嘴黑羽白腹的小鸟不时钻出来尖叫几声，又急忙钻回去。

快到九点钟时，几辆摩托车轰鸣着相继驶到教办门口。门打开后，安永哲他们一拥而进。那是一间破烂、凌乱的屋子，门口摆着两张并在一起的办公桌，上面乱七八糟堆着文件、报表、订书机、曲别针、糨糊、锥子等东西。后面是一个淡黄色的文件柜，柜门没关紧，有几个档案袋露出来。再往后是两张床，床单皱巴巴的，枕头上是发亮的头油。然而这一切在安永哲他们看来，神秘而新鲜。他们把报到证交过去，一位脑袋微秃、脸色晦暗的老头翻着一份事先做好的表格，往出开介绍信。

"安永哲！"忽然喊到了。

安永哲打了个激灵，接过那张薄薄的有些发黄的纸，启宝小学？！他忽然感觉冷飕飕的，脑袋嗡嗡作响，然后一片空白。后面有人推了他一把，安永哲看清楚上面写着启宝村小学，马上剧烈地反应过来："我不去！我本科毕业留不了城已经够倒霉了，凭什么让我去小学？"

一个满脸横肉、眼袋下垂的中年人身子往前一倾，咧开嘴笑着说："谁不去可以去局里反映，这是研究决定的！下一个。"

安永哲从教办出来，头还在嗡嗡作响。镇政府院子里的人多了，他却谁也看不清楚，其他拿上介绍信的同学和他打招呼，他只能看见他们的嘴在动，却听不见说什么。他想到教育局去，把不公正的事情马上反映上去，请他们给他做主。

安永哲骑着自行车像踩着风火轮，走了五六里路，快到启宝村时，突然没劲了。他不知道去了局里面能找谁，当初可是他们没有让他留城，打发他到乡镇的。他产生了个奇怪的念头，到学校看看去。

从公路上进村是一段磨得发亮的石子路，路两边高大的白杨树又粗又壮，浓密的树冠从空中长到了路中间，交叉在一起遮住了毒辣的阳光，安永哲感觉清幽起来，怒火没那么大了。走到村口看见郁郁葱葱的沙棘林，挂着米粒大的青色果子，几只肚子雪白的喜鹊在上面跳跃。有人赶着牛进了座古朴的城门洞，他跟进去，新鲜的牛粪冒着热气，安永哲有种时光倒流的感觉。村子里大多是青色的瓦房，街道上有几个女人，正围着用自行车驮着筐子卖菜的人搞价钱。安永哲问清楚学校在哪里，穿过一条铁路下的桥洞，看见同样是青色瓦房的学校。校门的铁栅子关着，有个班的学生大概正在上体育课，在院子里跑闹着大喊大叫，一个男孩突然摔倒在地上，却没有马上往起趴，而是在地上滚了几圈才站起来，身上到处是黄色的土，他也不拍打，还快乐地大笑。安永哲不知道怎样被他感染了，居然也笑了。有个女人抱着孩子走过来，问他找谁。安永哲赶忙摇了摇头，离开这里。望见南面有片树林，走过去。

树林南边不远处就是滹沱河。秋天水势正旺，清澈的水像一团团云块，涌动着流向远方。安永哲忽然有种跃进水里，跟着河流奔跑的冲动。往前走了几步，岸边湿润的泥土松动，有几块掉进水里，不远处的几只水鸟飞了起来。泥块很快融化，一小团水变得浑浊，往前流了几下，便清澈如前，一群脊背发青的鱼猛地向前冲去。安永哲发觉自己有些喜欢这里了。

回家后，母亲知道安永哲被安排到启宝村，生气地说："咱们一定得找个人说一说，不能听他们摆布。"

安永哲姥姥家在县城，母亲嫁到镇上后，一直想回城里。安永哲考上师大，她觉得目标近了。没想到先是分配到镇上，现在又被发配到启宝村，母亲当然失望。

安永哲知道母亲只是说说气话，他们没有人可找，亲戚们除了农民还是农民，除了认识五谷杂粮和村里那几百个人，认识谁啊？便劝说道："我今天去那个村里看了，挺好的，听说表现好明年就可以调城里，我会好好努力，不会一直待在那儿。"

母亲叹口气说："我没本事，你爸也无能。"

安永哲说："真的没事儿，启宝村不错。"

母亲开始给安永哲准备去启宝村的东西。学校离家有段距离，安永哲不想每天来回跑浪费时间，想待在那个地方把学生们教好，再安静地读些书，便打算住校。母亲给他焅了一罐头瓶子咸菜，炼了一罐头瓶子酱，还炒了一斤肉，蒸了馒头，买挂面时安永哲拦住了，说村里有小卖部。

吃过午饭，安永哲把铺盖绑在自行车衣架上，拿上上午准备好的那些东西叮叮当当出发了。穿过那段清幽的石子路，进入古城门洞时，安永哲有种老子出关的那种感觉，又觉得自己应该是入关。

到底是"出"，还是"入"，他纠结了半天。

一到学校，上午问过他话的那个女人便怀里抱着孩子走过来。安永哲问报到找谁。"咦，你是学校来的新老师？上午问你话怎么不答应？"说着，她去叫校长。

很快来了位年龄和她差不多大的老师，穿着浅灰的西服，走路带点儿罗圈腿，扁平的脸上有些浅浅的麻子。抱孩子的女人说，这是白校长。白校长问："你是安老师吧？"安永哲说是。她说："我们早就等你来了。"说着打开教室旁边的一间屋子说："你就住这儿吧？"安永哲说，好。抱孩子的那个女人放下孩子，帮他往里拿东西。屋子里面有一床、一桌、一椅，倒也干净整齐。

东西拿进来，白校长说："你先收拾吧，一会儿我们过来。"安永哲把床铺好，下课铃响了，许多孩子趴在玻璃上往里看。再上课的时候，白校长进来了，她说："咱们学校五个年级三个班，一、三年级一个班，二、四年级一个班，五年级一个班，你教二、四年级吧？"安永哲没有想到学校居然还有复式班，有种从半空掉下来，被什么东西托了一下，又继续往下掉的感觉。他冷笑了一下，想看看到底能掉到什么地方，便答应了。这时抱孩子那个女人又来了，白校长说："这是莲莲，是咱们幼儿园的老师。"女人笑了笑说："我没文化，只能哄哄孩子。""喊，幼儿园也是老师呀！"白校长说。

几天之后，安永哲熟悉了这种枯燥、单调的生活，有种早早就当上陶渊明的感觉。这所学校真是小，正式老师只有三个，白校长、他，还有位师范毕业的年轻女老师叫刘烨，教一、三年级。而与他最早接触的莲莲，是村里书记的儿媳妇，没事干，便在幼儿园当了民办教师。学校门口的小卖部也是村支书家开的。

莲莲高大俊俏，脸上有几颗雀斑，是那种标准的刀子嘴豆腐心的人，性格爽朗要强，干活儿利索，什么都和信任的人说。没几天她就和安永哲熟悉了，她说她娘家人厉害，她嫁人的时候人们说怕她不好相处，她就发誓自己做了媳妇绝不和婆家的人发生半点儿争执，哪怕再受委屈，现在完全做到了。她很爱跑大车的丈夫，回了家舍不得让他干半点儿活儿，他的衣服只要一换下来，她就赶忙给洗干净。家里什么时候都准备着水果，晚上他躺在被子里说想吃苹果，她就给削好端枕头边；想吃香蕉，她就剥了皮拿过去。除了照顾丈夫，她还照顾两个孩子，丈夫跑车整天不在家，全靠她一人，但她什么时候都把孩子收拾得整整齐齐，每天不知道洗多少次衣服，她就是要让人们看，她莲莲是好样的！大的那个孩子在安永哲班里读四年级，很调皮，其他调皮的男孩干净整齐的很少，但他总是干干净净的。

刘烨比较小，但师范毕业早，已经教了几个年头。她个子不高，圆滚滚的，说话像炒豆子，讲起以前在山里当老师的经历，真是苦不堪言。交通不便不说了，光是冬天生炉子、劈柴、担水就是个大问题。她有个同学吃不了这种苦，被村里个三十多岁的男人瞄上了，每天去帮她干活儿，时间一长，两人就好了。没想到结婚后，这个男的懒得啥都不愿意干，连以前帮她干的那些活儿也不干了，还要求她工资一发就交给他，不给就打。他拿上去赌，几天不回家，输完回来还不能说，一说就动手。闹过许多次后，她提出离婚，男人说离婚就把她全家都杀了。后来这个同学实在忍受不了，拿上农药把两个人都毒死了，可怜的她死的时候肚子里已经有了他的孩子。刘烨每次讲起这件事情，总是感慨自己总算调下来了。确实，十七八的女孩子，一直上学，大多数什么家务事也不会干，一毕业就分配到山里面，许多是单人校，一个学校就她一位老师，啥也得干，真难！

　　渐渐地，与安永哲一起报到的那些老师的消息传回来了，分配合适的很少。兰晓梅外语系毕业，居然被分到一所初中教化学，她从小就对理科发怵，才学了文科。后来他们知道一所学校早就缺英语老师，校长提前就和教办主任汇报过。胡大海留在了镇上的中学，却被安排代体育课，他一直是数学尖子，又是数学系毕业……

　　一打听，这种乱弹琴都是教办主任在作祟。安永哲想起自己报到时，那位满脸横肉、皮笑肉不笑的人。他故意打乱秩序，不让新分配的老师一步到位发挥特长，美其名曰锻炼年轻人，实际上是让人们求他。因为即使在同一个乡镇教书，其实学校差别也很大。初中和小学的差别不说了，还有一道线、二道线、三道线的说法。对于刚毕业参加工作的年轻人，第一个面临的任务就是结婚。分在一道线的，交通便利、学校大、人多，可以在学校里找年龄相仿的异性老师，接触别的有工作的异性机会也比较多；分在三道线的，交通不便，大多是单人校，有的搭配个民办老师，在这里工作的如果几年之内调动不了，又家境一般的话，许多人便娶了当地村里没工作的，或者学校的民办教师。安永哲有个同学在二道线工作，有人给他介绍了一位镇上的姑娘，是安永哲小学同学的妹妹，她居然拿着对象的毕业证到安永哲家问毕业证是不是真的，求证他是不是真正的大学生。

安永哲也面临这些问题，但他不像别人那样着急，因为他始终觉得自己不会一辈子待在这个地方。

每天吃完晚饭，安永哲喜欢到滹沱河边，看水慢吞吞地一步一步往前流，遇到阻挡它的滩涂、石头、树枝等东西，能冲掉的冲掉，冲不掉的绕过或钻过，继续往前流，结果阻拦水的那些东西或者不在了，或者还停在原地，它已经流得很远。安永哲觉得自己就是水。

有一天读《水浒》。看到鲁提辖拳打镇关西之后，行了半月走到代州雁门县，安永哲有些吃惊，以前只记得鲁提辖打死镇关西跑到了五台山，没想到到五台山之前到了代州，他为自己家乡出现在古典名著里兴奋。再往下读，鲁达遇到金老父女二人，认识了赵员外，赵员外道："此处恐不稳便，欲请提辖到敝庄住几时。"鲁达问道："贵庄在何处？"员外道："离此间十里多路，地名七宝村，便是。"安永哲心里盘算，离县城十里多路，叫七宝村的地方是不是启宝村？它离县城正是十多里路，除了它，离县城这么远距离的村子再没有叫相似名字的了，而且这儿"启"和"七"的发音一样。有了这个想法，便留了心打听村子的历史。

安永哲发动起学生们，并把它布置成作文。

很多学生写到晋王坟、柏林寺，有的学生还写到柏林寺是五台山的南大门。

启宝村西面，有晋王李克用的墓。去看时，已经被挖掘过，遗迹被围墙拦着，里面长满荒草，中间有个深坑看不到底，坑周围有些石人石马，石人石马旁边几棵高大的柏树，不知道长了几百年，给人森森然的感觉。

循着线索查找，安永哲在《晋王碑》的记载上看到：柏林寺创建于后唐同光三年（925）；元至正十三年（1353）重修。寺东有李克用墓。寺旁还有东西花园。

晋王墓碑记则称：寺于后唐同光三年，李存勖于墓侧建柏林寺。

再打听，柏林寺在"文革"期间被毁坏了。这段历史很快在《山西日报》上找到了，有篇当事人写的文章里记载："大红卫兵在村革命委员会领导的率领下，开始了拆除柏林寺的战斗；红小兵在老师的带领下，和'恶和尚'斗争到底。不久，整座寺院就变成了一片瓦砾，'恶和尚'也被天天戴上高帽子，批斗成了聋和尚。"

柏林寺、赵员外、五台山联系在一起，虽然安永哲还说不出七宝村有哪七个宝，但觉得《水浒》中的七宝村就是他现在教书的启宝村，于是好像挖掘到了一笔宝藏，不知道该向谁分享，心里被撑得满满的。除了去滹沱河，他又多了个去处，晋王坟。每次站在围墙外边，望着荒草蔓延上去的石人石马，有种特别沧桑的感觉。他想鲁智深从这里去五台山做了和尚，后来又上了梁山，他会怎样呢？

开学一周多，过教师节，大点儿的学校都组织聚餐，顺便给老师们发些福利。启宝学校太小，莲莲说："今天中午到我家里吃饭吧，我请大家。"

中午放学后，我们一起到了莲莲家。她家住着阔气的五间瓦房，小院里种着苹果树、葡萄树，还有整整齐齐的菜畦。苹果和葡萄都结得很稠密，虽然发青，但已经让人想到成熟后馋人的样子。菜畦里则有西红柿、青椒、茄子、豆角、南瓜，每一样两三畦，姹紫嫣红，甚是好看。莲莲看见同事们在院子里停住赞叹，带点骄傲地说，这些都是她打理的。她说这话的时候，一只脚已经跨进屋里，阳光照在她微笑的脸上，格外妩媚和好看。

屋里的桌子上已经摆上发好的木耳、蘑菇、金针，高压锅里传来排骨的香味儿。莲莲把安永哲他们安顿到沙发上，摁开电视，拿来水果，倒上茶，摆上烟，让他们稍等片刻。人们哪能让她一个人忙活儿，白校长问："做什么饭，我帮你。"刘烨闷声闷气说："我不会做饭，我给哄孩子吧。"她抱着小的，喊着大的，去了院子里。安永哲拿了个小盆，到院子里把西红柿、青椒、茄子、豆角、南瓜挨个摘了点儿，说吃这就挺好，绿色健康。莲莲说："哪能光吃那呢，得弄点稀罕的，我买了条鱼，谁会做？"白校长问："清蒸还是红烧？我来弄。"

莲莲准备了满满一桌子菜，还特意炸了黄米面的糕。都弄好后，她说打个电话。刚拨通电话，门砰地开了，进来一位高大的男人。莲莲脸上马上荡漾出幸福的微笑，高大的她几步跃到男人前，小鸟依人般地抱着男人的胳膊说，这是刘宏的爸爸。原来他就是支书的儿子，莲莲开大车的丈夫。

莲莲让丈夫洗手、洗脸，她在旁边递香皂，递毛巾，果然如她所说的细心周到。白校长在旁边对刘烨说，小刘，嫁人就找这样的男人，然后她站起来，一转身拍了拍莲莲男人的衣服下摆说，这儿有土。莲莲男人进门时，安永哲第一感觉他是个干净的男人，没有发现他衣服下摆上有土，还是白校长心细。

坐座位时，莲莲让白校长先坐，白校长客气了几句在主位上坐下。莲莲让安永哲坐，安永哲跳到了一边。莲莲便让男人挨着白校长坐下。然后安永哲坐到男人旁边，她挨着白校长另一边坐下，刘烨和孩子挨着依次坐好。

莲莲站起来倒酒，安永哲想她男人既然是主陪，为啥不倒酒呢？但马上想到他在家里啥也不干习惯了。莲莲先给白校长倒。白校长说："我不喝酒。"莲莲甜甜地说："这酒是他从外面带回来的玫瑰汾酒，度数不高，挺甜。"白校长说："那就喝一杯。"然后给安永哲倒。给刘烨倒时，她也推辞，还是倒了一杯。莲莲给丈夫倒，安永哲问："刘宏爸爸下午不开车？"男人只回答了一句："今天没事儿。"安永哲觉得这个男人不爱说话，也许开大车养成的习惯，或者，是不怎么欢迎他们。

酒都倒好后，莲莲说："我也不会说话，你们谁说几句？"白校长晃了晃肩膀。刘烨说让白校长说吧。白校长眼珠子咕噜噜转了一圈，站起来说："我代表咱们学校说几句吧。第一，感谢莲莲夫妇，安排今天这次大餐热情招待咱们，让咱们感觉到节日的温暖。第二，感谢启宝村刘支书对学校的关心，今天给每位老师发了五十元。"大家感觉有些诧异，白校长已经开始掏钱包，边掏边解释说："本来打算下班时发给大家，给你们个惊喜，但既然有这么个形式，现在就发了。"人们拍手。"第三，感谢教办给我们派来骨干教师安永哲，让我们精诚团结……"安永哲的脸热辣辣的，惊讶白校长能在吃饭前说出这么多的话。

开始喝第一杯酒，没想到白校长居然一口就干了。干完之后用舌头舔了舔嘴唇说，好酒，给咱再倒。莲莲忙站起来。

那顿饭，几乎都是白校长在说话，嘴快的莲莲一张嘴，就被她打断。挨个过了一圈，莲莲和刘烨便不再喝了。白校长边说话边一杯杯喝酒，喝得热了，把西服脱去，里面的半袖 T 恤被乳房撑得鼓鼓的。孩子们很快吃饱，小的困了嚷嚷着要睡觉，大的要去学校，莲莲便下桌子哄孩子去了。刘烨马上也说自己吃饱了。安永哲走也不是，陪也不是，只好尴尬地坐着，又觉得自己是个男人，不喝也不对。

白校长酒意来了，不时端起酒壶自己来倒酒，两条胳膊又白又亮，舌头打卷。

那天下午，白校长的班上了自习。

在学校里，日子除了按星期计算，还按节日计算。中秋节快到时，有教办干事来卖东西。

第一个来的干事就是给安永哲他们开介绍信的那位脑袋微秃、脸色晦暗的老头。他有些神秘地到了白校长办公室，窃窃私语了半天。他走之后，白校长说教办上的人卖月饼，没办法，给咱们每人买了一箱。她交给每人一张白纸上盖章、签字的条子，让大家去镇上的一家商店里去取。过了两三天又来了一位，白校长正在上课，听见摩托响跑出去，这次是位胖乎乎满脸络腮胡子的干事。他和白校长说了几句话，就见白校长把摩托车上的一个箱子搬下来，箱子有些沉，白校长抱着它腰弓下去，走路腿也罗圈得更厉害了。摩托车走了，这次带来的是葡萄，已经给大家分好了，每人十斤。安永哲他们期待着还有教办的人来，带来各种各样的东西，可惜的是一直等到过完中秋节，也再没有人来。

星期五下午老师们回家的时候，都把东西拿上往家里带，奇怪的是白校长没带。

接下来就听到白校长闹离婚的消息。她的丈夫来学校大闹了两次。一次白校长正在上课，一个光头的男人冲进教室，揪着头发把她拖了出来。安永哲他们几个老师赶忙跑出去，安永哲拉住那个男人说，有话好好说。男人喘着粗气用哽咽的声音对白校长说道："别忘了你是怎样从山上下来的。现在老子背时了，你就想跑，门都没有！"安永哲明白了白校长早年间也在山里教书，听男人语气是他想办法把她调来的。在大家的劝说下，男人悻悻地走了，他走的时候，满脸都是泪水和鼻涕，眼睛通红，喷着酒气。走到校门口时，他被门墩绊了一跤，爬起来随意拍了拍屁股，便消失不见了。刚才拉他的时候，安永哲看见他毛衣领子磨得发白，有几处线头开了。他想这件毛衣得重织。白校长一直僵着脸冷笑，男人走后，她恢复了平常的样子，冲大家点点头，就返回教室上课去了。人们觉得没趣，好像无意中窥视到了自己不该知道的秘密，也分别上课去了。不知道怎么回事，这个男人留给安永哲的印象是可怜大于可恶，而白校长让人觉得不像受害者，像催化剂。

与莲莲聊天，知道白校长闹离婚好长时间了，他的男人经常打她。她气不过，还把手指头剁下一截。莲莲说："你留意看看，现在左手中指还短一截，白校长能下了狠心。"安永哲问她男人到底是怎么回事。莲莲说男人以前是县里教高中的老师，当年白校长在山里教书，男人有个远房亲戚好像在教育局管人事，他想办法托人家把白校长调到平川，两个人结了婚。后来，男人的学校换了校长，调整老师，不知道啥原因就把男人踢出学校，弄到下边村子里教初中了。男人气不过，经常喝上酒去找校长理论，醉醺醺的哪能解决了问题，每次都是被人家敷衍几句打发出来，清醒时他却一次也不敢去找人家。白校长因为这事瞧不起丈夫，两人便开始打架。

要是真没有感情，不如离了，我说。莲莲说："男人不愿意，白校长态度好像也不坚决。我倒盼他们和好呢！一家人难免牙咬着舌头，磕碰免不了。"

这件事件之后，关于白校长的小道消息多了起来。有时去外边开会学习遇到熟人，人们知道安永哲在启宝教书，就问他白校长的情况，还说些白校长的事情。有人说她经常去县城法院找一位当年的同学。有人说她半夜里经常拨打午夜电话，一个月的话费好几百……前面那个消息安永哲觉得有可能，谁心情不好也想找个人倾诉，找自己同学不等于出轨。而且说不准白校长是想找自己的同学帮忙离婚呢，谁让他在法院。后一个却觉得不大可能，白校长毕竟是老师，而且每个月工资也就三百多，还得生活，抚养孩子。

但是因为这些消息的堆积，安永哲对白校长的态度渐渐变了。有天晚上，她的房间里突然传来打闹声。住在她隔壁的刘烨跑到安永哲房间说，吓死了，白校长男人又来找她，两人打起来了。她这样说，他们两个却都没有过去拉架的想法，反而交流起各自听到的小道消息。过了一会儿，男人摔开门出来了，白校长弯着腰拾地上的东西，他们听见她好像在冷笑。

这件事情过去不久，忽然听到白校长的男人晚上被汽车撞死了，就在快进城的路口。据说那天风挺大，他又喝了酒，骑着自行车衣服被车卷了进去。但谁也没在现场，也没有抓住大车司机。

那天，白校长一整天都闷着脸，不知道她心里在想什么。她一定也听到了消息，要不不至于一整天都闷着脸，但没见她采取任何行动，只感觉她的腰好像比平时挺了点儿。下午放学后，她离开学校，一晚上没回来。

快过春节时，教办的人又来了，这次是卖带鱼和小米，学校照例都买了点儿，不多，每人二斤带鱼、五斤小米。安永哲说："这能挣几个钱？"白校长羡慕地说："他们要把全镇三十九个学校都跑遍，那些大学校有几十个老师，买的也多。"

这半年中，除了学生，与安永哲接触最多的是莲莲。她热心，而且正直，对正儿八经的大学生有种发自内心的尊重。安永哲刚来启宝小学的那段日子，经常有种被发配的感觉，她却不止一次说安永哲是她们村有史以来来的第一个本科生老师，学生和家长们对他都反映很好，这种话使人心里十分温暖。她经常给安永哲带些稀罕的食物，火烧、油糕、包子……也拿些瓜果蔬菜，她说本来想请安永哲去他们家吃饭，但怕人们说闲话，把学校老师一起请上吧，又不想叫白校长。

莲莲还怂恿安永哲去追刘烨老师，她说发现刘烨老师喜欢安永哲，一追肯定到手。

寒假过后,春天来了,美术课上安永哲教学生们做风筝。三月三的时候,领着他们去滹沱河岸边放。学校院子里还是一片土黄色,河岸上却已一片绿意。青草发了芽,一簇簇顶破土,像掀开盖头的新娘,中间夹杂着白色的蒲公英花、黄色的野菊花,偶尔还能发现几棵小蒜,剥了外面的皮,刚嚼有些发苦,越吃越香。学生们的风筝做得不大合适,能飞起来的很少,但他们在河滩上跑啊、跳啊、笑啊,都很开心。

晚上,莲莲给安永哲拿来些煎果,告诉他儿子回去说上了这么多年学,从来没有这样开心过,他要好好学习,以后去更大的世界闯闯。"你说,他是在树立理想吗?"莲莲走后不久,白校长进来了,她看见桌子上的煎果,问:"莲莲给的?"安永哲感觉有些难堪,意识到莲莲没有给白校长,支吾了一下,把椅子挪出来让白校长坐。白校长坐下后,安永哲发现她还穿着卜班时间穿的浅灰色西服,有点儿太正式的感觉。他不知道白校长来找他干什么,正琢磨间,白校长开口了:"安老师,今天你领上学生去滹沱河边放风筝了?"安永哲愣了一下说,嗯。白校长问:"你不怕出事?"安永哲回答:"能出什么事啊?出了事情我负责!不能老把学生关在教室里背书,春天来了,应该让他们多出去玩玩,和大自然亲近。梁漱溟先生搞乡村教育时……"白校长突然打断他的话,站起来笑吟吟地说:"没事就好。"然后就走了。安永哲感觉她来得突兀,走得突然,说话阴阳怪气,有些不舒服。把凳子推回去,吃起煎果来,已经发凉。

学校的生活虽然充实,但有些单调,为了打发时间,安永哲买了台凤凰 205 机子，很快迷上了摄影。闲暇时候，滹沱河的日出日落、流水、沙滩、晋王坟、学生都成了他拍摄的对象。边研究，边实践，竟很快就拍出些不错的片子。

转眼间五年级快毕业了，白校长对安永哲说："看你的照片拍得挺不错的，今年的毕业照你来拍吧。"安永哲说："好啊，我一定用心拍。"

安永哲给学生们拍了毕业照，还有些学生想与老师和要好的同学合影留念，安永哲一一满足。那些天，安永哲的空暇时间基本上都用来拍照。他拍完之后，拿到照相馆洗出来，算了一下成本，告诉白校长。白校长说："没必要算这么低，照相馆平时照相要多少钱你算多少好了。"安永哲说："我拍照是为了好玩，也不是为了赚钱，都是老师和学生。"白校长说："学雷锋，那好！"

没想到几天之后教办那位胖乎乎的络腮胡子干事来了，说要给学生照毕业相。白校长说，安永哲已经给照了。胡子干事哼了一声，脸马上就黑了，然后一声不吭骑上摩托车走了。几天之后，白校长通知安永哲去教办。安永哲去了之后，胖乎乎的络腮胡子干事问他拍照多长时间了，安永哲说刚学会。胡子干事问他是不是嫌当老师收入低，拍照想挣点钱？安永哲说只是爱好，为了打发时间。胡子干事鼻子哼了一下，一副不相信的样子问道："你拍一张照片收多少钱？"安永哲说："一块、八毛不等，成本多少收多少。"胡子干事说："你在坏我的事啊，以后千万不能这样做了！"说完，挥挥手赶苍蝇似的让安永哲离开。

回学校的路上，安永哲觉得这件事情有些古怪。回去和莲莲说，莲莲说："我还奇怪今年那个络腮胡子干事不照相了。以前为了照个相，争得非常厉害，咱们这位干事要照，教育局有位副局长的小姨子也要照，两人还闹得不愉快。"安永哲没想到有这么回事，问莲莲以前照一张多少钱。莲莲说："五块。"安永哲吸了口凉气，明白那位干事为啥说坏他的事了。安永哲说："这是白校长让我照的，我还想着能给学生家长省点儿钱呢！"莲莲说："你就不多动动脑筋，白校长为啥让你照？"安永哲脊背有些发凉。

几天之后，安永哲从好几个渠道听到照相这件事情的议论，没想到这么点儿破事居然这么快就传遍了整个学区。有人说安永哲不务正业，有人说安永哲照相乱要钱，还有人说他目无组织，不守纪律……安永哲不清楚怎么会产生这么多说法，就连刘烨老师都提醒他注意些，但安永哲不知道要注意些啥。

一天中午，安永哲吃完饭正迷糊着，听见门外有响动，站起来看见是兰晓梅。她骑着自行车过来，累得气喘吁吁，穿着件白衬衫，几处被汗湿透，粘在身上，额头上都是汗珠，几缕刘海被汗粘在一起，下巴显得很尖。安永哲给她倒了杯水让她坐下，兰晓梅却左顾右盼，用手扇着风说："你这屋子不透气，真热！"安永哲给她递过本书，说后墙上没有窗户，空气不能对流。兰晓梅喝了口水，很担忧地和安永哲说起照相这件事情，问他怎么办。安永哲没想到兰晓梅是为这事儿来的，满不在乎地说："这破事儿不理它就过去了，顶多以后不再给学校照相。"兰晓梅很严肃地说："一定不能再给学校照了，而且不要再和别人说照一张相成本多少钱，即使别人问起，你也按一张五块说起。"安永哲点点头，感觉兰晓梅小

302

题大做有些好笑。兰晓梅喝完一杯水，马上就要告辞，说下午还有课得回去。安永哲不好再留她，送出来时，听见白校长的门响了一下。

兰晓梅跨上自行车后，仿佛突然下了决心，她一条腿叉着自行车很小心地说："我下学期可能换个一道线的学校教英语，你千万别和人说啊！"兰晓梅走了，消失在那道浓浓的树荫中，安永哲的心里乱糟糟的，既为兰晓梅高兴，又有点儿担心照相的事情。说实话，开始他真的没多想，不照就不照了呗，可是人们不停地说，安永哲心里也发毛了。一学年马上要过去了，安永哲不知道自己下学期能不能换个学校，回城的事儿，他觉得太遥远了。忽然他感觉屋子里真是热，一点儿气也不透。

课程讲完之后，安永哲领着学生们边复习，边给他们讲晋王李克用、《水浒》《风云初记》等故事。李克用的墓学生们都知道，听起他的故事来格外认真。安永哲讲鲁智深打死镇关西跑到一个叫七宝的村子，就是启宝村。风云初记的故事发生在滹沱河岸边，就是咱们南边这条河，它发源于临近繁峙县的泰戏山，经过咱们这儿一直往东流，流到河北，与滏阳河汇合后称子牙河，流入渤海。关于滏阳河有首非常著名的民歌："滏阳河啊，母亲河，你养育了沿河儿女，你把爱带给人间大地！"子牙河的子牙就是《封神演义》里的姜子牙……学生们从来没有想到自己生长的这个村子这么了不起。为了加深学生们的记忆，安永哲领着他们去参观晋王坟，凭吊柏林寺，去滹沱河边野餐……每次出门时，都能看到白校长用别有意味的眼神看着他，笑吟吟的脸上带着寒意。但安永哲一次也没有向她请过假，他认为自己的做法是正常教学里应该有的，也是正确的，不需要向谁请示。

学生们学习的兴趣越来越浓烈，安永哲让四年级的学生每人写篇关于家乡的作文。有的学生提问："为啥有关于滏阳河的歌，没有滹沱河的？"有的问："鲁智深和李克用哪个更厉害？"二年级有学生问："为啥不让他们也写？"几天之后，四年级所有学生的作文交了上来，二年级的居然也有学生写了，不会写的字还用拼音标上。安永哲读着这些发自肺腑有真情实感的文字，感觉自己的辛苦没有白费。那几天，他一和老师们聊天，就谈起学生们的作文。刘烨老师说："安老师一说起这些的时候，眼睛里有道很迷人的光，你对学生是真正的爱。"安永哲说："你们也很爱学生呀！"刘烨老师说："你和我们不一样。"莲莲也说："你和别人不一样，我们家刘宏现在回了家张口闭口就是我们安老师说。"安永哲说："刘宏的作文也不错。""他长大了要当宇航员。"莲莲抢过话得意地说。

学期末全镇统考，安永哲带的四年级平均分全镇第一名，最高分也是他们班的；二年级均分全镇第二名。消息传回来，村里一下沸腾了，启宝村从来没有出过这么好的成绩。人们见了安永哲，老远就用热情、钦佩的目光迎接他，连老人和没有学生的家长也尊敬地称呼他安老师。安永哲想起自己刚来时，村里有人叫他小安老师，有人也跟着传言议论他不好好教书，现在大家都这样敬重他，他忽然觉得调不调学校都无所谓了，在这儿一直教下去也挺好，最起码把现在这两个班的学生送出去再说。

开学的时候，白校长找安永哲谈话，还是那件浅灰色的西服，和一年前似乎一模一样。白校长说她作为校长，事务多，经常得去镇上开会干啥的，带两个班忙不过来，希望安永哲能理解，还带复式班，她继续带五年级。安永哲把学生送出去的希望落空了，但没有跟白校长争执，按照她的安排，从头开始带一、三年级。刘烨带着她的班上，教二、四年级。

莲莲儿子被安永哲带上后，进步很大，她希望一直由他带着，考个好点的初中。现在看到被白校长带上了，不开心。她问安永哲为什么不和白校长争取，带毕业班容易出成绩，也容易出名。安永哲说白校长教得挺好，有经验，又认真。莲莲叹了口气说："她就会让学生做题，做题，没完没了买卷子。"

兰晓梅果然如愿以偿调到一道线学校教英语了。胡大海却到县城教高中了。听说因为扩招，高中缺下很多老师。白校长教上五年级大概觉得理亏，主动找安永哲问："安老师你怎么不活动活动，县城高中缺老师，你去教很合适。"安永哲说："待在这儿也挺好，我不爱求人，天上哪会自己掉下馅饼？"

其实，教低龄学生虽然费心，但有种另外的乐趣。一年级班里有对双胞胎，长得几乎完全一样，妈妈给他们穿的衣服也从来一模一样，怕把他们认错，安永哲让老大坐左面，老二坐右面，提问时心里默念，左面老大，右面老二，可是一下课就分不清了。安永哲问其中一个："你妈妈有没有认错你们的时候？"孩子奶声奶气回答："有次妈妈给我洗了脸之后，又给我洗了一遍，没有给哥哥洗。"还有位三年级的女学生，希望安永哲星期天也不要回家，陪着她。安永哲说得回家里处理些事情。女生说："老师要是觉得星

305

期天害怕的话，我陪你睡觉。"安永哲想，把一个学生从一年级教到五年级其实蛮好的，就像把棵幼苗培养成小树。可是到了五年级，假如白校长再不让教怎么办？

没想到几天之后，白校长又找安永哲谈话了，让他带五年级，然后再从一、三年级里挑一个班。安永哲不清楚为什么会这样，说自己带一、三年级就挺好的。白校长冷笑着说："教办下命令了，让你教五年级。"安永哲很惊诧，除了那次络腮胡干事找他谈照相的事，他没有和教办的人私下打过任何交道。但他也没有多想，说就再带个一年级吧。

放学后，莲莲兴冲冲来找安永哲："带上五年级了？"安永哲说一样，五年级和一年级比三年级和一年级任务更重些。莲莲跺了跺脚说，以前带五年级的都是只带五年级，一般都是校长带。安永哲"哦"了一声，明白原来还有这回事。接下来心直口快的莲莲讲起自己怎样和五年级的家长联合起来一起去找她公公，然后她公公去教办提出要不让安永哲带五年级，要不换校长。安永哲有些惊骇他们的做法，说："这样不好吧？"莲莲说："谁行谁上，谁都盼自己家的孩子遇到个好老师，五年级了，最关键的一年，好钢要用在刀刃上。我儿子说你真会教，上课既轻松又容易让人懂，不像有的老师像把学生关在笼子里，每天除了做题还是做题。"

莲莲和其他家长的信任更增强了安永哲的责任感，他虽然没有调到个大点儿、交通方便的学校，但对自己的要求更高了，他要用成绩和家长、学生的口碑来证明自己的价值，答谢家长们对他的信任。

306

安永哲把更多的精力投入教学，他认真分析了历年小升初考试题和每个学生的情况，有针对性地给每个学生设置了目标。为了更了解学生的思想和心理状况，他让毕业班的学生按要求写小作文、大作文之外，还记日记。但是安永哲注意不给学生们增加负担，日记不要求每篇完整，每天哪怕写几句话，描写一个场景，或写个心理活动就行，但一定得认真。教作文他注重从培养学生的观察和思考能力入手，倡导学生们写真事、真心话。每次学生们交作文后，安永哲认真分析每一篇，帮助学生们修改提炼，而且每次布置下作文，自己带头写一篇。此外，还组织学生们往杂志上投稿，参加征文大赛，并自己身体力行。

很快，安永哲的小说与教学研究及史料方面的文章连续公开发表，班里有位学生的作文发表在了《小学生》杂志上。村里有位在省城当大学教授的人回来拜会了安永哲一次，不久她的女儿写来信，要拜安永哲为师，教她搞创作，安永哲品尝到了教学相长的快乐。

寻根究底的性格使安永哲在一个星期天，去了临近繁峙县的泰戏山，寻找滹沱河的源头。在当地老乡的帮助下，安永哲沿着羊肠小道走了很久，然后穿过大片茂密的庄稼地和一条荒凉的峡谷，在杂草中看到条弯弯曲曲的河流，如果不是老乡指认，他不会相信它是一条气势磅礴的大河源头。它太细太小了，像条小蛇，仿佛一锹就可以从中斩断。想到遥远的渤海，安永哲有种跟着它的踪迹走下去，看看它是怎样变得波澜壮阔，而又百折不挠地流入大海的。因为它不仅小和细，而且不识时务地倔，不像一般河流随着中国西高东低的地形，从西往东流，而是从东往西流。

从滹沱河源头回来之后，安永哲每天傍晚到河边静坐一会儿。眼前的河面已经有几丈宽，很难想象它是从一条小蛇长大的。岸两边的青草经过一个夏天的疯长，绿得发黑，与杨树发白的皮映衬着，像水墨画。每到落日挂在长河上时，安永哲的思绪总是飘得很远，他想到河流的入海口渤海边看看。

又是教师节，莲莲没有请安永哲他们去她家里吃饭，却给安永哲拿来一块她老公从安徽宿州带回来的石头。墨黑色的石头高低起伏错落有致，中间有道蜿蜒而下的白色石英，放在沙盘里端详，有山又有水。莲莲说听说安永哲经常去河边看水，把这块灵璧石搁家里，不出门就能看到山水了。

白校长过来，依然给每位老师发了五十元钱。她看到这块石头，用手在上面摩挲着说："谁送你的呀？你该找女朋友了，人家刘烨老师马上就要结婚了。"白校长走后，安永哲从一件已经发黄的白背心上剪下一块布，蘸着水认真擦这块石头，越擦纹路越清晰，安永哲看见大山中的小溪变成了河流。

正擦着，刘烨老师过来了。她看到石头，眼神有些幽怨，然后绽放出笑容。她说："今年莲莲也不请咱们到她家吃饭了，是不是啥地方惹下她了。"安永哲摇摇头说："不可能吧。"刘烨说："那是个好人、热心人。"安永哲点点头。刘烨说："安老师，我今天来是请你喝喜酒的，我国庆节就要结婚了。"安永哲忙站起来向她表示祝贺。刘烨走后，安永哲有些淡淡的惆怅。石头已经被擦得又黑又亮，散发出青铜一样的光泽，那道石英格外醒目。

刘烨结婚后，中秋节快到了。教办脑袋微秃、脸色晦暗的老干事和胖乎乎的络腮胡子干事相继来了，卖的还是月饼和葡萄。白校长依旧对他们点头哈腰，笑脸相迎，恭敬而送。领这些东西时，安永哲没有去年的兴奋了，而是脱口道："他们也不能换个花样，是不是春节时又是小米和带鱼，明年毕业时照相？一辈子就这样！"突然莲莲踩了一下他的脚，安永哲意识到自己说多了。

几天之后，白校长从教办开会回来，通知县教研室的要来学校检查。她脸上的麻子因为紧张和兴奋变得通红，像木刻中涂上油墨的作品。刘烨老师说，教研室下下边检查，一般都是去大学校或中心校，启宝这么小的学校！

白校长每天下午活动时间安排学生们打扫卫生，满是黄土的操场上像来了黄袍怪。她还请了村里的一个画匠，把教室外边窗台下面裸露的红砖都刷成白的，在上面描了斗大的红字："教育要面向未来，面向现代化！"

检查团终于来了。满脸横肉、眼袋下垂的教办主任骑着摩托带路，后边跟着络腮胡子干事，最后面是一辆灰色的长河面包车。白校长带着老师们已经在院子里迎接，操场上洒了水，散发着扑鼻的腥气，颇有黄土垫道的味道。面包车上先下来一个头发花白的老头，然后鱼贯出来黑瘦的中年人、戴眼镜的人……共有五六个。一起进了白校长兼卧室的办公室，屋内顿时满了。安永哲退出来，刘烨和莲莲也紧跟着退出来。白校长呼喊刘烨老师进去给这帮人倒水。

先是听课，指定听安永哲的。

然后检查教案、作业、作文。

　　络腮胡子抓起一本作文，眼睛贴上去看了几行，用手沾着唾沫翻了一页，呵呵大笑起来，络腮胡子一颤一颤的，指着一处把它递给旁边黑瘦的中年人。中年人低下头浏览，几分钟后又递给旁边的头发花白的老头，老头读完之后，脸上出现生气的样子。安永哲有些奇怪，这本作文是他们班成绩最好的学生的习作，她的作文水平很高，不知道老头为什么生气。

　　老头咳嗽一声，室内顿时安静了。他用带着痰的声音生气地说："咱们一些学校出不来成绩老说自己没有好学生，我看是你们的老师不合格，把好学生糟蹋了。你们看看这篇作文多么好，老师却不好好批改，只打了个 95 分。"他转过头对教办主任说："你要督促他们好好整改，再过一个月我们再来检查，如果还是这样，检查住谁，谁搬铺盖走人。"说完之后，他对旁边黑瘦的中年人说："你把作文念念，让大家听听这篇作文怎样，看看咱们的老师是多么的不负责任！"

　　黑瘦中年人用蹩脚的普通话念开了，中间居然还念错几个字。念完之后，他站起来说："多么好的作文啊，相较之下，咱们的老师太不负责了。"看他的腔调，似乎还要把老头的意思重复一遍。安永哲终于忍不住了，站起来说："这个学生是我教的，这是我最好的一个学生，上学期考试她是全镇第一名。我为什么作文本上只打分数，没有评语？因为这是小作文，教学要求不需要评语，大作文每本上面都有评语。小作文打分数是跟着我们大学时的写作老师学来的，我很尊敬他，我教学、写作能有点儿成绩，全靠学习他。"

接下来安永哲把打分的依据说了一遍，说这篇作文本来打算打满分，但她有两处词语用得不准确，所以扣了五分。他虽然只是简单地打了个分数，但是让这位同学课堂上把这篇作文念了一遍，他还现场做了点评，一起念的还有×××。安永哲把其他几位同学的作文一起找出来。"我教学绝对不会偷懒，日记不需要批改，我每天还都批改，何况作文。"安永哲把一堆日记本抱过来，翻开上面的一本让检查团的人看。"你们可以去学生中间或者村子里打听打听我的口碑，假如有一位学生或家长对我有意见，我背起铺盖就走人。"

安永哲有些生气和激动，说得语无伦次，但他说完之后，室内顿时安静了。过了几分钟，白头发老头站起来，一声不响往门外走，其他人也忙站起来，跟着他往外走。

教办主任叹口气说："还是年轻！"也跟着出去了。

白校长送完领导，返回来拍着额头说："坏事了，一个月后再来怎么办？"

这次风波传得更是快，多少年上级下来检查的人从来都是说一不二，已经成为老虎屁股，没有任何人敢挑战他们的权威，安永哲却给了他们个眼吹灰，许多人都说他完了。安永哲在公共场合遇到年轻老师们，他们总会好奇地询问事情的经过，然后好心安慰他。而那些年长的老师们则用过来人啥都知道的眼光扫他一眼，仿佛他已经成为案板上的鱼。

与安永哲大学一起毕业的几个同学因为这事，周末还把人都召集在公路边的一家小酒馆，商量怎么应付这件事。毕业不到一年半，每个人已经没有了大学时的意气风发，一群人坐在酒桌上唉声叹气，像群老头老太太。有个家在城里的同学对安永哲说："县里有个领导的女儿在人事局工作，人还俊俏，因为脑子有点问题，快三十了还没有结婚，家里人很急，你要是有想法，可以托人去说，那就没人敢欺负你了，还能马上调到县城去。"安永哲灌了他三杯酒，说他这就是欺负人，其他同学也说绝对不能这样干，为了解决一时问题，麻烦一辈子，尤其是女同学反响很激烈。兰晓梅带上英语心情好，比刚毕业那年胖了，下巴圆润了。她说："要不你找教办主任疏通一下，狼进来是狗领着，他说话管用，给人家带点儿东西，道个歉。"安永哲摇了摇头说："不是他，我能来到这个地方，遇到这破事儿？"大家说来说去，没有一个合适的办法，酒倒是都喝了不少。喝上酒，开始说气话，没想到上班才一年多，心里就都憋了这么多的委屈的话。胡大海说："要不咱们一起到局里告教办主任去，他胡乱安排人，任人唯钱，才搞成这样的烂摊了。"胡大海人虽到县里的中学去了，但关系还在教办，工资正停发着。兰晓梅听到这话涨红了脸说："这不好吧？"大家七嘴八舌发表议论的时候，忽然一位从来不爱说话的女同学呜呜哭起来，她说再也受不了了，她要离开这里。

　　原来这位可怜的女同学也被分配到三道线学校，交通不便一周只能回一次家，每天自己做饭，都还能凑合，但冬天生炉子对于她却是个大麻烦。每星期一把炉子生着，为了不让炉子灭了，剩下的几天每天晚上都起来加几次炭。冬天的晚上室内生着炉子也很冷，她搁记着火，总是睡不踏实，有时好不容易睡着，却被噩梦惊醒。晚上睡不好，白天就没精神，还容易冲动发火，学生们不大喜欢她，总是故意捣乱，成绩也上不来……

那天大家几乎都喝多了，告别后摇摇晃晃骑上自行车各自奔向未知的前途，像一群被子弹惊飞后仓皇逃窜的麻雀。

过了几天，安永哲突然听到那位女同学辞职跑到海南去了。对于没有见过大海的他们来讲，海南是一个异常遥远的地方，虽然海南在大开发，传说遍地是机会，安永哲却想到历史上的种种流放，心里很难过，不知道连话都不爱说的一个女孩子，跑到海南要怎样去打拼。仔细打听，她的走还是因为炉子。

连续几天，炉子总是乱冒烟，距离上次倒烟囱的时间却不长。以前遇到这种情况，她敲打敲打烟囱倒出点煤灰就好了，这次却完全不管用。她实在受不了，叫了班里几位高个子的男生与她一起倒烟囱。因为没有处理好与学生的关系，她不在没办法的情况下，很少叫学生帮她干活儿。拆卸开烟囱，扛出去倒煤灰时，迎风口的那头突然一个黑乎乎的东西掉到女同学头上。她尖叫一声，仔细看是只鸽子，爪子和翅膀被绑着，卷曲着的毛有的地方糊了，有的大概刚掉，露出的肉还是鲜红的。刚开始冒烟那天，她听到烟囱里有声音，还以为是老鼠，敲打几下就吓跑了，没想到是鸽子。想到这几天它被绑着塞到烟囱里，在烟熏火烤下活活被弄死，她扔下烟囱就跑了。她的东西还是后来她弟弟帮着取的。

安永哲在静静地等待着，等一月之约。

一个月的期限终于来了，白校长怕人家突然袭击，前一天就让学生们把教室里的玻璃擦干净，第二天早早把校园打扫干净，洒上清水。每次课后，她跑到校门口张望，可是一直等到天黑下来，学校放了学，检查团的人也没有来，教办那突突的摩托声也没有听到。白校长召集老师们开会说："今天不来，说不定明天来，或者后天来，大家决不能掉以轻心！"

开完会，安永哲心里闷闷的，出了校门朝南走去。冬天的风很硬，吹得人脸发麻，他心里痛快了些，像有小小的气团在不断地爆炸。很快村庄的灯火被抛在后面，头顶上的星星却始终在闪烁。安永哲来到滹沱河岸边，草木凋零，空旷的河滩上，大风夹裹着河床上寒冰的冷气往身上扑，仿佛要把人推回温暖的室内。河对岸的远处有灯火在闪烁，隐隐约约还有牛的吼叫声传来。安永哲拉了拉衣领，踩到散发着白光的冰面上，他想一直向西走，就会走到渤海去，渤海离海南有多远？他想到那位跑到海南的同学，此时的海南大概像春天一样，鲜花怒放，绿树成荫，一群群海鸟自由地飞翔。鲁智深当初为啥不从启宝村去渤海呢？宋朝的时候，河道里的水一定比现在还大，他可以坐着船，一路向西，奔向渤海，奔向自由的海边。他却去了五台山，当然去五台山有赵员外介绍，但鲁智深注定不是当和尚的料，那里的清规戒律他哪能受得了，所以才会大闹五台山，上了二龙山、梁山……

白校长依旧全力以赴准备接受检查，她感觉上次安永哲让检查的人碰了钉子，这次他们可能迁怒于她，专门检查她。她每天抄教案，批改作业，而且也开始让学生们写日记。此外，隔几天就让学生们擦一次教室玻璃，每天打扫校园、洒水。冬天压杆井冻了，每次打水前，需要先浇一壶开水上去，然后学生们压上水，一盆盆浇在院子里，先倒下去有些尘土，很快就冻成冰珠，闪闪发亮，但很快又被黄土埋住了，谁让冬天的风大呢？

可是教研室的人始终没有来，教办的人也没有再来。快到春节的时候，其他学校的老师领到教办干事们卖的带鱼、小米，启宝村的老师们没有，因为教办没有人来。

放寒假的那一天，白校长终于撑不住了，说着话就咚一下倒在地上。老师们打电话叫来120，医生说她疲劳过度，心脏也有点问题。大家去医院看白校长时，她说："再不放假我就神经了，真受不了。可是他们会不会明年来呢？趁我们没有防备的时候，突然袭击。"大家安慰白校长应该不会，全县几百所学校，每天检查一个学校一年也轮不过来，哪会老搁记启宝呢！白校长听了说："也是，但愿他们不要再来了。"

五年级下学期，白校长不大往外边跑了，和学校的几个老师亲近了些，有时还主动到安永哲教室听课，请教他几道题。

安永哲班里学生们的成绩很整齐，关键是学习习惯特别好，有几个成绩特别突出，还没到考试时间，安永哲已经预料到结果应该不错。

安永哲仍然坚持每天去滹沱河边，鲁智深溯游而上去五台山，而不顺流而下奔向渤海，长久以来成了他思考的问题。顺流而下，还可以经过沧州，那是出英雄好汉的地方，青面兽杨志、豹子头林冲，可是……

后来，安永哲渐渐想明白了，鲁智深根本不知道顺流而下会到哪里，不知道能到了沧州，更不知道能到了渤海。他问过村里许多人，滹沱河最后流向了哪里，没有一个人知道，鲁智深当然不知道。而去五台山，是笃定了的，有赵员外早已买下的度牒，文殊院为头的智真长老是赵员外的弟兄。想通了这个，安永哲发觉困惑他的许多问题都想通了。

那些日子，滹沱河的日出日落，芦苇荡、捕食的水鸟，学生们天真烂漫的笑容，野性未泯的举动，都成了安永哲拍摄的对象。快毕业的时候，安永哲决定今年再给学生们拍次毕业照，他相信自己的学生自己了解，只有自己才能拍好。当安永哲把这个决定告诉白校长的时候，她大惊失色，马上摆着手说万万不可，要给学校招惹麻烦。安永哲说："有啥麻烦我承担，我去教办先说清楚。"说完，他不顾白校长的阻拦，就骑着自行车去了教办。络腮胡子干事见到安永哲问："今天没课？"安永哲没有回答他的问题，而是直截了当地说："今年启宝的毕业生是我带的，毕业照我来照，你不要辛苦跑去了。"胡子干事呵呵笑了笑说："你想照你照吧，我还忙不过来呢，但千万记得一张照片五元钱，不要坏了规矩。"安永哲出了门，听见他对另一位干事说："年轻人得让他们服水土。"

遗憾的是集体拍合影照的时候，白校长居然找了个借口说要参加婚礼，没有来。刘烨老师说："人家是要撇清关系，万一再有人来搞小动作，就怨不着人家了。"莲莲说："不来也好，麻烦事儿不都是她引来的？"安永哲有些遗憾，但和莲莲同感。

洗照片的时候，安永哲特意让师傅放大成十二寸，装了框子，免费给每位学生和老师发了一张。

小升初考试了，安永哲班的学生果然没有辜负他的期望，均分成绩全镇第一，还有两位同学考进全县前十名，被县重点初中录取。这是学校建校以来从来没有过的好成绩，书记特意买了几挂鞭炮，在校门口热热闹闹燃放了半天。莲莲让安永哲再给她张毕业照，她公公要挂在村支部办公室。

放了暑假后，安永哲拿着学生的毕业成绩单去找县中学的李校长。李校长听了安永哲的教育理念，让他讲了一节课。讲完课之后，李校长说："我愿意要你，但现在关系一下办不过来，就像你们那儿的胡大海那样，你得和教办主任说一下，只要他愿意放你，我就接收。"

安永哲有种遇到知音的感觉，买了些东西晚上去看李校长。敲了半天门，李校长不开。安永哲打他电话，他问干什么。安永哲说："我就在你家门外头，想找你坐坐。"李校长说："你要是想来学校，就别见我，也别给我带什么东西，我答应过的事情一定算数。如果你留下东西，我一定不要你。"毕业之后，听过许多送礼的事情，李校长这样一说，安永哲有些惊诧，但他在门外徘徊了半天，还是把东西带走了。

第二天，安永哲去找教办主任。在教办那破烂、凌乱的办公室里，教办主任正用装订资料的锥子剔牙，安永哲看到顿时感觉牙齿一阵酸麻。他说了自己到中学讲课的事情，说李校长已经答应要他，希望教办能通融。教办主任愣了一下，放下锥子把手伸进嘴里，鼓捣了半天，掏出一根肉丝，抹在桌子上说不行。安永哲说："主任，这是我的一次很重要的机会，我毕业已经两年了，为咱们镇里也做了贡献。能教小学的人很多，我想教高中锻炼自己，而且我年龄也不小了，去了城里好找对象。"把话说到这个份上，安永哲觉得已经是在侮辱自己了，他觉得应该没问题了。没想到教办主任还是说不行："谁愿意要你让他把调令拿来，没有调令别想让我放人。"

离开教办的时候，安永哲觉得头顶一阵昏暗，他本来觉得自己已经把许多问题想通了，可一个教办主任就拦住了他。他决定直接去城里找教育局长，安永哲不相信自己明明本科毕业，能教了高中，高中又缺老师，就非不让他去。

安永哲到了城里是半上午，在教育局办公室看见位比他还年轻的老师，他问局长在不在。对方回答局长下乡去了。安永哲问什么时候回来，对方说不知道。安永哲便在门口等，等到下了班，也没有见到局长。街上随便吃口饭，他又回来接着等，等到下午有人来了上班，然后一直等到又快下班时，还没有等到局长。安永哲决定第二天再来，但当他走到厕所门口时，看见局长刚从里面出来，正往上拉裤子上的风纪扣。安永哲拦住局长，把自己的事情说了，希望局长能放行。局长说："进城得县长签字，高中校长说要你，他哪有那么大权力？"

县长，那是多大的官啊，安永哲从来没有想过要和县长发生关系。骑着自行车往家走时，越走越慢，看着太阳慢慢坠入山后，他没有了一点力气，推着自行车无精打采往前走，天黑透后才回了家。

翻了半天《水浒》，安永哲决定第二天去找县长。他不知道局长说的话是不是真的，但他不信县长和局长、教办主任一个水平。安永哲把这两年自己获奖和发表的作品都整理出来，装到一个档案袋里。晚上梦见自己要去渤海，却搞错方向，到了五台山。

第二天安永哲一早到了政府办公室，一个人也不认识。他推开一道虚掩的门，还没说话，就心虚了。硬着头皮给自己壮着胆子问："县长在吗？"有位趴在桌子上正写东西的人抬起头来说："不在。""那请问县长在哪个办公室？"写东西的人站起来，瘦高而和善，他笑了笑说："往西走，最里面南面的那个家。"安永哲走到门口，深呼吸了一下，敲敲门等了半天，里面果然没有人。他一直等到下班，县长也没有来。

此后，每天早上一到上班时间，安永哲就在县长门口等着，没想到整整等了一星期也没有等上。安永哲有些泄气，难道哪儿的官儿都一样？自己为啥不回去好好努力离开这个混蛋地方，而是待在这儿求人？但又一想，既然这件事情只有县长才能解决，那就一定要见到县长，不见到人家，怎么知道给不给解决？

一天，又白等了一上午之后，安永哲突然遇到一位高中时的同学，他现在在乡镇里当党委秘书。他问安永哲来这里干什么，安永哲说："高中的李校长答应要我，可教办不让走，我想见见县长。"同学说："你在这儿哪能等上县长，每天找他的人踢破门了，谁都想找县长。"安永哲问："那去哪里找呢？"同学说："去宾馆，县长经常在那里接待客人，有时也住在那儿。"

安永哲到了宾馆后，问服务员县长在哪里。服务员回答："不知道。"安永哲便坐在宾馆大厅的沙发上等，他不知道同学说得准确不准确，能不能在这里等上县长。宾馆比政府办楼上安静许多，偶尔有几个人急匆匆进来，然后服务员拿着墩布墩一下干净得可以照见人影的地面。

　　快到中午十二点时，忽然门外的车多起来，人也多起来。许多人谈笑风生进了宾馆的餐厅。安永哲振作起来，使劲盯着门口，盼望县长突然出现。那天，他在宾馆见到许多在电视上见过的人，但没有见到县长。

　　一点多的时候，有人跑进卫生间，接着传来呕吐的声音，安永哲的肚子咕咕叫起来，他想这个时候县长不会来了，跑到外面找了个面馆，要了一碗面、一碗汤，琢磨下午去哪里找县长。

　　接下来的许多天，安永哲在上班的时间去办公室，吃饭时间去宾馆，整个暑假比上课时都忙，可是县长失踪了似的，一次也没有看到。但是每天晚上，电视的新闻里总能出现县长的镜头，县长在接待信访人员，县长在招商引资，县长在开会，县长在下乡，县长在慰问困难群众……那肯定是真的县长，不是替身。个子细高，面孔黝黑，头发三七分，总是风尘仆仆，满脸疲惫，像个农民，只有他们县的县长才是这个模样。

　　时间久了，安永哲认识几个一起找县长的人，但是安永哲觉得自己与他们不一样，他们都是上访的，比如有个人的房子被强拆了，有个人儿子在公园的湖里游泳淹死了，有个人在矿上打工被绞断手了……他们找县长都是让主持正义，讨回公道，他却是让县长打招呼去县里教高中，更好地发挥特长，做贡献。但是这些人能互通消息，谁听说县长在哪里，马上告诉其他人。

　　有一次，安永哲刚到了宾馆，忽然有人告诉他县长在政府办二楼会议室开会，安永哲赶忙往那跑。等他跑到政府大门口时，远远看见政府办公楼前有几个警察，他心里狂喜，觉得这次有戏。等他快到楼前时，看见县长从大楼里出来，有人帮他开了车门，县长上去之后，有人又帮着关了车门。安永哲赶紧往那跑，但车已经发动，绝尘而去。许多人从楼里出来，许多车涌过去接人，安永哲想问问刚才关车门的人，县长去哪里了，可是没有记住那个人的长相。他找给他打电话的那个人，那人沮丧地说，他也没说上话。他接到消息跑过来，县长正在开会，他在旁边一直等着，等到县长开完会出来，一大帮子人拥着，他挤了几次，都被推到一边，等他下了楼，县长已经坐上车走了。

炎热的夏天过去之后，暑假已经接近尾声，安永哲还是没有找到县长。他不敢懈怠，晚上不回家了。他想县长白天那么忙坐不下来，或许晚上会去办公室处理些事情。他也想县长白天忙了、累了，晚上肯定要睡觉吧？他带着把马扎，一会儿觉得县长可能去办公室了，一会儿觉得县长可能去宾馆了，去了政府大楼看见办公室的灯黑着，便觉得这时他可能在宾馆，去了宾馆服务员说没见，安永哲每天来，每个服务员已经认识他了，安永哲又觉得这时县长可能在办公室。遗憾的是他跑来跑去，一次也没有见到县长。认识的几个上访的有人说，县长在政府后院有房子，每天住那里。有人说县长家在市里，每天赶回去。有人说县长住在某驻军部队营房里。有人说县长住在某个单位的内部宾馆里……安永哲听来听去绝望了，觉得凡人不可能知道神仙的住处。

九月一日，开学。

安永哲带着铺盖、咸菜、酱、馒头去了学校。刚进校门，莲莲看见他欢喜地奔过来说："以为你不来了。"安永哲问："怎么说我不来了？"莲莲说："白校长说你要到城里教高中了。"正说着，白校长过来，有些尴尬地问："安老师来了？"安永哲点点头。

安顿好之后，白校长召集大家开会，会上对安永哲说："主任说你要去县里了，我也觉得凭你的本事应该去县里，没想到你又来了。那你带五年级和二年级吧？"安永哲望望刘烨老师说："让刘老师带着上吧？"刘烨老师忙推辞："我水平不够，还是你带吧……"接着犹豫了一下："或者白校长带吧？"安永哲说："谁的学生谁带比较好，了解。"白校长笑了笑说："那刘烨老师就别推辞了，你带五年级和三年级，我带着四年级上，安老师委屈一下，带一年级和二年级吧？"会散了之后，白校长先走了，莲莲望着她的背影对安永哲说，真奸！

安永哲带上一、二年级，上课时间没空出去了，但他不甘心，每天下午放学后，去县里继续找县长。政府院子里转转，宾馆里等等，等人们都休息之后再往学校里返。

天气越来越凉，放学后天已经黑了，往回返的时候，路两边的饭店、修车店大都黑了灯，偶尔有辆车从身边呼啸而过，扇起一阵冷风，安永哲就会想起白校长的丈夫在县城附近被车撞死。他想自己要是有个意外，不知道别人会怎样议论。他想起好久没有去河边了，河水应该快结冰了。

安永哲有天回学校时，突然看见有个男人从白校长屋内出来，男人见到他进来神情有些慌乱，竖起领子贴着墙根走了。安永哲越看越觉得像莲莲的丈夫，看表已经十一点多了。

还有一天，安永哲已经睡着了，白校长屋子里传来吵闹声，安永哲梦见白校长丈夫回来了，他并没有死，而是高兴地调到县城当老师了。

安永哲越找越失望，一次县长也没有遇到。冬天到来的时候，他不但觉得找不到县长，而且还担心高中的老师招满了，不再需要新人，可是他又不能停下来不找，半途而废。

有一天晚上他到了宾馆，刚坐下不到十分钟，楼上传来动静，有三四个人下来，送个什么客人，中间一个显然是县长，和电视上看到过的一模一样，一副农民脸。安永哲掩饰住心中的激动，跟在这几个人后面，等他们把客人送到车上，县长拉开车门也要离开时，安永哲拦住说："县长我和您说两句话。"他把自己准备好的资料给了他，说自己现在在村里教小学，想到县城教高中，已经讲过课，校长答应要。县长翻了翻资料，递给旁边的司机，打量了安永哲一下，让司机把他的电话记下。

那天回学校比较早，安永哲心里一阵轻松，不知道能不能办成事，但感觉终于要有个结果了。进校门的时候，他看见有个男人进了白校长屋子，这次看清楚了，是莲莲丈夫。

在忐忑中等待着，两天之后的一个夜晚，已经十点多了，安永哲接到个陌生电话，对方说他是县长的司机，告诉安永哲县长一个小时之后在宾馆见他。安永哲感觉多少天来受的委屈顿时消失了，他觉得县长这么晚见他，一定有戏。他忙洗了洗脸，用湿毛巾擦擦衣服上粘的饭捻子，推出自行车往外跑，出门前，又捏了捏口袋，钱包带上了，到了县城买包烟还是什么。一出大门，忽然听到莲莲家那边传来沸腾的声音，许多人往那儿跑。黑暗中有个人撞到他身上，是班里的学生，他气喘吁吁地说："安老师，莲莲烫伤了！"

"咋回事？"安永哲大惊。

"他们吵架，他男人把一壶开水浇到她头上了……白校长也在。"

安永哲感觉一股冷气森然从脊椎那儿蹿起，他想起莲莲说她多么喜欢自己的丈夫，每天孩子一样哄着他，回了家啥也不用他干。

安永哲抬起腿来，可是抖得不知道往哪儿放。

流 年

一

你知道王菲吗?

就是那个与窦唯、谢霆锋、李亚鹏三个男人都有故事,声音清亮、出尘的王菲。

凌云飞知道王菲是在王家卫的《重庆森林》里。王菲饰演的杂食店店员阿菲一心向往着加州明媚的阳光,她爱上了梁朝伟饰演的失恋警察 663,经过努力使 663 在她这里找到新的感情归宿,两人相约晚上在加州见面,当阿菲坐上大飞机真的飞往加利福尼亚时,663 却去了"加州"酒吧等她。

那时,凌云飞在北方一座城市借调。总是布满雾霾像灌了铅似的灰色天空,面孔呆滞身着蓝色、黑色衣服的灰色人群,水泥堆起来的灰色市政大楼,磨得没有光泽的灰色台阶上布满的黄色和绿色的痰痕，充满他的视野。他觉得生命一片黯淡。

D县到云城几十公里的距离，在凌云飞看来，几乎是世上最长的距离，几年了，他还是个借调人员。加利福尼亚那么远的地方，小店员阿菲怎么敢去，还真的去了呢？凌云飞羡慕阿菲对生活的这种勇气，他经常把碟片定格在叫阿菲的王菲身上，想象加利福尼亚的阳光是怎样的灿烂，然后喜欢上了王菲。

他开始收藏关于王菲的碟片。云城的每家CD店成了他的好去处。每次当他站在几个留着披肩直发、声音清脆的年轻学生中间翻拣CD时，透过塑料壳子，看见衬在盒子里面王菲明艳的照片，总有种意外的欣喜。他把能找到的王菲演唱会和专辑的CD都买下。在那些灰暗的日子里，每当听起王菲的歌，他就能想起加利福尼亚的阳光，心情暂时明朗一下。

临近旧历的年底，照例是单位进人的时候。凌云飞的单位也进了人，与上年、上上年一样，不是他。

每年这个时候单位去下边考核工作，这年也不例外。凌云飞随着带队的李副局长一行去了K县。晚饭后当地对口单位的领导带他们去唱歌。黑色的小轿车驶出县城，在黑夜中穿过一架铁路地下桥，正好有列火车驶过，咔塔咔塔的声音像放大的钟表指针的跳动。穿过桥，远方有了灯火，被更大的黑暗包围着。

进了KTV包厢，凌云飞忽然发现当地陪同人员中多了位瘦瘦的姑娘，嘴巴涂得鲜红。吃饭的时候，她并没有出现。当地领导介绍说："小倩，大学生村官，借到县里帮忙的。"姑娘冲他们一笑，露出雪白而整齐的牙齿，她说："我叫小倩，欢迎领导们来视察指导工作。"说完之后,她鞠了个躬,露出一截雪白的脖颈。坐座位时,县里的领导让凌云飞他们往中间坐。凌云飞在领导们推让时,借口上卫生间。出来后,发现大家已经坐好。李局长坐正中间,县里的领导坐旁边,两边簇拥着其他人,小倩坐在门口位置上。凌云飞不动神色坐在她旁边。小倩欠欠屁股,把他往里让。凌云飞坐在门口倒数第二个位置上。

姑娘瘦小、扁平,像发育不良的高中生,鼻子上有几颗雀斑若隐若现,一笑就凸显出来。她大概不知道自己这个小毛病,自顾自不停地笑。LED 光纤灯关了,闪灯照在人们脸上忽明忽暗,姑娘好像有些紧张,缩了缩身子。灯光闪到她脸上的时候,凌云飞首先看到的就是她鲜红的嘴唇。

先是凌云飞单位李局唱,唱完科长唱,副科长唱……轮到凌云飞时,他说:"不会唱,一唱歌嗓子就发痒。"对方继续让,凌云飞坚持说不会唱。几番过后,地方领导拿起话筒。他们唱的是《纤夫的爱》《敖包相会》《小白杨》……凌云飞吃饭时喝了几杯酒,听得昏昏欲睡。忽然,听见有个声音说:"小倩来一首。""我唱首王菲的《红豆》。"是那个瘦瘦弱弱的村官。凌云飞缩缩身子,努力把自己陷到两张沙发中间的那道缝隙中。他想谁愿意表演让谁表演吧。

"还没好好地感受 / 雪花绽放的气候……"一种空灵出尘的声音忽然在包间里飘荡起来,包厢里浑浊的酒味顿时好像减少了,有了些雪花清冽的味道。凌云飞不相信自己的耳朵,探起身子,看见瘦姑娘面朝屏幕,正闭着眼睛,深情地唱。当她唱到第一节中的"有

327

时候，有时候"时，凌云飞有些担心，害怕下一句"我会相信一切有尽头"中的"一切"她唱不好。没想到姑娘唱到这儿时，声音稳稳地降了下去，缥缈但非常清晰。那一刹那，凌云飞感觉自己的半辈子完全袒露在姑娘面前了，他吃惊地坐起来，挺直腰，定定地望着姑娘。她唱得很投入，唱得几乎和王菲一模一样，尤其是唱到"宁愿选择留恋不放手""等到风景都看透"这几句时，凌云飞感觉加州明媚、温暖的阳光大片照了过来。

一曲唱完之后，掌声象征性地响了几下，不如刚才那几位唱过时热烈。凌云飞不知哪股劲儿来了，他大声喊："好！再来一首。"

他几乎从来没有这样大声说过话，尤其在领导面前。但那天，凌云飞管不住自己了。他喊完之后，隐隐约约有些后悔，但同时有了一种痛快的感觉。他望望姑娘，感觉她站在那里好像对自己笑了一下，他又脱口而出："再来一首！"旁边竟有人附和，他心里暗喜。姑娘就又开始唱。

凌云飞抓起酒瓶去敬酒。

那一晚，凌云飞不知道自己喝了多少酒。每次姑娘唱完，他就拿起酒瓶跑去敬领导们酒，好腾出话筒来让姑娘继续唱歌。姑娘大概唱了五六首，清一色王菲的歌。凌云飞感觉神奇极了，在这么个破地方，这么平常的女孩，居然能把王菲的歌唱这么好。女孩把话筒交出去后，凌云飞端着酒杯又坐在她身边。那么自然，连他自己也觉得奇怪。他把自己的手机、电话等联系方式都告诉了她。姑娘姓聂，喜欢唱歌，上了一个地方大学的音乐系，毕业之后连工作也找不下，只好考了村官。聂小倩说这些时，不时停下来笑笑，像想起了什么好玩的事情。

姑娘的生活简直是凌云飞的翻版，他讲起《重庆森林》里的阿菲。聂小倩马上接起话来，她也很喜欢王菲扮演的这个角色。他们两个一替一句讲里面的细节，都觉得当阿菲坐上大飞机真的飞往加利福尼亚时，663却去了"加州"酒吧等她这个情节好玩。说到加利福尼亚，凌云飞觉得小倩脸上的雀斑亮了几亮。

第二天，凌云飞起个大早。走了半条街道，找到家音像店，没有开门。凌云飞狠命敲门，半晌，旁边出来个人说："里面没人。"凌云飞问："老板哪儿住着？"那人打个哈欠，掏出手机拨电话。凌云飞等了十几分钟，老板才来。他买了能找到的所有与王菲有关的碟片。

吃完早饭，要离开K县的时候，送行的人里面没有聂小倩。凌云飞心里很失落。随后马上就想开了，这种场合，像吃饭一样，哪能轮到帮忙人员聂小倩出现呢？给聂小倩买的东西却没办法送给她了。

按照日程安排，凌云飞他们还得去另外三个县。凌云飞走到哪里，总是想起聂小倩。他期望聂小倩突然给他打个电话，哪怕发个短信也好！却一点儿消息也没有。他觉得自己有点好笑，他只是微不足道的借调人员，能帮她什么忙？他想自己要是市级单位的正式工作人员就好了，他顺着这个思路想半天，不愿从里面出来。

三天时间，凌云飞心不在焉。

每到一处，县里都会送他们资料和土特产。每个人的包里塞得满满当当，小车的后备厢里快装满了。大家为了拿土特产，悄悄把些不重要的资料留在了宾馆。凌云飞带着准备送给聂小倩的东西，是个累赘，主要是心里累。到了那个以养羊出名的山区县，要送他们每人一条羊毛毯。每个人又把自己的东西检查一遍，能不要的统统不要。车里坐人的每个缝隙都塞满了东西。好像找到了一个结实的理由，凌云飞拿出王菲的那些碟片，找到邮局，给聂小倩寄了过去。

回到市里，因为是年底，工作特别多。凌云飞忙得不可开交，对聂小倩的幻想慢慢就淡了。

凌云飞偶尔抬头望见外面灰色的天空，还会想起那个夜晚。这个时候，他有点后悔当时的冲动，想自己要是没有给聂小倩寄东西就好了，留下的都是美好的回忆，寄唱片真是画蛇添足的一招。

又一年开始了，凌云飞还像以前那样忙碌，聂小倩的事渐渐淡忘了，凌云飞偶尔想起那次唱歌，自嘲地笑笑。聂小倩尽管不漂亮，又是个帮忙的村官，但毕竟是个女的，歌又唱得好，也算稀缺资源吧。

凌云飞忽然收到挂号信那天，是星期一。院子里的柳树绿了，草坪上一簇簇小草拱起土皮，也泛出了绿意。

信封里面夹着张碟，地址是 K 县。凌云飞的心跳了起来，他知道聂小倩收到自己寄的碟了，这是她回的一样东西。他猜测这也是王菲的一张碟，内容是什么？想了半天，在纸上写了那天没有买到的王菲几张专辑的名字。

打开信封，里面只有一张银白色的原始碟片，其他什么也没有。他又掏又抖，真的一个纸条也没有。碟片崭新，光光的碟面映出了凌云飞的面孔。他看着这张空白碟片，看着碟片上自己模模糊糊的脸，心里有点失望。有人叫他有事，他就把碟片往抽屉里一塞，事后竟然忘了。

周五午饭后，凌云飞拉开抽屉找东西，又看到了这张碟片。他把这张碟塞进电脑。电脑吃吃地响了一会儿，突然冒出王菲的歌。他赶紧关掉声音，然后插上耳机，再把声音打开。里面是王菲的歌，但都是聂小倩唱的。凌云飞激动起来，身体簌簌发抖。他一边听，一边迅速做出一个决定。

他跑到汽车站，订了到K县的车票。

最后一趟车是下午四点钟，以往这个点儿凌云飞还在上班，现在不管了。买好票，返回单位，凌云飞坐在办公桌前，拿起书，根本读不进去。于是拿起一张旧报纸，不小心撕烂了，于是他把撕烂的旧报纸一块块撕起来。撕碎，又慢慢往好拼凑。好不容易熬到快三点钟，听到楼道里有了上班来的人的脚步声，他关了手机，跑向汽车站。

汽车驶出市区后，密集的楼群和车辆不见了，大群的麻雀为了躲避车辆一起飞起，又一起落下。空旷的田野里，农民在拾玉米茬子，犁过的地平整得一眼能望到山边。山还没有返青，一丛丛耸立着，山脉隐隐。

过了三岔，出现许多拉煤的大车，时不时把路堵住。凌云飞把手心搓得发白，计算着时间，把这认成是对自己的考验。

到了K县，已经晚上九点多。北方的初春，和冬天一样冷和黑，整个县城漏着几点灯光，汽车站旁有几家小饭馆开着门，老板一家人边吃饭边看电视。凌云飞走过去之后，便听见落门板的声音。

凌云飞凭着记忆，寻找上次住的宾馆，有细小的雪沫子落下来。放下东西，他躺到床上给聂小倩打电话，拨了几个号码又停下，站起来走到窗前，拉开窗帘，看着外面，站了一分钟，他才又开始拨手机。电话响了五声，他打算挂掉时，有人接起来。

"聂小倩吗？我是凌云飞。"凌云飞因为紧张，说话的声音有些发抖。"唔！"话筒里的声音有些怀疑，"凌云飞，你在哪儿？"凌云飞说："我在K城宾馆。""真的？"聂小倩问，"你和谁在一起？""就我一个人。""……我二十分钟过去！"对方挂了电话。

凌云飞激动起来，他在屋子里转了几圈，然后对着穿衣镜把衣服领口、袖口弄整齐。突然发现衣服上有饭黏子，赶忙用湿毛巾蘸着水擦掉。刚消停了坐到椅子上，马上想起什么，飞快地脱衣服，洗澡、梳头、刷牙，当他重新穿戴停当坐到椅子上时，才用了十分钟时间。凌云飞又烧了壶水，接着不住地看表，时间还不到。壶里的水噗噗响了，冒出热气。他看着水壶，有些水随着热气溢了出来。

忽然，外面传来脚步声，走到他门口停下来。凌云飞屏住呼吸，蹑手蹑脚走到门口。听到对方把手指放到门上，敲门声还没有响起，他猛地把门打开。聂小倩好像被气流吸进来一样，一下子跌到他怀里。凌云飞用脚碰上门，牢牢抱住她。聂小倩身上带着寒气，头发湿漉漉的，散发着洗发水的清香，嘴巴涂得鲜红，透过厚厚的衣服，凌云飞感觉聂小倩的心咚咚跳得厉害，他的心也咚咚跳得厉害。

良久，凌云飞才放开聂小倩。路上凌云飞还千思万想怎样缩短和聂小倩的距离，没想到这样就解决了。

聂小倩羞红着脸望着他说："我刚才在洗头，你打电话时。"凌云飞说："我以为你忘了我！""傻货！"聂小倩说，"我以为你瞧不起我。"凌云飞心里一阵暖呼呼的热流涌过，他重复了一次聂小倩的话："我以为你瞧不起我。"他又要抱。聂小倩躲过，问："收到了吗？"凌云飞从包里取出那张碟，认真地说："这是我收到过的最珍贵的礼物。""傻货！好听吗？"聂小倩笑起来。"好听。"他说。

"还没好好地感受／雪花绽放的气候……"窗外下起了雪，雪花落在窗台上静静的，不一会儿外面就白了，像天要亮起来。暖气管道里水在汩汩流动，不紧不慢。聂小倩的歌声像从白色的世界飘进来的，凌云飞看到了加州的阳光。

聂小倩走时，外面已经白茫茫的。凌云飞要送，她不让送，凌云飞坚持要送。出了宾馆院子，街上看不到人影，天和地被雪连在一起，路灯在纷纷扬扬的雪花里显得更暗了。凌云飞说："这个世界上要是只剩下咱们两个人多好！""傻货！"聂小倩忽然停住，踮起脚尖来在凌云飞嘴唇上吻了吻，然后转身边跑边朝凌云飞摆手。凌云飞追了两步，见她使劲摆手，怕她摔倒，就停了下来。

他一直看着她消失，然后踩着她的脚印慢慢地往前走了一会儿。

二

从那之后，凌云飞开始了云城和 K 县之间的频繁奔波。为了省钱，他大多时候坐绿皮火车。车厢里一般人都很多，有时连坐票也买不到，凌云飞就几个小时站着。周围是带着尼龙袋子进货的小商人，行李放在油漆桶中打工的小伙子，眉毛做得又粗又直的姑娘们，穿着校服戴着眼镜的学生，拿着装病历袋子的老人们……汗酸、酒味、小孩呕吐的酸奶在车厢里发酵、弥漫。有几次凌云飞听到人们发牢骚，咒骂铁路上缺德，这么多人站着也不多加几节车皮！有时人们还自嘲着打赌，坐这趟车的人都是没办法的穷鬼，自己没钱，也寻不到地方给报销。凌云飞默默地听着他们的议论，微笑着看着树木、山岗匆匆落在后面。

凌云飞和聂小倩经常去一家偏僻的小饭馆吃面，吃完饭之后去KTV，聂小倩一首接一首给凌云飞唱歌，都是王菲的。凌云飞和聂小倩像阿菲和 663 一样，小心翼翼谋划自己的未来，沉浸其中。凌云飞张开双臂，绕着茶几转几圈，模仿飞机。聂小倩搂着他的腰，头紧紧贴着他的背，长长的头发像鸟的羽毛一样给凌云飞温暖、安全的感觉。他们商定，只要攒够了去加利福尼亚旅游的钱就结婚。

凌云飞以前每天盼年底，好在单位进人的时候把自己顺进去，或者即使进不去也把这漫长的一年画上句号。现在他每天盼周末，只要见到聂小倩他就感到幸福。

偶尔碰上单位加班，聂小倩便赶来云城和凌云飞相会。每次凌云飞都叮嘱她，火车挤，坐汽车。晚上回到出租屋，聂小倩已经做好饭等他回来，简单的两三样菜，却能驱赶走凌云飞的疲惫和因加班带来的烦躁。这时凌云飞看到聂小倩鼻子上的雀斑都像闪亮的星星。

这期间，聂小倩不小心怀过一次孕。两人商量后，一致觉得做掉好，他们没有养孩子的条件。

两年后，两人攒够去加利福尼亚的钱。凌云飞发愁怎样请假，毕竟要走不算短的一段时间。老实告诉领导，显然不合适。找个什么样的理由？他想了好几个，又自己推翻。转眼间到了周末。

凌云飞坐在奔往 K 县的列车上，一路上想理由。下车的时候，他在漆成天蓝色的栅栏外一下看到了聂小倩，她跳着，朝他招手，脸上露出有些诡异的笑容。凌云飞心里暗下决心，不管找什么理由，只要聂小倩确定了时间，他就马上走。

到了经常吃饭的那个小面馆，聂小倩把一个信封塞进他手里，"一定要带好，不准丢了哦！"

"啥？"凌云飞边问边打开信封，看到银行卡。

"不，你收着。"聂小倩说。

凌云飞不解地看着聂小倩。

"把你的一起取上，送给 ×××。"聂小倩平静地说。

凌云飞脑子转不过弯儿来："不是说好攒够钱去加利福尼亚吗？"他说，把卡还给聂小倩。

聂小倩歪着脑袋问："这些年你最痛苦的事情是什么？"

凌云飞想了想说："借调。"

"别人为啥能调进来？"

凌云飞不知道她什么意思。

聂小倩说："不就是因为钱？咱们以前没钱，现在有了，我不要你再受委屈了。"

凌云飞明白了，说："送礼？"

聂小倩点点头。

"我不同意。好不容易攒够钱，咱们去加利福尼亚！"

聂小倩说："加利福尼亚只要有钱啥时都能去，借调不解决却始终是个大问题，我不想老两地跑。"

听到这话凌云飞打量着聂小倩。快夏天了，她还穿着厚夹克，是去年买的不到百元的过季产品。她的脸不像单位那些女同事那样油光发亮，只有血红的嘴巴使她脸上有些亮色。他想起上个星期见面时，聂小倩脱了鞋，袜子居然露出脚趾头。凌云飞要把它扔了，聂小倩舍不得，说补补还能穿。

凌云飞垂下头，艰难地咽口唾沫说："我要是调过去，你不用上班了，好好唱歌！拜个专业的老师。"

年底，凌云飞的工作问题终于解决了。一鼓作气，又办了喜事。凌云飞和聂小倩决定在云城的城郊接合部租房子，反正云城也不大。聂小倩坚持要租那种农家小院里带炕的房子，她说有炕的房子住着舒服，冬天在锅里做饭就顺便烧了炕，屋子里暖和。凌云飞本来嫌这种房子生炉子、提水、倒垃圾麻烦，但他知道聂小倩想省钱，而且睡在炕上确实舒服，便同意了。

找了几天，他们看准一处。一对退休的老人孩子都在外边，老人把五间正房辟出两间出租，大约四十平米大，有锅有灶，家具基本齐全，关键是有炕。唯一美中不足的是炕和锅中间没有用墙隔开，做饭时油烟会冒得满屋都是。让他们高兴的是，房租不贵，老两口想留一对正经人和他们做伴。房子后面还紧挨着十几亩梨树林，现在虽然光秃秃的，但到了春天，必定会开满洁白的花朵，在那里面练歌、唱歌，不会吵到别人，还能欣赏美景。

相处几年，他们熟悉得连每个人的脚趾头缝有多宽都知道。新婚晚上，他们没有像寻常新人那样兴奋，而是像终于坚持跑完了马拉松似的，累得瘫在床上，一动也不想动。

俩人都睁大眼睛盯着天花板，屋子里安静得异常。良久，聂小倩问："这是咱们的家吗？""怎么不是？"凌云飞回答。"我怎么听见火车咣当响哩？""这儿也没有挨着火车站，你是幻觉。""这是幻觉？""傻货！"凌云飞说。聂小倩捣了凌云飞一拳头。

躺到半夜，聂小倩爬起来说："睡不着。"凌云飞也爬起来说："睡不着。"聂小倩说："咱们干点什么呢？"

她光着身子跳下地，抱来个盒子，把里面的东西统统倒出来，是两年多来两人每次来往的汽车票、火车票。凌云飞顿时眼圈红了。两人你一下我一下把这些车票按照时间顺序一张张排起来，居然绕着炕围摆了一圈。看着这些车票，凌云飞仿佛看见一列列火车、汽车头尾相接排在一起，奋力往前跑。

凌云飞抬被子，忽然掀起来的风把几张票吹到地下。凌云飞赶忙去找，找来找去，有一张怎样也找不到。聂小倩也急了，帮着去找，奇怪的是那一张怎样也找不到。他们把时间排起来，少的那张正好是八月的一个周末。

"王菲和窦唯分手的那天。"聂小倩说。

凌云飞脸色变得苍白："瞎说什么呢？"用劲儿把她往炕上推。

两人也许累了，这次躺下后没多久睡着了。凌云飞梦见火车铁轨上挤满了一列列火车，每列火车每个车厢里都坐着自己和聂小倩，两人中间却隔着其他密密麻麻的人，离得很远。两人都在拼命大喊，招呼车厢里的对方，可是对方听不到自己的声音。

凌云飞被聂小倩拍醒之后，身上都是汗。聂小倩问他："做噩梦了？"凌云飞摇摇头。聂小倩起床给他倒了杯白开水，看着凌云飞喝完之后，返回床上，把手和脚紧紧插进凌云飞身体的缝隙中。凌云飞想起自己第一次抱聂小倩时，恨不得把她融化在自己怀里。他又紧紧搂着她，在她耳边轻轻说："一定带你到加利福尼亚去！"凌云飞想，自己工作调过来，收入会比以前增加些，两人不用两地跑，又能节省些开支，用不了两年，又能攒够一次去加州的钱。

聂小倩说："傻货！"

她又跳下地去，拿来个夹子。凌云飞打开后，发现里面是两张去青岛的火车票。聂小倩笑吟吟地望着他说："青岛有阳光、大海，这个季节外地的游客估计也不会多，或许就咱们两个傻货。"凌云飞抱住聂小倩哭了。

度完蜜月，日子恢复正常。同样写材料，凌云飞心情大不一样，以前好像给别人打短工，现在却是种自留地。同事们也仿佛和他亲近了，现在他们才真正成了一家人。只要不离开单位，一辈子待的时间很长，甚至比与老婆待的时间都长。凌云飞下了班，不像以前那样急匆匆回家。他喜欢在单位院子里随处转转，走的时候，在东北角的椅子上再坐一小会儿。如果正好有人问路，凌云飞热心地站起来给他指点。他是这个城市的一个主人，尽管是小城，也是城市，一个市的中心呢！凌云飞甚至数清楚了院子里共有28种植物，池塘里有107条锦鲤。他想如果运气好点，5年就可以当一个科长，10年⋯⋯凌云飞不敢想象10年之后自己会怎样？

聂小倩听从凌云飞的劝告，在原单位请了假。这事不难，谁叫凌云飞在上级部门工作呢？他和县里对口单位打了招呼，轻松得像打个哈欠就把聂小倩的假请了下来。凌云飞说："你好好唱歌，这么好的环境！"

凌云飞把聂小倩录的碟放到电脑里，经常装作随意地打开，居然好多人以为是王菲唱的。凌云飞很得意，他憋住不说，他想假如所有的人都听不出这不是王菲唱的，聂小倩就成功了。为了检验准确，只要有人进了他办公室，他有机会就让对方听听这些碟。单位二三十号人，再加上县里、其他单位来办事的，没有一人指出这不是王菲唱的。凌云飞心里暗暗骄傲，他想这个单位、这个大院、这座城市最优秀的人才、最大的黑马就是聂小倩，有朝一日，人们会像喜欢王菲一样喜欢聂小倩。

凌云飞当然知道聂小倩光模仿王菲还不行，那样她只会被王菲的光环紧紧罩住，最多成为王菲这颗太阳下最美丽的向日葵，自己永远也成不了太阳。但是，事情得一步一步来。

那段日子，每天晚上凌云飞回了家，总要兴致勃勃地问聂小倩："今天练得怎样？"聂小倩认真地回答："整整练了一天。"凌云飞说:"唱给我听听。"聂小倩便开始唱。凌云飞全神贯注听着,听完之后抱抱聂小倩,两人才收拾东西吃饭。

吃完饭,凌云飞经常会陪着聂小倩去屋子后面的梨园里散步。这时,梨树已经长出一簇一簇的花骨朵。月光下,聂小倩瘦瘦的,有种飘逸出尘的味道,仿佛要飘到月宫里的嫦娥。每次凌云飞一想到这里就伸出胳膊把聂小倩的腰完全揽住。聂小倩问:"干啥?"凌云飞回答:"怕你飞走。""傻货!"聂小倩扭头朝他做个鬼脸。这样一说,凌云飞就放心了。

梨花盛开的时候,树林里更加漂亮了,经常可以看到年轻人去那里拍婚纱照。周末,家长领着小孩们去的更多。凌云飞在办公室想到聂小倩嗅着梨花的清香在练歌,心里就觉得美美的。

三

梨花落了又开,一年过去。凌云飞刚调进来时的满足感没有了,无休止的材料像海水不断地涨潮,把他淘得干干净净,凌云飞觉得自己像荒凉的海滩。他想起和聂小倩的那次看海。可怕的是往后的日子还是这样。让他不舒服的还有单位论资排辈,他虽然调进来了,资历却浅,前几年好像给人白干了,比他年轻许多的人也对他指手画脚。但不管心里怎样不舒服,只要回了家看到聂小倩,听到王菲的歌,凌云飞的心情便好起来。

那天和平常的一天一样。吃完饭,凌云飞边换衣服边说:"出去走走?"聂小倩一动不动地说:"累得不行,要不你去吧?"凌云飞的动作停止了，这是他们两人认识以来第一次有了分歧。

大概过了三秒钟，凌云飞说："过几天花就落了。"聂小倩没有再说什么，打起精神换衣服。

到了梨树林聂小倩无精打采，凌云飞问她到底怎样了。聂小倩摇摇头说"没啥"，但就是闷闷不乐。因为聂小倩没精神，凌云飞的情绪也低落了。走了几步，凌云飞说："累的话，咱们回去吧。"聂小倩听了他的话，马上转身往回走。凌云飞望着聂小倩萧瑟的背影，情绪越来越低落，他不明白聂小倩到底怎样了。心里猜测着，不小心撞到梨树上，几朵花落下来，蔫巴巴的，花瓣已经发黄。

接下来的日子似乎和以往一样，但凌云飞总感觉有些不对头。有天他回家后，发现隔壁房东屋子里黑乎乎的。他问："房东呢？""去看他们孩子了。"凌云飞"哦"了一声，觉得自己找到了原因。

聂小倩突然说："哥，你陪陪我吧？"凌云飞马上浑身不自在，聂小倩称呼他"哥"？他问："我不是正在陪你吗？"聂小倩忽然流下泪来："咱们别老谈王菲，老说唱歌了，说点别的好吗？"凌云飞顿时愣住，"你不是喜欢王菲吗？你不是喜欢唱歌吗？"聂小倩摇摇头："我感觉很累。"这是这些天她第二次说累了。凌云飞很吃惊，他想她是不是身体出问题了。每天待在家里什么也不干，怎么会感觉很累呢？

他握住她的手，柔声说："明天去医院检查下，看看哪里有毛病？"聂小倩摇摇头说："我想找份工作。"凌云飞急了："工作有啥好呢？我现在最烦的就是工作，每天看见那堆文字就恶心。"聂

341

小倩叹口气，不再说什么。凌云飞搂着她的腰，聂小倩的头发堆在他胸前，他没有了往日那种温暖、踏实的感觉。他突然有种恐惧，万一聂小倩得了什么病，他怎么办？他紧紧搂住她，打量着，聂小倩只是瘦，有些忧郁，不像有病的样子。

第二天晚上，凌云飞回了家，发现聂小倩在窗户边呆呆坐着，面前的窗玻璃上乱七八糟画画了许多小人，他心里一阵发紧，挤出夸张的微笑问道："去医院检查了吗？"他害怕听到五雷轰顶的消息。

"检查了。我有了。"聂小倩说。

足足七八秒钟，凌云飞才反应过来，他一阵狂喜，掀开聂小倩的衣服，把耳朵贴在她肚子上，却什么也没有听到。

"刚有了，哪能听到什么呢？"

"你想他大了做什么，音乐家？"

"别说了，好不好？"聂小倩忽然烦躁起来。

凌云飞觉得她是因为怀孕，情绪不稳定。他高兴地给家里打电话，告诉他们消息，然后手忙脚乱地做饭，把米下到锅里，又跑出去买回只烧鸡。

饭后，聂小倩说太累，早早躺床上。凌云飞收拾完东西，也陪着她躺下。他们看着电视，凌云飞的手轻轻抚摸着聂小倩的肚子，感知着这个未知的生命。那天晚上，他们破天荒没有谈论王菲，没有谈论唱歌。聂小倩的脸上浮现出了许久没有出现的笑容，凌云飞认定她是要做妈妈了，开心。

聂小倩没有继续提找工作的事情，而是买回些毛线。新毛线散发着类似于汽油那样的味儿，凌云飞不明白为什么会有这样的味道。聂小倩开始给未来的孩子织衣服。冰冷纤长的毛衣针显得她的手白皙细长。凌云飞发觉自己从来没有注意过聂小倩的手，她除了唱歌，干别的怎样呢？凌云飞摇了摇脑袋，就像自己，假如不写材料，干别的工作，怎样呢？

第二天，他找来几本毛线编织的书，给聂小倩带回家。

几天时间，聂小倩织完了一件红色的上衣，又开始织一件绿色的。她似乎沉浸在织毛衣的快乐中，好几天没有唱歌了。凌云飞有些焦虑，聂小倩的长处就是唱歌，喜欢的也是唱歌，世界上没有比用自己喜欢的技艺谋生再好的事情了。他想自己得帮帮她，不能让她半途而废。

通过关系，凌云飞认识了市歌剧院的专业演员叶妮。叶妮是北京戏剧学院的毕业生，获过全国青年歌手大赛的金奖，在云城这个地方，每次演出，都会受到观众热烈的追捧。坊间传说，某位市领导对她特别青睐。凌云飞知道他们县有位铁矿老板非常喜欢叶妮，每次县里有活动，都请叶妮去助阵。叶妮呢，每请必到。有人说叶妮的金奖是这位老板捧出来的。但叶妮的歌确实唱得好，人们都说她是云城的头牌。

凌云飞让聂小倩跟着叶妮学歌。他想叶妮不是云城的头牌吗？聂小倩只要超过叶妮，她不就成头牌了吗？然后成为省城的头牌，成为全国歌坛金字塔尖上的一位。

聂小倩第一次从叶妮那儿回来，脸红扑扑的，手里提着几只大苹果和一束百合花。凌云飞问她感觉怎样，聂小倩回答："确实有水平，不愧是名牌大学出来的，又有实战经验。她唱王菲的歌不如我唱得好，但她知道怎样更好地运气、发声。"聂小倩比画着，唱了几句。凌云飞感觉她的声音更纯净了，好像把以前不易发现的一些杂质过滤掉了。

可是聂小倩找过叶妮几次之后，热情慢慢下去了，又拿起了毛线活儿。凌云飞问原因，聂小倩不说。他再问，聂小倩就急了。凌云飞担心她肚里的孩子，不再追问，心里却暗暗着急。

聂小倩的肚子慢慢现出了轮廓，她的身子瘦，肚子一大像上面顶了口锅。凌云飞猜测他是男孩还是姑娘，不管男孩还是姑娘，他只希望将来比他们强。

秋天的时候，"星光大道"要来云城演出了。凌云飞他们单位作为承办者之一，变得异常忙碌起来。他们在宾馆包了房间，连续几天加班到深夜。领导讲话已经修改了十八稿，还在继续改。开会前一天晚上的两点钟，稿子终于定下来了。领导为了犒劳他们，每人多给了他们一张票。凌云飞拿着两张票，夜宵也顾不上吃，兴高采烈回了家，聂小倩在织东西。

凌云飞问："怎么还没睡？"聂小倩揉揉眼睛，打了个哈欠。凌云飞兴高采烈掏出票："看！"聂小倩接过来看了看，随手放在桌子上。凌云飞对聂小倩的随意感到不满，解释说："《星光大道》有现场互动，这或许是你的一个出头机会呢？"聂小倩合上毛衣针，说："我不想当明星。"

凌云飞被噎了一下。他本来还想让聂小倩帮他热几口饭，没兴致了，就脚也没洗，爬上炕独自睡去。

第二天，凌云飞担心聂小倩不去，早早起来做了她喜欢吃的蛋羹。吃完饭他得去给领导送稿子，叮嘱聂小倩早点收拾好。凌云飞赶到会场时，整条街道车辆戒严了，外面围得人山人海，警察把着门，许多人根本不可能进去。凌云飞庆幸自己有两张票，座位也还凑合。

节目开始后，现场简直沸腾了，这个城市的人还是第一次观看星光大道现场表演，很激动，不停地鼓掌。等到中央台带来的演员表演完，主持人毕姥爷宣布观众互动时，会场里忽然有几分安静。凌云飞猛地站起来，拉着聂小倩的胳膊说："她，她的歌唱得好。"

聂小倩被请上舞台。凌云飞看见她的头发梳得不是特别整齐，后面有几根翘了起来，裤子是旧的，屁股那儿已经磨得发光，后悔没有给她买件新衣服。

毕姥爷问聂小倩打算表演个什么节目，聂小倩说唱歌。凌云飞看见聂小倩有些紧张，他想谁第一次站在星光大道舞台上能不紧张呢？他屏住呼吸期待着这个非常重要的时刻。

"小背篓晃悠悠 / 笑声中妈妈把我背下了吊脚楼……"

凌云飞慌了，聂小倩怎么唱的不是王菲的歌呢，唱起了《小背篓》？台下安静了两三秒钟，马上笑声夹杂着掌声响了起来。凌云飞仔细看，挺着大肚子的聂小倩像倒背着个小背篓。他的头嗡嗡响，接下来聂小倩唱的什么他根本听不到。直到聂小倩被毕姥爷送下舞台，凌云飞怒气冲冲地问："你为什么不唱王菲呢？"聂小倩说："王菲，王菲，老是王菲！宋祖英有啥不好呢？"当着周围这么多人，凌云飞不好跟她吵，心里叹息把个好机会失去了。

回去之后，凌云飞还在闷闷不乐。聂小倩又拿起了毛衣针。凌云飞突然发作起来："织，织，让你织。"他跑出门外，一会儿买回一大袋子毛线，堆在聂小倩面前。聂小倩打开袋子，拉起一根线在手里慢慢捻了几下，又凑到光亮处看了半天，慢悠悠地说："不是纯毛的。"凌云飞顿时泄了气，一屁股坐在炕上，竟然"呵"的一声笑了。

过了几天，聂小倩忽然对凌云飞说："告诉你个好消息。"

凌云飞问："什么好消息？"

聂小倩说："王菲和李亚鹏离婚了。"

第二天，凌云飞到单位打开电脑，网上铺天盖地都是王菲和李亚鹏的消息。凌云飞感觉心里阵阵隐疼，无处发泄。他找到收藏王菲歌曲、电影的那个文件夹，刚要点开《重庆森林》，领导叫他，明天要参加书画活动，要他写个发言稿。

凌云飞一字一句斟酌着领导讲话，心里想着王菲，修改到晚上十一点多才定了稿。

走出单位大门，街灯的光像黄沙一样铺满马路，寂寞萧条。凌云飞走了好久，没有遇见一个人。凌云飞有种梦游的感觉，他怀疑王菲离婚的事情到底是不是真的。他避开主道，从巷子里走。忽然从一间酒吧里掉出个胖大的男人，紧接着急促的高跟鞋声音跟出来。男人在呕吐，高跟鞋返进去，出来时端着杯水。男人呕吐完，一把把纸杯打翻，水溅在女人脸上，她抬起头来擦拭，凌云飞发现高跟鞋竟然是叶妮。胸前白花花的，凹下去的沟里，有块碧绿的翡翠，莹莹闪着光。

凌云飞打听市里最好的录音棚，录了十几张聂小倩的歌，分别

346

寄给他能找到的各大音乐公司和网站。

　　孩子出生了，是个姑娘。没有收到任何公司的回复。凌云飞听着孩子哇哇的哭声，整个世界在他眼前仿佛就变成眼前这片哭声。很快，凌云飞知道，目前最需要的是聂小倩充足的奶水、尿布、卫生纸、痱子粉……那些漂亮的小毛衣、小毛裤、小鞋子大概得等到冬天才穿。

　　凌云飞给她起名叫晓晓，早点晓得事理，明白自己是普通家庭出生的小小众生中的一位。聂小倩没有反对。

四

　　聂小倩的母亲来照顾她坐月子。

　　晓晓只会躺在炕上，肚子一抽一抽哇哇大哭。聂小倩披着衣服坐在炕上，身上冒着一团团热气，脸上洋溢着安静、幸福的表情。老太太脸上、手上满是老年斑，耳朵有点聋，与她说话需要大吼。凌云飞望着三代女人，看见自己已经不可避免地在老去的路上飞奔。他还在写材料，这活儿不像别的岗位上的工作，有人愿意接手。大家都躲得它远远的，只要一沾上，基本摆不脱，除了提拔或调离这个单位。

　　单位空出个科长位置。凌云飞和另一位同事都符合条件，两人暗暗使劲儿。凌云飞更忙了。每天不处理完手头的事情不回家，领导办公室的灯亮着也不回家。他还买来《新华字典》《现代汉语》和《历代皇帝奏章》，认真学习，力求使自己的材料写得更加完美。每次凌云飞拖着疲惫的身子走在回家的路上，想起孩子总有股力量。

他每天多绕二里远的路去给聂小倩买新鲜的土鸡蛋，买黄豆、猪脚给她催奶。他希望孩子长得健健康康。

满月过去，岳母有事回K县了。凌云飞这边没人。做饭、喂孩子、洗尿片、生火、倒垃圾等一大堆事情，落在凌云飞和聂小倩身上。凌云飞白天得去上班，这些事情就落在聂小倩一个人身上。

晓晓有夜哭的毛病，每天晚上总要来那么几次。开始凌云飞听到哭声，赶忙爬起来帮忙。后来累得不行，有时便懒得动，迷迷糊糊又睡着了。睡梦中，只听到聂小倩在动来动去。

凌云飞单位领导的脾气很不好，人又很挑剔，一份材料总要不停地改来改去，还喜欢说些侮辱人的话。凌云飞暗暗忍着，一回家，累得坐到沙发上就不想起来。但他只要一说累，聂小倩就也说累。凌云飞知道带孩子不容易，他不愿争吵，为了孩子，再苦再累也值得。他喜欢孩子咿咿呀呀地叫，皱着小眉头哭，把他的手指拉进嘴里用劲咬，还有那带着奶腥味的尿。

有一天，凌云飞正用手量孩子的身高，孩子痒得咯咯笑，凌云飞也笑。聂小倩突然发火。她说："你不能干点别的吗？回了家来，不是挂念王菲，就是唠叨单位的破事，逗孩子玩。"

聂小倩说完突然哭起来。她几乎不发出丁点声音，眼泪绵绵不绝地流出来，带着清鼻涕，滑过下巴一串串掉在地上。凌云飞从来没有见过人这样哭，仿佛里面蕴含着数不尽的痛苦。聂小倩鼻子上的雀斑经过眼泪的浸泡，清晰起来，颗颗如豆。凌云飞拍拍她的肩膀，递过几张面巾纸，他想心里不痛快，哭哭会舒服些。聂小倩不接，肩膀一抖一抖地猛烈颤动。

孩子感受到这种压抑的气氛，瞪大惊恐的眼睛望着妈妈。凌云飞悄悄在孩子屁股上拧了一把，晓晓大声痛哭起来。聂小倩这才止住泪，赶忙去抱孩子。

孩子睡着之后。凌云飞也睡着了。睡梦中，他听见聂小倩在哭。他不知道是否是梦，不愿意醒来，害怕看到聂小倩真的在哭。

但被聂小倩用脚碰醒了。

聂小倩眼睛红红的，已经肿了，鼻尖上还挂着清鼻涕。凌云飞搂住她，吻了吻她的脸，一片冰凉。

聂小倩说："哥。"凌云飞打个冷战。他不知道怎么回事，特别害怕听到聂小倩叫他"哥"。"我闷。"她说。

凌云飞说："要不你参加个歌友会，或者随便个什么活动，星期天我来带孩子。"聂小倩把手伸到凌云飞手掌中，用带着哭腔的声音说："我一点儿也不想唱歌了，没有那种心情。"凌云飞说："你整天一个人待家里带孩子，确实闷。那你想干啥呢？"说这话时，他又在想聂小倩的长处只是唱歌，补充了一句。

聂小倩听了凌云飞的回答，叹口气，凌云飞感觉掌中聂小倩的手温快速地下降，很快变得像坨冰。他攥紧这只手，想把它温暖，可是聂小倩用劲儿把它抽出去，说："睡吧。"

一天，凌云飞回家后，发现聂小倩怪怪的，与平时不大一样。她在唱王菲的《心经》："观自在菩萨 / 行深般若波罗蜜多时 / 照见五蕴皆空……"

许久没有听到聂小倩唱歌了，唱得还是王菲的《心经》，凌云飞以为聂小倩的心情变过来了，心里一阵高兴，顿时觉得心里轻松许多。他想起第一次在K县听聂小倩唱歌的快乐情景，那时他们两个像被挤到角落里的鱼，他给她喝彩后，她眼角湿润润的。

后来，回家便经常听到聂小倩总在唱《心经》。开始凌云飞不以为意，可是听得多了，他心里有些恐慌，她除了这首歌，其他哪首也不唱了。

凌云飞不知道该怎么办，想劝劝她，又怕干扰了她现在似乎好起来的心情。他便想，过上一段时期，她唱腻了，或许就不唱了。忽然他想到聂小倩这段时间给他怪怪的感觉是她不抹红嘴巴了。他记得以前问过聂小倩，嘴巴为什么涂那么红。她说自己太普通了，想增加点亮色。现在不抹红嘴巴，聂小倩的嘴显得有些苍白，整个人仿佛也少了颜色。

突然有一天，凌云飞发现聂小倩读佛经。凌云飞有些诧异，但觉得读读佛经不错，宗教有种奇异的力量，或许借助这种力量，可以让聂小倩心里舒服些。

慢慢地，家里在发生变化。先是墙上有了幅观音菩萨的画像。几天后，画像前摆了只香炉。很快，香炉两边多了小碟和小瓶。又过几天，小瓶里插了两束花。凌云飞觉得这样摆着也挺好看，他想到借花献佛。有时上班前，他还在观音菩萨前拜一拜。后来，家里买来水果，聂小倩总要在碟里摆放几个，凌云飞觉得挺有意思。这些水果每次在腐烂之前被洗洗吃掉了，也和其他的没什么不同。

又过了一段时间，聂小倩开始念经。凌云飞觉得好笑，她能坚持几天呢？

这时孩子安静地在炕上躺着，房间里弥漫着香的味道，观音菩萨慈眉善目望着他。凌云飞抱起孩子，拿起供在碟子里的苹果，边嚼边喂，他感觉这只苹果味道似乎不一样，又说不清，可孩子挺爱吃，不一会儿父女俩把个苹果吃完了。

孩子会爬了，会扭着肚子笑了。凌云飞感觉自己的责任也重了。他在单位表现更加积极，一篇小稿，写完至少要改五六遍，连标点符号也不放过，最后还要认真再念几遍。

没想到聂小倩真的信佛了。凌云飞第一次看到聂小倩跪在观音菩萨面前，觉得眼前这个身躯里的人不是她。后来她每天都是这样，凌云飞每次看到都不舒服。而且聂小倩不吃荤了，做的饭菜越来越寡淡。她不唱歌了，还时不时给他讲些因果轮回的事情，让他一起修行。凌云飞听着就烦，想起两人没结婚前谈论音乐、理想的日子，他不知道生活会变成这样。这个聂小倩根本不是他当初喜欢的那个聂小倩，可是她鼻子上的七八个雀斑明明白白写着她是聂小倩。

聂小倩除了自己念经不说，还经常把佛经放在凌云飞的枕头边。凌云飞知道聂小倩的意思，但他一次也没有翻开过。他整天琢磨着怎样把材料写好，让领导满意。

不管凌云飞怎样努力，单位上的那个科长就是不给他。有聪明人说，领导不好平衡关系，虽然他工作辛苦，可是另一个人资历老。凌云飞这时盼望天上真有只眼，看清楚他这些年付出的努力。

凌云飞回了家，和聂小倩讲这件事。聂小倩沉默良久，问道：

"要那个科长干什么？"凌云飞本来有一大堆道理讲当上科长的好处，可是聂小倩这样问，他觉得一句也说不出来。他想起当初他们攒够钱，想去加利福尼亚时，聂小倩突然提出要把它拿来打点关系。这个聂小倩还是那个聂小倩吗？但他没有这样反击，而是问道："你整天念经是为了什么？""心里安宁。"凌云飞说："我弄个科长也是为了心里安宁，我不想让整天什么也不干的人爬到我头上，再对我指手画脚。"聂小倩说："觉得难受别干了。""别干了？"凌云飞想不出聂小倩会提出这么个建议。他反问："不干了干什么？""放下就可以了，我们对你也没有太多的要求，怎样还养不活三张嘴？"聂小倩脸上的表情平静极了，像张画皮。凌云飞恼怒地说："说得轻巧。"

其实他在心烦痛苦的时候，也多次想过放下，可又想放下这个干啥呢？当时吃了那么多苦，千方百计调来，连加州也没有去，还不是为了现在？可是现在，他快乐吗？他突然想，要是当初待在D县，不往云城借调，就不会有这些痛苦的事情，也不会认识聂小倩，自己或许会过得更舒服一些。

凌云飞继续写材料，聂小倩继续念经，他们变得像两条平行的轨道。

回了家，两人做饭，吃饭。收拾完东西，聂小倩坐在观音菩萨面前念经，凌云飞躺在炕上逗孩子。屋后的那个梨树林，他们很久没有去过了。有时凌云飞看见人们在树林里拍照，觉得有些不可思议，那里有什么风景呢？

每当孩子冲着凌云飞天真地笑时，凌云飞想，自己小时候不就是这样，怎样过不是一辈子？他忽然有种认命的想法，自己活得太累了。

有一天，凌云飞走到门口，没有听到往日熟悉的念经声，静悄悄的，他有些不习惯。进了屋子，聂小倩和孩子都在炕上躺着，孩子睡熟了，聂小倩搂着她盯着天花板发呆。凌云飞心里顿时有种轻松的感觉，她终于不念经了，但马上又觉得很异样，一种说不出的感觉让他毛骨悚然。

他在屋子里张望半天，发现水瓮边的地上有一大摊水。但那只是一摊水。凌云飞搞不清聂小倩为什么把一大摊水弄地上。

他像往常那样动手做饭。中间，聂小倩没有说一句话。

饭好之后，凌云飞端上来。孩子忽然醒来了，哭。顿时，凌云飞感觉孩子不对劲。以往孩子哭的声音很高，隔得老远都能听见。今天面对面，哭起来却细声细气的像小猫在叫。凌云飞抱起孩子，她穿的不是早上那身衣服。凌云飞观察她的鼻子、嘴，里面都没有堵上东西，但哭的声音明显不对劲。

凌云飞问："晓晓怎么了？"

"掉水瓮里了。"聂小倩低声回答。

凌云飞把孩子颠来倒去看个遍，其他地方没有半点毛病，就是哭的声音非常细，像以前声音的千分之一。凌云飞茫然地听着这个细小的声音。

聂小倩说："报应。咱们当初不该把那个孩子做掉。"

"报应个屁！"凌云飞恨不得朝这张故作高深的脸上揍一拳，但他顾不上，抱上孩子匆匆忙忙去了医院。

医院检查半天，晓晓声带受损了。医生说没啥好办法，或许随着年龄增长，会慢慢恢复正常。

接下来，家里开始冷战。凌云飞每天下班就凑到孩子跟前，经常故意挠她一下，或者吓她一下，希望听到她响亮的声音。可是晓晓只是会细细地回应。直到她会说话，还是细声细气的，没有丝毫恢复的迹象。

凌云飞每次听见这种声音就抓狂，晓晓没有个好的出身罢了，连个正常人的声音也没有，他觉得对不起孩子。这时他看聂小倩的目光就非常冷。而聂小倩，还是不停地念经，丝毫没有接受教训的表现。凌云飞觉得她非常愚蠢，大概以为念经能把晓晓念好。

有一天，凌云飞终于忍不住，冲聂小倩怒喊道："你这样念有个屁用，当初好好带孩子就不会出事了。"聂小倩一脸平静地望着凌云飞说："你不懂。"凌云飞愤怒了，他想抓点什么扔地上，弄出点响动。在屋里观察半天，抓住自己的头发，用劲撞墙。

聂小倩看到凌云飞的样子，说："要不咱离了吧。""离了？晓晓这么小，又有这种毛病，多可怜！"凌云飞撞墙的动作停止了。

"孩子有孩子的福，咱们离了也可以好好疼爱晓晓。"聂小倩似乎经过了深思熟虑，她说："你是公务员，离了再找一个也容易。反正你也没有真正喜欢过我，你喜欢的是王菲，是歌。"

凌云飞说："王菲你不是也喜欢，歌你也爱唱，为什么不唱了？"聂小倩说："世事纷扰，总有因果，以前唱是因果，现在不唱也是因果。"

五

生活变成这样，让凌云飞措手不及。

有天，趁聂小倩不在，凌云飞翻了翻她念的经书，大吃一惊。《楞严经》《解深密经》《大般涅槃经》……凌云飞本来以为聂小倩只是念念《心经》《金刚经》等这些时髦的经法，排解心中的烦忧和苦闷，没想到她已经深入到如此地步。更让他惊讶的是，晓晓也开始细声细气地背佛经了："观自在菩萨，行深般若波罗蜜多时，照见五蕴皆空……"

知道啥是个五蕴皆空？这么小！

凌云飞在一天晚饭后，对聂小倩说："你待家里闷，可以出去找份工作。不想唱歌，可以干你的本职，当个幼儿园老师，或者做个售货员、收银员、业务员，即使去跳广场舞也比一人待在家里念经好啊！"

聂小倩轻轻一笑，问道："你每天写那个材料有啥用呢？"凌云飞说："这能比？"聂小倩说："为啥不能比？"凌云飞说："写这些东西，咱们才有饭吃。"聂小倩说："我念经，为了以后。"凌云飞说："你以为我想写吗？不写没办法。"聂小倩说："不想写别写了。你不喜欢干的事情还每天干着，我喜欢的事情为啥不能干？"说完，她开始点油灯、上香，在草垫上跪下磕头，拜观音菩萨。轻轻的念经声像唐僧的紧箍咒，仿佛响彻天地间，让凌云飞心烦意乱。

有时凌云飞望着墙上的观音菩萨画想，佛是来普度众生的，却为何破坏他的家庭？越想越觉得画上慈眉善目的佛像别有意味。

　　一个星期天，聂小倩说要出去。凌云飞没有多问去哪里，现在只要聂小倩不念经，做什么他都乐意。他说多带点钱。他希望聂小倩出去见到以往熟悉的生活，会有点改变。

　　家里剩下凌云飞和孩子，少了嗡嗡的念经声，耳根清净不少。凌云飞收拾房间，发现王菲的碟和聂小倩录的碟乱七八糟堆在柜子上，落满灰尘，他伸手上去，留下几个触目惊心的指印。凌云飞伤感地擦拭着上面的灰尘，以前的生活一幕幕浮上心头，他越擦越伤心，一气之下，把它们都塞进了炉子里。塑料燃烧散发出的刺鼻味道立刻弥漫了整个房间。凌云飞嘿嘿冷笑着想，曾经万分珍惜的东西，原来不过是几块烂塑料，发出的臭味儿和别的塑料没什么差别。他把墙上的观音菩萨像团在一起，与桌子上的香炉、碟了、瓶子一股脑塞进炉子里。观音像呼呼地烧起来，屋子里马上热乎乎的。这股热劲过后，香炉、碟子、瓶子不易燃烧，压住了火，屋里又凉下来。凌云飞加了碳，拉着晓晓说："咱们看电影去。"

　　半上午，电影院的放映室里人非常少，偌大的空间只有凌云飞、晓晓和另外一家三口，显得异常冷清。那一家三口边看边发出吃吃的笑声，小孩不断和母亲低声交谈，让凌云飞觉得更加冷清。他希望晓晓也发出快乐的笑声，可晓晓看这场电影有些吃力，许多地方看不懂，偶尔发出点笑声，也是细声细气的，让凌云飞更加难受。

　　电影看到一半，晓晓睡着了。凌云飞抱着她出来去了肯德基，里面的淘气堡马上吸引住晓晓。她细声细气地问:"爸爸,我可以玩吗?"凌云飞赶紧帮她脱鞋。晓晓和另外几个小朋友很快就玩熟了,不住地发出细细的笑声。她对凌云飞说:"爸爸,真好玩。"凌云飞说:"以后爸爸每个星期带你来玩。"

玩完之后,吃了肯德基,晓晓开始打哈欠。凌云飞背上她回家。

回了家,屋子里很冷。凌云飞揭开炉盖,发现火被压灭了。他把炉子里的东西掏出来,那些香炉、碟子、瓶子烧得乱七八糟,扭作一团。他把它们扔了,重新添柴,加炭,点火,屋子里又开始热起来。凌云飞搂着晓晓睡着了。

傍晚时分,聂小倩回来,脸上带着久违的欢乐笑容。凌云飞有些惊讶。聂小倩说:"我皈依了。"说着拿出个绛紫色的本本。凌云飞怀疑地拿过来,像个工作证那么大的东西,印着××省佛教协会印制。翻开里面,赫然盖着佛教协会的皈依证监制章。聂小倩的一寸彩照旁边,写着法名了然。佛历 2550 年。凌云飞顿时心里空空的,像穿越到了另外一个世界。

一只虫子在屋子里嗡嗡飞着,明明是冬天。凌云飞拿起本书朝它扔去,虫子没打着,书落在热水瓶上,轰的一声响,瓶胆炸了。晓晓惊醒,细声细气喊妈妈。

聂小倩轻轻地拍着她。

凌云飞说:"你信佛就信佛吧,为啥非要念经,非要吃素,非要皈依,拘泥于这么多的形式,多做好事善事不就得了?你看人家济公,'酒肉穿肠过,佛祖心中留'。"聂小倩说:"我没有济公那本事，吃了鸽子肉，还能从嘴里再变出一只鸽子。你只知道济公说的前两句，不知道后面还有两句，'世人若学我，如同进魔道'。学佛并不是简单地做善事就好了，我学佛就是为了要明白。"

凌云飞望着聂小倩平静的面庞，嘿嘿冷笑起来，自言自语道："明白。要明白什么呢？连怎样好好生活也不明白，追求什么歪门邪道。"

这时聂小倩发现房间里少了东西，她东张西望之后，四处翻找起来。然后，紧紧盯着凌云飞问："你把它们放哪里去了？"凌云飞心里害怕起来，后悔把那些东西烧了。他说："需要的话，明天再去买。"聂小倩继续盯着他问："你把它们放哪里去了？"凌云飞握了握她的手说："我去做饭。"聂小倩用劲儿挣脱他的手，眼泪哗地流了下来。

凌云飞做好饭，聂小倩还在哭着，凌云飞握了握她的手，一片冰凉，像冻僵了的小鱼。他把饭给她盛碗里，放面前。她不吃，只是流泪。

晚上，她把铺盖搬到了另一间屋子，领走了晓晓。后来，房间里传来念经声。

凌云飞躺在炕上，看见贴过观音像的墙上留下长方形的白印，像生活被生生揭去一块皮。

凌云飞开始喝酒。

以前他觉得喝酒费钱，浪费时间，喝多了还难受，伤身子，不明白为啥那么多人留恋酒桌。现在他明白了，酒是个好东西。喝多了可以让人忘掉忧愁和烦恼，包括自己。每次他喝多，走路摇摇摆摆像腾云驾雾，他不再怕马路上的车流和巷子里的流浪狗，这些玩意儿见了他统统躲开。他可以大喊大叫，放声歌唱，有次他踩空掉进没盖的窨井里面，爬出来之后不仅没摔着，而且一点儿也不疼，这种感觉太爽了。

单位上平时人和人之间互相提防，现在一伙人坐一起，喝上二两酒就可以称兄道弟，亲热起来，包括那些职位高的人。以往各个科室有了活儿总是推给他，现在与各位主任喝酒，本来属于他干的活儿他们居然安排给了别人。凌云飞觉得自己喝得太晚了。有几次他喝得太多，吐出胆汁，难受得恨不得去上吊，可第二天还是想再喝。

最让凌云飞高兴的是，回了家，他躺在炕上，恶心了吐下之后，聂小倩不得不拿着扫帚、簸箕过来给他打扫，而且还出现点担忧的神色，劝他少喝点儿。这时念经声停止了，总是弥漫着香烛味道的屋子里有了酒精味儿，聂小倩平静的脸上有了变化，像平静的水面被伸进手指头搅了搅。

凌云飞真的喜欢上了喝酒，他没有想到喜欢上一样东西竟然这么容易。

每天快到下班时，凌云飞就忙着组织酒局。有次凌云飞喝多了，在酒桌上大声骂起单位领导："×××个逼，没能力没水平，只是手长。"唬得坐在旁边的人赶忙掩他的嘴。酒醒之后，凌云飞有些害怕。但几天后大家坐在一起，讲起凌云飞那天的失态，都很开心，还有人夸他是性情中人。

一天，下边有个县里给凌云飞单位送了些羊肉，每人二斤。凌云飞路上买了胡萝卜，兴高采烈地准备回家包饺子。走到门口时，听见念经声，一股恶念涌上来。进门后，他冲着聂小倩说："你看这块羊肉怎样？"

"嗯！"聂小倩说。

"我偷来的！"凌云飞说，"我走在街上，看见前面有个人自行车架上夹着块肉，他大概喝了酒，车子骑得歪歪扭扭。我想和他开个玩笑，就把他的肉拿了下来，没想到他根本没发现。嘿嘿！"

聂小倩的脸马上变得刷白："你偷？"她质问道。

凌云飞没想到聂小倩对"偷"这样敏感，有种踩住她尾巴的感觉。快意涌上来。他涎着脸说："这算不上偷吧，和他开个玩笑。"

聂小倩的泪掉出来。

凌云飞感觉自己的目的达到了，慢悠悠地说："骗你的。这是我们单位发的，每人二斤，不信你问去。"

聂小倩不相信，不理他，泪更多了。

凌云飞看着聂小倩流泪，没有像以前那样惊慌失措，而是有种开心的感觉。

第二天下班后，凌云飞又喝得醉醺醺，一扭一拐往家里走。看见有家饭店的山墙边靠近油烟机的地方挂着几只风干的鸭子。他想起昨晚自己说羊肉是偷来的，聂小倩的怪样子，便蹭过去，顺手摘下一只。

回到家里，他故意提着鸭子在房间里晃来晃去。聂小倩脸色一片苍白。

第二天。

第三天。

凌云飞每天回家路过这里顺走一只鸭子，尽管第一次拿回去的还没有吃。他喜欢看聂小倩脸色苍白的样子。

第四次他再去拿的时候，有人在后面抱住他。"就是他，他偷了咱们的鸭子。"饭店里蹿出好几个人，有个穿厨师衣服的男人脑袋特别小，梳着条马尾辫。凌云飞冲他点点头，哈哈笑起来。一个耳光火辣辣的扇在他脸上，凌云飞继续笑着。拳头和脚板朝他身上落下来，凌云飞感觉到了疼，但他没有躲闪，他有种恨恨的快意，仿佛这些人打的不是他，而是聂小倩，是观音菩萨、佛祖。他呢？躲在一边偷笑，这些人揍得越狠，他越高兴。

当凌云飞鼻青脸肿地出现在聂小倩面前时，她怀里的晓晓细声细气地大哭起来，还"爸爸，爸爸"喊叫着。凌云飞知道这是女儿心疼他，顿时感觉今天这顿打挨得真值。他理直气壮地说："我偷鸭子被人发现了。"

聂小倩脸色唰地由紧张变成愤怒，她瘫坐在炕上，像块被拧干水的抹布，头低垂着，两条腿张开，袜底干巴巴的，闪着纤维磨久了特有的那种亮光。

凌云飞为了继续刺激聂小倩，又重复一句："我偷鸭子被人发现了。"晓晓大声哭起来，哭得力不从心。凌云飞听着晓晓的哭声，心中的恨意又增加了。

六

凌云飞开始变本加厉放纵自己，撒谎、喝酒、打架、骂人、偷东西。

一天回家，凌云飞发现邻居门洞里的母猫拖着大腹便便的肚子，行动很迟缓。他扑上去抓住母猫。母猫大概嗅到了危险气息，死命挣扎，对他又抓又咬。它尖锐的牙齿和锋利的爪子没有使凌云飞放手，反而让他想到佛慈眉善目的微笑。他紧紧捏着猫的后脖子，走到院里，用劲把它朝墙上摔去。猫哀鸣一声，落到地上，打个滚，爬起来要跑。凌云飞追上去，再次抓起猫，使劲朝墙上摔去。猫像团烂泥从墙上滚下来，墙面留下一道触目的鲜红色血迹。猫躺在地下闭上眼睛，但它肚子里还在蠕动。房东两口子听见猫叫跑出来，看见死猫瞪大了惊恐的眼睛。聂小倩也出来，像猫一样发出恐怖的尖叫。聂小倩的叫声鞭子似的抽在凌云飞身上，他上前一步，一脚狠狠踩在猫肚子上，拧了几下，屎、尿、血和几团小肉块从它肚子里流出来，蠕动停止了。凌云飞一脚把它踢飞。

凌云飞进了屋子，脱下皮鞋，认真擦上面的脏东西，他擦得格外认真，鞋带那儿也不放过，连串鞋带儿的每个窟窿眼儿也慢慢擦。聂小倩看着凌云飞，一句话也说不出来，身子簌簌发抖。凌云飞擦好之后，又用布子打，一次又一次，鞋变得油光发亮，仿佛沾染了生命的气息，活了起来。聂小倩开始打嗝，一个接一个，喝水，掐手指，捶胸，打喷嚏，怎样也止不住。

第二天，房东老太太找过来，要求他们搬家。凌云飞脖子一梗说："搬个屁！时间还没到。"一脚踹在对面镜子上。凌云飞看见镜子里面的聂小倩碎成了无数碎片。她拉着老太太的手走出去，低声说："我劝劝他，不会再这样了。"老太太说："开始见你们是正经人，正儿八经上班，才留下你们。"聂小倩拍拍她的肩膀，低声说："我们每个月加二十元钱。"

凌云飞发觉聂小倩不再提分手的事情了，而是更加努力地念经。他想再认真念顶个屁用，就像自己那么认真写材料。但很快，他发现聂小倩不光念经更勤奋，而且经常去医院和敬老院做义工，还拿上家里不用的一些东西送人。他想聂小倩真的走火入魔了，自己的日子过得这样紧巴，还接济别人。

聂小倩买来鱼虾猫狗乌龟等动物放生。晓晓很喜欢小动物，聂小倩买来它们，晓晓总想留下只玩玩。初时，聂小倩满足孩子的愿望，让她养过小鱼、小乌龟。可是养上一段时间之后，它们无一例外地都死了。晓晓看见它们死了伤心地流泪。凌云飞怪腔怪调地说："看，又死了一只。行善积德，怪我杀猫，你们杀了多少？"聂小倩感到这些动物虽然不是她亲手杀的，但和她有极大关系，便任凭晓晓哭闹，家中再不养任何小动物。

一次凌云飞喝了酒，在单位门口和保安吵架。李副局长看见把他拉走了。他喷着酒气对凌云飞说："我以前认为你是局长的人，有些冷淡你，现在看来他没有关照你的意思，我倒觉得你是个人才。要不你找局长谈谈，我也找他谈，解决你的科长问题。"

晚上凌云飞提了两瓶五粮液去了局长家。他一进门，把酒放到桌子上，局长的脸就冷了，他说："小凌，你有啥事说就行了，千万别来这个。"凌云飞心里怯了一下，但想起李副局长的话，不就是"公事公办"嘛，就说："一点儿不值钱的东西，过来看看您。"局长好像生气了，突然声色俱厉地说："把东西拿走！要是这样，你以后别进我家的门，也别希望在我手里办任何事。"凌云飞有点蒙了，酒放也不是，拿也不是，感觉身上很冷，低头看着脚下的木地板，地板光滑如镜，映照出他轻飘飘的影子。尴尬间，局长老婆忽然出来了，她把酒塞到凌云飞手里说："小凌，千万别拿东西来我们家啊。该办的事，局长会帮你办的。"然后朝他身上稍稍使了点儿劲，凌云飞就不由自主地朝门口走。

出了局长家的门，凌云飞才反应过来自己是被推出来的。搁在当初，他肯定恨不得找个地缝钻进去，但是现在他没那么脆弱了，不就是"公事公办"吗？他冷静下来很快想出一个办法。反正局长知道五粮液是他凌云飞的了，他也不再敲门了，他把两瓶五粮液放在局长门口就走了。

第二天上班，什么事也没有，凌云飞暗中观察局长，也看不出任何端的。五粮液被上下楼的人拿走了？凌云飞不排除有这个可能。过了两天，他狠了狠心，又买了两瓶五粮液，晚饭后又放在了局长的门口。

放到第三次的时候，凌云飞有点撑不住了，倒不是他怀疑这个计策的作用，而是心疼钱，两瓶五粮液就是他半个月的工资，四瓶就是一个月的工资。聂小倩不上班，全家就靠他的工资生活啊。好在送了三次以后，事情出现了转机。局里突然召开会议研究人事问题。局长带头说写材料的工作很重要很辛苦，凌云飞写了多年，组织应该考虑他，体现能者上、贤者上的精神。李副局长马上呼应，充分肯定了凌云飞的贡献，然后，凌云飞就做了科长。

凌云飞长长地舒了一口气。

凌云飞当上科长，应酬猛地多了。坐到酒桌上，经常被让到中间，左一个凌科长，右一个凌科长，人们亲热地称呼着他，敬他酒。许多人来找他办事，带着东西。

那次一群人喝了酒，去东方明珠唱歌。一排闪闪发亮的小姐，暧昧旋转的霓虹灯。凌云飞醉眼蒙眬。

忽然听到"有时候，有时候／我会相信一切有尽头"，"一切"两个字稳稳地降了下去，缥缈又清晰。

几年前的情景浮现出来，"有时候，有时候／我会相信一切有尽头……"又瘦又弱的聂小倩。鼻子上满是雀斑的聂小倩。正在县里帮忙的村官聂小倩。

凌云飞冷笑一声甩甩头，怎么又想她呢？他端起酒杯，旁边的姑娘马上也端起酒杯，嘴唇凑过来，散发着脂粉的香味儿。"有时候，有时候／我会相信一切有尽头"，声音清晰地在包间里回荡。

凌云飞站起来，望着屏幕前拿着话筒、衣着暴露的姑娘，觉得还是幻觉。

"有时候，有时候／我会相信一切有尽头"，姑娘唱到"一切"时，声音稳稳地降了下去，缥缈但非常清晰。有多久没有听这首歌了？凌云飞想。

姑娘好像陶醉在歌里，闭着眼睛，唱得几乎和聂小倩一模一样，尤其是"宁愿选择留恋不放手""等到风景都看透"这几句，把握得好极了。凌云飞明白这是真的，他想起了《重庆森林》、阿菲、加利福尼亚的阳光和大海。

姑娘唱完之后，凌云飞坐在她旁边。看见姑娘脸上散布着些不均匀的黑色的痘痘，不禁心里咯噔一下，他想起聂小倩鼻子上的雀斑。

凌云飞问姑娘还会唱王菲的啥，姑娘点了《流年》。

"爱上一个天使的缺点/用一种魔鬼的语言/上帝在云端只眨了一眨眼/最后眉一皱头一点/爱上一个认真的消遣/用一朵花开的时间/你在我旁边只打了个照面/五月的晴天闪了电……"

爱上一个天使的缺点。除了聂小倩，凌云飞没有见过谁能把王菲的歌唱得这么好。

那天晚上，临分别时，凌云飞与姑娘双方互相留了电话。

姑娘居然也叫小倩。凌云飞听她这样说时，有些惊奇，哪能这么巧？他认为姑娘和娱乐场所中所有的女的一样，随便给自己取个名字，骗骗客人。当他脸上浮现出那种不相信又理解的微笑时，姑娘生气了，掏出她的身份证让凌云飞看。

王小倩。明明白白。

凌云飞与王小倩开始约会。

王小倩很爱说话。她说她们家住在大山里，特别旱，家家户户都在院子里挖着旱井。一盆水，妈妈洗了脸她洗，她洗了爸爸洗，洗黑了也舍不得倒，放着继续洗手。喝的也是这里面的水。坡地上种满向日葵，到了秋天，漫山遍野的金色，像着了火。冬天，她和爸爸去城里卖瓜子，冬天真冷啊！王小倩说到这儿，缩着身子，表演那个冷。凌云飞不由与她往紧靠了靠。王小倩说人们说她歌唱得好，出来唱歌能赚大钱，她就出来唱歌了。她唱一个月歌，比她和爸爸卖一冬天瓜子挣得都多。

凌云飞望着王小倩脸上的黑色痘痘，有些心疼，问她有何打算。

王小倩说："挣上钱回县城买间门面房，爸爸卖瓜子就不用再在野地里受冻了，还可以卖榛子、葡萄干、糖炒栗子……糖炒栗子你爱吃吗？听说可以益气血、养胃、补肾、健肝脾，还可以治疗腰腿酸疼、舒筋活络。可惜很贵。"她叹口气。

凌云飞说："我给你买。"

他拉着王小倩去了"栗子老人"店。一斤十二元。凌云飞说："来二斤。"王小倩说："半斤，多了吃不了。"

大概过了两个月，凌云飞对王小倩说帮她找了份工作。

王小倩眼睛一亮，问："一月能挣多少钱？""两千。"凌云飞吐出口之后，忽然发觉底气很不足，但他一月工资才三千出头，这已经是朋友尽了最大努力。"太少了，"姑娘有些惋惜地说，"我不能去，我得早点攒够钱买房子，我们那儿的冬天太冷了。"

当科长以来掌控大局的那种优越感顿时消失，凌云飞买了包栗子塞进她手里。他问："你见过大海吗？"王小倩摇摇头。凌云飞问："你想过去加利福尼亚吗？"姑娘说："听名字是外国吧，太远了。"凌云飞笑了，这个姑娘是王小倩，不是阿菲，不是聂小倩，更不是王菲。

王小倩继续在东方明珠唱歌。凌云飞隔段时间去一次。王小倩唱王菲的歌，两人聊天，或坐着发呆。

王小倩说："哥，你是好人，不像那些男人。我虽然为了挣钱，但是从心眼里瞧不起他们。"

凌云飞听王小倩叫他"哥"，与聂小倩叫他时的那种感觉完全不一样，他脸红了，想起在东方明珠第一次遇见王小倩，醉醺醺的下流样子。从这之后，他对王小倩更规矩了，不越雷池一步，过头的玩笑话也不说。

一天，凌云飞点了王小倩的钟，半个多小时她才过来。一副没睡醒的样子，眼神茫然，黑色的痘痘好像更明显了。凌云飞心里有种不安。还没等他说话，她问："哥，你相信流年吗？"凌云飞想起自己这些年来走过的路，尤其是想到聂小倩，心头一痛。

王小倩拿起话筒，唱起《流年》来。

"爱上一个天使的缺点 / 用一种魔鬼的语言……""懂事之前情动以后 / 长不过一天 / 留不住算不出流年 / 哪一年让一生改变……"

唱着唱着，王小倩的眼泪流下来。一种苍凉的东西堵在凌云飞心口，他想这是一位溺水的人，可偏偏自己也是个溺水的人，看着对方越坠越深，却丝毫没有办法。

第二天，他不放心，又来东方明珠。老板说王小倩请假了。凌云飞拨她电话，已经关机。凌云飞心里空空的。回了家，聂小倩在念经，晓晓也跟着念。凌云飞万念俱空，出去喝酒。

足足过了二十天，凌云飞才在东方明珠再次见到王小倩。她努力装出高兴的样子，但眼角的皱纹、厚厚的眼袋一下暴露了她不好的近况。

凌云飞问："怎么这么多天不见你，发生啥事了？"王小倩扬起嘴角，要笑，却哭了。"爸爸的脚轧了。""啊？到底怎么回事？"王小倩"哇"地哭出来。凌云飞慌了，赶紧给她递面巾纸。王小倩抽噎着说："爸爸再也不能在外面卖瓜子了。我要赶紧给他买房子。以后我啥也干，只要钱多，你别瞧不起我。"

凌云飞心里钝钝的，像失去了意识。王小倩说："这段时间每天晚上做噩梦，头疼，睡不好觉。医生说内分泌失调，喝了几副中药，也不大管用。"凌云飞回过神来，望着王小倩哭花了的脸，想起有段时间，他经常做噩梦，聂小倩拿了本佛经，让他读，他没有读。

七

回家之后，凌云飞问聂小倩："我做噩梦后你让我读的佛经是哪本？"聂小倩惊诧地望着他，拿出《地藏经》。

凌云飞把《地藏经》给了王小倩。

几天之后，他见到王小倩，问："管用不管用？"王小倩说："挺管用，自从念上这经书，噩梦做得少了。"凌云飞十分高兴，终于帮了王小倩一次忙。

王小倩有些难为情地说："哥，里面有些字我不认识，意思也不懂，你能教我吗？"凌云飞拿起书，帮她把不认识的字注上拼音，可有些句子他也不懂，便说下次见面告她。

回了家，凌云飞请教聂小倩。聂小倩很惊讶，用不相信的眼神瞧着他，然后高兴起来，认真地给他一一解释。

几天后，凌云飞把从聂小倩这儿得来的答案告诉了王小倩。王小倩一脸崇拜地望着他："哥，你真行！"凌云飞心里出现种从来没有过的成就感。

此后，《地藏经》成了王小倩、凌云飞、聂小倩三人之间交流的通道。王小倩把不懂的句子画出来告诉凌云飞，凌云飞回家请教聂小倩，聂小倩一字一句解释给凌云飞，凌云飞记住，再告诉王小倩。

有次聂小倩给凌云飞解释字句时，两人挨得很近，聂小倩的发丝擦在凌云飞脸上，他感觉痒痒的，便想他们多久没有这样亲近过了，亲热更是很久以前的事情了。凌云飞观察聂小倩，她鼻子上的雀斑越来越明显，数量也多了，头顶上还出现几缕白发。内疚爬上凌云飞的心头，他想起他们待在小饭馆里谈论音乐、理想的日子，为什么就不去加州了呢？说好以后攒够钱再去呀！凌云飞想到这里难受起来。

凌云飞每次给王小倩讲解完，她眼睛总是亮晶晶的，看凌云飞的目光多了些崇拜。好几次她对凌云飞说："菩萨说得真对，'我不入地狱谁入地狱'，只有我在这里好好干，才可以让爸爸在有顶的店铺里卖瓜子。"她说坚定了自己这样做是对的之后，心里坦然了，噩梦越来越少。果然，凌云飞发现王小倩脸上的痘痘慢慢褪下去，整个人变得光亮起来。但他难受，就好像看到溺水的人没有去救，反而推了她一把。

她的这种目光，让凌云飞有些惭愧。回到家里躺下后，时不时认真回想自己这几年的生活，发现看似进步，其实一塌糊涂。他怀念起以前借调时辛苦却充满梦想的日子。他想，为什么非要逼着聂小倩干这干那，不让她念佛？她想念的时候让她念，不是就能让她快乐吗？要是自己支持她、鼓励她，多给她些时间，或许自己不在家时她就把心思完全放在照顾孩子或者其他家务事上，晓晓也就不会出事了。

凌云飞慢慢有了变化，对聂小倩念经不再抵触了。聂小倩念经时，他经常默默给她倒杯水。

他开始注意起自己的形象，买来白衬衫和藏蓝西服，每天把皮鞋擦得锃亮。

这个时候，凌云飞的一位小学同学去世了。是喝上酒后，回家感觉难受，睡下之后第二天就没有醒来。凌云飞去参加他的葬礼，见到同学的儿子，差不多和晓晓一样大，一句话也不说，搂着架棺材的凳腿哭。他的样子，让凌云飞难受极了。回家之后，他好多天不想喝酒。

渐渐地，凌云飞上下班喜欢走在阳光能够照到的明亮地方，以前从来没有注意到这儿能使他感到温暖和愉快。这时他发觉建筑的阴影和楼群的缝隙里，到处是垃圾和粪便，臭味扑鼻。而他走过的这些地方，烤红薯又香又糯；煎得黄黄的、热热的饼子散发着香味儿；散发传单的大学生围着长长的围巾，眼睛又黑又亮，脸上绽放着纯洁的笑容；卖菜的老太太把各种蔬菜洗得干干净净，每样植物身上散发着柔和的亮光……他们每天出现在凌云飞上下班回家的路上，却看起来都挺高兴。公交车司机也循着这个线路每天不停地来回往返。从云城到 K 县的火车吐着白烟，每天来回往返。数不清的人每天和每天过得一样，凌云飞觉得自己似乎不该这么烦。

有天回家路上，凌云飞看到马路中间有条黑色的小狗，右前腿大概被车轧断了。它提着这条伤腿，在马路中间蹦来蹦去，仓皇地躲避着来来往往的车辆，好几次被车辆卷进去，车辆过后，它又蹦出来。天空慢慢黑下来，它的动作越来越慢，眼神却亮晶晶的。凌云飞冲进车流中，抱起这条狗。狗没有挣扎，绝望的眼睛有了神采，感激地望着他，闭着的嘴"呜"地叫了声，伸出舌头舔了舔凌云飞的手。凌云飞感觉被舔的那只手暖暖的，好像有东西击中他的心脏。他抱着狗来到宠物医院，给它包扎好。

把狗带回家，晓晓惊喜地奔过来，把手中吃的一截火腿肠递给它。狗"呜"地叫一声，一口接过去，嚼几下，吞肚子里。聂小倩走过来，望望狗，冲杯牛奶给它推过去。房间里传来咂咂咕咕舔食的声音。盆里的牛奶剩下底子时，狗舔食的动作更快了，最后伸长舌头，把剩下的几滴一舔而尽。

晓晓的眼睛有些湿润，说："爸爸，咱们留下它吧？"聂小倩也用恳求的目光望着他。这种目光让凌云飞觉得很是温暖，他郑重其事地点了点头。晓晓笑了，聂小倩也笑了。

从那之后，凌云飞接连不断地把小动物带回家。很快家里有了三只残疾狗，七只流浪猫。院子里一下热闹起来。凌云飞下班回来，经常看见聂小倩不是给这些小动物洗澡，就是喂它们吃东西，他惊讶她能抽出时间来陪它们。晓晓很快和它们成了朋友，给它们每一个都起了名字。有天凌云飞发现，一只白色的猫居然躺在一只

372

黑狗的身上晒太阳。凌云飞注意它们之后，发现晚上睡觉它们也在一起，狗搂着猫。

凌云飞外出喝酒、应酬渐渐少了，有时星期天整天待在家里，门也不出，带晓晓，琢磨材料和佛经。有时他悟到好的想法，去和聂小倩交流，得到她的肯定后，居然有种当时一起讨论音乐的感觉。

有次，他在咖啡馆给王小倩讲解，一仰头看见窗外有个人影掠过，像极聂小倩。他追出门去，人影不见了。凌云飞越想越觉得就是聂小倩，回到咖啡馆有些心神不定。王小倩看到他这个样子，问是谁。凌云飞给她讲了和聂小倩的故事。王小倩问："你们现在有钱吗？"凌云飞愣了一下。王小倩说："有钱赶紧去加州看看呀！也许去一趟加州什么都好了。"

凌云飞心里一动，又开始在网上查阅加州的资料。

一天晚上回家后，凌云飞发觉晓晓十分开心。还没有等他询问，晓晓说："爸爸，我今天真幸福。你看，玩了淘气堡，吃了肯德基，看了电影，还喂了鸽子。"她一一数着时，凌云飞感觉阵阵心酸，想起以前答应晓晓每个星期带她出去玩一次，可是从来没有实行过。他说："爸爸以后一定经常带你去。"这时聂小倩冷不丁说："确实应该多带孩子出去玩玩。"凌云飞听到聂小倩这句话，惊讶极了，她似乎从来没有这样说过。

凌云飞问："在哪儿喂鸽子呢？""广场上。"聂小倩说，"给晓晓买了两元钱的饲料。晓晓把饲料一撒，鸽子成群飞下来，有一只落在她的肩头上，吓得她尖叫起来。"晓晓说："人家是第一次玩嘛！"聂小倩说："以后妈妈经常带你去。"晓晓高兴地拍起手来："妈妈真棒！"聂小倩说："晓晓去了肯德基，看见淘气堡，说你以前带她来过，玩了一个多小时，脸红通通的还说不累。""爸爸，真的不累。"晓晓说。"电影她也爱看，正好是动画片。""爸爸，那个电影可好看了，里面的松鼠太可爱了。"凌云飞想起自己小时候看电视，米老鼠、唐老鸭那可爱的样子，他说："你给爸爸讲讲，演了什么？"

第二天下班，凌云飞回家特意从广场绕了一下。许多游客围在鸽舍前，凌云飞走过去，看到许多父母带着孩子喂鸽子，不时传来欢快的叫声。另一边，一群年轻男女手里拿着小红旗呼喊，顺着他们的声音抬起头来，对面大屏幕上王菲和谢霆锋在举行婚礼。凌云飞恍惚间以为自己看错了。欢呼声一浪高过一浪，确实是王菲。凌云飞想起《重庆森林》，想起穿过铁路地下桥那个KTV，想起那个大雪飞舞的晚上。这时一架飞机从头顶飞过，天空留下一道长长的白色痕迹。

回到家里，晓晓扑过来抱住他的腿，说："爸爸你看，妈妈帮我买的。"凌云飞看到一只漂亮的小松鼠在笼子里蹿来蹿去。他说："真可爱。"

第二天，凌云飞回家时从宠物店买了大笼子、小木屋、小吊床、饮水器、食盘、转轮等一堆东西。回到家里，晓晓和聂小倩看到这堆东西都被吸引过来了。凌云飞说："咱们给它换个大笼子，松鼠就更自由更开心了。"他开始组装这些东西，晓晓蹲在一边，耐心地给他递着东西，装到饮水器时，晓晓好奇地问："这是干什

374

么的？""给松鼠喝水用的。"聂小倩忽然回答。凌云飞说："装上这个，小松鼠就可以自己凑上去喝水了。"晓晓笑了。

装好笼子，安上里面的东西，把小松鼠放进去，它一下就蹿到顶子上。晓晓瞧着它，歪了歪脑袋，把自己的毛绒小兔玩具塞进去，说："这下它就不闷了。"

晓晓声音细细的，脖子上金黄色的绒毛在阳光下微微颤动，好像玻璃人儿。凌云飞以前从来没有发现她这么脆弱和孤单，忍不住抱起她来说："晓晓，以后你想要什么爸爸给你买，要不咱们现在就看电影去。"

晓晓捏了捏凌云飞的耳朵，怯生生地说："爸爸，咱们一家人一起去好吗？"凌云飞心里一阵酸楚流过，多长时间他们没有一块儿出去过了。他歪过头，看聂小倩。聂小倩点点头。

那天晚上的电影是《疯狂动物城》，当片中的小兔子朱迪离开兔窝镇，去追寻自己做警察的梦想时，晓晓激动起来，她说："这个故事妈妈给我讲过。"凌云飞张嘴就说："电影才上映。"聂小倩说："热映一段时间了。"凌云飞"哦"了一下，觉得自己缺失了什么。整场电影，晓晓不断地笑。电影真是好看，电影结束了，观众还不愿意离开，看着字幕，一直把片尾曲 *Try Everything* 听完。出了电影院，晓晓还在回味电影中有趣的镜头，她说："真好看，咱们明天再来看吧？"凌云飞和聂小倩对视了一眼笑了。晓晓说："可以吗，爸爸？"凌云飞说："你问妈妈。"晓晓就说："妈妈，可以吗？"聂小倩说："你问爸爸。"

凌云飞突然想起什么说："晓晓，爸爸带你到美国去看好吗？"

晓晓说："美国？"

凌云飞说："带你到加利福尼亚州的迪士尼总部去看。"

聂小倩看了一眼凌云飞。

晓晓立刻说："妈妈，到迪士尼的总部去看电影可以吗？"

聂小倩说："下半年晓晓要上幼儿园了，咱们还得攒钱给晓晓上个好的幼儿园呢。"

凌云飞说："该有的会有的。"

晓晓说："妈妈，该有的会有的。"

九月份，晓晓上了幼儿园。聂小倩找了份在辅导班教音乐的工作，她又开始了涂红嘴巴。重新看到这么鲜艳的嘴巴，凌云飞有些不习惯，几天过后，就觉得聂小倩还是涂上红嘴巴好看，精神。

接送孩子成了凌云飞和聂小倩生活中的大事。他们的生活一下子正常得不能再正常了。过去的一切好像一场梦，凌云飞时不时会发会儿愣怔，聂小倩现在几乎不再念经了，就好像她有一天突然不想唱歌了一样。他很想问一下她，问个明白，但是又不敢，怕一不小心，发现现在的生活才真是梦，或者说聂小倩在做梦，那样会戳醒她。

半年后，墙上原来挂着观音菩萨画像的地方端端正正贴了一张奖状，上下两行写着："凌晓晓，荣获'优秀儿童'称号。"奖状短，画像长，还漏出些白色痕迹。后来，一张张奖状贴上去，痕迹看不见了。

图书在版编目（CIP）数据

闪亮的铁轨 / 杨遥著 . —济南：济南出版社，2019.7
（2024.3 重印）
（文学新势力 / 张清华，邱华栋主编）
ISBN 978-7-5488-3967-5

Ⅰ . ①闪… Ⅱ . ①杨… Ⅲ . ①短篇小说－小说集－中
国－当代 Ⅳ . ① I247.7

中国版本图书馆 CIP 数据核字（2019）第 156864 号

出 版 人	谢金岭
责任编辑	宋　涛　张慧敏　姜天一
封面设计	璞　间

出版发行	济南出版社
地　　址	山东省济南市二环南路 1 号
邮　　编	250002
印　　刷	山东百润本色印刷有限公司
版　　次	2019 年 7 月第 1 版
印　　次	2024 年 3 月第 3 次印刷
成品尺寸	145 mm × 210 mm　32 开
印　　张	12.125
字　　数	233 千
定　　价	69.80 元